河南大學文學院詞學研究叢書 第二輯
民國時期河南大學詞學名家文叢
孫克強 劉軍政 主編

盧前詞學文集

陳麗麗 整理 編校

社會科學文獻出版社
SOCIAL SCIENCES ACADEMIC PRESS (CHINA)

陳麗麗，河南洛陽人，中國人民大學國學院博士，河南大學文學院教授，碩士生導師。研究方向爲唐宋文學、詞學，在《中國文學批評》《中國文學研究》《勵耘學刊》《古籍研究》等刊物發表論文40餘篇，部分文章被《人大復印報刊資料：中國古代、近代文學研究》《中國社會科學文摘》《高等學校文科學術文摘》等全文轉發或轉摘。出版《南宋孝宗時期詞風嬗變研究》等著作7部。主持國家社科基金項目『詞體與圖像關係研究』、全國高校古籍整理研究工作委員會項目『孫毓汶日記書札整理』、河南省哲學社會科學規劃項目『宋代中原文學系地編年研究』等7項。獲河南省社會科學優秀成果二等獎（2020）、開封市社會科學優秀成果一等獎（2023）等。

總　序

孫克强　劉軍政

　　河南大學坐落於開封。開封，古稱東京汴梁，戰國以來多次建都於此，號稱"八朝古都"，其中以北宋都城最爲著名。作爲"一代之文學"的宋詞與開封結下了不解之緣，河南大學作爲百年老校亦得益於宋詞之都的"江山之助"，詞學教育代有傳承，爲詞學研究之重鎮。

一

　　公元960年，趙宋王朝建立，定都開封。在中國文學史上，詞這種新文體迎來了新時代。宋詞作爲"一代之文學"，與詞體在北宋的新變，以及北宋開封城市面貌的新變緊密聯繫在一起。
　　詞體在北宋的新變，主要體現爲慢詞的异軍突起。雖然詞體成熟於晚唐五代，但當時流行的是小令，是"詩客曲子詞"的通行之體，由近體詩演變而來。直至北宋真宗、仁宗時期，來到開封考進士的福建士子柳永，從胡夷里巷、教坊新腔以及前代宫廷曲調中整合出慢詞新聲。這種新聲迅速風靡整個詞壇，無論士人學子，還是市井小民，都競相追捧，一舉改變了小令一統天下的局面。從此慢詞長調成爲宋詞的主流形態，宋詞開始具有自身獨特的風格和氣派，與唐五代詞相區别，宋詞作爲"一代之文學"方才實至名歸。
　　北宋開封城市面貌的新變，也是促進詞的創作不斷走向繁盛的重要原因。開封堪稱中國乃至世界第一個現代意義上的大都市。在北宋之前，中國的都市，比如長安，出於安全的需要，受到經濟的制約，實行坊市制。坊市制的主要特點是：城中有坊（里），坊有坊門，有官員和士兵把守。城中的居民居住於坊之中，包括歌妓在內的各行業人員，分類聚集居住。夜晚城門、坊門關閉，城市實行宵禁，市民沒有夜間的消費和娛樂活動，這就導致以夜生活爲平臺的歌妓活動受到極大限制，詞曲演出的發展也必然受到限制。

北宋初期，經濟快速發展，人口大量增加，坊市制逐漸遭到破壞，終至廢弃。宋仁宗時，開封城的坊市制實際上已經取消。如柳永的《看花回》就描寫了開封取消坊市制後的面貌：

　　玉城金階舞舜干。朝野多歡。九衢三市風光麗，正萬家、急管繁弦。鳳樓臨綺陌，嘉氣非烟。　雅俗熙熙物態妍。忍負芳年。笑筵歌席連昏晝，任旗亭、斗酒十千。賞心何處好，惟有尊前。

這首詞寫出了一座不夜城的繁華景象：酒樓妓館燈紅酒綠，遍布全城大街小巷，通宵達旦。與音樂美酒相伴的是歌伎，她們是酒宴歌舞中的主角。有文獻證明，開封城歌伎在仁宗朝之後數量猛增，達至數萬，有時段甚至超過十萬。歌伎的數量直接關係着詞曲的創作。一方面，詞的傳唱主要依靠接受過演唱訓練的歌伎群體；另一方面，歌伎的日常演出需要不斷推出新曲、新詞。因此，龐大的歌伎數量客觀地反映了詞曲表演的繁榮。

柳永的《看花回》這首詞，真實地記錄了北宋開封的城市風貌，展現出中國城市的發展，在一千年前已經達到了新的高度。這首詞也昭示了方興未艾的宋詞，很快融入宋代富有商業氣息和市民風味的城市生活方式中，最終達到了詞體發展的最高峰。柳永生活的開封，無疑是一座發展迅猛、日新月异的繁華大都會。

慢詞的興起是宋詞繁盛的內在因素，城市格局的變化則是宋詞繁盛的外部因素，而這一切均發生在北宋的開封。詞體在宋代達到了最高峰，北宋的開封是詞體繁盛的起飛之地。

開封的宋詞偉業啓幕於南唐後主李煜。北宋開寶九年（976），李煜以亡國之君的身份被送到開封，宋廷安置他在都城西北，此地今稱"孫李唐王莊"，其實應該寫作"遜李唐王莊"，意爲遜位的李唐王居住處。值得一提的是，此莊與今日的河南大學金明校區僅有咫尺之距。

李煜在開封的生活雖然尊貴，但實爲階下之囚，相傳他"終日以淚洗面"，悲傷痛悔之下，他創作了許多感人至深的詞作，其中大多流傳於後世，如："獨自莫憑闌。無限江山。別時容易見時難。流水落花春去也，天上人間。"（《浪淘沙令》）"問君能有幾多愁？恰似一江春水向東流。"（《虞美人》）"剪不斷，理還亂，是離愁。別是一般滋味在心頭。"（《相見歡》）。清人馮煦也認爲，北宋引領創作的晏殊與歐陽修等重要詞人"靡不祖述二主""同出南唐"（《蒿庵論詞》）。此足見南唐詞人對宋代詞風的影響。李煜在開封的幽禁生活雖然不長，但他的創作却能深入人心，對宋詞發展的影響則更爲直接。

二

談及河南大學詞學教育和研究重鎮的確立，應該提到龍榆生主編的《詞學季刊》在 1933 年創刊號上刊登的詞壇消息，該消息歷數當時國內各著名大學詞學學科任教教授十數人，其中河南大學就有邵瑞彭、蔡嵩雲、盧前三人。這三位教授均是當時詞學界赫赫有名的人物，由此可見河南大學的詞學教育和研究在當時大學教學乃至民國詞學中的地位。

河南大學的詞學教育頗有傳統。1924 年 6 月，河南中州大學（河南大學前身）的《中州大學一覽》中，《畢業標準暨課程說明》記載，中國文學系開設有"詞曲"課程，課程綱要爲："本課程選授純文學文及關於文藝批評之著作，旨在養成學生於文藝有賞鑒及創作能力。"即河南大學的詞曲課程注重培養學生的鑒賞和創作能力。從其歷年開設的課程來看，河南大學在全國諸大學中也是較早開設并且十分重視"詞曲"及其課程教學的大學。以其後來在"詞曲"學上所取得的研究和創作實績來看，河南大學也是確立了舊體詩詞教學與研究傳統的一所大學，這足以證明，河南大學在民國時期的大學詞學版圖中，占據着非常重要的地位。

據《河南大學校史》記載，1924年河南大學易名爲河南中州大學，其國文系開設詞曲課程，之後不久，國内詞學名師競相雲集於此。

1930年國文系開設"詞選"課程，由繆鉞講授，時間一年。

繆鉞（1904～1995），字彦威，江蘇溧陽人，著名詞學專家。1924年北京大學文預科肄業。繆鉞先生的論文《論詞》，提出詞體特徵爲"文小""質輕""徑狹""境隱"，此成爲詞學之經典表述。值得一提的是，繆鉞先生在新中國成立後曾第二次來到河南大學中文系任教。

1931年開始，邵瑞彭、蔡嵩雲、盧前三位詞學大師同時在河南大學任教。

邵瑞彭（1888～1937），一名壽籛，字次公，浙江淳安人。先後加入光復會、同盟會，曾當選國會衆議院議員。邵瑞彭拜晚清四大家之一的朱祖謀爲師，詞學傳其衣鉢。先後任北京大學、北京師範大學、中國大學教授。應清史館趙爾巽之邀，協修《清史稿·儒林文苑傳》。1931年邵瑞彭受聘爲河南大學中國文學系主任，從此寓居開封，直至逝世。

盧前（1905～1951），字冀野，别號飲虹，江蘇江寧人。1922年進入東南大學國文系，受教於民國詞學大師吴梅先生。他曾出任國民參政會四届參議員，受聘在金陵大學、河南大學、暨南大學、光華大學、四川大學、中央大學等學校講授詞學、戲劇等。有《詞曲研究》等著作多種，是民國時期著名的詞曲學大師。

蔡嵩雲（1891～1950年代），名楨，字嵩雲，號柯亭詞人，江西上猶人。早年求學於兩江優級師範學堂。著有《柯亭長短句》《柯亭詞論》《詞源疏證》《樂府指迷箋釋》《作法集評唐宋名家詞選》等。值得注意的是，蔡嵩雲在河南大學執教時所編著的《作法集評唐宋名家詞選》。在此書"例言"中，他特意說明："本編爲河大國文系《詞選》講稿，所選各名家詞，以作法昭著可供學子取則者爲準，故與其他選本微有不同。"篇末注明"民國二十二年癸未春日，蔡嵩雲寫於河南大學之西齋"，"西齋"即西齋房，位於今河南大學明倫校區主干道西側，與東側的東齋房遥遥相對，爲國家級文物保護單位。

所謂名師出高徒，在三位大師教導指引下，河南大學走出了著名的詞學家楊易霖。

楊易霖（1909～1995），名雨蒼，字易霖，四川犍爲孝姑人。民國20年（1931）追隨恩師邵瑞彭，由北京來到河南大學繼續學習詞學，十餘年堅持不輟。在邵瑞彭的指導下，相繼完成了《周詞訂律》《詞範》《紫陽真人詞校補》《讀詞雜記》等詞學論著。邵瑞彭曾爲楊易霖《周詞訂律》作序云："犍爲楊易霖，從余問故且十載，精研《倉》《雅》，尤通韵學，偶爲詩餘，能窺汴京堂奥。聞余言，爰有《周詞訂律》之作。書凡十二卷，專論清真格律，審音揆誼，析疑匡謬。凡見存詞籍足供質證者，甄采靡遺；於同异之辨，是非之數，尤三致意焉。猶之匠石揮斤，必中騜栝；離俞縱目，弗失豪芒，羽翼前修，衣被來學。不惟美成之功臣，抑亦詞林之司南也。"俞平伯也爲此書寫了書評，贊揚其"爲詞譜中分四聲者第一部書，亦爲《清真詞》中四聲及其繼聲者最詳盡分析之初步，固有功於清真，亦有功於詞學矣。"楊易霖音韻學功底深厚，以精於詞律而聞名於詞學研究界。

以上談到的邵瑞彭、盧前、蔡嵩雲三位詞學大師具有一些共同的特點。

第一，他們的詞學思想源於清代常州詞派，從張惠言、周濟、端木埰、晚清四大家，再到吳梅等詞學家，可謂學有傳承，積澱深厚。他們崇尚常州詞派意內言外、比興寄托的宗旨，強調意格與音律并重，尤其是對北宋周邦彥詞的音律成就十分推崇，不僅加以總結研究，而且進行摹作、和作，細加體會。

第二，秉承傳統，在詞學教學過程中，理論與創作并重。早在20世紀20年代，河南大學的王履泰教授就創編《孤興》《文藝》雜志，刊發河南大學文學院國文系師生的研究論文和詩詞作品。在繆鉞任教時期，河南大學學生於1931年創立文學社團"心心社"，并創辦文學半月刊《心音》，刊發師生的詩詞作品。30年代在邵、蔡、盧三位教授的指導下，河南大學師生成立了"金梁吟社""梁園詞社"等詞社，定期填詞習作，編輯有《夷門樂府》雜志，以刊發詞作。

第三，重視詞法，蔡嵩雲編撰的講義《作法集評唐宋名家詞選》，在自評部分側重講論每首詞的章法結構，揭示其作法脉絡。蔡嵩雲特意說明其編選宗旨："所選各名家詞，以作法昭著可供學子取則者爲準"。這一點是與詞學課程重視創作相一致的。

民國時期，河南大學的詞學教育研究名師彙聚，先後來這裏講授詞學的名家不勝枚舉，如有王履泰、段凌辰、李笠、胡光煒、朱師轍、繆鉞、邵瑞彭、盧前、蔡嵩雲、姜亮夫等。詞社活躍，創作繁盛。河南大學作爲詞學重鎮聞名遐邇。

三

1952年開始，全國性的高等學校院系專業調整，調整後的河南大學，許多師資甚至學科，被調到國內其他院校，但中文系古代文學專業的師資則隨着一批名師的加盟反而有所加強。僅就在詞學領域有所成就的名師而言，有三位有必要特別説明，他們是任訪秋、高文、華鍾彦。

任訪秋（1909~2000），先後畢業於北京師範大學中文系和北京大學國學門研究所，新中國成立後終身任教於河南大學。任先生是古代、近代、現代文學研究專家，尤其是在近代文學研究領域，可謂泰山北斗。不過，任訪秋先生在民國學界嶄露頭角的領域却是詞學。

晚清民初，王國維的《人間詞話》和胡適的《詞選》相繼出版，二書均體現了"反傳統"的思想觀念，打破了清代中後期以來常州詞派詞學思想籠罩詞壇的局面，產生了巨大的影響。任訪秋先生敏鋭地注意到王國維、胡適二人詞學主張的相似性，於1935年的《中法大學月刊》第7卷第3期上發表《王國維〈人間詞話〉與胡適〈詞選〉》一文，該文指出："這兩部書在近代中國文學批評史上占的地位太重要了，而兩書的作者又都是近代中國學術界之中堅，故彼等之片言隻字，亦莫不有極大之影響。自兩書刊行後，近幾年來一般人對詞之見解，迥與前代不侔。王先生爲遜清之遺老，而胡先生爲新文化運動之前導。但就彼二人對文學上見地上言之，竟有出人意外之如許相同處，不能説不是一件極堪耐人尋味的事。"任訪秋先生此文實是一個重大發現，即發現了民國新派詞學的興起，以及新派詞學的思想源頭。

高文（1908~2000），畢業於金陵大學中文系及國學研究班，詞曲學師從吴梅先生，曾擔任金陵大學中文系主任，新中國成立後調入河南大學中文系任教授。高文先生以唐代文學研究的成就享譽學界，他主持撰著的《全唐詩簡編》《唐文選》等贏得了很高的聲譽。高先生亦曾發表詞學著述，其《詞品》刊於

《金聲》雜誌1931年第一卷第一期。其《詞品》仿司空圖《詩品》以及清人郭麐《詞品》之例，以四言韵文形式概括詞體風格五種：

一、凄緊：蘆花南浦，楓葉汀州。關河冷落，斜照當樓。白楊蕭瑟，華屋山丘。試聽悲笳，凄然似秋。風露泠泠，江天悠悠。銀灣酒醒，殘月如鈎。

二、高曠：神游太虛，包舉八絃。萬象在下，俯視衆生。野闊沙静，天高月明。參橫斗轉，銀漢無聲。意趣所極，不可爲名。如卧北窗，酒醒風輕。

三、微妙：雲斂氣霽，獨坐夜闌。遥聽琴韵，聲在江干。心無塵慮，始得其端。如臨秋水，寫影層巒。蘋花漸老，菡萏初殘。蓬窗秋雨，小簟輕寒。

四、神韵：靈機偶觸，忽得真旨。不名一象，自然隨喜。婉約輕微，神會而已。即之愈遠，望之似邇。白雲在天，靡有定止。一曲琴心，高山流水。

五、哀怨：文章百變，以情爲原。瀟湘聽瑟，三峽聞猿。能不感傷，動其煩冤。秋墳鬼唱，旅穀朱門。纏綿悱惻，敦厚斯存。班姬之思，屈子之言。

用韵文形式撰寫文學批評文字，尤其是用四言詩體形容詞體風格，展現了高文先生的詞學造詣和見識。

華鍾彦（1906~1988），先後畢業於東北大學和北京大學，詞學師從俞平伯，先後執教於東北大學、東北師範大學，1955年後終身任教河南大學。華先生學術視野極爲廣闊，從《詩經》、漢魏文學，至唐詩、明清小説，無不深研，尤其在詞曲研究領域備受學界推重。

華鍾彦先生的《花間集注》於1935年由商務印書館出版，是《花間集》最早的注本。著名詞學家顧隨先生爲書作序。《花間集》是第一部文人詞總集，乃百代詞家之祖，對後世產生了深遠的影響，成爲後世詞"當行本色"創作道路的典範。民國之前，《花間集》雖然版本衆多，其編集的目的都是爲讀者提供摹寫的範本。《花間集注》却完全不同，它創造性地采用了解釋詞句、疏通意旨兼及鑒賞的新體式，開《花間集》賞析之先河，以教學和普及推廣爲目的，呈現顯著的現代大學教材的特徵，具有文學經典普及的性質，成爲民國時期新派詞學在詞籍注釋領域的學術範本。華鍾彥先生的《花間集注》是第一部具有現代學術性質的《花間集》注本，具有里程碑的意義。

以上三位教授具有頗多共同的特點：第一，他們均具有深厚的詞學造詣，且均在民國時期已經在詞學研究領域有所建樹；第二，他們於新中國成立後先後來到河南大學，終身任教河南大學，且均擔任過中文系副主任、主任的行政職務，在師生中享有極高的聲望；第三，他們均爲既博又專的學者，根據教學的需要在學術上曾涉獵多個領域，但又有自己的學術專長，具有很高學術知名度。

四

民國詞學分爲新舊兩派。所謂"舊派"也被稱爲體制内派。體制内派的詞學批評往往更注重詞體的内在結構，講究詞體的學術規定性。舊派的學術淵源是清代的常州詞派，其代表詞人，大都是常州詞派的傳人，主要有晚清四大家及其弟子。所謂"新派"，即被對應地稱爲體制外派。新派的詞學家大都受西方文藝思想影響較深，是一批新型的學者。他們受西方的教育思想浸潤很深，多并不以詞學爲主業。新派也被稱爲北派，主要是因爲他們大都生活在北平和天津一帶，如王國維、胡適、胡雲翼、鄭振鐸、俞平伯等人。從新派詞學的發展歷史來看，王國維是啓蒙者，胡適是奠基者，胡雲翼是開拓者。從前後任教河南大學的詞學教授的學術淵源來看,邵瑞彭、蔡嵩雲、盧前、高文屬於舊派;任訪秋、華鍾彥具有新派的色彩。以今天的學術眼光來看,無論舊派、新派,皆有可貴的學術理念和建樹,皆是寶貴的詞學教育遺產。河南大學今天以保有這樣的遺產而自豪。

21世紀以來,河南大學的詞學研究又開闢了新的局面,詞學研究穩步前行。鄒同慶和王宗堂合著《蘇軾詞編年校注》(中華書局,2002)、孫克强《清代詞學》(中國社會科學出版社,2004)、岳淑珍《明代詞學批評史》(社會科學文獻出版社,2014)、劉軍政《中國古代詞學批評方法》(人民出版社,2015)、陳麗麗《南宋孝宗時期詞風嬗變研究》(中國社會科學出版社,2019)等著作的出版,顯示出河南大學的詞學研究薪火相傳,步步堅實。

爲了鞏固和加强詞學研究,在河南大學文學院的大力支持下,河南大學文學院詞學研究中心得以組建,重新整合了詞學研究力量,確定了三個研究方嚮:詞學文獻的整理與研究、詞學批評史研究、詞史研究。如今河南大學的詞學研究具有顯著的學術特色:文獻與理論并重,以文獻整理、考辨爲基礎,以批評史、詞史、學術史的建構爲方嚮,以發揚傳統、勇於創新爲精神動力。這套"河南大學文學院詞學研究叢書"的出版,是河南大學詞學研究的新起點,以此展望未來,前途可期。

前　言

　　20世紀初，中國傳統文化面臨着繼承和變革，全國各地紛紛出現了新式大學，逐漸代替舊式學堂、書院，成爲彙聚精英、傳承文化的重要陣地，詩、詞、曲等傳統學業在高校國文教育中得到了傳播與發展。陳水雲教授在《有聲的詞學——民國時期詞學教學的現代理念》①一文中指出："1918年春，北京大學國文學門的課表上首次出現'詞曲'的身影，詞學作爲一種獨立的學科門類，被納入到現代'文學教育'體系，登上現代大學中文系的講壇，從此現代詞學走上學科發展的正軌，南北各地湧現了一批以詞學教學爲志業的大學教授。他們在課堂上向年輕學子輸送傳統文化的營養，也在課堂外開展廣泛而專門的學術演講，進行着中國詞學向現代轉型的有聲實驗。他們把現代大學作爲變革傳統和傳播思想的前沿陣地，使得中國詞學在較短的時間內完成從傳統向現代的轉型。"

　　北京大學課表上"詞曲"課的開設者是吳梅。吳梅（1884～1939），字瞿安，號霜厓，江蘇長洲（今蘇州）人。歷任北京大學、東南大學、中山大學、中央大學、金陵大學等國文教授，致力於詞曲研究和教學，曾有《詞餘講義》（1919）、《顧曲塵談》（1923）、《中國戲曲概論》（1926）、《元劇研究ABC》（1929）、《詞學通論》（1933）等具有教材性質的著作。吳梅不僅創作、研究成果卓著，還在各地培養出許多優秀的學生，如唐圭璋、任二北、王季思、錢南揚、趙萬里、汪經昌、潘承弼、陸維釗、胡士瑩等，皆爲學術名家。吳梅門下有一位才高而壽短的弟子，在詞曲教育與研究方面繼承其衣鉢，并且擔負起老師的身後囑托，這位弟子就是被譽爲"江南才子"的盧前。

---

① 此文刊載於《文藝研究》2015年第8期。

一

盧前，原名正紳，後改名前，字冀野，自號小疏，別號飲虹，別署江南才子、飲虹簃主人、飲虹園丁、冀翁、小疏齋、中興鼓吹者、飲虹詞人等。祖籍江蘇江寧，曾祖盧崟（雲穀）於同治十年（1871）殿試二甲第二名進士，光緒五年（1879）督學雲南。三年任滿北歸，主講南京尊經學院。

1905年3月2日，盧前生於南京城南膺福街飲虹園自家宅。父盧益卿，母孫氏。在書香濃郁的家庭中，盧前自幼才思敏捷，勤於學習，十歲能文，十二三歲作詩詞等韵文。1919年就讀於南京高師附中。1921年投考南京東南大學，中文成績優异，數學零分，未被取。次年再考，以"特別生"名義，被東南大學國文系破格録取。此時正好吴梅先生應東南大學國文系主任陳鍾凡之邀，舉家南下執教，盧前便成爲吴梅的學生，積極參加曲學社團的各種活動，包括寫作、唱歌等，對於詞曲用功甚深。1926年，由於父親辭世，身爲長子且已成家的盧前肩負起弟妹的教育費用以及全家十口人的生活開銷，一邊求學，一邊奔波於南京的兩江民立中學、南京中學等多所學校，兼課挣錢，養家糊口。

1927年3月，盧前畢業，正式到金陵大學任教，不久升爲教授。自1930年起，先後在成都大學、國立成都師範大學、四川大學，河南大學，上海的光華大學、暨南大學、復旦大學，廣州中山大學研究所，南京的中央大學等高校執教。盧前與河南大學的緣分，在其文札中多次提及，尤其是在關於朱彊邨、邵瑞彭這兩位詞人的文章中皆有記載。《朱彊邨軼事》一文中，盧前提到自己到成都執教後，"第二年到開封，碰巧'九一八'關外事起"。《記劭次公》一文中提到"我和他（邵瑞彭）在河南大學同事，我在開封三年，幾乎每天都和他在一道"。可見盧前是1931年九一八事變前到河南大學執教的，前後共三年時間，其間與邵瑞彭關係非常密切。1933年，盧前離開開封前往上海輾轉執教。綜觀盧前一生，30年代前期，正是他詞學研究成果最爲突出的階段。

1937年，隨着抗戰戰場的擴大，盧前舉家流亡。1938年到達武漢，被國民黨政府教育部次長吴俊升推薦到教育部工作，被聘爲第一届國民參政會參政員。同年，擔任《民族詩壇》主編。1940年，赴成都，任國立四川大學教授。1941年，赴福建永安，任國立音樂專科學校校長。翌年回渝，在重慶國立禮樂館和編譯館任編纂。1944年，于右任在渝發起"中華樂府"，約爲編輯。1946年，返回南京，任南京通志館館長。1948年，任南京市文獻委員會主任。1949年南京解放後，閑居在家。1951年4月17日，病逝，年僅46歲。關於盧前的英年去世，大旂《冀野之死》、謝冰瑩《記盧冀野先生》皆有記述。

盧前一生致力於教育和文化事業。他才華橫溢，充滿激情，筆耕不輟，在并不長的生命歷程中，留下了300餘萬字的著述，包括詩、詞、曲、小説、札記、隨筆等各種作品，也有研究詞曲的學術理論著作，此外還選編、輯録了大量的詞曲文獻。盧前在曲學方面的成就最爲突出，吳梅曾言："余及門中，唐生圭璋之詞，盧生冀野之曲，王生駕吾之文，皆可以傳世行後，得此亦足自豪矣。"與恩師吳梅一樣，盧前潛心曲學的同時，在詞學上也頗有建樹。馬大勇、陳秋麗曾在《曲名遮蔽下的詞壇名家：吳梅、盧前詞合論》一文中指出："20世紀詞史群星麗天，江河行地，足以構成千年詞史的嶄新一頁。但由於各種偏見的阻隔，這一輝煌百年一直沒有得到學界足夠的關注。諸多專以詞名的重量級人物尚且模糊未明，以曲學著稱的吳梅、盧前師生兩位當然更處於遮蔽狀態。然而，平心論之，吳梅建立在史論融通的《詞學通論》基礎上的詞創作'斂滂沛於尺素，吐哀樂於寸心'，情真意摯、渾厚博麗，給我們錘煉出了一個立體而血肉豐盈的吳梅的人格剪影。而其弟子盧前'將我手，寫余心'，繼承乃師'詞教'并有所發揚。"

二

作爲一名在高校教授詞曲十餘年，并在教育文化部門任職多年的才子，盧前在文學方面涉獵十分廣泛。就詞學而言，盧前自少年時期直至重病去世前，從未間斷創作，相關著述也未曾停歇，既有論文專著，也有報刊短篇，總體來看，其重要詞學成果主要集中在20世紀三四十年代，具體體現在如下幾個方面。

（一）詞學著述

盧前不僅工於填詞，對於詞體特徵及詞學現象也卓有見地，相關著述豐富多樣，從內容上看，有理論著述，有文獻整理；從篇幅上看，有長篇專著，也有散見於報紙、期刊上的短篇札記。綜而觀之，盧前的詞學著述主要有三類。

第一，詞學理論。作爲詞曲大家吳梅先生的得意門生，盧前對這兩種文體也有系統的思考與研究，他認爲"散曲"就是從"詞"中演變出來的，詞曲同是合樂文學，又有相互的因果，詞曲合并的研究非常需要。因此，30年代前期，他在各地大學教授詞曲時，先後撰有《詞曲文辨》（《詞學季刊》第1卷第2期，1933）、《詞曲研究》（中華書局，1934）、《令詞引論》（《詞學季刊》第2卷第1期，1934）等論著、論文，旨在探討詞、曲文體的主要特徵，尤其《詞曲研究》一書，可以說是民國韵文學史上重要的著作之一。

在探究文體的同時，盧前對於一些重要的詞人也有所關注，撰寫了《陳大聲及其詞》（《青年界》第7卷第1期，1934）、《温飛卿及其詞》（會文堂新記書局，1936）、《南渡後幾個愛國的詞人》（《國防論壇》第3卷第8～9期，1935）、《龍榆生先生》（《十月雜志》1935年第19期）等，對明代詞曲家陳鐸、花間詞鼻祖温庭筠、南宋的辛弃疾、張孝祥、陸游、姜夔，以及現代詞人吳梅、顧隨、龍榆生等人及其創作進行了梳理與分析。盧前對一些出色的女性詞人也有所關注，曾在《詩歌論集》第三章"中國文學史上之婦女"中專門分析宋代女詞人李清照和朱淑真，并多次談及現代女詞人吕碧城等。

除了對文體、詞人的研究外，盧前對於一些詞學現象也信手拈來，隨筆寫下一些序跋、書信、札記等，發表於民國各報紙、期刊上，其中既有《李白〈菩薩蠻〉說》《題半瓢詞集》這種直接論詞的短文，也有一些是與詞人、詞作相關的趣聞軼事、文化現象的記錄，如《翠微亭》《詞皇閣》《如社》《多麗舫》等。這些短篇札記既繼承了中國傳統詩話、詞話"偶感隨筆，信手拈來，片言中肯，簡煉親切"的特色，也是研究盧前詞學不可忽視的第一手資料。

第二，論詞詞。盧前有一組大型組詞《望江南·飲虹簃論清詞百家》，是專門爲陳乃乾輯錄的《清百家詞》而作的。《清百家詞》於 1936 年由開明書店出版，盧前這百首《望江南》附在該詞選末尾，系統地對李雯至王國維等 130 餘位清代詞人的風格特點及影響進行了梳理、總結。在中國文論史上，以詩、詞論文學是中國詩歌史與批評史上的一種獨特現象，南宋戴復古曾以《望江南》論詩，清人張德瀛以《望江南》論詞。晚清四大家之一的朱彊邨曾先後以 26 闋《望江南》論清代詞人，姚鵷鶵亦有 20 首踵武。盧前後來者居上，借陳乃乾出版《清百家詞》的機緣，繼承朱彊邨以組詞構建"清詞小史"的意趣，創作了百首《望江南》，系統地梳理了有清一代的詞史。馬大勇教授指出："在這百首詞中，盧前本着直書所見的態度，屏弃門户之見，表達出了相當通達公允的詞史立場，很多判斷獨具慧心，歷久彌新。"張璋《歷代詞話續編》把該組詞納入其中，足見其詞學理論之價值。

　　第三，詞作選編、箋校。20 世紀 40 年代，盧前先後出版了五部詞選。（1）吴梅去世前曾委託盧前將其部分手稿整理刊刻，其中《霜崖詞録》即盧前爲老師刊刻出版的詞集，1942 年由文通書局刊行。《霜崖詞録》共録詞 137 首，這部特殊的詞集，體現了吴梅與盧前之間的師生情深以及共同的學術愛好。（2）《詞略》，民國 33 年（1944）11 月，中國聯合出版公司印行，現藏於廣東省中山圖書館。這是一部通代詞選，從唐代李白至清代陳維崧，共選録詞人 31 家，凡 300 餘首詞，作品後附有黄昇《花庵詞選》、陳廷焯《白雨齋詞話》、王國維《人間詞話》等歷代名家評語，其中引用吴梅《詞學通論》評論者居多。（3）《樂章選》，建國出版社 1943 年發行。該選集爲韵文選集，詩、詞、曲三種文體兼而有之，其中第三卷爲詞選，録"唐五代兩宋詞選" 72 首。（4）《樂章習誦》，文風書局 1945 年出版，第四卷爲"唐五代兩宋詞"，與《樂章選》同。值得注意的是，《樂章選》與《樂章習誦》皆爲詩詞曲選集，其中詞選部分主要收録唐五代及宋詞，選目相同，可視爲一種，由此二集可大致窺見盧前關於唐宋詞經典的選擇標準及其對唐宋詞的重視。（5）《敦煌文鈔》，正中書局 1948 年出版，其中有《唐詞選目》，包括《雲謡集雜曲子》30 首與《敦煌雜曲》21 首，足見盧前對於敦煌文學及曲子詞初始時期的創作情況也有一定了解。

　　選本通常是作爲入門的普及讀本，魯迅在《集外集》中提出選本是選家"賴以發表和流布自己主張的手段"。詞選的選目與編排順序往往可以體現選家的指導思想：或以存人、存詞爲目的，或迎合當時的社會風尚以及市場需求，或用詞選表現特有的詞學觀念和理論主張。這五部詞選的刊印發行集中在40年代，所選詞作時間跨度大、涵蓋作品多，盧前開闊的詞學視野，扎實的詞學功底由此可見一斑。

詞集校箋方面，盧前對南唐二主李璟、李煜很用心，有《南唐二主詞箋補正》（《金陵周刊》1927年第4期）、《金陵盧氏校刊南唐二主詞》（1950年自印刻本）。盧前校刻巾箱本《南唐二主詞》，有跋曰："時庚寅七夕，予抱病閒居亦逾歲矣。"其刊印當在1950年7月後。歷代優秀詞人衆多，盧前之所以選擇南唐二主詞進行校箋補正，究其原因有二：其一是南唐二主雖存詞不多，但造詣非凡，影響深遠，值得關注；其二是李璟、李煜與他皆爲金陵人，盧前心中懷着強烈的鄉邦意識，這種鄉邦意識一直貫穿在他的思想和生命中，在其40年代末期撰寫的南京文化小品《冶城話舊》和《東山瑣綴》中也有充分體現。

（二）詞作

作爲一名出身書香世家的才子，盧前有很好的傳統詩詞功底，年少時期便出口成章、一揮而就。他把一生中的所行、所見、所聞、所感，皆以詩、詞、曲來記錄、表達。盧前現存詞作430餘首，主要保存在《紅冰詞》《紅冰詞拾》《中興鼓吹》《望江南·飲虹簃論清詞百家》中，此外還有一些作品散見於報紙、雜誌中。

《紅冰詞》是盧前的第一部詞集。盧氏自稱"愚年十二三始好韵語，二十以前積稿都二百篇"。1925年，他把自己弱冠之前創作的詩、詞、散曲稿200篇，分別選編成《弱歲集》（詩）、《南雝集》（詩）、《紅冰詞》（詞）、《曉風殘月曲》（散曲）四卷，合而爲《盧冀野少作》，後自行刊刻發行。《紅冰詞》前有吳鳴麒的序言，作於"屠維大荒落相月中旬"，可知該集刊刻完成當在己巳（1929）年七月中旬以後。《紅冰詞》僅收錄29首，風格柔婉旖旎，繼承了唐五代及北宋詞風。40年代末期，已屆不惑的盧前又編選了《冀野選集》，再次把自己的詩、詞、曲、文進行選編，於民國36年（1947）11月由中國文化服務社出版。其中詞選部分，有《紅冰詞拾》一卷與《中興鼓吹選》，前者共21首，其中9首與《紅冰詞》重，此外的 12 首或爲飲虹簃刊行的《紅冰詞》未錄之舊作，整體格調傳統婉約。由此可見，"紅冰"一系乃盧前早期詞作風貌的集中體現。盧前曾在 1928 年撰寫的《溫飛卿及其詞·弁言》中自述："少日攻詞，酷愛溫飛卿；以其爲詞人之祖，猶詩中之蘇李也。"可見他少年填詞深受溫庭筠的影響，因此極具詞體當行本色。同光後勁、江西派詞人夏敬觀在《忍古樓詞話》中曾專論盧冀野，云："少年豪俊，善飲酒，工製南北曲，且能自譜，有《飲虹五種曲》行世。余爲《題飲虹簃填詞圖》云：'偷蜜憎醒村醉回，玉川健倒在莓苔。蒲江詞句疏齋曲，兼并君家幾輩才。

凌躍超驤有不禁，座中詵嘌孰知音。譜成換取錢沽酒，飲釜如虹涸吐金。'二詩雖不工，蓋能寫冀野不凡之氣概矣。冀野既以曲名，其所作詞，遂不自珍惜。予顧謂其詞亦不凡近。……詩筆懼爲詞傷，詞筆懼爲曲傷，作者往往不能兼美，冀野尚不病此。"足見盧前詞作水準之高，絲毫不亞於其詩、曲。

盧前影響最大的一部詞集是《中興鼓吹》。這是以描寫抗戰時事、歌頌民族英雄爲主題的獨特詞集，與《紅冰詞》內容、風格迥然不同。創作時間起自 1931 年抗戰，前後延續了 15 年。盧前在《中興樂·代跋》中稱："十五年間佰首詞，也曾捻斷吟髭。辛酸處，怕是沒人知。"自 1937 年以後，《中興鼓吹》幾乎每年一版，先後十餘種版本，有國聞周報版、獨立出版社版、民族詩壇叢刊版、漢口版、重慶版、成都茹古堂刻本、桂林版、貴陽文通書局版、永安（福建）建國出版社版、國立音樂專科學校版、開明書店版（英漢對照本）、南京版等，成爲抗戰時期最爲暢銷的一部詞集，先後有 30 多位文人爲這部詞集作序跋、題記，并給予高度評價。由於不斷有新作納入，《中興鼓吹》各版本所收詞作不盡相同，杜運威的《論盧前〈中興鼓吹〉的詞史價值》對其進行了梳理，認爲 1948 年的南京版最爲全面。本文集即以南京版《中興鼓吹》爲底本，該版本共 4 卷，211 首。盧前別具匠心地以兩首《中興樂》作爲詞集的序、跋，各卷作品基本上按時間編次，不少詞作有小序介紹創作背景，全書體制頗爲嚴謹精細。值得一提的是，民國 36 年（1947）11 月由中國文化服務社出版發行的《冀野選集》中有一卷《中興鼓吹選》，共 51 首，應是盧前對自己十餘年間所作中興鼓吹詞的精心選編。盧前的《中興鼓吹》，堪稱 20 世紀詞史上一部極具特色、極有影響的詞集，同時也是抗戰文學史上十分重要的一部作品。陳立夫《中興鼓吹序》指出該詞集的時代價值："吾民族方與暴寇作生死存亡之鬥爭，而精神動員，文人負責最重，豈宜尚有流連光景、兒女相思之作？是冀野以'中興'名其集，不特爲現時所需要，亦全國作家所應爾。"

除了以上較爲系統的詞集外，盧前還在《國立成都大學校刊》、《金陵周刊》、《中央日報》、《大報》以及（漢口）《教育通訊》等報刊上零散發表了不少詞作，總計近80首。綜觀盧前的詞作，豪放與婉約兼備、傳統與創新交融、抒情與理趣皆擅，在20世紀上半葉獨樹一幟。

三

作爲民國時期以詞曲創作、研究而著稱的學者，盧前的曲學成就早已獲得廣泛關注。在沉寂了近半個世紀後，其詞學也逐漸受到學界關注。整體來看，盧前的詞學思想大致可以1931年抗戰爲界進行分期：1931年抗戰前重在探討傳統詞學，重視詞的文體特徵、歷史發展；1931年抗戰以後則偏重現實，推崇辛派詞人，注重家國情懷，提倡以詞寫史。盧前的詞作是其詞學思想的自然體現：1931年抗戰前，尤其弱冠之前的作品，充分繼承詞體婉約本色；1931年抗戰以後則更加注重意志的傳達，全面表現社會現實，風格慷慨悲壯；抗戰結束後詞作較少，多抒寫個人生活，常有深沉感喟。縱觀盧前的詞學思想及創作軌迹，可知其正是民國時期詞學風尚的一種反映。

近年來，關於盧前詞學方面的研究逐漸展開。盧氏刊刻成冊的書稿，大多收錄在袁曉聰、曹辛華主編的《盧前文獻輯刊》（北京燕山出版社，2020）中，這部輯刊以影印方式保存了民國出版物的原貌，其中以曲學文獻爲主。客觀來看，盧前的詞學文獻也相當可觀，但是，除《詞曲研究》影響較大、反復再版外，其他詞學文獻分布較爲零散，未能系統地呈現其詞學風貌與詞學成就。孫克強教授主持編纂"民國時期河南大學詞學名家文叢"，盧前作爲20世紀30年代初期曾在此執教的著名詞曲教授，其詞學文集也被納入其中。整理者在搜集文獻時，儘可能把盧前存世的與詞學相關的內容搜盡，對於一些篇幅較長、不以詞學爲主的論文，如《民族詩歌論集》等，僅把其中論詞部分節錄出來；一些零散的短文，如《鼓子詞談》《類似曲》等，雖然以曲爲主，但因其中言及詞，亦予以全篇收入。由於盧前一生著述極其豐富，傳播渠道多樣，有公開發行、有私人刊印，加之去世後沉寂多年，使得有些文獻難以尋覓，譬如盧前曾在《詞曲研究》中提及自己的《詞學通評》，且自引觀點："或名詩餘者，意非可以入詩。詩之所餘，自成其式之謂。"然遍尋文獻，未曾得見，十分遺憾。由於整理者學養、視野有限，難免疏漏、錯訛，各位學者、同人若有相關文獻，則請不吝賜教，以待補正。

在《盧前詞學文集》整理過程中，河南大學文學院資料室給予了大力支持。上海大學曹辛華教授、南開大學楊傳慶副教授無私提供《詞略》《溫飛卿及其詞》以及民國報刊上的一些文獻；司馬弩、潘書然、王禹陽、齊雯雯、侯亞淇五位同學協助過錄部分內容；在此一并謹致謝忱！

在整理、編校過程中，對於文本中的漏字，用〈〉補入；對於錯字或不同版本的异載字，則用〔〕補入；標點符號也有個別調整；文本中的口語化句式、用語則從原文，不做修改。

陳麗麗　庚寅年春於洛陽

目錄

詞曲研究

序言	003
自序	006
第一章　詞的起原和創始	007
第二章　詞各方面的觀察	012
第三章　幾個重要的詞家（上）	021
第四章　幾個重要的詞家（下）	033
第五章　從詞到曲底轉變	048
第六章　曲各方面的觀察	058
第七章　幾個重要的曲家（上）	066
第八章　幾個重要的曲家（下）	077
附錄　一個最低度研究詞曲底書目	089
（甲）總集　包含彙刻的別集與叢書	089
（乙）選集	089
（丙）別集	090
（丁）評記	091
（戊）譜	093
（己）韵	093

溫飛卿及其詞

弁言	097

一　傳略	098
二　詞錄	101
三　集評	108
總評	108
分評	110
四　餘論	113

盧前論詞文札輯錄

南唐二主詞箋補正	121
一　异名同調者五	123
二　同名异調者一	123
三　同名异體者二	124
四　後主創調者五	124
五　後主創名者六	124
六　後人别立新名，囘於後主詞句者三	125
"白青"專欄論詞	126
詞人温飛卿	127
（上）傳略	127
（下）述評	129
何謂文學（節選）	133
文學之啓源及其性質（了解性）	133
支配文學有三大勢力（論環境）	133
構成文學之三大原素	138
文學之派别與蜕化説（進化説）	139
分論（詩 Poetry）	140
詞曲文辨	141
李白《菩薩蠻》説	145
鼓子詞談	146
類似曲	148
令詞引論	152
陳大聲及其詞	155

陳大聲評記輯	163
"詞"是怎樣發生和發展的	168
龍榆生先生	171
南渡後幾個愛國的詞人	173
唐五代四大名家詞・序	177
詞人的幽默	178
一　曹豳對於腳的安慰	178
二　關漢卿依然失望了	178
三　一對黑色的配偶	179
四　妙想天開之如意曲	179
吳瞿安先生年譜	180
《民族詩歌論集》論詞	192
民國以來我民族詩歌	192
中國文學史上之婦女	193
民族詩歌談屑	194
謝章鋌《詞學纂說》跋	195
我怎樣寫《中興鼓吹》的	196
《冶城話舊》論詞	201
玉井詠隨園	201
媚香樓故址	201
碧瀣翁	202
雨花臺題壁	202
如社	203
多麗舫	203
飲真填詞	204
翠微亭	204
劉寶全與莊景周	205
鞠宴齋	206
舊時月色	206
《抗戰以來之中國詩歌》論詞	207
《夜譚拔萃》論詞	210

一曲賀新郎 ··· 210
　　萬里封侯一夢 ······································· 211
　　詞之末路 ··· 211
　　敦煌文學 ··· 212
題半瓢詞集 ·· 213
《丁乙間四記》論詞 ····································· 214
　　蕪湖三月 ··· 214
　　福州十七日 ······································· 215
女詩人 ·· 217
覺諦山人詞壇點將 ······································ 219
敬悼香宋老人 ·· 222
《東山瑣綴》論詞 ······································· 223
　　"東山備乘"（節選） ······························ 223
《柴室小品》論詞 ······································· 224
　　記邵次公 ··· 224
　　朱彊邨軼事 ······································· 224
　　呂氏三姊妹 ······································· 225
　　葉遐庵不上掃葉樓 ································· 226
　　詞皇閣 ··· 226
　　答思鬱疑 ··· 227

飲虹簃論清詞百家

望江南 ·· 231
　　一　李雯 ··· 231
　　二　吳偉業 ······································· 231
　　三　曹溶 ··· 231
　　四　宋琬 ··· 231
　　五　龔鼎孳 ······································· 232
　　六　曹爾堪 ······································· 232
　　七　尤侗 ··· 232
　　八　吳綺 ··· 232

九	徐石麒	232
一〇	梁清標	232
一一	嚴繩孫	233
一二	毛奇齡	233
一三	陳維崧	233
一四	王士祿	233
一五	朱彝尊	233
一六	彭孫遹	233
一七	王士禛	234
一八	宋犖	234
一九	鄒祇謨	234
二〇	董以寧	234
二一	董俞	234
二二	董元愷	234
二三	曹貞吉	235
二四	李良年	235
二五	徐釚	235
二六	顧貞觀	235
二七	李符	235
二八	汪懋麟	235
二九	高士奇	236
三〇	沈皞日	236
三一	沈岸登	236
三二	查慎行	236
三三	性德	236
三四	龔翔麟	236
三五	趙執信	237
三六	厲鶚	237
三七	蔣士銓	237
三八	王昶	237
三九	王芑孫	237

四〇	吳翌鳳	237
四一	洪亮吉	238
四二	吳錫麒	238
四三	趙懷玉	238
四四	黃景仁	238
四五	楊芳燦	238
四六	樂鈞	238
四七	凌廷堪	239
四八	張惠言	239
四九	錢枚	239
五〇	劉嗣綰	239
五一	張琦	239
五二	郭𪐄	239
五三	彭兆蓀	240
五四	嚴元照	240
五五	改琦	240
五六	趙慶熺	240
五七	宋翔鳳	240
五八	王敬之	240
五九	湯貽汾	241
六〇	葉申薌	241
六一	周濟	241
六二	董士錫	241
六三	周之琦	241
六四	馮登府	241
六五	楊夔生	242
六六	顧翰	242
六七	方履籛	242
六八	董祐誠	242
六九	龔自珍	242
七〇	項廷紀	242

七一	姚燮	243
七二	黄燮清	243
七三	蔣敦復	243
七四	陳澧	243
七五	龍啓瑞	243
七六	承齡	243
七七	周壽昌	244
七八	王錫振	244
七九	杜文瀾	244
八〇	邊浴禮	244
八一	勒方錡	244
八二	蔣春霖	244
八三	薛時雨	245
八四	端木埰	245
八五	周星譽	245
八六	劉履芬	245
八七	李慈銘	245
八八	張鳴珂	245
八九	莊棫	246
九〇	譚獻	246
九一	王闓運	246
九二	葉大莊	246
九三	馮煦	246
九四	王鵬運	246
九五	陳銳	247
九六	文廷式	247
九七	鄭文焯	247
九八	朱祖謀	247
九九	況周頤	247
一〇〇	王國維	247

紅冰詞

紅冰詞序	251
點絳唇	252
蝶戀花	252
蝶戀花	252
蝶戀花	252
蝶戀花	253
蝶戀花	253
蝶戀花	253
蝶戀花	253
蝶戀花	254
羅敷媚	254
霜花腴	254
鳳皇臺上憶吹簫	255
浣溪沙	255
菩薩蠻	255
菩薩蠻	255
虞美人	256
賣花聲	256
驀山溪	256
百字令	256
蝶戀花	257
小桃紅	257
浣溪紗	257
浣溪紗	257
偷聲木蘭花	258
阮郎歸	258
天仙子	258
長命女	258
臺城路	259

金縷曲 ……………………………………… 259
紅冰詞拾 …………………………………………… 260
　　點絳唇 ……………………………………… 260
　　減字木蘭花 ………………………………… 260
　　洞仙歌 ……………………………………… 260
　　御街行 ……………………………………… 261
　　淡黃柳 ……………………………………… 261
　　壺中天 ……………………………………… 261
　　西河 ………………………………………… 261
　　水調歌頭 …………………………………… 262
　　浣溪沙慢 …………………………………… 262
　　倚風嬌近 …………………………………… 262
　　八聲甘州 …………………………………… 263
　　泛清波摘遍 ………………………………… 263

中興鼓吹

中興鼓吹題語 ……………………………………… 267
中興鼓吹卷一 ……………………………………… 269
　　中興樂 ……………………………………… 269
　　滿江紅 ……………………………………… 269
　　滿江紅 ……………………………………… 269
　　滿江紅 ……………………………………… 270
　　滿江紅 ……………………………………… 270
　　滿江紅 ……………………………………… 270
　　水調歌頭 …………………………………… 270
　　少年游 ……………………………………… 271
　　臨江仙 ……………………………………… 271
　　臨江仙 ……………………………………… 271
　　浣溪沙 ……………………………………… 271
　　浣溪沙 ……………………………………… 272
　　木蘭花慢 …………………………………… 272

木蘭花慢	272
減字木蘭花	273
減字木蘭花	273
荷葉杯	273
江城子	273
賀新郎	273
雨中花	274
桂殿秋	274
沁園春	274
太常引	275
鷓鴣天	275
鷓鴣天	275
鷓鴣天	275
鷓鴣天	276
好事近	276
點絳唇	276
點絳唇	276
點絳唇	276
點絳唇	277
點絳唇	277
點絳唇	277
謁金門	277
浪淘沙	277
沁園春	278
沁園春	278
采桑子	278
摸魚子	278
臨江仙	279
臨江仙	279
減字木蘭花	279
婆羅門引	279

南鄉子	280
鷓鴣天	280
鷓鴣天	280
鷓鴣天	280
鷓鴣天	281
鷓鴣天	281
鷓鴣天	281
鷓鴣天	281
鷓鴣天	282
破陣子	282
水調歌頭	282

中興鼓吹卷二 …… 283

水調歌頭	283
鵲踏枝	283
鵲踏枝	283
西江月	284
百字令	284
百字令	284
百字令	284
浣溪沙	285
浣溪沙	285
浣溪沙	285
浣溪沙	285
喝火令	285
卜算子	286
滿江紅	286
滿江紅	286
滿江紅	287
滿江紅	287
滿江紅	287
烏夜啼	287

滿江紅	288
滿江紅	288
滿江紅	288
滿江紅	289
滿江紅	289
滿江紅	289
滿江紅	289
滿江紅	290
西江月	290
西江月	290
西江月	290
西江月	291
柘枝引	291
柘枝引	291
減字木蘭花	291
減字木蘭花	291
減字木蘭花	292
減字木蘭花	292
減字木蘭花	292
減字木蘭花	292
減字木蘭花	292
減字木蘭花	293
減字木蘭花	293
減字木蘭花	293
滿庭芳	293
探春慢	294
琵琶仙	294
定風波	294
臨江仙	294
臨江仙	295
鷓鴣天	295

烏夜啼	295
菩薩蠻	295
南鄉子	296
南鄉子	296
虞美人	296
鷓鴣天	296
賀新郎	297
鷓鴣天	297

中興鼓吹卷三 ……………………… 298
 賀新涼 ……………………… 298
 采桑子 ……………………… 298
 朝中措 ……………………… 298
 齊天樂 ……………………… 299
 醜奴兒 ……………………… 299
 水調歌頭 …………………… 299
 木蘭花慢 …………………… 299
 臨江仙 ……………………… 300
 臨江仙 ……………………… 300
 臨江仙 ……………………… 300
 臨江仙 ……………………… 300
 探春慢 ……………………… 301
 好事近 ……………………… 301
 南歌子 ……………………… 301
 清平樂 ……………………… 302
 浣溪沙 ……………………… 302
 浣溪沙 ……………………… 302
 浣溪沙 ……………………… 302
 齊天樂 ……………………… 303
 一剪梅 ……………………… 303
 念奴嬌 ……………………… 303
 小重山 ……………………… 304

破陣子 ………………………………………… 304
　　玉樓春 ………………………………………… 304
　　新荷葉 ………………………………………… 304
　　卜算子 ………………………………………… 305
　　水調歌頭 ……………………………………… 305
　　采桑子 ………………………………………… 305
　　菩薩蠻 ………………………………………… 305
　　菩薩蠻 ………………………………………… 305
　　菩薩蠻 ………………………………………… 306
　　菩薩蠻 ………………………………………… 306
　　水龍吟 ………………………………………… 306
　　鵲踏枝 ………………………………………… 306
　　歸朝歡 ………………………………………… 307
　　清平樂 ………………………………………… 307
　　水龍吟 ………………………………………… 307
　　朝中措 ………………………………………… 307
　　滿江紅 ………………………………………… 308
　　揚州慢 ………………………………………… 308
　　西江月 ………………………………………… 308
　　浣溪紗 ………………………………………… 308
　　浣溪紗 ………………………………………… 309
　　浣溪紗 ………………………………………… 309
　　永遇樂 ………………………………………… 309
　　漁家傲 ………………………………………… 309
　　點絳唇 ………………………………………… 310
　　點絳唇 ………………………………………… 310
　　鷓鴣天 ………………………………………… 310
　　鷓鴣天 ………………………………………… 310
中興鼓吹卷四 …………………………………………… 311
　　竹枝 …………………………………………… 311
　　竹枝 …………………………………………… 311

竹枝	311
竹枝	311
竹枝	312
竹枝	312
看花回	312
沁園春	312
臨江仙	313
浪淘沙	313
浪淘沙	313
浪淘沙	313
浪淘沙	314
一痕沙	314
念奴嬌	314
鷓鴣天	314
菩薩蠻	315
滿江紅	315
虞美人	315
浣溪紗	315
霜天曉角	316
浣溪紗	316
淒涼犯	316
摸魚兒	316
浣溪紗	317
浣溪紗	317
水調歌頭	317
大有	317
好事近	318
好事近	318
好事近	318
好事近	319
好事近	319

好事近 319

好事近 319

鷓鴣天 320

滿江紅 320

清平樂 320

水調歌頭 320

菩薩蠻 321

卜算子 321

中興樂 321

跋 322

　　潘式（伯鷹） 322

　　龍沐勛（榆生） 322

　　任訥（中敏） 323

　　林庚白（衆難） 323

　　陳匪石（小樹） 323

　　酈承銓（衡叔） 324

　　讀《中興鼓吹》　林庚白 324

　　題冀野師《中興鼓吹》詞集　楊白華 324

　　鷓鴣天·讀《中興鼓吹》　李冰若 325

　　西江月·書《中興鼓吹》後　成善楷 325

　　臨江仙·讀《中興鼓吹》　陳海天 325

　　中興樂·讀盧冀野《中興鼓吹》　殷芷沅 325

　　滿江紅·讀《中興鼓吹》和岳忠武韵　江絜生 326

　　木蘭花慢·讀《中興鼓吹》贈冀野先生　蕭家霖 326

盧前佚詞輯存

百字令 329

卜算子 330

憶秦娥 330

減蘭 330

減蘭 330

減蘭	331
減蘭	331
浣溪紗	331
生查子	331
生查子	332
壺中天	332
減字木蘭花	332
八聲甘州	332
水龍吟	333
點絳唇	333
糖多令	333
采桑子	334
摸魚子	334
石州慢	334
婆羅門引	335
浣溪紗	335
浣溪紗	335
望江南	336
百字令	336
柘枝引七章	336
鷓鴣天	337
鷓鴣天	337
鷓鴣天	337
鷓鴣天	338
浣溪紗	338
減字木蘭花	338
媚眼兒	339
點絳唇	339
補于右任浪淘沙·黃鶴樓殘句	339
浣溪紗	339
浣溪紗	340

菩薩蠻	340
浣溪紗	340
浣溪紗	340
浣溪紗	341
浣溪紗	341
浣溪紗	341
浣溪紗	341
浣溪紗	342
浣溪紗	342
浣溪紗	342
浣溪紗	342
浣溪紗	343
浣溪紗	343
浣溪紗	343
浣溪紗	343
浣溪紗	344
浣溪紗	344
浣溪紗	344
浣溪紗	345
浣溪紗	345
浣溪紗	345
浣溪紗	345
鷓鴣天	346
水調歌頭	346
醉鄉春	346
最高樓	346
鷓鴣天	347
采桑子	347
木蘭花慢	347
念奴嬌	348
臨江仙	348

浣溪紗 ·· 348
　　生查子 ·· 348
　　望江南 ·· 349

《詞略》選目

《詞略》選目及集評校録 ·································· 353
一　唐 ·· 353
　1. 李白，録兩首 ·· 353
　2. 温庭筠，録十七首 ·································· 353
二　五代 ·· 354
　3. 南唐中主李璟，録二首 ··························· 354
　4. 南唐後主李煜，録十四首 ······················· 354
　5. 韋莊，録四首 ·· 354
　6. 馮延巳，録八首 ····································· 355
三　宋 ·· 355
　7. 晏殊，録二首 ·· 355
　8. 晏幾道，録一首 ····································· 355
　9. 歐陽修，録二首 ····································· 356
　10. 柳永，録五首 ······································· 356
　11. 張先，録三首 ······································· 356
　12. 蘇軾，録十二首 ···································· 357
　13. 秦觀，録十二首 ···································· 357
　14. 賀鑄，録五首 ······································· 358
　15. 周邦彦，録十九首 ································· 358
　16. 辛弃疾，録十七首 ································· 358
　17. 姜夔，録二十首 ···································· 359
　18. 張炎，録十二首 ···································· 359
　19. 吴文英，録十六首 ································· 360
　20. 周密，録四十首 ···································· 361
　21. 史達祖，録十五首 ································· 362
　22. 王沂孫，録二首 ···································· 362

23. 李清照，錄四首 …………………………………… 362
四　金 ……………………………………………………… 363
　　24. 元好問，錄七首 …………………………………… 363
五　元 ……………………………………………………… 363
　　25. 薩都剌，錄一首 …………………………………… 363
六　明 ……………………………………………………… 364
　　26. 劉基，錄四首 ……………………………………… 364
　　27. 高啓，錄三首 ……………………………………… 364
七　清 ……………………………………………………… 364
　　28. 朱彝尊，錄十四首 ………………………………… 364
　　29. 納蘭性德，錄十六首 ……………………………… 364
　　30. 顧貞觀，錄十五首 ………………………………… 365
　　31. 陳維崧，錄八首 …………………………………… 365
《樂章選》/《樂章習誦》唐宋詞選目 …………………… 367
《敦煌文鈔》唐詞選目 …………………………………… 369
　《雲謡集雜曲子》 ……………………………………… 369
　　雜曲 …………………………………………………… 370
《霜厓詞録》選目 ………………………………………… 372

詞曲研究

盧前詞學文集

序　言

　　這部叢書發端於十年前，計畫於三年前，中歷徵稿、整理、排校種種程式，至今日方能與讀者相見。在我們，總算是"慎重將事"，趁此發行之始，謹將我們"慎重將事"的微意略告讀者。

　　這部叢書之發行，雖然是由中華書局負全責，但發端却由於我個人。所以叙此書，不得不先述我個人計畫此書的動機。

　　我自民國六年畢業高等師範而後，服務於中等學校者七八年。在此七八年間無日不與男女青年相處，亦無日不為男女青年的求學問題所擾。我對於此問題感到較重要者有兩方面：第一是在校的青年無適當的課外讀物；第二是無力進校的青年無法自修。

　　現代的中等學校在形式上有種種設備供給學生應用，有種種教師指導學生作業，學生身處其中似乎可以"不遑他求"了。可是在現在的中國，所謂中等學校的設備，除去最少數的特殊情形外，大多數都是不完不備的。而個性不同各如其面的中等學生，正是身體精神急劇發展的時候，其求知欲特別增長，課內的種種絕難使之滿足，於是課外閱讀物便成為他們一種重要的需要品。不幸這種需要品又不能求之於一般出版物中。這事實，至少在我個人的經驗是足以證明的。

　　當我在中等學校任職時，有學生來問我課外應讀什麼書，每感到不能為他開一張適當的書目，而民國十年主持吳淞中國公學中學部的經驗，更使我深切地感到此問題之急待解決。

　　在那裏我們曾實驗一種新的教學方法——道爾頓制，此制的主要目的在促進學生自動解決學習上的種種問題，以期個性有充分之發展。可是在設備上我們最感困難者是得不着適合於他們程度的書籍，尤其是得不着適合於他們程度的有系統的書籍。

　　我們以經費的限制，不能遍購國內的出版品，為節省學生的時間計，亦不願遍購國內的出版品，可是我們將全國出版家的目錄搜集齊全，並且親去各書店選擇，結果費去我們十餘人數日的精力，竟得不到幾種真正適合他們閱讀的書籍。我們於失望之餘，曾發憤一時擬爲中等學生編輯一部"青年叢書"。只惜未及一年，學校發生變動，同志四散，此項叢書至今猶只無系統地出版數種。

此是十年前的往事，然而十餘年來，在我的回憶中却與當前的新鮮事情無异。

其次，現在中等學生的用費，已不是内地的所謂中産階級的家長所能負擔，而青年的智能與求知欲，却并不因家境的貧富而有差异，且在職青年之求知欲，更多遠在一般學生之上。即就我個人的經驗而論，十餘年來，各地青年之來函請求指示自修方法。索開自修書目者，多至不可勝計，我對於他們愧不能盡指導之責，但對此問題之重要，却不曾一日忽視。

根據上述的種種原因，所以十餘年來，我常常想到編輯一部可以供青年閱讀的叢書，以爲在校中等學生與失學青年之助。

大概是在民國十四五年之間，我曾擬定兩種計畫。一是少年叢書，一是百科叢書，與中華書局陸費伯鴻先生商量，當時他很贊成立即進行，後以我們忙於他事，無暇及此，遂致擱置。十九年一月我進中華書局，首即再提此事，於是由計畫而徵稿，而排校。至二十年冬，已有數種排出。當付印時，因估量青年需要與平衡科目比率，忽然發現有不甚適合的地方，便又重新支配，已排就者一概拆版改排，遂致遷延至今，始得與讀者相見。

我們發刊此叢書之目的，原爲供中等學生課外閱讀，或失學青年自修研究之用。所以計畫之始，我們即約定專家，分別開示書目，以爲全部叢書各科分量之標準。在編輯通則中，規定了三項要點，即：（一）日常習見現象之學理的説明；（二）取材不與教科書雷同而又能與之相發明；（三）行文生動，易於瞭解，務期能啓發讀者自動研究之興趣。爲要達到上述目的，第一我們不翻譯外籍，以免直接採用不適國情的材料，致虛耗青年精力，第二約請中等學校教師及從事社會事業的人擔任編輯，期得各本其經驗，針對中等學生及一般青年的需要，以爲取材的標準，指導他們進修的方法。在整理排校方面，我們更知非一人之力所能勝任，乃由本所同人就各人之所長，分別擔任。爲謀讀者便利計，全部百册，組成一大單元，同時可分爲八類，每類有書八册至廿四册，而自成爲一小單元，以便讀者依個人之需要及經濟能力，合購或分購。

　　此叢書費數年之力，始得出版，是否果能有助於中等學生及一般青年之修業進德，殊不敢必，所謂"身不能至，心嚮往之"而已。望讀者不吝指示，俾得更謀改進，幸甚幸甚。

舒新城

二十二年三月

自 序

　　當這一本小書，獻到讀者之前，去我屬稿的時候，差不多快要五年了。以目下的見解較之，自然有很多出入的地方。但，我當時寫這一本小書，也還覺得自家有一點獨到處。

　　用史的進展底叙述來看這兩種不同的文體，詞與曲。又同時把這相接近的兩種文體作比較的研究。大概嚮來談曲的，沒有不以雜劇傳奇爲主，那是錯誤的，尤其是說明詞到曲的轉變，非以散曲爲主不可。在這一本小書中，我是這樣寫下來的。

　　一種文體必自含有與其他文體不同的特性，詞與曲，也是各具特性的。如何知道特性的存在呢？惟有在規律裏去尋，因此，作法是不可不知道的。現代的文人是主張研究詞曲，而不需要製作詞曲的。於是有許多不合事實的論斷便發生了。

　　有人說，詞是從詩解放的，曲是從詞解放的，總之詞曲是一種解放。假使，但在形式上說也許有幾分還像；若在規律上說的話，那正是相反的，詞比詩固然束縛得多，曲比詞更要束縛得多。這幾句話請讀者在未讀我這本小書之前，且考量一下。

二十三年五月十日冀野記於暨南大學

第一章　詞的起原和創始

　　從詞的形式上講起詞的起原來，大都在"長短句"的"長短"二字上着想：於是有人説，詞源於《三百篇》。并且取出證據來，如《召南·殷其雷》篇，"殷其雷，在南山之陽"。這是三言和五言。《小雅·魚麗》篇，"魚麗於罶，鱨鯊"。這是四言和二言。《齊風·還》篇，"遭我乎峱之間兮，并驅從兩肩兮"。這是七言和六言。《召南·江有汜》篇，"不我以，不我以"。這是叠句韵。《豳風·東山》篇，"我來自東，零雨其濛。鸛鳴于垤，婦嘆于室"。這是換韵調。《召南·行露》篇，"厭浥行露"的第二章"誰謂雀無角"！這是換頭。同時，也有人説，詞是從古樂府推化而出的。成肇麐在《七家詞選》① 序裏説："十五國風息而樂府興，樂府微而歌詞作，其始也皆非有一成之律以爲范也。抑揚抗隊之音，短修之節，連轉於不自已，以靳適歌者之吻。而終乃上躋於雅頌，下衍爲文章之流别。"王應麟《困學紀聞》也有這樣的話："古樂府者，詩之旁行也，詞曲者，古樂府之末造也。"在這兒我們可以看得出，除了根據形式上字句長短的差异，推論詞的起源；音樂上的關係也不能不説是産生詞體重要的原因了。方成培説："古者詩與樂合，而後世詩與樂分；古人緣詩而作樂，後人倚調以填詞，古今若是其不同，而鐘律宫商之理，未嘗有异也。自五言變爲近體，樂府之學幾絶。唐人所歌，多五七言絶句，必雜以散聲，然後可被之管弦，如陽關必至三叠而後成音，此自然之理。後來遂譜其散聲，以字句實之，而長短句興焉。"——見《香研居詞麈》——不過這種音樂的根據，又從何而起呢？大約可分作三種來講。（一）古樂的遺留。在《舊唐書·音樂志》裏，説得很詳細，"宋梁之間，南朝文物號爲最盛。人謡國俗，亦世有新聲。後魏孝文宣武，用師淮漢，收其所獲南音，謂之'清商樂'。隋平陳，因置清商署，總謂之清樂。遭梁陳亡亂，

---

① 《七家詞選》當爲《唐五代詞選》。

所存蓋鮮。隋室以來，日益淪缺。武太后之時，猶有六十三曲。……自長安以後，朝廷不重古曲，工伎轉缺，能合於管弦者，唯《明君》《楊伴》《驍壺》《春歌》《秋歌》《白雪》《堂堂》《春江花月》等八曲"。足見古曲逐漸的陵替底狀況。在同書《音樂志》〈中〉又說："自開元以來，歌者雜用胡夷里巷之曲。"所謂胡夷里巷之曲，便是影響於"詞"最爲重要的。現在且分開來敘述。（二）胡曲的輸入。中國音樂受外來影響，在歷史上，漢以前我們不知道；漢以後，我們很可曉得的，翻開《隋書·音樂志》來，便有詳細的記載。唐代詩人如王之渙、王昌齡諸人的詩，在旗亭傳唱，恐怕很多就是用流行的外來的歌譜。我們看《舊唐書·音樂志》的話可知。"自周隋以來，管弦雜曲將數百曲，多用西涼樂。鼓舞曲多用龜茲樂。其曲度皆時俗所知也。"時俗所知，已可見胡曲在民間的普遍了。在崔令欽《教坊記》所載三百二十五曲〈中〉，有許多鼓舞曲。像《獻天花》《歸國遥》《憶漢月》《八拍蠻》《卧沙堆》《怨黄沙》《遐方怨》《怨胡天》《牧羊怨》《阿也黄》《羌心怨》《女王國》《南天竺》《定西蕃》《望月婆羅門》《穆護子》《贊普子》《蕃將子》《胡攢子》《西國朝天》《胡僧破》《突厥三臺》《穿心蠻》《龜茲樂》等，望名可知其爲胡曲，或自胡曲蛻變出，至少也是受過胡曲影響的。蔡條《詩話》也說過："按唐人《西域記》龜茲國王與其臣庶之知樂者，於大山間，聽風水聲均節成音。後翻入中國，如《伊州》《甘州》《梁州》等曲，皆自龜茲所致。"於此，我們曉得古曲衰而胡曲侵入，因爲這樣音樂上一次變動，後來漸化爲我們自己的，利用外來的樂器而自編新譜，自製新詞。其次，里巷之曲，也是"詞"的種子。（三）俚詞的采仿。在最早許多詞調之中，如《竹枝詞》《楊柳枝》《浪淘沙》《憶江南》《調笑》《三臺》等頗多就是從里巷出來的。所謂里巷之曲，因爲散在各地，有些狠偏僻的地方，并且這種曲大都有地方性；所以不大普遍的，而爲文人所喜，便形成初期的"詞"了。劉禹錫在《竹枝詞序》裏就說："里中兒聯歌《竹枝》，吹短笛，擊鼓以赴節。歌者揚袂睢舞，以曲多爲賢。聆其音，中黄鐘之羽。率章激訐如吴聲，雖傖儜不可分，而含思宛轉，有《淇澳》之艷。"把素不見重的民歌，漸漸的文藝化。他如張志和的《漁歌子》，想來是潤飾或者改作當時的漁歌而成。元結的《欸乃曲》或亦模仿船歌而作。可見里巷之曲，雖不是"詞"惟一的因緣，然而和"詞"也頗有關係。從上面的話看來，無論就形式去推論，或源音樂而考究；"詞"的起原決不如嚮來詞論家所說那麼單純。

在任何一種文學的體裁沒有確定以前，都是屬於大衆的。等到這種體裁固定了以後，又必漸變爲個人的。"詞"也不是例外。以上所談還是"詞"的胚胎，而非創始的"詞"。在這兒我先解釋"詞"這個名稱。

有人借用"意內言外"來解釋"詞"，這不是"詞"之所以爲詞。詞本來與曲相對而言，聲音的疾徐，腔調的高低，就是所謂曲。而所填的文字叫做"詞"，就如現在泛稱的詞章一樣的意思。又因此種詞章的形式，別稱爲"長短句"。還有人稱之爲"詩餘"的。所謂"詩餘"，并不是因爲有王應麟那班人說詞曲者，古樂府之末造；於是便説他是詩之餘。據我的解釋，就是許多情感，或者許多境界，在"詩"這種體裁裏，不容易表現出來；我們不得不在"詩"之外另創一種體裁，此體裁是詩之外的，故名"詩餘"。我在我的《詞學通評》中曾說過："或名詩餘者，意非可以入詩。詩之所餘，自成其式之謂。""詩餘"既然自有獨立的意義，與別體便不相干涉了。這"詞""長短句""詩餘"三種名稱，都是指這同一樣的體裁而言。此外還有什麼"新聲""餘音""別調""樂府"……皆是詞人爲他的作品題的，并不是這種體裁的名稱。以下談"創始的詞"，我們可於此看出"詞調"的來源。

無論是古代的遺留，或者胡夷里巷之曲；這大都爲大衆所欣賞的。後來便有個人創製了。個人創製也有兩個時期。最早的是皇家或貴族，這時詞體初定，大約先製曲，逐漸填文字進去。如《羯鼓錄》上面説："明皇愛羯鼓玉笛，云八音之領袖。時春雨始晴，景色明麗。帝曰：對此豈可不爲判斷？命羯鼓臨軒縱擊，曲名《春光好》。回顧柳杏皆已微坼。"《教坊記》："隋大業末，煬帝幸揚州。樂人王令言以年老不去，其子從焉。其子在家彈琵琶。令言驚問：此曲何名？其子曰：內裏新翻曲子，名《安公子》。令言流涕悲愴，謂其子曰：爾不須扈從，大駕必不回。子問故。令言曰：'此曲宮聲，往而不返。宮爲君，吾是以知之。'"又"《春鶯囀》，高宗曉聲律，晨坐聞鶯聲。命樂工白明達寫之，遂有此曲"。《樂府雜錄》上也有記的："《黃驄疊》，太宗定中原時所乘戰馬也。後征遼，馬斃，上嘆惜，乃命樂工撰此曲。"又"《雨霖鈴》，明皇自西蜀返，樂人張野狐所製"。又如《傾杯樂》，宣帝喜吹蘆管，自製此曲，初捻管令排兒辛骨黜拍，不中，上瞋目瞠視，骨齱憂懼一日而殞。這些，未必有辭的。在《填詞名解》上："《天仙子》，唐韋莊詞，劉郎此日別天仙云云，遂采以名。"那麼曲與詞都製好的了。後來詞到黃金時代，不是皇家貴族，詞人自己也創製。《填詞名解》有很多的記載。如"宋秦觀謫嶺南，一日飲於海棠橋野老家，遂醉臥。次早題詞於柱而去。末句云，醉鄉廣大人間小。此調遂名《醉鄉春》"。又"《揚州慢》，中呂宮詞調，宋姜夔自度曲也。淳熙中夔過維揚，愴然有黍離之感，作感舊詞，因創此調也"。又"宋史達祖作詠燕詞，即名其調曰《雙雙燕》"。又"《雲仙引》，馮偉壽桂花詞，自度此調"。再看毛滂題《剔銀燈》詞："同公素賦侑歌者以七急拍拜勸酒，以詞中頻剔銀燈語名之。"① 我們從上面可知創一詞調，或就動機，或就對象，或取詞中語命名。還有許多調名，楊用修與都元敬曾經考得很詳細，譬如：《蝶戀花》，取梁元帝"翻階蛺蝶戀花情"句。《滿庭芳》，取吳融"滿庭芳草易黃昏"句。《點絳唇》，取江淹"白雪凝瓊貌，明珠點絳唇"句。《鷓鴣天》，取鄭嵎"春游雞鹿塞，家在鷓鴣天"句。《惜餘春》，取太白賦語。《浣溪紗》，取杜陵詩意。《青玉案》，取《四愁詩》語。《踏莎行》，取韓翃詩："踏莎行草過青溪。"《西江月》，取衛萬詩："只今惟有西江月。"《菩薩蠻》是西域婦人的髻子。《蘇幕遮》是西域婦人的帽子。《尉遲杯》，因為尉遲敬德飲酒必用大杯。《蘭陵王》，因為蘭陵王入陣先歌其勇。《生查子》是古槎子，張騫〈有〉乘槎故事。《瀟湘逢故人》又是柳渾的詩句。他如：《玉樓春》，取白樂天詩："玉樓宴罷醉和春。"《丁香結》，取古詩："丁香結恨新。"《霜葉飛》，取杜詩："清霜洞庭葉，故欲別時飛。"《清都宴》，取沈隱侯詩："朝上閶闔宮，夜宴清都闕。"《風流子》出《文選》，劉良《文選注》上說："風流言其風美之聲，流於天下；子者男子之通稱。"《荔支香》出《唐書》；貴妃生日，命小部奏新曲，未有名。適進荔支至，因命名《荔支香》。《解語花》出《天寶遺事》，亦明皇稱貴妃語。《解連環》，據《莊子》"連環可解"的話。《華胥引》出《列子》："黃帝晝寢，夢游華胥之國。"《塞垣春》，"塞垣"二字見《後漢書·鮮卑傳》。《玉燭新》，"玉燭"二字出《爾

---

① 《剔銀燈》調名當源於南唐馮延巳《應天長》"挑銀燈"，柳永《樂章集》中《剔銀燈·仙呂調》為創調之作。

雅》。《多麗》，張均妓名，善琵琶。《念奴嬌》，唐明皇爲宮人念奴作。足見爲各個詞調立名的時候，原因也頗複雜的。

"詞"在這創始時，我們也可以說唐人的詞，大都"緣題生詠"，從調名一方面看出此調所以創製的緣故，一方面詞的內容約略可以望文而知。緣《臨江仙》言水仙，《女冠子》說道情，《河瀆神》緣祠廟的事，《巫山一段雲》狀巫峽，《醉公子》就講公子的醉；以調爲題，觸景生情，必合詞名的本意。後來就不如此了。

問題

一、"詞"是不是就從"詩"演化出來？
二、詞句長短是爲著什麼關係？
三、古樂的遺留，胡曲的輸入所予詞的影響孰輕孰重？
四、初期的"詞"何以有一部分還帶著地方性？
五、詞的別名"詩餘"其意義究竟何在？
六、形成詞調以後，創製調名有多少不同的方法？

參考書

鄭振鐸：《詞的啓源》篇，見鄭著《中國文學史·中世卷》第三篇上冊，商務印書館印行。

胡適：《詞的啓源》篇，見胡適《詞選》附錄。出版處同上。

傅汝楫：《尋源》《述體》，見傅著《最淺學詞法》第一、二章，大東書局印行。

第二章　詞各方面的觀察

　　詞分作小令、中調、長調，猶之詩分作古體、近體一樣。這個名目，始自《草堂詩餘》①。錢唐毛氏説："五十八字以内，爲小令；五十九字至九十字，爲中調；九十一字以外爲長調；古人定例也。"這是很可笑的話，所謂定例，究竟是什麽根據？假使少了一字爲短，多了一字爲長，這決不是合理的事。譬如《七娘子》有五十八字調，有六十字調；那麽説是小令，還是中調呢？譬如《雪獅兒》有八十九字調，有九十二字調；那麽説是中調，還是長調呢？這種分析是靠不住的，而且於詞也沒有便當，不過如《詞綜》所説以臆見分之而已。其實《草堂》舊刻，也有這種分類；并没有標出小令、中調、長調的名色。在嘉靖的時候，上海顧從敬刻《類編草堂詩餘》四卷，纔把三個名目寫出來。何良俊序中説"從敬家藏宋刻，較世所行本，多七十餘調，明係依托；自此本行，而舊本遂微"。於是小令、中調、長調的分別，便牢不可破了。（現在通例：五十字以下爲小令，百字以下爲中調，百字以上爲長調；相差一兩字，也不妨移置，不必十分的限制。）

　　詞中還有調異名同、名異調同二種。調異名同的比較少些，如《長相思》《浣溪紗》《浪淘沙》在小令裏有，長調裏也有，是迥然有別的。名異調同的，就有許多，讓我來列舉於下，免初學者爲之迷惑。

　　如《擣練子》杜晏二體即《望江樓》，《荆州亭》即《清平樂》，《眉峰碧》即《卜算子》，《月中行》即《月宫春》，《惜分飛》即《惜雙雙》，《桂華明》即《四犯令》，《清川引》即《凉州令》，《杏花天》即《於中好》，《番槍子轆轤金井》即《四犯剪梅花》，《月下笛》即《瑣窗寒》，《八犯玉交枝》即《八寶妝》，《薦金蕉》即《虞美人》之半，《醉思仙》即《醉太平》，《折丹桂》即《一落索》，《醉桃源》即《桃源憶故人》，

---

① 《草堂詩餘》當爲明代顧從敬刊刻的《類編草堂詩餘》。

《醉春風》即《醉花陰》,《惜餘妍》即《露華》,《慶千秋》即《漢宮春》,《月交輝》即《醉蓬萊》,《雪夜漁舟》即《綉停針》,《戀春芳慢》即《萬年歡》,《月中仙》即《月中桂》,《菩薩蠻引》即《解連環》,《十六字令》即《蒼梧謠》,《南歌子》即《南柯子》,又即《春宵曲》,《雙調》即《望秦川》,又即《風蝶令》,《三臺令》即《翠華引》,又即《開元樂》,《憶江南》即《夢江南》《望江南》《江南好》,又即《謝秋娘》,其《望江海》《夢江口》《歸塞北》《春去也》等名,則人不甚知道了,《深夜月》即《搗練子》,《陽關曲》即《小秦王》,《賣花聲》《過龍門》《曲入真》即《浪淘沙》,《憶君王》《玉葉黃》《欄干萬里心》即《憶王孫》,《宮中調笑》《轉應曲》《三臺令》即《調笑令》,《憶仙姿》《宴桃源》即《如夢令》,《一絲風》《桃花水》即《訴衷情》,《內家嬌》即《風流子》,《紅娘子》《灼灼花》即《小桃紅》,《水晶簾》即《江城子》,《烏夜啼》《上西樓》《西樓子》《月上瓜洲》《秋夜月》《憶真妃》即《相見歡》,《雙紅豆》《憶多嬌》《吳山青》即《長相思》,《醉思凡》《四字令》即《醉太平》,《愁倚欄令》即《春光好》,《一痕沙》《宴西園》即《昭君怨》,《濕羅衣》即《中興樂》,《南浦月》《沙頭月》《占櫻桃》即《點絳唇》,《月當窗》即《霜天曉》,《百尺樓》即《卜算子》,《羅敷媚》《羅敷艷歌》《采桑子》即《醜奴兒》,《青杏兒》《似娘兒》即《促拍》,《醜奴兒慢》《子夜歌》《重疊金》即《菩薩蠻》,《釣船笛》即《好事近》,《好女兒》即《綉帶兒》,《玉連環》《洛陽春》《上林春》即《一落索》《花自落》,《垂楊碧》即《謁金門》,《喜衝天》即《喜遷鶯》,《秦樓月》《碧雲深》《玉交枝》即《憶秦娥》,《江亭怨》即《荊州亭》,《憶羅月》即《清平樂》,《醉桃源》《碧桃春》即《阮郎歸》,《烏夜啼》即《錦堂春》,《虞美人歌》《胡搗練》即《桃園憶故人》,《秋波媚》即《眼兒媚》,《早春愁》即《柳梢青》,《小闌干》即《少年游》,《步虛詞》《白蘋香》即《西江月》,《明月棹孤舟》《夜行船》即《雨中花》,《春曉曲》《玉樓春》《惜春容》即《木蘭花》,《玉瓏璁》《折紅英》即《釵頭鳳》,《思佳客》即《鷓鴣天》,《舞春風》即《瑞鷓鴣》,《醉落魄》即《一斛珠》,《一籮金》《黃金縷》《明月生》《南浦》《鳳栖梧》《鵲踏枝》《捲珠簾》《魚水同歡》即《蝶戀花》,《南樓令》即《唐多令》,《孤雁兒》即《玉階行》,《月底修簫譜》即《祝英臺近》,《上西平》《西平曲》

《上南平》即《金人捧露盤》，《上陽春》即《驀山溪》，《瑞鶴仙影》即《淒涼犯》，《鎖陽臺》《滿庭霜》即《滿庭芳》，《碧芙蓉》即《尾犯》，《綠腰》即《玉漏遲》，《花犯念奴》即《水調歌頭》，《紅情》即《暗香》，《綠意》即《疏影》，《催雪》即《無悶》，《瑤臺聚八仙》《八寶妝》即《秋雁過妝樓》，《百字令》《百字謠》《大江東去》《酹江月》《大江西上曲》《壺中天》《淮甸春》《無俗念》《湘月》即《念奴嬌》，《疏簾淡月》即《桂枝香》，《小樓連苑》《莊椿歲》《龍吟曲》《海天闊處》即《水龍吟》，《鳳樓吟》《芳草》即《鳳簫吟》，《臺城路》《五福降中天》《如此江山》即《齊天樂》，《柳色黃》即《石州慢》，《四代好》即《宴清都》，《菖蒲綠》即《歸朝歡》，《西湖》即《西河》，《春霽》即《秋霽》，《望梅》《杏梁燕》《玉聯環》即《解連環》，《扁舟尋舊約》即《飛雪滿群山》，《惜餘春慢》《蘇武慢》《選冠子》即《過秦樓》，《壽星明》即《沁園春》，《金縷曲》《貂裘換酒》《乳燕飛》《風敲竹》即《賀新郎》，《安慶摸》《買陂塘》《陂塘柳》即《摸魚兒》，《畫屏秋色》即《秋思耗》，《綠頭鴨》即《多麗》，《個儂》即《六醜》。這裏面有許多是割裂名篇中的警句而來〈的〉，至於拼合幾調而成新名，在詞中是不多見的。

就詞體論，有兩種特殊的地方，與詩絕不相似。一、"櫽括體"，所謂櫽括，就是化許多詩成爲詞句，此等風氣，開自周美成，南宋諸家相沿成習。至辛稼軒、陸放翁的"掉書袋"，尤其奇異，什麼經書史籍，無一不可入詞。好處是借別人的巧話爲我的雋語，而不能發抒自己的真性情便是弊病。二、"回文體"，逐句回文，蘇東坡就有這種辦法；到了明朝，湯義仍輩竟通首回起來了。譬如丁藥園便愛爲此，舉例如下：

下簾低喚郎知也，也知郎喚低簾下；來到莫疑猜，猜疑莫到來。
道儂隨處好，好處隨儂道；書寄待何如？如何待寄書。

畢竟是近於纖巧了。大概惟體是求，不免就自縛才力；白石以後，在一闋前又必多作題目，把詞意先在散文中顯示了，於是詞的本身底情味便覺淡薄。至於咏物的詞，非有寄托不可。南宋詞人有一時期因爲不便（直接可以是不敢）直說出他們中心的苦悶，所以托賦一物以自見；後來失了原意，以咏物爲詞中一體，翻檢類書，堆砌典故，更是味同嚼蠟。如朱彝尊《茶烟閣體物集》《沁園春》賦耳口鼻……實在無聊之至。沈伯時《樂府指迷》："音律欲其協，不協則成長短之詩；下字欲其雅，不雅則近乎纏令之體；用字不可太露，露則直突而無深長之味；發意不可太高，高則狂怪而失柔婉之意。此四語爲詞學之指南，各宜深思也。"這全就製作的技巧來談，大概一種文學起初是自然的，形成專體以後，無不逐漸在技巧上進展。詞尤其逃不出此例。以下讓我把詞所用字、韵、法式和簡易的作法分幾段來講，這也是研究詞者所必要的知識。

　　字有平仄，無論什麼人都知道的，稍詳細一點分四聲，再精細些就辨陰陽聲。詞之爲長短句，一切平仄在創調的時候，按宮調管色的高下，立定程式。而字音之開齊撮合，別有美妙。古人成作，有許多讀之拗口，正是音律最諧的地方。張綖《詩餘圖譜》遇着拗句，便改做順適，實在是可笑的。大概這種拗調澀體，清真、夢窗、白石三家集中最多。如《清真詞·瑞龍吟》，"歸騎晚，纖纖池塘飛雨"；《夢窗詞·鶯啼序》，"快展曠眼，傍柳繫馬"；《白石詞·暗香》，"江國正寂寂"；讀起來，都有些拗口。雖然平仄之分，不過兩途；而仄還有上去入三種分別，在仄處不能三聲統用的。大約一調中統用的有十之六七，不可統用的也有十之三四，下字時都經過斟酌的。因爲一調自有一調的風度聲響，假使上去互易，便有落腔之弊。如《齊天樂》有四處必須用去上聲，《清真詞》"雲窗靜掩，露囊清夜照書卷。憑高眺遠，但愁斜照斂"。"靜掩"，"眺遠"，"照斂"，非去上不可。雖入可作上，也不相宜（此説詳後）。此外如《蘭陵王》仄聲字多，《壽樓春》平聲字多，應當一一遵守，不能混用。因爲上聲舒徐和軟，其腔低；去聲激厲勁遠，其腔高；配搭用起來，纔抑揚悦耳。所以兩去兩上最當避用，如再間用陰陽聲，更可動聽。萬樹説："名詞轉折跌蕩處，多用去聲。"這是很有心得的話。黃人論曲："三仄應須分上去，兩平還要辨陰陽。"於詞何獨不然呢？至入叶三聲（仄當分作八部；以屋沃燭爲一部，覺藥鐸爲一部，質職迄昔錫德緝爲一部，術物爲一部，陌麥爲一部，沒曷末爲一部，月黠鎋屑薛葉帖爲一部，合盍業洽狎乏爲一部）。戈載分之爲五部，雖然太寬，而分派三聲，約分列在各部之下。入作平，作上，作去，我們可按《詞林正韵》（王氏四印齋刊本中有）而索得，并且皆有切音，使人知有限度，并不得濫用了。例如：晏幾道《梁樹令》"莫唱陽關曲"，"曲"字作邱雨切，叶魚虞韵。辛棄疾《醜奴兒慢》"過者一霎"，"霎"字作始鮓切，叶家麻韵。我們於此可以知道入聲固有一定的法則。

論詞韵，與詩韵曲韵都不相同。戈載《詞林正韵》分十九部，清初沈謙的《詞韵略》，删并又頗多失當，分合之界模糊不清。同時趙鑰、曹亮武都有《詞韵》，和沈氏大同小异。李漁的《詞韵》列二十七部，根據鄉音，頗爲人所不滿。胡文焕《文會堂詞韵》平上去三聲用曲韵，入聲用詩韵，不免是騎墻之見。許昂霄《詞韵考略》，亦以今韵分編，平上去分十七部，入聲分九部，又説什麽古通古轉，今通今轉，借叶。自稱本樓敬思《洗硯集》①，以平聲貴嚴故從古，上去較寬便參用古今，入聲更寬所以從今。但不知何古何今，又何爲借叶？真無异痴人説夢了。吴烺、程名世諸人的《學宋齋詞韵》，所學的却是宋人誤處；鄭春波的《緑漪亭詞韵》也不過爲之羽翼而已。吾師吴瞿安先生參酌戈、沈二書，分爲二十二部，并列其目（韵目用廣韵）。

第一部	平	一東	二冬	三鍾		
	上	一董	二腫			
	去	一送	二宋	三用		
第二部	平	四江	十陽	十一唐		
	上	三講	二十六養	三十七蕩		
	去	四絳	四十一漾	四十二宕		
第三部	平	三支	六脂	七之	八微	十二齊	十五灰
	上	四紙	五旨	六止	七尾	十一薺	十四賄
	去	五寘	六至	七志	八未	十二霽	十三祭
		十四太半	十八隊	二十廢			
第四部	平	九魚	十虞	十一模		
	上	八語	九麌	十姥		
	去	九御	十遇	十一暮		
第五部	平	十三佳半	十四皆	十六咍		
	上	十二蟹	十三駭	十五海		
	去	十四太半	十五卦半	十六怪	十七夬	十九代
第六部	平	十七真	十八諄	十九臻	二十文	二十一欣
		二十三魂	二十四痕			

----

① 《洗硯集》當爲《洗硯齋集》。

	上	十六軫	十七準	十八吻	十九隱	二十一混	
		二十二很					
	去	二十一震	二十二稕	二十三問	二十四焮	二十六圂	二十七恨
第七部	平	二十二元	二十五寒	二十六桓	二十七刪	二十八山	一先
		二仙					
	上	二十阮	二十三旱	二十四緩	二十五潸	二十六產	二十七銑
		二十八獼					
	去	二十五願	二十八翰	二十九換	三十諫	三十一襉	三十二霰
		三十三綫					
第八部	平	三蕭	四宵	五肴			
	上	二十九筱	三十小	三十一巧	三十二皓		
	去	三十四嘯	三十五笑	三十六效	三十七號		
第九部	平	七歌	八戈				
	上	三十三哿	三十二果				
	去	三十八個	三十九過				
第十部	平	十三佳半	九麻				
	上	三十五馬					
	去	十五卦半	四十禡				
第十一部	平	十二庚	十三耕	十四清	十五青	十六蒸	十七登
	上	三十八梗	三十九耿	四十靜	四十一迥	四十二拯	四十三等
	去	四十三映	四十四諍	四十五勁	四十六徑	四十七證	四十八嶝
第十二部	平	十八尤	十九侯	二十幽			
	上	四十四有	四十五厚	四十六黝			
	去	四十九宥	五十候	五十一幼			
第十三部	平	二十一侵					
	上	四十七寢					
	去	五十二沁					
第十四部	平	二十二覃	二十三談	二十四鹽	二十五添	二十六咸	二十七銜
		二十八嚴	二十九凡				
	上	四十八感	四十九敢	五十琰	五十一忝	五十二儼	五十三豏
		五十四檻	五十五范				
	去	五十三勘	五十四闞	五十五豔	五十六㮇	五十七釅	五十八陷
		五十九鑑	六十梵				

第十五部	入 一屋	二沃	三燭			
第十六部	四覺	十八藥	十九鐸			
第十七部	五質	七櫛	九迄	二十二昔	二十三錫	二十四職
	二十五德	二十六緝				
第十八部	六術	八物				
第十九部	二十陌	二十一麥				
第二十部	十一没	十二曷	十三末			
第二十一部	十月	十四黠	十五鎋	十六屑	十七薛	二十九葉
	三十帖					
第二十二部	二十七合	二十八盍	三十一洽	三十二狎	三十三業	三十四乏

　　韵有開口閉口的分别，第二部江陽，第七部元寒是開口音；第十三部侵，第十四部覃是閉口音。有時容易混淆的如第六部、第十一部和第十三部，宋人就往往牽連混合，這因爲作者避難就易，不明開閉口的道理。總之，詞韵是一種專門學問，以前韵學的失敗，有四個緣故：一、因爲淺學之士，妄選韵書；二、塞於牙吻，囿於偏方，或者稍窺古法，而自己吐咳不明；三、更有妄人不知古例，孟浪押韵；四、才劣口給者樂三弊，而爲他們張幟。於是詞韵之紊亂，幾乎不可收拾了。

　　比詞韵更不易明白的，便是音律。音律特别是專學，現在我且簡單的説幾句。音有七：宫、商、角、徵、羽、變宫、變徵。律有十二：黄鐘、大吕、太簇、夾鐘、姑洗、中吕、蕤賓、林鐘、夷則、南吕、無射、應鐘。以七音乘十二律，得八十四音，這叫做宫調。以宫乘十二律名曰宫。以商、角〈等〉六音乘十二律曰調。所以宫有十二，調有八十四①。宋詞中清真、屯田自注宫調於各牌下，夢窗雖然仍舊，但譜已亡了。這八十四調是音律的次第，論音律的應用，只有黄鐘、仙吕、正宫、高宫、南吕、中吕、道宫七宫。大石、小石、般涉、歇指、越調、仙吕、中吕、正平、高平、雙調、黄鐘、羽商十二調。其所以然的道理甚精微，可參看傅氏《學詞法》第四五章。

　　在音律一方面是屬於聲樂的，在詞章一方面是屬於文字的；大概宋時有有譜而無詞的，在現在却變成有詞而無譜。今之所謂譜如萬樹《詞律》

---

① 此處應爲"七十二"。

《欽定詞譜》，舒夢蘭《白香詞譜》《填詞圖譜》，皆是文字的譜，因爲歌法已廢，所遺留的文字的譜也無法考訂了。

詞有六百六十幾調，而體有一千一百八十多，我們按譜填字，只求不背古人法式。譬如意思有多少，配貼幾句；既定以後就可運筆。凡題意寬大，可以直抒胸臆的要用長調，題意較纖仄，便宜於用中調或小令。至於悲歡哀樂的情緒，也有一定法度。商調南呂諸詞近於悲怨，正宮高宮的詞宜於雄大；越調冷雋，小石風流，可看詞旨如何去擇調。有人以些調名的字面〈之意〉強合本意，最爲可笑。如送別用《南浦》（此是歡詞），祝壽用《壽樓春》（此是悼亡詞）之類。大抵小令注重蘊藉含蓄，要有言外之意；中長調（又合稱慢詞）結構布局，最須勻稱。字義也是要十分分辨的，因爲我國文字往往有一字好幾音，譬如"蕭索"，索叶速；"索取"，索叶嗇。數目的"數"，叶素；煩數的"數"，叶朔。睡覺的"覺"去聲，知覺的"覺"入聲。多少的"少"上聲；老少的"少"去聲。平時習誦，非一一加以考核不可。

其次，談詞的句法，現在取一字句到七字句來研究。

"一字句"，除《十六字令》第二句外，平常都用做領字。（多仄聲如正漸又等。）

"二字句"，大概用在換頭首句，或者暗韵處。有"平仄""仄平""平平""仄仄"四種。"平仄"用的最多，如《無悶》"清致，悄無似"，"清致"二字便是。

"三字句"，通常用"仄仄平"，如《多麗》"晚山青"便是。"平平仄""仄平仄""平平平""平仄平""仄仄仄"，大半近於領頭句了。（領頭句是不完全的句子。）

"四字句"，"平平仄仄""仄仄平平"，這種當然是普通的格式，但《水龍吟》"是離人淚"，是上一下三的句法。如《曲江秋》"銀漢墜懷，漸覺夜闌"是"平仄仄平"的句法。

"五字句"，有上二下三，與上一下四兩種。"平平平仄仄""仄仄仄平平""仄仄平平仄""平平仄仄平"，皆上二下三句法。如《燕歸梁》"記一笑千金"，便是上一下四句法。如《壽樓春》第一句用五平聲字在"五字句"中是特殊的。

"六字句"，有普通用在雙句對下和折腰兩種用法。平仄無定，并且詞中不多見。

"七字句"，有上四下三和上三下四兩種。上四下三如詩句，至於像《唐多令》"燕辭歸客尚淹留"便屬於上三下四了。

此外"八字句""九字句"無非合三五、四五成句而已。結聲字（第一韻和兩叠結韻處），第一韻叫做"起調"，"兩結韻"叫做"畢曲"，三處下韻的音却必須相等。我們讀詞可細心的按句逐韻的考核。至於製作種種說法，在詞話中很多，本書并非專談填詞的，并且現在詞之有無填作的需要，這也是另一問題。

問題

一、試論小令、中調、長調的區別。
二、名异調同和調异名同，那一種最容易淆亂人的觀念？
三、"欵括"和"回文"，詩中有而此體否？試尋檢之。
四、如何而產生咏物詞？（參閱本書第四章。）
五、上去兩聲何以不能在詞中通用？如何知道入聲作去作上？
六、以前的詞韻爲何而失敗？
七、在詞上應用的音律有幾宮幾調？
八、詞調的選擇與詞旨有何關係？
九、試考詞中一字句到七字句的用法，究竟那一種最普遍？

參考書

吳梅：《詞學通論》（《東南大學講義》）。
傅汝楫：《最淺學詞法》（大東）。

第三章　幾個重要的詞家（上）

　　無論研究那一種文學，必定要直接向作品裏去探討，詞當然也不是例外，但是這麼多的詞集，從那裏下手纔好呢？我們要看每個人的專集，現在很流行的，有：《毛刻六十一家詞》（就是汲古閣本），《王刻詞》（就是《四印齋》本），《朱刻詞》（就是"彊邨叢書"本）。大部分是專集。不過，這決非入門的書籍。要初步去研究詞，還是用選本爲宜。詞的選本也很多，從趙崇祚《花間集》起，什麼黃昇《花庵絕妙詞》《中興以來絕妙詞》，陳景沂《金芳備祖樂府》①，元好問《中州樂府》，彭致中《鳴鶴餘音》，鳳林書院《元詞樂府補題》，許有孚《圭塘欸乃集》，顧梧芳《尊前集》（《尊前集》有兩部，最早的只留書名而沒有傳本。這是明朝人顧梧芳用他原名另外編輯的），楊慎《詞林萬選》，陳耀文《花草粹編》，沈際飛《草堂詩餘廣集》，茅暎《詞的》，卓人月《詞統》。真可謂名目繁多。朱彝尊後來又選唐五代宋金元詞三十卷，曰《詞綜》，這比較是有宗旨而選輯的。在康熙四十六年沈辰垣這班人奉敕撰百卷，一共取了九千多闋，這便是《歷代詩餘》，是一部重要的詞選。王昶又加了吳則禮到吳存二十八位詞人的作品，成《詞綜補人》，又因爲朱彝尊《詞綜》缺明清二代的詞，遂搜輯《明詞綜》三十卷，《國朝詞綜》四十八卷，《二集》二卷。黃燮清又有《國朝詞綜續編》二十四卷。丁紹儀有《國朝詞綜補》，陶梁有《詞綜補遺》，又有《女詞綜》二卷，可惜沒有傳下來。這些選本卷帙頗富，不是一時所能看得完的。比較簡略而最爲初學所取讀的，就是張惠言、張琦的《宛鄰詞選》（平常大家簡稱做《詞選》），從李白起一共四十四家，一百十六闋詞。他們的外甥婿董毅撰《續詞選》共五十二家，加了一百二十二闋詞。惠言的信徒周濟又輯《詞辨》十卷，這是最有主張的采選，這部選本後來讓一位姓田的在水中飄失了，只存下前兩卷來。至於限

---

①　《金芳備祖樂府》當爲《全芳備祖》。

时代的选集，如刘逢禄的《词雅》，只是取唐、五代、宋三朝。成肇麐的《唐五代词选》（这部书最近商务有古活字本），取唐、五代的词品，皆极精审。此外并限于家数的，如周之琦《心日斋十六家词》，从唐到元。周济的《宋四家词选》，此书嚮爲词坛推稱选本的正鹄。冯煦的《宋六十一家词选》，戈顺卿的《宋七家词选》，也皆初学最可宝贵的选本。还有朱祖谋的《宋词三百首》，我看词之研究者可以第一部去看他。此外更有许许多多选本，我在这儿不必再絮叨叨的叙述了。

我们读某一位词人的作品，最好还要知道这个人的身世，更进一步要知道他作这阕词的动机。那么非注意"词话"不可，词话从前曾有丛编，遗漏很多。即以清人的著作而论，如彭孙遹《金粟词话》，毛大可《西河词话》，沈雄《柳塘词话》，董以宁《蓉湖词话》①，李调元《雨村词话》，陆鎣《问花楼词话》，赵庆熹②《听秋声馆词话》，吴衡照《莲子居词话》，贺裳《皱水轩词筌》，王士禛《花草蒙拾》，彭孙遹《词藻》，王又华《词论》，徐釚《词苑丛谈》，刘体仁《七颂堂词绎》，邹祗谟《远志斋词衷》，方成培《香研居词麈》，宋翔凤《乐府馀论》，张宗橚《词林纪事》，冯金伯《词苑萃编》，周济《介存斋论词杂著》，孙麟趾《词选》③，蒋剑人《芬陀利室词话》，况周颐《蕙风词话》，江顺诒《词学集成》……写不尽的瑰宝，可惜散见各处，这都是我们研究词者的宝贝。（现在我的朋友郑振铎先生正预备整理彙刻。）

在此处，让我且择出几个重要的词家，使初学者加以注意。同时也可得到研究词的方法。大概考证、欣赏、制作是三种不同的途径，但是最低度的却应当同一的寻相当的了解；我所谓方法，便是求了解的意思，非指考证一项而言。

> 平林漠漠烟如织，寒山一带伤心碧，暝色入高楼，有人楼上愁。
> 玉阶空伫立，宿鸟归飞急；何处是归程？长亭更短亭！
>
> ——《菩萨蛮》

---

① 《蓉湖词话》当爲《蓉渡词话》。
② 《听秋声馆词话》作者当爲丁绍仪。
③ 《词选》当爲《词迳》。

箫声咽，秦娥夢斷秦樓月。秦樓月，年年柳色，灞陵傷別。

樂游原上清秋節，咸陽古道音塵絕。音塵絕，西風殘照，漢家陵闕。

——《憶秦娥》

我們説唐代的詞，不能不先説李白。在李白前不獨柳範《折桂令》，沈佺期也有《回波詞》，實在都是六言詩。就是唐明皇（李隆基）的《好時光》，雖見在《尊前集》，好多人都説是僞作。李白這兩首詞同時懷疑的也不少。如《清平樂》確有許多理由，可證其非李白作；而這兩首詞，是没充分的根據來推翻的。胡適之先生在《詞的啓源》裏據《杜陽雜編》説《菩薩蠻》不是李白的手筆，旁證太少，這也難足信。（鄭振鐸的《詞的啓源》中有駁論。）劉融齋説："《菩薩蠻》《憶秦娥》，足抵杜陵《秋興》；想其情境，殆作於明皇西幸之後。"此語前人所没説過的。實在這兩首詞非後人所能僞托，繁音促節，長吟遠慕；使我們想見那樣高冠岌岌大詩人的風度。他的詞留在《全唐詩》十四首，《尊前集》也收了十二首。

現在我們且以《菩薩蠻》爲例，供我們欣賞一下。在這首詞就有許多不同的解釋。我有一位朋友，他曾經對學生講："有人樓上愁。"這個"人"我們可以説是"她"，"她"懷〈念〉著"她"的"他"，流落在他鄉，現在不知怎麽樣了？而下闋"玉階空佇立"，這佇立的人，便是他鄉的"他"。"他"見鳥歸飛，而自己不能歸，便感傷起來。照此説來，這首詞上下闋描寫兩人兩地，互相想念之情。而我的意見，就和我的那位朋友不相同。我以爲就王静安先生所謂"境界"二字講來，這兒所表現的是樓上和樓下兩個境界，這個人先在樓上，從遠攝近，所以用"平"來形容"林"，用"一帶"來寫"山"，用"入"來聯絡，皆居高對低的光景。而下闋是自低眺高，所以見"宿鳥""歸飛"；後面推到"歸程"——"長短亭"，那便是從近至遠了。上闋寫的"静"，下闋寫的"動"；也可見"愁"是如何的！用"漠漠"寫"烟"，所以説"暝色"，用"傷心"來説山之"碧"，所以"有人"是在"愁"著。這詞的技巧，非常周密，倘逐字我們咏味起來，可知他每一字都不虛設的。我爲避免高頭講章的習氣，不必再分析了。在欣賞者眼中固不妨作如是觀。此處聊以示例而已。

在李白之次，如韋應物、白居易、劉禹錫，我覺得都没有温庭筠在當時詞壇的重要，所以略而不說了。

    玉爐香，紅蠟淚，偏照畫堂秋思。眉翠薄，鬢雲殘，夜長衾枕寒。梧桐樹，三更雨，不道離情正苦。一葉葉，一聲聲，空階滴到明。
                  ——《更漏子》

  這首詞便是溫庭筠的名作。庭筠字飛卿，太原人。他有許多浪漫的故事；然而他於詞上的成功，比他的詩光榮得多了。誠如陳亦峰所說："所謂沈鬱者，意在筆先，神餘言外，寫怨夫思婦之懷，寫孽子孤臣之感。凡交情之冷淡，身世之飄零；皆可於一草一木發之。而發之又必若隱若現，欲露不露，反復纏綿，終不許一語道破。匪獨體格之高，亦見性情之厚。"在《花間集》以他爲首，實在是很有緣故。《舊唐書》上說他能"逐弦吹之音，爲側艷之詞"，他的確開這"側艷"的風氣。他那《菩薩蠻》十四闋，直寫景物，不事雕鏤而復絕不可及。如："花落子規啼，綠窗殘夢迷。""楊柳又如絲，驛橋烟雨時。""鸞鏡與花枝，此情誰得知？"皆細膩之筆寫纏綿之思，教人讀了有無可奈何的樣子。後來被張惠言那班人奉爲"常州詞派"的祖師。說他"祖風騷，托比興"，於是像這十四闋絕妙的詞句，都變成"感士不遇"的寓言，豈不可笑！（讀者可參閱拙著《溫飛卿及其詞》，裏面有一篇傳略、他的全部的詞和各家的評語。）

  在溫庭筠這樣穠艷風氣的傳播中，一直流傳到五代。這是很奇異的事迹，在《花間集》收錄的，蜀中詞人作品最早；固然因爲輯者趙崇祚是蜀人，但當時西蜀確是文藝的中心。前蜀主王建、王衍，後蜀主孟昶皆詞的愛好者。但是主持詞壇的，却不能不推韋莊。

    紅樓別夜堪惆悵，香燈半捲流蘇帳。殘月出門時，美人和淚辭。琵琶金翠羽，弦上黃鶯語。勸我早歸家，綠窗人似花。

    人人盡說江南好，游人只合江南老。春水碧於天，畫船聽雨眠。壚邊人似月，皓腕凝霜雪。未老莫還鄉，還鄉須斷腸。

    如今却憶江南樂，當時年少春衫薄。騎馬倚斜橋，滿樓紅袖招。翠屏金屈曲，醉入花叢宿。此度見花枝，白頭誓不歸。

> 洛陽城裏春花好，洛陽才子他鄉老。柳暗魏王堤，此時心轉迷。
> 桃花春水渌，水上鴛鴦浴。凝恨對斜暉，憶君君不知。
>
> ——《菩薩蠻》

莊，字端己，杜陵人。陳亦峰《白雨齋詞話》説他的詞："似直而紆，似達而鬱；珣然雖一變飛卿面目，而綺羅香澤之中，別具疏爽之致。"實際溫韋兩家比較，一濃一淡。莊的詞多真情實景，所以動人的力量格外來得大。《堯山堂外紀》曾經有這樣記載，説莊思念舊姬作《荷葉杯》一首，姬爲王建所奪，入宮。見此詞，不食，死。詞云："記得那年花下，深夜，初識謝娘時。水堂西面畫簾垂，携手暗相期。　惆悵曉鶯殘月，相別從此隔香塵。如今俱是异鄉人，相見更無因。"清新曉暢，不專是堆砌字句的可比的。（讀者要閲韋莊全詞，可看王忠慤公《遺書》第四集《浣花詞》的輯本。）

《花間集》中作者，一共有十六家，① 除韋莊外，蜀人有十二家，是：薛昭藴、牛嶠、毛文錫、歐陽炯、牛希濟、顧敻、魏承班、鹿虔扆、閻選、尹鶚、毛熙震、李珣，雖不盡是西蜀的籍貫，却都居於蜀中的。

舍西蜀外，南唐也是文藝的中心點。提起南唐來，中主（李璟）、後主（李煜）如日月在天，爲萬衆所仰望。中主所作詞雖不多，而極高隽。

> 手捲真珠上玉鈎，依前春恨鎖重樓。風裏落花誰是主？思悠悠。
> 青鳥不傳雲外信，丁香空結雨中愁。回首緑波三楚暮，接天流。

> 菡萏香銷翠葉殘，西風愁起緑波間。還與韶光共憔悴，不堪看。
> 細雨夢回鷄塞遠，小樓吹徹玉笙寒。多少泪珠何限恨！倚闌干。

這兩闋《山花子》最負盛名，"菡萏""銷翠""愁起""西風"，與"韶光"毫無干涉；但是在傷心人的眼中，夏景亦容易摧殘，和春光同此憔悴。既説"不堪看"，又説"何限恨"；這般頓挫空靈，讀之凄然欲絶了。而"細雨""小樓"也爲後來人所贊賞，不能算内家的玩味。吾師吳瞿安先生爲二主詞并評，説："中主能哀而不傷，後主則近於傷矣。"這一點便是他們父子的异處。説起後主的詞真有些罄竹難書，差不多每一首都

---

① 《花间集》詞人共十八位。

教人讀之不忍釋手。大概後主的詞，在江南隆盛之時，正是他寫《喜遷鶯》、《阮郎歸》、《木蘭花》、《菩薩蠻》（"花明月暗"一首）一類的作品。這時期密約私情，是詞中的主題。如"眼色暗相鉤，秋波橫欲流"，"畫堂南畔見，一嚮偎人顫"，"臉慢笑盈盈，相看無限情"。溫馥柔美，與溫韋又別有不同了。周濟曾以女子爲譬：溫似嚴妝，韋似淡妝，後主却是粗服亂頭，不減國色。又曾有這樣的話：溫是句秀，韋是骨秀，而後主是神秀，這也是的當的批評。等到降宋以後，此中生活，日以眼淚洗面，盡是亡國哀痛之語，如王静安先生所說"血書"一般的詞句。被宋主監視之際，回想起從前的光景來，於是有"故國夢重歸，覺來雙淚垂"，"故國不堪回首月明中"的悲啼。無怪他"燭殘漏滴頻欹枕，起坐不能平"。現在且舉幾闋最爲世人所激賞的，供讀者賞鑒。

　　簾外雨潺潺，春意闌珊，羅衾不耐五更寒。夢裏不知身是客，一晌貪歡。　　獨自莫憑闌，無限江山，別時容易見時難。流水落花春去也，天上人間。

　　往事只堪哀，對景難排，秋風庭院蘚侵階。一桁珠簾閒不捲，終日誰來？　　金鎖已沈埋，壯氣蒿萊，晚凉天净月華開。想得玉樓瑶殿影，空照秦淮。

　　　　　　　　　　　　　　　　——《浪淘沙》

　　無言獨上西樓，月如鉤，寂寞梧桐深院鎖清秋。　　剪不斷，理還亂，是離愁，別是一般滋味在心頭。

　　　　　　　　　　　　　　　　——《搗練子》

　　多少恨，昨夜夢魂中，還似舊時游上苑，車如流水馬如龍，花月正春風。　　多少淚，斷臉復橫頤，心事莫將和淚說，鳳笙休向別時吹，腸斷更無疑。

　　　　　　　　　　　　　　　　——《憶江南》

　　一字一淚，讀了誰能不黯然消魂呢？清代詞人項蓮生曾在後主詞後題上一闋《浪淘沙》："樓上五更寒，風雨無端，愁多不耐一生閒。莫問畫堂南畔事，如此江山。　　鉛淚洗朱顔，歌舞闌珊，心頭滋味只餘酸，唱到宮中新樂府，杜宇啼殘。"於是很可窺見後主的悲哀。（二主詞合刻，有

"晨風閣叢書"本，劉繼曾箋本，拙撰劉箋補正本。）南唐除二主外，馮延巳也是了不得的一個詞人。他的專集，名《陽春集》，最早的詞品遺留至今爲多的，要算他第一個了。"忠愛纏綿"，是張惠言對他的詞評。《蝶戀花》四闋，最爲有名。

> 六曲闌干偎碧樹，楊柳風輕，展盡黃金縷。誰把鈿箏移玉柱？穿簾燕子雙飛去。　滿眼游絲兼落絮，紅杏開時，一霎清明雨。濃睡覺來鶯亂語，驚殘好夢無尋處。

只看這第一闋，便知他如何的情詞悱惻。（《陽春集》有侯氏"粟香室叢書"本和王氏四印齋刻本。）其餘如張泌、成幼文、徐昌圖、潘佑，這班人在"詞"上的地位，遠不如馮，在這裏不必再詳述。以下，我就講北宋的詞家。

論詞者有一句通常的話："詞至北宋而大，至南宋而精。"這"大"字真是最妙於形容了。北宋詞如何成其爲大呢？據我看來有四大性質。一、在宋初，晏殊等保守五代十國之舉；二、到了柳永等便開慢詞之源；三、蘇軾出來革去詞中綺羅香澤之習；四、有一個周邦彥集了古今詞的大成。換句話說：能保守、能創造、能革命、能集成，北宋的詞畢竟所以爲大了。但是從數量計，詞品之多、詞人之衆，當然遠邁前代。在本章僅舉其重要的而言。

宋初保守的詞人，很多是朝廷的顯宦。王禹偁、錢惟演，他們不是詞人，雖然也有小詞流播在人口，却迥非晏殊那樣的氣象。殊，字同叔，臨川人。官至樞密使，鼎食鐘鳴，花團錦簇，一派富貴的光景。他的兒子幾道説："先君平日小詞雖多，未嘗作婦人語也。"其實他時時流露出婦人語來。所作《浣溪紗》有"無可奈何花落去，似曾相識燕歸來"二句（有人説下一句是王琪所對，見《復齋漫録》所記），一時傳誦。劉攽《中山詩話》説他"喜延巳詞，其所自作亦不減延巳"。細心讀他的《珠玉詞》，比《浣溪紗》那兩句好的，不知多少；就是突過延巳的句子，也常有。如："滿目河山空念遠，落花風雨更傷春；不如憐取眼前人"，"未知心在何誰邊？滿眼淚珠言不盡"。這是多麼蕩人心魄的話。不過在保守的眼光中，如"東城南陌花下，逢著意中人"，"心心念念，説盡無憑，只是相思"，"淡淡梳妝薄薄衣，天仙模樣好容儀"，開俳語一體，不能無貶辭。他的兒子幾道有《小山詞》（并存毛刻《六十家詞》中，還有"彊邨叢書"本，杭州晏氏刻本，商務古活字本），頗有麗句。至於大臣中當以歐陽修爲代表。歐詞純疵參半，據蔡絛《西清詩話》說："歐詞之淺近者，謂是劉煇僞作。"《名臣錄》也有同樣記載，大概劉煇改竄他的詞，借以攻擊他，這種也是意中事。不過詞中的他，與散文中的他，完全兩副面目，可知他在道學中并具熱烈的感情。除有名的《少年游·詠草》外，下面這一闋《踏莎行》，也極婉轉動人。

　　　候館梅殘，溪橋柳細；草薰風暖搖征轡。離愁漸遠漸無窮，迢迢不斷如春水。　　寸寸柔腸，盈盈粉淚；樓高莫近危欄倚。平蕪盡處是春山，行人更在春山外。

　　婉轉之中，有蒼勁之致，這是他獨有的作風。（他的詞集《六一居士詞》，毛刻《六十家》中有；又《歐陽文忠公近體樂府》《醉翁琴趣外編》有雙照樓影印本。）此外，張先也是一位名作家，附在這兒說。先，字子野，吳興人。李端叔說他，"子野詞才不足而情有餘"。《古今詞話》有一段故事："有客謂子野曰：人皆謂公張三中，即心中事，眼中淚，意中人也。公曰：何不目之爲張三影？客不曉。公曰：雲破月來花弄影；嬌柔懶起，簾壓捲花影；柳徑無人，墮絮飛無影；此余平生所得意也。"（他的《安陸集詞》有葛氏本、揚州詩局本。又名《張子野詞》，有粟香室本，知不足齋本，彊邨本。）可以知道他的情趣。（因爲敘述便利，放他在此處。其實與柳、蘇同時。）

　　慢詞的創造者不一定便是柳永，但到了柳永而後，慢詞纔流行。永初名三變，字耆卿，樂安人。在《能改齋漫錄》上說他的出身很有趣："仁宗留意儒雅，務本嚮道，深斥浮艷虛華之文。初，進士柳三變好爲淫冶謳歌之曲，傳播四方，嘗有《鶴衝天》詞云：'忍把浮名，換了淺斟低唱。'及臨軒放榜，特落之。曰：'且去淺斟低唱，何要浮名！'景祐元年，方及第。後改名永。"他的生活誠然是在淺斟低唱裏。他的詞也是妓女所樂於歌唱的。因此傳唱甚廣，以至於凡有井水飲處，即能歌柳詞。所謂通人，却甚鄙視之。李端叔說："耆卿詞，鋪敘展衍，備足無餘。較之《花間》所集，韵終不勝。"孫敦立曾說：耆卿詞雖極工，然多雜以俚語。誠然柳詞的俚語有許多太不成話了。如《兩同心》："個人人，昨夜分明許伊偕老。"《征部樂》："待這回好好憐伊，更不輕拆。"《傳花枝》："平生自負風流才調，口兒裏道知張陳趙。"未免太無味了。然而他詞中的好處，能工鋪叙，每首事實必清，點景必工，并且有警語。馮煦説："曲處能直，密處能疏，奡處能平；狀難狀之景，達難達之情，而出之以自然。"馮氏可謂柳永的知己了。我們試讀他的代表作《雨霖鈴》。

　　寒蟬凄切，對長亭晚，驟雨初歇。都門帳飲無緒。留戀處蘭舟催發，執手相看，淚眼竟無語凝咽。念去去，千里烟波，暮靄沈沈楚天闊。　　多情自古傷離別，更那堪冷落清秋節。今宵酒醒何處？楊柳岸，曉風殘月；此去經年，應是良辰好景虛設，便縱有千種風情，更與何人説。

這樣的詞境，決非如《花間》那樣陳陳相因，雷同冗複的。（柳詞名《樂章集》有毛刻《六十家》本，《續添曲子》見"彊邨叢書"。）至能變昵昵情語爲壯語，那是蘇軾的功績。軾，字子瞻號東坡，眉山人。胡致堂説："詞至東坡，一洗綺羅香澤之態，擺脱綢繆宛轉之度；使人登高望遠，舉首高歌，逸懷浩氣，超乎塵垢之外，於是《花間》爲皂隸，而耆卿爲輿臺矣。"晁無咎云："居士詞，人多謂不諧音律，然橫放傑出，自是曲子内縛不住者。""不諧音律"，是不可諱言的。而陸游還説："公非不能歌，但豪放不喜裁剪以就聲律耳。"其實，軾曾自言：生平有三不如人，著棋、吃酒、唱曲。所以陳師道説："爲教坊雷大使之舞，雖極天下之工，要非本色。"但如他那樣豪情，却不能不説"前無古人"了。《四庫提要》謂：詞至柳永一變，如詩家之有白居易；至軾而又一變，如詩家之有韓愈。這個比方是不錯的。陸游又説："東坡詞歌之，曲終覺天風海雨逼人"，的確是非關西大漢，銅琵琶、鐵綽板，高聲狂唱不可；決不似柳永的詞只合十七八女郎，執紅牙板而歌的。現以大家所熟誦的爲例。

　　大江東去，浪淘盡千古風流人物。故壘西邊，人道是三國孫吴赤壁。亂石崩雲，驚濤掠岸，捲起千堆雪。江山如畫，一時多少豪傑。　　遥想公瑾當年，小喬初嫁了，雄姿英發，羽扇綸巾，談笑間，檣櫓灰飛烟滅。故國神游，多情應笑我，早生華髮。人間如寄，一尊還酹江月。

——《念奴嬌》

張炎説："東坡詞清麗舒徐處，高出人表。周秦諸人所不能到。"足見蘇軾一面有這樣雄放的詞，一面還有清麗的詞；在相反的情調中，我們可讀《卜算子》。

缺月挂疏桐，漏斷人初定；時見幽人獨往來，縹緲孤鴻影。　　驚起却回頭，有恨無人省。揀盡寒枝不肯棲，寂寞沙洲冷！

這是多麼悽清的境界。(《東坡詞》毛氏、王氏、朱氏都有刻本。商務有古活字本和"學生國學叢書"本。)蘇門有四學士，那是黃庭堅、秦觀、晁補之、張耒四人。秦觀是其中最昭著的詞家。字少游，高郵人。晁補之説："近來作者皆不及少游。如'斜陽外，寒鴉數點，流水繞孤村'。雖不識字人亦知是天生好言語。"蔡伯世説："子瞻辭勝乎情，耆卿情勝乎辭。辭情相稱者，惟少游而已。"還有推之爲正宗的，如張綖的話："少游多婉約，子瞻多豪放，當以婉約爲主。"好事者取他的名句和柳永《雨霖鈴》中警語作一聯詞，道："山抹微雲秦學士，曉風殘月柳屯田。"屯田是指柳永的官屯田員外郎説。他那闋《滿庭芳》全詞，現在寫在下面。

山抹微雲，天粘衰草，畫角聲斷譙門。暫停征棹，聊共引離尊。多少蓬萊舊事，空回首煙靄紛紛。斜陽外，寒鴉數點，流水繞孤村。　　消魂，當此際，香囊暗解，羅帶輕分，漫贏得青樓薄幸名存。此去何時見也？襟袖上空染啼痕。傷情處，高城望斷，燈火已黃昏。

葉少蘊説："少游樂府，語工而入律，知樂者謂之作家歌。"秦觀，不可不説他是一個當行的詞人，他的詞名《淮海長短句》。(有彊邨本，毛刻本名《淮海詞》。)賀鑄，字方回，衛州人。他的詞名《東山寓聲樂府》。(朱氏、王氏、毛氏、侯氏，都有刻本，還有涉園影印殘本。)張耒説："賀鑄《東山樂府》妙絕一世。盛麗如游金張之堂，妖冶如攬嬙施之袪；幽索如屈宋，悲壯如蘇李。"可知他的風格怎樣了。他住在蘇州盤門外的橫塘，往來其間，於是有《青玉案》之作，爲當時人稱他做賀梅子了。

凌波不過橫塘路，但目送芳塵去。錦瑟華年誰與度？月臺花榭，瑣窗朱戶，惟有春知處。　　碧雲冉冉蘅皋暮，彩筆新題斷腸句。試問閒愁都幾許？一川烟草，滿城風絮，梅子黃時雨。

他的詞與秦觀有非常相似處，大概同是從《花間》融化出來的。又差不多同時的像王安石、李之儀、周紫儀，此處可以不必詳及了。

周邦彦之所以被稱爲集詞大成的原因，一來這時是慢詞成熟的時候，二來由他開了南宋詞壇的局面，正是繼往開來，惟他獨尊。邦彦，字美成，錢塘人。張炎評謂："美成詞渾厚和雅善於融化詩句。"吾師吳瞿安先生説："究其實，不外沈鬱頓挫而已。"且以《瑞龍吟》爲例。

　　　章臺路，還見褪粉梅梢，試華桃樹。愔愔坊陌人家，定巢燕子，歸來舊處。　　黯凝佇，因記個人痴小，乍窺門户，侵晨淺約宮黃，障風映袖，盈盈笑語。　　前度劉郎重到，訪鄰尋里，同時歌舞，唯有舊家秋娘，聲價如故。吟箋賦筆，猶記燕臺句。知誰伴，名園露飲，東城閒步？事與孤鴻去！探春盡傷春離緒①，官柳低金縷。歸騎晚，纖纖池塘飛雨，斷腸院落，一簾風絮。

吳先生説："其宗旨所在在'傷離意緒'一語耳。而入手先指明地點曰'章臺路'。却不從目前景物寫出，而云'還見'，此即沈鬱處也。須知'梅梢桃樹'原來舊物，惟用'還見'云云，則令人感慨無端，低徊欲絶矣。首叠末句云：'定巢燕子，歸來舊處。'言燕子可歸舊處，所謂'前度劉郎者'，即欲歸舊處而不得，徒彳亍於'愔愔坊陌'章臺故路而已。是又沈鬱處也。第二叠'黯凝佇'一語，爲正文。而下文又曲折，不言其人不在，反追想當日想見時狀態，用'因記'二字則通體空靈矣。此頓挫處也。第三叠'前度劉郎'至'聲價如故'言'個人'不見，但見同里秋娘未改聲價，是用側筆以襯正文。又頓挫處也。'燕臺'句用義山柳枝故事，情景恰合。'名園露飲，東城閒步'，當日已亦爲之。今則不知伴着誰人賡續雅舉？此'知誰伴'三字又沈鬱之至矣。'事與孤鴻去'三語，方説正文。以下説到歸院，層次井然，而字字悽切。末以飛雨風絮作結，寓情於景，倍覺黯然。通體僅'黯凝佇'，'前度劉郎重到'，'傷離意緒'三語，爲作詞主意。此外則頓挫而復纏綿，空靈而又沈鬱；驟視

---

① 此句應爲"探春盡是，傷離意緒"。

之，幾莫測其用筆之意，此所謂神化也。"因爲美成於詞有這樣的技巧，所以有人以爲是製詞的正法；沈伯時便說："作詞當以《清真集》爲主。"《清真集》就是美成的詞集。〔又名《片玉詞》，毛王刻本外，〈有〉涉園影印本、商務"學生國學叢書"本，還有廣東印本、《西泠詞萃》本。〕此外他的詞如爲溧水主簿姬人而作的《風流子》，爲道君幸李師師家而作的《少年游》，爲睦州夢中作而成的《瑞鶴仙》，都有很興味的故事在裏面。與美成同時〈的〉還有如晁端禮、万俟雅言、吕渭老、王灼、朱敦儒等，都是作手；更有和後主身世相同的"詞王"宋徽宗，他的一字一句皆詞中寶物。因爲在詞史上沒有十分的影響，有許多都被我略過了。

問題

一、選本除爲初學者設想外，還有什麽價值？
二、五代詞人的中心點在何處？并推詳所以集中此處的緣故。
三、試想北宋詞的進程三大階段底相互關係。
四、柳永在"民衆文學"的地位上如何？當時"詞"與民衆關係何若？
五、秦、賀與周邦彥之比較。

參考書　詳見下章

第四章　幾個重要的詞家（下）

　　以下從南宋說起。實際南宋和北宋是不容易劃分的。有些詞人，他在北宋有許多作品，到了南宋，又有好多詞；我們就要權其輕重，放在北宋或南宋。南宋的詞已是極盛時代，但因國勢的關係，分明顯示出三個時期。一、在南渡後，愛國之士眼見胡人奪去半個"中國"，於是慷慨悲歌，添了不少雄句。二、金人既自己有了内亂，不得再侵"中國"，"中國"得以苟安，未免又宴安享樂，變成粉飾昇平的文字。三、等到元人渡江，南宋已將滅亡；而一班詞人敢怒不敢言，僅能將悲恨之心，托於咏物之作。從詞的本體上說，這三期的狀況是這樣：一、添了詞不少的新力量；二、就成形的慢詞加意改進；三、已漸流入模擬的風氣，生趣索然了。現在第一個我所說的，還是北南兩宋之間的一大作者。我所以叙在此處，因爲她曾予南宋一大詞人以感興，她自己也有不少很好的詞是在南宋時寫的。她，唯一的詞的女作家，不問而知是說的李清照了。清照，自號易安居士，濟南人，趙明誠的妻子。父格非，母王氏，都有文學的素養，她幼時便受很好的啓示。嫁給明誠以後，明誠常出游，她寄小詞給他頗多。一次一闋《醉花陰》題爲"重陽"的，明誠見了想作一詞勝她，廢食苦思三晝夜，成五十餘闋，雜易安之作出示他的朋友陸德夫，但德夫玩味再三，仍以"莫道不銷魂，簾捲西風，人比黄花瘦"三句爲絶佳，這三句正是易安的作品。易安不獨能作，并且工評論。她嘗說道："本朝柳屯田永，變舊聲作新聲，出《樂章集》，大得聲稱於世。雖協音律，而詞語塵下。又有張子野、宋子京兄弟、沈唐、元絳、晁次膺輩繼出，雖時時有妙語而破碎何足名家！至晏丞相、歐陽永叔、蘇子瞻，學際天人，作爲小歌詞直如酌蠡水於大海，然皆句讀不葺之詩耳，又往往不協音律。……王介甫、曾子固、文章似西漢，若作小歌詞，則人必絶倒，不可讀也。乃知詞别是一家，知之者少；晏叔原、賀方回、黄魯直出，始能知之。而晏苦無鋪叙，賀苦少典重，秦少游專主情致而少故實；譬如貧家美女，雖極妍麗豐逸，而終乏富貴態。黃則尚故實而多疵病，譬如良玉有瑕，價自減半矣。"她這樣的譏彈前輩，的確能切中其病。金兵南侵的時候，她家已破，四方流徙，明誠不幸又死了。於是在她詞中，不少苦語。她的集名《漱玉詞》。（有《詩曲雜俎》本，王氏四印齋本；現在也有標點本。）今舉《聲聲慢》一首於此。

  尋尋覓覓，冷冷清清，淒淒慘慘戚戚。乍暖還寒時候，最難將息。三杯兩盞淡酒，怎敵他晚來風急！雁過也，正傷心，却是舊時相識。　滿地黃花堆積，憔悴損，而今有誰堪摘？守著窗兒，獨自怎生得黑！梧桐更兼細雨，到黃昏點點滴滴。這次第，怎一個愁字了得。

這樣的詞筆非《斷腸詞》人朱淑真所能望她的項背了。何以在上面又說她曾予一大詞人以感興呢？這故事是在一個軍營之中。有歷城人辛棄疾字幼安的，正在山東節制忠義軍馬的耿京那兒掌書記。閒時聽營中士兵歌易安的詞句，於是啓發自己的情思，後來成爲南宋詞壇上一顆閃爍的明星。因爲這樣生香活色的婦人之聲，而使一個躍馬揮戈的英雄，更在詞上建築新的壁壘，這纔是奇迹呢。幼安的詞間與蘇軾并稱，其實他們決不相同。如幼安的豪邁忠勇之氣，在前只有岳飛，〈岳〉飛的《滿江紅》"靖康恥，猶未雪，臣子恨，何時滅？駕長車，踏破賀蘭山缺！壯志飢餐胡虜肉，笑談渴飲匈奴血，待從頭收拾舊山河，朝天闕"，是千古絕調。幼安的詞也是如此金聲玉振的。他的詞我們不能不多錄出幾首。

  野塘花落，又匆匆過了清明時節。剗地東風欺客夢，一枕雲屏寒怯。曲岸持觴，垂楊繫馬，此地曾經別；樓空人去，舊游飛燕能説。
  聞道綺陌東頭，行人曾見簾底纖纖月。舊恨春江流不盡，新恨雲山千叠；料得明朝，尊前重見，鏡裏花難折。也應驚問，近來多少華髮？

          ——《念奴嬌·書東流村壁》

  寶釵分，桃葉渡，烟柳暗南浦。怕上層樓，十日九風雨。斷腸點點飛紅，都無人管；更誰勸流鶯聲住！　鬢邊覷，試把花卜歸期，纔簪又重數。羅帳燈昏，哽咽夢中語。是他春帶愁來，春歸何處？却不解帶將愁去。

————《祝英臺近》

綠樹聽鵜鴂，更那堪杜鵑聲住，鷓鴣聲切；啼到春歸無啼處，苦恨芳菲都歇。算未抵人間離別，馬上琵琶關塞黑，更長門翠輦辭金闕；看燕燕，送歸妾。　將軍百戰身名裂，向河梁回頭萬里，故人長絕。易水蕭蕭西風冷，滿座衣冠似雪。正壯士悲歌未徹，啼鳥還知如許恨，料不啼清淚常啼血！誰伴我，醉明月？

————《賀新郎·別茂嘉十二弟》

更能消幾番風雨，匆匆春又歸去。惜春長怕花開早，何況落紅無數！春且住，見說道天涯芳草無歸路，怨春不語，算只有殷勤，畫簷蛛網，盡日惹飛絮。　長門事，準擬佳期又誤。蛾眉曾有人妒，千金縱買相如賦，脈脈此情誰訴？君莫舞，君不見玉環飛燕皆塵土！閒愁最苦，休去倚危欄，斜陽正在，烟柳斷腸處。

————《摸魚兒·淳熙己亥自湖北漕移湖南同官王正之置酒小山亭為賦》

這樣的詞又非東坡的門戶所能限制。毛滂說："詞家爭穠纖，而稼軒（是幼安的別號）率多撫時感事之作，磊砢英多，絕不作妮子態，宋人以東坡為'詞詩'，稼軒為'詞論'；善評也。"其實幼安一方面固有這樣"大聲鏜鎝"的詞，而另一方面"穠麗綿密"的小詞，誠如劉潛夫所說："不在小晏秦郎之下。"幼安初為詞時，曾去看蔡元，蔡便道："子之詩，則未也。他日當以詞名家！"蔡元畢竟是知音者。幼安的肖徒有個襄陽人，劉過字改之的，也善作壯詞，他的《龍洲詞》不過不如辛幼安《稼軒長短句》的偉大罷了！（《稼軒詞》有毛刻、王刻，《稼軒長短句》有涉園景印本，又商務古活字本、"學生國學叢書"本。）陸游也是與辛齊名的一個詞人。不過楊慎以為："放翁詞纖麗處似淮海，雄快處似東坡"，雄放自恣，有時因與辛相近，但還是纖麗的地方，是他擅長處。

此時的詞再一轉變，又趨向技巧上去了。為一時壇坫的，當然推姜夔，夔字堯章，號白石，鄱陽人，流寓吳興。周濟說得最好："吾十年來服膺白石，而以稼軒為外道。由今思之，可謂捫籥也。稼軒鬱勃故情深，白石放曠故情淺；稼軒縱橫故才大，白石局促故才小。"但是恭維他的人，却説得非常動聽。張炎説："如野雲孤飛，去留無迹。"又"不惟清虚，且又騷雅，讀之使人神觀飛越"。范石湖也説："白石有裁雲縫月之手，敲金戛玉之聲。"這大概爲他那二首盛傳於世的《暗香》《疏影》而發。

　　舊時月色，算幾番照我，梅邊吹笛，喚起玉人，不管清寒與攀摘。何遜而今漸老，都忘却春風詞筆。但怪得竹外疏花，香冷入瑶席。　　江國正寂寂，嘆寄與路遥，夜雪初積，翠尊易泣，紅萼無言耿相憶。長記曾携手處，千樹壓西湖寒碧。又片片吹盡也，幾時見得？

——《暗香》

　　苔枝綴玉，有翠禽小小，枝上同宿。客裏相逢，籬角黄昏，無言自倚修竹。昭君不慣胡沙遠，但暗憶江南江北。想珮環月下歸來，化作此花幽獨。　　猶記深宮舊事，那人正睡裏飛近蛾緑。莫似春風，不管盈盈，早與安排金屋。還教一片隨波去，又却怨玉龍哀曲。等恁時重覓幽香，已入小窗横幅。

——《疏影》

咏物之作不能不推爲名篇。張炎説他是"前無古人，後無來者，真爲絶唱"，未免過譽了。但他《揚州慢》一闋，却有動人的力量。

　　淮左名都，竹西佳處，解鞍少駐初程。過春風十里，盡薺麥青青。自胡馬窺江去後，廢池喬木，猶厭言兵。漸黄昏，清角吹寒，都在空城。　　杜郎俊賞，算如今重到須驚。縱荳蔻詞工，青樓夢好，難賦深情。二十四橋仍在，波心蕩冷月無聲。念橋邊紅藥年年，知爲誰生？

因爲真氣磅礴，實在的情緒，決非浮泛可比。（《白石詞》在毛、朱兩本外，有陸氏刊本、許氏刊本、廣東刊本。）又盧祖皋、高觀國在這時也算名家。黄昇説盧詞，字字可入律吕，《古今詞話》謂高詞工而入逸，婉而多風。這兩人却不能如史達祖。達祖字邦卿，姜夔就很佩服他的詞。以爲："邦卿之詞，奇秀清逸，有李長吉之韵，蓋能融情景於一家，會句意於兩得者。其'做冷欺花，將烟困柳'一闋，將春雨神色拈去，'飄然快拂花梢，翠影分開紅影'，又將春燕形神畫出矣。"張鎡説他的詞："織綃泉底，去塵眼中，妥貼輕圓，辭情俱到，有瓌奇警邁，清新閒婉之長，而無詭蕩汚淫之失。端可分鑣清眞，平睨方回。"他那樣精細的用功鑄句，所以成其爲細膩的詞人。看《綺羅香》全詞可知。

> 做冷欺花，將烟困柳，千里偸催春暮。盡日冥迷，愁裏欲飛還住。驚粉重蝶宿西園，喜泥潤，燕歸南浦。最妨他佳約風流，鈿車不到杜陵路。　沈沈江上望極，還被春潮晚急。難尋官渡，隱約遙峰，和泪謝娘眉嫵。臨斷岸，新綠生時；是落紅帶愁流處。記當日，門掩梨花，剪燈深夜語。

樓敬思云："史達祖南宋名士，不得進士出身。以彼文采，豈無論薦，乃甘作權相堂吏，至被彈章；不亦降志辱身之至耶？讀其《書懷·滿江紅》：'好領青衫，全不向詩書中得。三徑就荒秋自好，一錢不值貧相逼'，亦自怨自艾者矣。"他有很苦的身世，所以詞句沈着。他的集名《梅溪詞》（有毛刻本、王刻本）。還有一位爲近數十年詞壇所崇奉著的，是吳文英。〈文英〉字君特，四明人，夢窗是他的號。尹惟曉說："求詞於吾宋，前有清眞，後有夢窗。"足見在當時他的地位也頗重要。我們且讀他的名作。

> 殘寒正欺病酒，掩沉香綉戶，燕來晚飛入西城，似說春事遲暮。畫船載清明過却，晴烟冉冉吳宮樹，念羈情，游蕩隨風，化爲輕絮。　十載西湖，傍柳繫馬，趁嬌塵軟霧。溯紅漸招入仙溪，錦兒偸寄幽素。倚銀屏春寬夢窄，斷紅濕歌紈金縷。暝堤空，輕把斜陽，總還鷗鷺。　幽蘭旋老，杜若還生，水鄉尙寄旅。別後訪六橋無信，事往花委，瘞玉埋香，幾番風雨。長波妬盼，遙山羞黛；漁燈分影春江宿。記當時短楫桃根渡，青樓仿佛，臨分敗壁，題詩泪墨，慘澹塵土。　危亭望極，草色天涯，嘆鬢侵半苧。暗點檢離恨歡唾，尙染鮫綃，嚲鳳迷歸，破鸞慵舞。殷勤待寫，書中長恨；藍霞遼河沉過雁，漫相思彈入哀箏柱。傷心千里江南，怨曲重招，斷魂在否？
> ——《鶯啼序·春晚感懷》

以夢窗比清眞，似乎不及清眞詞的自然。因爲夢窗的詞，大都經過苦心的經營，而且有意的雕飾。張炎說："吳夢窗如七寶樓臺，眩人眼目，拆碎下來，不成片段。"沈伯時也說："夢窗深得清真之妙。但用事下語太晦處，人不易知。"但平心而論，夢窗於造句獨精，超逸處，仙骨珊珊，洗脫凡艷，幽素處，孤懷耿耿，別締古歡。如《高陽臺·落梅》："宮粉雕痕，仙雲墮影，無人野水荒灣。古石埋香，金沙鎖骨連環。南樓不恨吹橫笛，恨曉風千里關山；半飄零，庭院黃昏，月冷闌干。"《祝英臺近·春日客龜溪游廢園》："綠暗長亭，歸夢趁風絮。"《水龍吟·惠山酌泉》："艷陽不到青山，淡烟冷翠成秋苑。"《滿江紅·淀山湖》："對兩蛾猶鎖綠烟中。秋色未教飛盡雁，夕陽長是墜疏鐘。"《八聲甘州·游靈岩》："箭徑酸風射眼，膩水染花腥。"又"連呼酒上琴臺，秋與雲平"。皆是超妙入神的雋語。可惜夢窗被後來者推爲大師，置之諸天才的詞人之上；反埋沒他的本來面目。實則大家趨於他的門下，正是因爲他工於鑄詞。（《夢窗稿》毛、王刻本外，有《曼陀羅華閣》刊本。）這一個時期的詞，大概受北宋周邦彥的影響最深，同時是〈受〉辛、劉一類粗豪作品的反動。再一轉變，便成亡國之音了。現在舉蔣、周、張、王四家來說。

蔣捷字勝欲，陽羨人，有《竹山詞》。（毛刻《六十家》中有。）頗有自然之趣，朱彝尊推爲南宋一家，源出白石。現以《虞美人》小令爲例。

少年聽雨歌樓上，紅燭昏羅帳。壯年聽雨客舟中，江闊雲低，斷雁叫西風。　　而今聽雨僧廬下，鬢已星星也。悲歡離合總無情，一任階前點滴到天明。

却是毫無矯柔〔揉〕造作的樣子。不過有時叫囂奔放，很可笑的。如《賀新郎·錢狂士》："據我看來何所似？一任韓家五鬼，又一似楊家風子。"《沁園春》："若有人尋，只教童道：這屋主人今自居。"又《次强雲卿韵》："結算平生風流債負，請一筆勾！蓋攻性之兵，花圍錦陣；毒身之鴆，笑齒歌喉。"《念奴嬌·壽薛稼堂》："進退行藏，此時正要一著高天下。"讀了這些句子，真要教人噴飯。不能不說他愧對辛幼安了。

周密，字公謹，號蕭齋，濟南人，而流寓吳興。自號弁陽嘯翁，又號四水潜夫，草窗是很著名的別署。他的詞，獨標清麗。他的交游甚廣，楊守齋號紫霞翁的，於音律極精，他頗得切磋之益。《一萼紅·登蓬萊閣有感》，蒼茫感慨，情見乎詞。

步深幽，正雲黃天淡，雪意未全休。鑒曲黃沙，茂林烟草，俯仰今古悠悠。歲華晚，飄零漸遠，誰念我同載五湖舟？磴古松斜，崖陰苔老，一片清愁。　　回首天涯歸夢，幾魂飛西浦，泪灑東州。故國山川，故園心眼；還似王粲登樓。最負他秦鬟妝鏡，好江山何事此時游？爲喚狂吟老監，共賦銷憂。

這是壓卷的一闋，恐怕美成、白石見了還要斂手，可惜這樣作品，在他集中不多。（《草窗詞》有《曼陀羅華閣》刊本、《知不足齋叢書》本。又名《蘋洲漁笛譜》有《知不足齋叢書》本、彊邨本。）又他編的《絕妙好辭》是不可多得的詞選。

張炎字叔夏，是循王張俊的後裔，居臨安，自號樂笑翁。詞皆雅正，所以集中沒有鄙語。《臺城路》一闋，讀之無不感動。

十年舊事翻疑夢，重逢可憐俱老！水國春空，山城歲晚，無語相看一笑。荷衣換了，任京洛塵沙，冷凝風帽。見說吟情，近來不到謝池草。　　歡游曾步翠窈，亂江迷紫曲，芳意今少。舞扇招香，歌橈喚玉，猶憶錢塘蘇小。無端暗惱，又幾度流連，燕昏鶯曉。回首妝樓，甚時重去好？

毫無拙滯語。誠如仇仁近所說："叔夏詞意度超玄，律呂協洽，當與白石老仙相鼓吹。"而且叔夏詞中頗多憤意，隱在濃紅淡綠之中。如"只有一枚梧葉，不知多少秋聲！""恨喬木荒涼，都是殘照。"還有《送舒亦山》："布襪青鞋，休誤入桃源深處。"《餞菊泉》："且莫把孤愁，説與當時歌舞。"很可看出他言外之深意來。他的《玉田詞》〔朱氏、王氏刻本外，有曹刊、許刊（又名《山中白雲洞》①），與白石稱"雙白"〕有時用韻雜一些，把真文庚青侵尋同用，或寒刪間雜覃鹽；却是入聲韻又非常謹嚴的，屋沃不混覺藥，質陌不混月屑。我們看他的詞可注意一下。

王沂孫字聖與，號碧山，又號中仙，會稽人。他的作風是寫忠愛之忱，托咏物之篇。意境高隽，造句亦美。張惠言《詞選》除《齊天樂·賦蟬》外，取他《眉嫵·賦新月》《高陽臺·賦梅花》《慶清朝·賦榴花》

---

① 《山中白雲洞》當爲《山中白雲詞》。

三闋，又在每詞之下加注案語。《眉嫵》是喜君有恢復之志，而惜無賢臣也。《高陽臺》是傷君臣宴安，不思國恥，天下將亡也。《慶清朝》是言亂世尚有人才，惜世不用也。可見他一片熱腸、無窮的哀感。又比白石《暗香》《疏影》專以詞工的品格高多了。試看《眉嫵》的全詞。

漸新痕懸柳，澹彩穿花，依約破初暝，便有團圓意。深深拜，相逢誰在香徑？畫眉未穩，料素娥猶帶離恨。最堪愛，一曲銀鈎小，寶簾挂秋冷。　　千古盈虧休問，嘆謾磨玉斧，難補金鏡，太液池猶在凄涼處，何人重賦清景。故山夜永，試待他窺戶端正。看雲外山河，還老桂花舊影。

像他這樣，君國之憂時時寄托，足以領袖宋末詞人的風氣。所以他的《碧山樂府》（一名《花外集》，有《知不足齋》和王氏《四印齋》本）為詞中珠玉。此外如陳允平的《日湖漁唱》、劉克莊的《後村別調》、石孝友的《金谷遺音》……也有相當的地位。在多如牛毛的兩宋詞人中，我只寥寥說了這幾家，當然有滄海遺珠之憾，不過於此也可略見端倪。想治宋詞者可從這幾家入手，以下敘述是宋以後的詞壇。詞到了宋的末季，已僅是奄無生氣，此後詞的時代更是過去了。

現在先從金元說起。金這一代的詞，前面為宋所掩，後面又讓元壓住；差不多在文學史上為人遺忘了。其實元好問《中州集》所集三十六家，亦有可述。何況金章宗也是天資聰穎愛好詞章的帝主。《歸潛志》就說他，"詩詞多有可稱者"。密國公璹的《如庵小稿》，詞雖不過七首，亦有情致。劉君叔說："其舉止談笑，真一老儒，殊無驕貴之態。"他的《西江月》，"一百八般佛事，二十四考中書；山林朝市等區區，着甚來由自苦！"從幾詞中可見其人風度。至於自宋使金，而未得歸的吳激，更為金詞一大家。激字彥高，建州人。我們看他的《風流子》。

書劍憶游梁。當時事，底處不堪傷。望蘭楫漵漵向吳，南浦杏花微雨，窺宋東墻。鳳城外燕隨青步，障絲惹紫游韁。曲水古今，禁烟前後，暮雲樓閣，春草池塘。　　回首斷人腸！流年去如電，鏡鬢成霜。獨有蟻尊陶寫，蝶夢悠揚。聽出塞琵琶，風沙漸灑；寄書鴻雁，烟月微茫。不似海門潮信，猶到潯陽！

所謂"當時事"，所謂"回首"，無非故國之思。此時宇文叔通主文盟，視彥高是後進，都叫他做"小吳"。有一次一個宋宗室的婦人，流落北方，在飲酒時會見了。大家感嘆起來，各賦樂章；叔通成《念奴嬌》，彥高也作一闋《人月圓》道："南朝千古傷心事，猶唱《後庭花》。舊時王謝堂前燕子，飛向誰家？怳然一夢，仙肌勝雪，宮鬢堆鴉；江州司馬，青衫淚濕，同是天涯。"大家見了，爲之變色。後來有人求叔通樂府，叔通就說："吳郎近以樂府名天下，可逕求之！"彥高詞雖不多，都極精美。還有蔡松年的《明秀集》（王刻《四印齋》本中有），亦有名作，元人雜劇內《蔡儞閒醉寫石州慢》就是寫他的故事。《中州樂府》所選的十二闋，有些是《四印齋》本中所沒有的。遼陽劉仲尹在中州存詞十一闋，無一草率之作。得名較早的，更有熊嶽人王庭筠。趙秉文贈他的詩所謂："寄語雪溪王處士：年來多病復何如？浮雲世態紛紛變，秋草人情日日疏；李白一杯人影月，鄭雯三絕畫詩書；情知不得文章力，乞與黃華作隱居。"可以曉得他是一個隱士了。又爲金章宗所寵視的趙可，他比較算得重要些的。在他幼小的時候，他就很愛填小詞。一次，他應試，文章成了，便在他的席上戲書一闋："趙可，可。肚裏文章可可。三場挨了兩場過，只有這番解火。恰如合眼跳黃河，知他是過也不過？"以後畢竟中了。韓玉也好像從南方到北方去的，他的詞常有如"故鄉何在？夢寐草堂溪友"的句子。但是從北游南，爲金使者的王渥便是在的他詞中能把北方的風光返〔反〕映出來，如《水龍吟‧從商帥國器獵》。

　　　　短衣匹馬清秋，慣曾射虎南山下。西風白水，石鯨鱗甲，山川圖畫。千古神州，一時勝事，賓僚儒雅。快長堤萬弩，平岡千騎，波濤捲魚龍夜。　落日孤城鼓角，笑歸來長圍初罷，風雲慘淡貔貅，得意旌旗閒暇。萬里天河，更須一洗，中原兵馬。看鞭弭鳴咽，咸陽道左，拜西還駕。

　　這迥不是南人的聲口，一望而知是北人，無怪他死於軍陣之中了。此外如景覃、李獻能、辛愿，各有詞作，然終不如趙秉文、元好問的偉大。趙、元可以是金源文士的導師，也是金詞的中心。趙字周臣，磁州人，自號閒閒居士，他的《水調歌頭‧自序》有言："……玉龜山人云，子前身，赤城子也。……吾友趙禮部庭玉說，丹陽子謂余再世蘇子美也。赤城子則吾豈敢,若子美則庶幾焉,尚愧詞翰微不及耳。"據此可見他是以蘇子美自擬的。這闋詞也是他述志之作,我且錄在此處。

四明有狂客,呼我謫仙人。俗緣千劫不盡,回首落紅塵。我欲騎鯨歸去,只恐神仙官府,嫌我醉時嗔。笑拍群仙手,幾度夢中身。　　長倚松,聊拂石,坐看雲,忽然黑霓落手,醉舞紫毫春。寄語滄浪流水,曾識閒閒居士,好爲濯冠巾。却返天臺去,華髮散麒麟。

元好問字裕之,秀容人。他的一生也經宋金元三個時代,不過他是金的忠臣,所以在此敍述。《遺山樂府》(有通常石印本)頗負盛名。《邁坡塘》一闋是他首唱的,和者極多。有自序:"太和五年乙丑歲赴試并州,道逢捕雁者云:今日獲一雁,殺之矣。其脫網者,悲鳴不能去,竟自投於地而死。余因買得之,葬之汾水之上。累石爲識,號曰雁丘。"

問世間情是何物?直教生死相許。天南地北雙飛客,老翅幾回寒暑。歡樂趣,離別苦,就中更有痴兒女。君應有語,渺萬里層雲,千山暮雪,隻影向誰去?　　橫汾路,寂寞當年簫鼓。荒烟依舊平楚。招魂楚些何嗟及?山鬼暗啼風雨。天也妒,未信與鶯兒燕子俱黃土。千秋萬古,爲留待騷人,狂歌痛飲,來訪雁丘處。

張叔夏説:"遺山詞深於用事,精於煉句,風流蘊藉處,不減周秦。"《樂府·自序》:"子故言宋詩大概不及唐,而樂府歌詞過之,此論殊然。樂府以來,東坡爲第一,以後便到辛稼軒,此論亦然。東坡、稼軒即不論,且問遺山得意詩,自視秦、晁、賀、晏諸人爲何如?予大笑,附〔拊〕客背云:那知許事,且啖蛤蜊!"大概在蘇辛這一類的詞,遺山是很有追踪的力量,從上面這番話看來,也知道他是如此的自負了。我們談金代的詞,如此已算得詳盡的,且繼續談元代的詞罷。

元是"曲"的時代,正同宋是"詞"的時代一樣。談元的詞,當然沒有燦爛的記載。而且在"曲"初起的時候,詞與曲往往混而不分。如《乾荷葉》《鸚鵡曲》之類實際是曲;就如許魯齋的《滿江紅》、張弘範的《臨江仙》不過餘技,那裏是詞人的作品呢?到燕公楠、程鉅夫,詞還沒能擴張門户。仇遠起來,稍爲一振。趙子昂、虞伯生、薩都剌,可算作手,却不如張翥。張翥是元詞的維持者。此後又漸衰,倪瓚、顧阿瑛之流詞尚可觀，其餘不足數。再有一個邵亨貞，爲詞稍稍生色，如是而已。

仇遠字仁近，錢塘人，與〈其〉同時唱和的〈有〉周密、王沂孫一班遺民。而後來的張翥、張羽等又都出在他的門下。他的詞清新拔俗，却不能出南宋末季的範型。試翻開《樂府補題》來看，可以曉得作風都差不多。趙子昂名孟頫，宋宗室，仕於元，爲當時人所譏，但他晚年有詩自悔："同學少年今已稀，重嗟出處寸心違。"且詞中常流露哀思，所以邵復孺説："公以承平王孫，晚嬰世變，黍離之感，有不能忘情者，故長短句深得騷人意度。"兹録《蝶戀花》爲例。

儂是江南游冶子，烏帽青鞋，行樂東風裏。落盡楊花春滿地，萋萋芳草愁千里。　扶上蘭舟人欲醉，日暮青山，相映雙蛾翠。萬頃湖光歌扇底，一吹聲下相思淚。

虞伯生名集，崇仁人。詞不多作，有所作亦必揮翰自如，毫不縛束。嘗自擬老吏斷獄，在虞、楊、范、揭四家中伯生當然算得冠冕了。學東坡的有薩都剌，字天錫，雁門人，受遺山的影響甚大，不過他詩名掩住詞名，到明寧獻王纔品評他的詞格，稍爲世重。《滿江紅·金陵懷古》一闋，也爲一時傳唱。

六代豪華，春去也更無消息。空悵望山川形勝，已非疇昔。王謝堂前雙燕子，烏衣巷口曾相識。聽夜深寂寞打孤城，春潮急。　思往事，愁如織；懷故國，空陳迹。但荒烟衰草，亂鴉送日。玉樹歌殘秋露冷，胭脂井壞寒螿泣。到如今只有蔣山青，秦淮碧。

張翥字仲舉，晉寧人。他的詞氣度衝雅，足爲元詞代表。然而究其極詣，也只規橅南宋，得諸家之神似。《多麗》這個調子，大家所推爲正格的，今選其一。

晚山青，一川雲樹冥冥。正參差烟凝紫翠，斜陽畫出南屏。館娃歸，吳臺游鹿，銅仙去，漢苑飛螢；懷古情多，憑高望極，且將尊酒慰飄零。自湖上愛梅仙遠，鶴夢幾時醒。空留得六橋疏柳，孤嶼危亭。　待蘇堤歌聲散盡，更須攜妓西泠；藕花深雨涼翡翠，菰蒲軟風弄蜻蜓。澄碧生秋，鬧紅駐景，采菱新唱最堪聽，一片水天無際，漁火兩三星。多情月，爲人留照，未過前汀。

我們研究詞的演進，在元只有算張仲舉首屈一指。倪瓚字元鎮，詞也還雅潔。顧阿瑛字仲瑛，詞中風趣特勝，晚年間有身世之悲。至元末的詞壇，當推邵亨貞，亨貞字復孺，他那一部《蛾術詞選》頗有好處（王氏《四印齋》中有）。學問淵博，不獨以詞名。詞學清真、白石、梅溪、稼軒，就像清真、白石、梅溪、稼軒。摸擬的手段，的確有特長的。他入明以後纔死，總算元詞的尾聲了。

明代的詞更是衰落了，其原因也很多，只可說"南詞"（即南曲）是明的產物，詞不過附庸而已。詞之所以衰：一、以詞當作酬應，了無生氣；二、托體香奩，沒有真實的情緒；三、好施小慧，流於纖巧。這都是昭著的流弊。在明初時，劉基、高啟齊名。劉字伯溫，青田人，小詞頗可誦，如《轉應曲》："秋雨秋雨，窗外白楊自語。"《踏莎行》："愁如溪水暫時平，雨聲一夜依然滿。"都是雋句。高字季迪，長洲人，隱於青邱，自號青邱子。詞以疏曠見長，不與伯溫相似。楊基字孟載，也有擅長小令的，如《清平樂》《浣溪紗》，這些調子，尤能出色。其他王九思、楊慎、王世貞，曲中的地位高於詞中多多，這兒不詳敘了。張綎字世文，馬洪字浩瀾，他兩人在當時有詞人之稱，但時有穢語，并沒有十分佳作。只有明季的陳子龍，是唯一的詞家了。子龍字臥子，青浦人。陳亦峰《白雨齋詞話》說："明末陳人中（就是臥子）能以濃艷之筆，傳淒惋之神，在明代便算高手。"實在明人受"八股文"的範圍，理學熾而詞意熄；像臥子這樣沈著，無怪不爲別的人所能追及的了。他也是風流婉麗，偏於小令。柴虎臣謂："華亭腸斷，宋玉魂消；惟臥子有之。所微短者，長篇不足耳。"錄他的《蝶戀花》。

雨外黃昏花外曉，催得流年，有恨何時了？燕子乍來春又老，亂紅相對愁眉掃。　　午夢闌珊歸夢杳，醒後思量，踏遍閒庭草。幾度東風人意惱，深深院落芳心小。

他如《山花子》："楊柳淒迷曉霧中，杏花零落五更鐘。寂寂景陽宮外月，照殘紅。"淒麗如後主。《江城子》："楚宮吳苑草茸茸，戀芳叢，繞游蜂。料得來年相見畫屏中。人自傷心花自笑，憑燕子，罵東風。"綿邈淒惻，不落凡響。明亡了，他殉了難；明詞也只有這一點可提及了。

到了清代，我們可以說是詞的回光返照期。一時詞人之盛，門戶派別之多，在這二百八十年中很留下不少的光榮。浙派、常州派，和最近廣西的詞風，皆有敘述的必要。先從清初曹潔躬論起。潔躬名溶，嘉興人，爲浙派的先導。朱彝尊最心折，嘗說："往者明三百禩，詞學失傳，先生搜輯遺集，余曾表而出之。數十年來浙西填詞者，家白石而戶玉田，春容大雅，風氣之變，實由於此。"可知他與浙派的關係了。王士禎、曹貞吉、吳綺，雖也算得作手，但王的精力大部分在詩，曹的詞所取途徑甚正，才力却差，吳在清初詞人中也是兼爲清麗和雄壯兩方面的詞，却未能自樹一幟。彭孫遹字羨門，他的詞較爲深厚，嚴繩蓀說："羨門驚才絕艷，長調數十闋，固堪獨步江左；至其小詞，啼香怨粉，怯月淒花，不減南唐風格。"這種朋友標榜的話，當然不能當作定論，但他的詞確有可觀，可惜未能沈著，專以聰明見長罷了。就中有滿洲正白旗人，納蘭成德，字容若。有人說他是李後主轉生，爲"小令之王"。每一闋必盡淒惋之致。現舉《臨江仙》如下。

　　長記紗窗窗外語，秋風吹送歸鴉。片帆從此寄天涯。一燈新睡覺，思夢月初斜。　　便是欲歸歸未得，不如燕子還家。春雲春水帶輕霞，畫船人似月，細雨落楊花。

譚復堂說："第其品格，殆叔原、方回之亞乎？"他的《飲水詞》（坊間刊本甚多，吾友唐圭璋校本最佳）爲治詞者所愛好。還有一個顧貞觀，字華峰，號梁汾，有兩闋《金縷曲·寄漢槎》，可謂至性流露，字字從肺腑吐出，所以傳誦於世。

　　季子平安否？便歸來，生平萬事，那堪回首！行路悠悠誰慰藉？母老家貧子幼，記不起從前杯酒，魑魅搏人應見慣；料輸他覆雨翻雲手。冰與雪，周旋久。　　淚痕莫滴牛衣透，數天涯依然骨肉，幾家能彀？比似紅顏多薄命，更不如今還有。只絕塞苦寒難受，廿載包胥承一諾，盼烏頭馬角終相救。置此札，君懷袖。

　　我亦飄零久，十年來深恩負盡，死生師友。宿昔齊名非忝竊：試看杜陵消瘦，曾不減夜郎僝僽。薄命長辭知己別，問人生到此淒涼否？千萬恨，爲君剖。　　兄生辛未吾丁丑，共些時冰霜摧折，早衰蒲柳。詞賦從今須少作，留取心魂相守。但願得河清人壽，歸日急翻行戍稿，把空名料理傳身後。言不盡，觀頓首。

讀之，可使人增友朋之情。陳維崧字其年，宜興人，是比較重要一些的詞家。他的氣魄之壯，古今稱最；不獨長調如蘇辛那樣壯闊，就是小令，也豪極了。如《點絳唇》："悲風吼，臨洛驛口，黃葉中原定。"《好事近》："別來世事一番新，只吾徒猶昨。話到英雄失路，忽涼風索索。"有時也婉麗閒雅，與朱彝尊齊名。曹秋嶽說："其年與錫鬯并負軼世才，同舉鴻博，交又最深，其為詞工力悉敵。"錫鬯是彝尊的字，又號竹垞，秀水人，浙派的開山〈者〉，《靜志居琴趣》（總名《曝書亭詞》，掃葉山房有石印本）是他詞集中最了不得的作品。試看他自己題詞集的《解珮令》。

十年磨劍，五陵結客，把平生涕淚飄零都盡。老去填詞，一半是空中傳恨，幾曾圍燕釵蟬鬢。　不師秦七，不師黃九，倚新聲玉田差近。落托江湖，且分付歌筵紅粉，料封侯白頭無分。

可見浙派所師是《雙白詞》。彝尊外還有同邑李良年字符曾的、嘉興李符字分虎為他的輔翼，浙江詞學之盛可知了。作手中尤推厲鶚，鶚字太鴻，錢唐人。以他的才力很想於宋詞之外別成面目，可惜這是辦不到的事。但他詞中佳處頗多可取。《樊榭山房詞》（在全集中，全集坊本頗多）不難購得，我們可取來欣賞。項鴻祚，號蓮生，也是浙中名詞家，詞少薄弱一些。至於常州派，自張惠言和他的兄弟張琦而後張目。惠言字皋文，琦字翰風，抬出溫韋來高標比、興、風、騷，以深美閎約為準，不像浙江之守南宋。但論調太高，畢竟手不應口。惠言的《茗柯詞》（附《詞選》後）在清詞中固有地位，以較北宋諸集，當然有愧色了。論詞家有了一個周濟，作手中有了周之琦、蔣春霖，差不多壟斷了嘉慶以來的詞壇。濟字介存，《論詞雜著》是詞論中佳作。吾友任二北說："世人但知惠言為常州派，而不知介存為'變常州派'，頗有要義。之琦字稚圭，他的《金梁夢月詞》頗有渾融深厚之致。春霖字鹿潭，有《水雲樓詞》。他身經洪楊之亂，很能當作'詞史'讀。"我以為近幾十年在中國文學裏，詞中的鹿潭遠勝於詩中的金和呢。到道咸時，莊譚兩人齊名。莊棫字中白，丹徒人。他的《蒿庵詞》是自皋文、介存那般人光大而出之的。譚獻字仲修，仁和人。所錄《篋中詞》，搜羅富有，議論也多有獨到處。論浙江的弊病，無不中肯。所以吳瞿安先生說他是"變浙江詞"。談到我們這近三十年的詞，源出廣西。王鵬運字幼霞，臨桂人。他除校刻《花間》以來的詞集，自己有《半塘詞》，體制都備。吾鄉端木埰、吳縣許玉瑑，和他同邑人況周頤，皆其詞友，各有造作。歸安朱孝臧字古微也與之游。朱的《彊邨語業》，況的《蕙風詞》，可算清末詞集中的杰製。與王同時的鄭文焯字叔問，有《樵風樂府》。當時南北相持，稱兩大家。名宦中金壇馮煦也有《蒿庵詞》，與況朱學南宋的作風大不相同。總之，詞到這時候，作者雖然風景〔来〕雲往，詞的精神已漸消失。清代詞人，詞集最多，在我所說，不過萬一；只要從此研求，自得一個系統。（自惠言以下，詞集便於購求，在此處就不詳注了。）

問題

一、南宋與北宋詞的作風底比較。

二、從歷代的背景辨別蘇辛异同。

三、姜白石的〈詞〉受周美成的影響如何？

四、試尋金的元好問與元的張翥兩家詞的出處。

五、何以明人不以長調見長？

六、清詞雖盛，爲何不能比於兩宋？

七、浙派與常州派其主旨差异何在？

參考書

這兩章可參考的書很多，有下面這幾部已足彀初步的研究。

劉毓盤：《詞史》，北京大學講義。

吳梅：《詞學通論》，東南大學講義，不久可在商務出版。

鄭振鐸：《中國文學史》第四、五章。（商務）

徐珂：《清代詞學概論》。（大東）

錢基博：《現代中國文學長編藁本》上編，第四章。（最後這兩書，研究清詞者不可不參閱。）

第五章　從詞到曲底轉變

　　劉熙載《藝概》說："曲之名古矣，近世所謂曲者，乃金元之北曲，及後復溢爲南曲者也。未有曲時，詞即是曲；既有曲時，曲可悟詞。苟曲理未明，詞亦恐難獨善矣。"這一段話，於曲有相當的認識。但還有些不澈底。我在論詞時，已約略說過，這種"音樂文學"，講文學叫做詞，指聲音（樂譜）便是曲，所以詞的譜還是曲，而且曲的文字仍然稱詞。於此可知詞曲是對稱的名詞，而"詞"與"曲"又同時是兩種體裁，這兒說的"曲"，是指曲體而言。"曲"從何而來的呢？王世貞說得好："曲者，詞之變。自金元入中國所用胡樂嘈雜淒緊，緩急之間，詞不能按，乃更爲新聲以媚之。"可見也是爲著音樂的關係了。不過我在此處要先給大家一個清晰的分界，然後纔好談曲的起原。大概平常見了"曲"這一個字，都要聯想到"戲劇"上去。其實，戲劇的曲是"劇曲"，而詩歌的曲就是所謂"散曲"。"散曲"和詩詞〈是〉同一抒情的詩體，爲韵文正統。有了情節、動作、白文，然後演成"戲劇"。我們所應研究者是"散曲"，而非"劇曲"。談"劇曲"的源流可以上溯巫尸，到宋雜劇、金院本。講到"散曲"，乾脆說就是從"詞"變出來的。何以見得曲是從詞變的呢？我們觀察曲所沿襲於詞的可知。（一）曲的宮調牌名多根據詞的。南宋時候所存七宮十二調（見前），考核《中原音韵》只存六宮十一調，故有十七宮調之名。到了元又亡了歇指調、角調、宮調，於是變成十四宮調，後來南曲又失商角調，僅存十三了，因爲六宮也改稱調，所以明蔣惟忠有《十三調譜》之作。這北十四，南十三，皆由十七宮調而來，那麼南北曲宮調出於詞的宮調，可無疑義。至曲的調名（俗所謂"曲牌"）與詞相同的頗多。《中原音韵》所紀三百三十五章，細細分析，出於古曲的一百十章，占全數三分之一。不過在北曲中牌名雖同，句法并不一樣。到南曲裏像《虞美人》《謁金門》《一剪梅》，完全無差池。這或者因爲北人音樂與中原差异太大，而南曲正是折衷詞與北曲的緣故。（二）曲的體裁也多根據詞的。可分三種：確是一體而曲自詞變化出來的，如尋常散詞變成曲的小令；詞中成套的，變成曲中套數（不過在詞甚少見），詞的犯調成爲北曲的過帶曲，南曲的集曲；詞的聯章變爲曲的重頭。還有雖不是一體而極相當的，如詞的"大遍"與曲的"套數"；詞的"摘遍"與曲的"摘調"。至於自詞變出而未成曲形的，如"諸宮調""賺詞"，這又屬於詞曲難分的一種。從以上論述可知曲之淵源所自。但這演變之理，我們也可以看得出：（一）由詞發達而爲曲。如詞的成套變成曲的成套。詞中大遍，無論法曲，大曲，皆有散序，歌頭，這不是套曲裏的散板引子麽？大曲的殺袞，這不是套曲的尾聲麽？所以法曲、大曲，雖仍認他是一詞多遍相聯，其實已有幾套的形式。換一句話說，便是套詞的一種。套在詞，起初是一詞多遍，後來是一宮多調。將變爲曲的時候，諸宮調可以聯套；已變爲曲了，一套裏還可借宮，再進一步可以聯合南北曲成套。（二）由詞退化爲曲，如詞的散詞，變爲曲的小令。在詞中雙叠、三叠、四叠的調子，必不容割去下叠，或下數叠不填，但曲的原調雖有么篇，或者么篇換頭的，除了《黑漆弩》《畫夜樂》幾個曲調一填兩叠外，例多略而不填。所以詞調有二百多字極長的，而曲除增句格，帶過曲，或集曲外，大都不滿一百字的。於此可見詞的進化退化便漸漸形成曲了，而在宋元之間，詞曲本不分的。從這歷史上與組織上兩種關係，可知詞曲同是合樂文學，又有相互的因果。所以詞曲合并的研究非常需要。吾友任二北先生就有此提議，主張成《詞曲備體》和《詞曲通譜》二書。假使此種工作有人完成，詞與曲的分合狀態，便十分的顯著了。他的話很可供研究詞曲者參考，并且有很好的方法，容我摘述其要。第一步，所謂"列體"，就是把詞曲中自簡到繁的一切體裁，羅列出來。每體標一名，再說明他的形式、精神、來源、變遷、創始者、盛行的時期，更舉一例。集合各體，說明完備，這《詞曲備體》一書就可成稿，但非一時所能作好的。詞曲各體，并列一表。

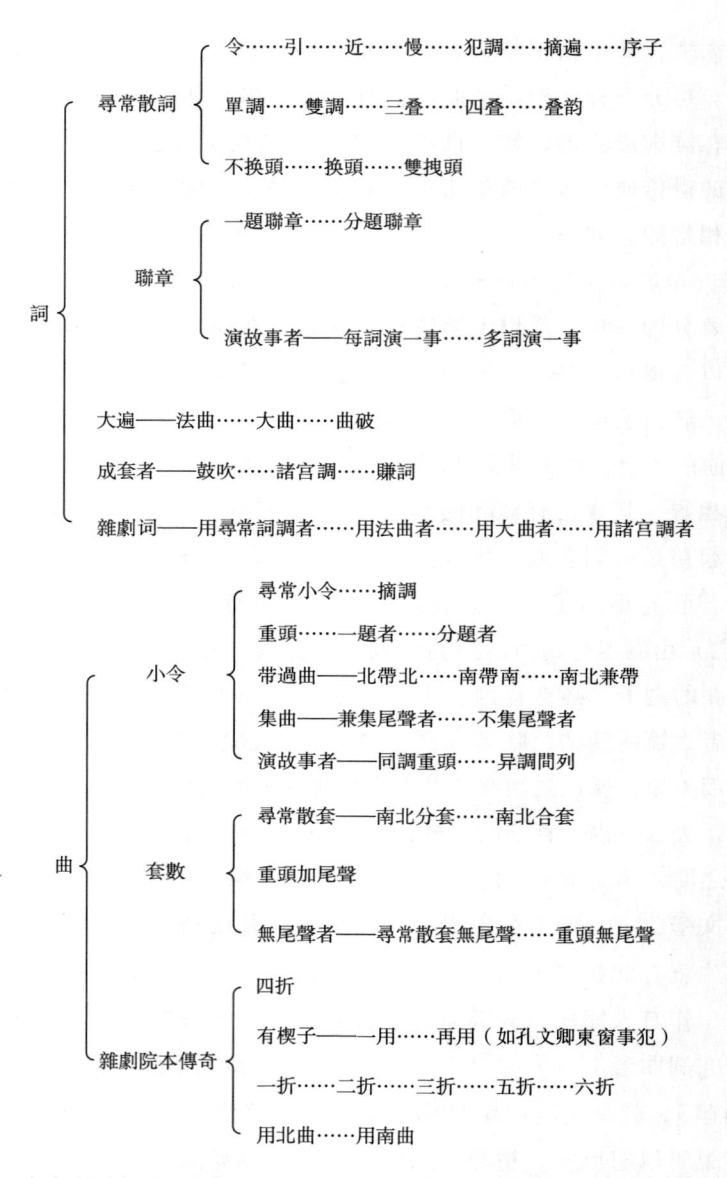

```
            ┌ 尋常散詞 ┬ 令……引……近……慢……犯調……摘遍……序子
            │         ├ 單調……雙調……三疊……四疊……疊韵
            │         └ 不換頭……換頭……雙拽頭
            │
            │ 聯章 ┬ 一題聯章……分題聯章
       詞 ──┤      │
            │      └ 演故事者──每詞演一事……多詞演一事
            │
            │ 大遍──法曲……大曲……曲破
            │ 成套者──鼓吹……諸宮調……賺詞
            └ 雜劇詞──用尋常詞調者……用法曲者……用大曲者……用諸宮調者


            ┌ 小令 ┬ 尋常小令……摘調
            │      ├ 重頭……一題者……分題者
            │      ├ 帶過曲──北帶北……南帶南……南北兼帶
            │      ├ 集曲──兼集尾聲者……不集尾聲者
            │      └ 演故事者──同調重頭……异調間列
            │
       曲 ──┤ 套數 ┬ 尋常散套──南北分套……南北合套
            │      ├ 重頭加尾聲
            │      └ 無尾聲者──尋常散套無尾聲……重頭無尾聲
            │
            │ 雜劇院本傳奇 ┬ 四折
            │              ├ 有楔子──一用……再用（如孔文卿東窗事犯）
            │              ├ 一折……二折……三折……五折……六折
            │              └ 用北曲……用南曲
```

（以上表中所列各體，有些需要解釋，可參閱任著《詞曲通誼》，商務發行。）

第二步，所謂"辨體"，就是因詞曲間彼此比較，而觀歷史和形式兩方面相互關係。如原是一體，或并非一體；進化的或退化的（説見前），可以曉得消長之原。第三步，所謂"計調"。調本是詞曲所完全寄托的。詞曲皆合樂的，這調的發生和變遷，正是樂的發生和變遷。詞樂既變成曲樂，詞樂即亡；詞樂雖亡，還有詞調。現在尋曲樂與詞樂的變遷之迹，就不能不詳究詞調與曲調。詞調在第二章曾經說過。杜文瀾刻《詞律》附《拾遺》共八百七十餘調，一千六百七十餘體，可算較完備的數目。譬如《欽定詞譜》《歷代詩餘》，調數雖多，不大可靠。至於調名，比體調還要複雜，可以分別統計。甲、補列宋元詞調。萬樹與徐本立所編《詞律》，擯除明清人的創調，而容納元人的。不過元人創的調，頗多是曲。應當詞歸詞，曲另歸曲。杜、萬、徐幾家當時見到宋元人詞集很少，自來筆記詞話中談詞調的也不少，幾家已引未引，我們都要留意，如果有遺調，便當補列。乙、搜彙明清詞調。明清人所創調，雖不能與宋元有同等價值，但亦不應當拋弃了他。這種材料散見明清人集中。如近人《懷甐雜俎》裏的《新聲譜》就是這種工作，我們應廣而正之。丙、統計詞調別名。補列宋元人調時，往往遇著新异的調名而實際已見詞譜中的，最容易被蒙混過去，應細加考訂。何爲正名？何爲別名？這於整要〔个〕詞調上很有貢獻的。至於曲調的統計，也可分三點。甲、羅列曲調數目。大概譜書愈古調愈簡，後出的愈繁。有時却於應用的曲譜，僻調删除，較舊出爲省。我們可就普通的譜書，分南北兩項。按宮排比，填入調數，所有消長可考見出來的。乙、搜羅曲的遺調。《九宮大成譜》，是比較收曲調最完備的。但未收的也很多，如永樂時諸佛名歌裏北南曲都有，而未采入。其他，元明曲本中也會有的。至於犯調、集曲，可仿搜明清人所創詞調一例搜集。丙、統計曲調別名。曲調的別名比較少得多，然而間或也有，如《折桂令》又作《折桂回》，《碧梧秋》即《梧葉兒》，《梅邊》就是《閱金經》之類，仿詞調別名例，免得搜遺調者多一重障礙。爲做這樣工作便利計，可編一辭典式的小册。遇到發現一個新异的調名，我們可據以知前人譜書收過沒有？是詞，還是曲？是詞，有幾字？是曲，在南北和宮調何屬？別名是什麽？一名數調的，也知某體如何，某體如何。這種小册的排列，可以第一字筆畫爲準。如《天香》《天仙子》《天净沙》，凡"天"字是調名第一字，概歸"天"字下。"天"下又以調名字數排次，《天香》兩字在前，《天仙子》三字在後。同爲兩字或三字，即以第二字的筆畫順序。如此在新材料入手時，很順利的檢查着；積久下來，重加編排，豈不成了研究之助。舉例如下。

[一畫] 一

《一煞》（曲）（一）北中呂；（二）北高宮；（三）北黃鐘。

《一七令》（詞）四十五字。

《一寸金》（詞）一百八字。

《一片子》（詞）二十字。

《一片錦》（曲）即《十樣錦》。

《一匹布》（曲）南越調。

《一半兒》（曲）北仙呂。

《一年春》（詞）即《青玉案》。

《一江風》（曲）南南呂。

《一枝春》（詞）九十四字。

《一枝花》（曲）（一）北南呂；（二）南南呂引子。

《一盆花》（曲）南仙呂。

《一封書》（曲）南仙呂，一名《秋江送別》。

《一封歌》（曲）南仙呂集曲。

《一封鶯》（曲）南仙呂集曲。

《一秤金》（曲）南仙呂集曲。

《一封羅》（曲）南仙呂集曲。

《一捻紅》（詞）（一）即《一萼紅》；（二）即《瑞鶴仙》。

《一痕沙》（詞）（一）即《昭君怨》；（二）即《點絳唇》。

《一斛乂①》（曲）北仙呂。

《一斛珠》（詞）五十七字，一名《醉落魄》《怨春風》。

《一絲風》（詞）即《訴衷情》。

《一絲兒》（詞）即《訴衷情》之雙疊體。

《一萼紅》（詞）一百八字，一名《一捻紅》。

《一絡索》（詞）四十五字，一名《玉連環》《洛陽春》《上林春》。

《一剪梅》（詞）五十九字，一名《臘梅香》。

《一葉落》（詞）三十一字。

《一錠銀》（曲）北雙角。

---

① "乂"字，疑原版有誤。

《一撮棹》（曲）南正宮。
《一點春》（詞）二十六字。
《一機錦》（曲）（一）北雙角；（二）北大角石；（三）南仙呂。
《一叢花》（詞）七十字。
《一蘿金》（詞）即《蝶戀花》。
《一封河蟹》（曲）南仙呂集曲。
《一綱兒麻》（曲）北雙角。

至於內容條例，也可以大略如下式。

詞

（一）調名
（二）宮調　宋以前如何，宋如何，宋以後如何，明清曲譜中如何，能詳則詳。
（三）源流　或源自唐教坊曲，或源自法曲、大曲；令、近、引、慢之繁衍如何；南北曲之轉變如何？
（四）名解　毋穿鑿，毋附會，毋蹈虛；毛先舒《填詞名解》，汪汲《詞名集解》，與明清各家詞話之所載，皆宜慎審采錄。
（五）創始者　依成說爲易，自行考訂爲繁，二者宜參酌行之。
（六）別名　列其名，并明其始自何人，務詳備無遺。
（七）片數
（八）字數
（九）句數　分片說明。
（十）韵數　平仄分別說明。
（十一）別體　扼要數語不能繁。
（十二）律要　四聲不能够易之字法，駢散不能隨便之句法，擇要述之。

曲

（一）調名
（二）宮調　用元明譜書所通屬者；大成譜所屬若與之异，亦及之。
（三）源流　與詞之關係，南與北之關係。
（四）名解　有解之必要，或確有的解者，及之。

（五）創始者　集曲始見於何種傳奇，尤宜注意。

（六）別名

（七）句法　因曲盛行襯字之故，辨調者必求正襯分明，故此處有逐句指明字數之必要；集曲猶需指明所集何調；某調用某某句；句數則亦附及焉。

（八）韻數　同詞。

（九）板數　於南曲則注明，可就南詞定律所載者錄之；北曲毋庸。

（十）曲性　南曲聲音方面，分別粗，細，可粗可細三種；前後二種宜注明；配搭方面分聯套，兼用，專用三種，亦宜注明；此項依《曲律易知》一書。

（十一）別體　同詞；《大成譜》所列，凡增字格概可免，蓋所增多屬襯字也；增句者或減句者，或字句迥異者，方可認爲別體。

（十二）律要　同詞；於一定之格，尤需注明。

現在就詞南北曲，各舉一例以示範。

《一斛珠》

詞，《宋史·樂志》有《一斛夜明珠》，屬中呂；《尊前集》注商調；《董西廂》屬仙呂，嗣後譜書多從之。故《大成譜》列北仙呂。本唐樂府明皇封珍珠一斛賜梅妃，妃謝以七言絕句，明皇命以新聲度之，曰《一斛珠》，見《梅妃傳》。詞始於後主李煜。張先詞名《怨春風》，晏幾道詞名《醉落魄》，後多從之。雙疊，五十七字，前後各五句，四仄韻。南宋人創別體：或將換頭平仄仄平平仄仄，易爲平平仄仄平平仄，而前後用去平仄作結；或將前後次句上四下三句法，易爲上三下四；或改每句叶韻。《董西廂》所用仍本體，惟間入平韻，參看《醉落魄·纏冷》條。

《一半兒》

曲，北仙呂宮。始自元人，就詞調《憶王孫》改成。句法七七七三九，五句，五韻，四平一上。上韻在結句，且此句必作"一半兒□□一半兒□"，是格。調亦以此得名。第三句宜作平仄仄平平仄平，舊譜多誤。

《一封歌》

集曲，南仙呂。聯套用。見《節孝記》者爲《一封書》首八句，及《排歌》七句至末句。共十二句，九韻，六仄，三平。三十二板。見《十孝記》者,《排歌》用四句至末句,共十五句,十一韵,六仄,五平,三十八板。(按,不云"粗曲"抑可粗可細者,即明其爲"細曲"也。集曲無不是一板三眼,細唱者。)

照這樣搜羅完備,統計精詳;再行著手探尋詞曲間的變遷。至少可看出九種關係來。一、名同調同。曲借詞用,絲毫没有變更的。沈雄《古今詞話》説有六十調,或者還不止此。二、名同調同,而詞易爲曲,頗有變動的。如《醉花陰》詞中句法與曲便不相同。三、名同調异,而曲中借名之由,一時無可尋迹的。如南曲《醉落魄》《望遠行》;北曲《感皇恩》《烏夜啼》皆是。四、名相同或相似尚可見,而調之同异已不可知。如詞中大曲《降黄龍》前衮中衮與曲之《降黄龍衮》是。五、名异調同,曲借詞用,僅换一名的。如北曲《柳外樓》就是詞之《憶王孫》。六、名异調同,而曲中略增格律的。如《一半兒》是。七、名异調同,而曲中略减格律的。如北曲《也不羅》,即詞中《喜遷鶯》是。八、名屬相似,而調確有關的。如南曲《搗白練》和詞中《搗練子》是。九、名雖相似,而調并無關的。如北曲《川撥棹》與詞中《撥棹子》是。照這九種關係,分類搜集,并列一處,加上説明和推解,於是完成《詞曲通譜》一書。有了《詞曲備體》和《詞曲通譜》,不獨從詞到曲的轉變完全了解,而且詞與曲的形式、内容、來源、體段,無不明白。根據此種合并研究法,還有三種長處。一、詞曲的异同顯著了。譬如詞曲同是長短句,何以詞有其名,而曲没有呢?因爲詞繼承詩,由整齊到長短,所以得名。而詞本長短,曲承繼他,自然不必標异。又如叶韵,平仄兼叶,詞曲相同。入聲分派三聲又與平上去兼叶,詞中便没有此例。再如詞中禁"尖新",而曲中便優容之。於是可知詞尚新,而必清新;曲尚新,而不妨"尖新"。諸如此類异同可見。二、概念可以正確。平常專治詞或曲的,其意見多偏。一經相提并論,自然可以貫悟。如貴詞賤曲之習,如知重劇曲而漠視散曲之陋,都可校正。三、討論周密。因爲比附對勘的關係,可以另得見解。譬如詞没有襯字,但一調數體,字數就會有差异;與曲加襯字,有無因果呢?又如曲中大套,往往不得通首俱佳,我們偶采其中一二支,好像有割裂的毛病,遲疑起來;見詞中摘遍,有先例在,可證明不是自我作古了。上面所説皆空泛的理論,不過主張合并,以及合并研究的方法。至詞曲的比較，再附簡明的表式。此聊供借鏡而已，未必便是完美的比較表。

綱目	項別	詞	曲	備注
名稱	見成因者	樂府、樂章、琴趣、鼓吹	樂府	樂章如柳永之《樂章集》，鼓吹如夏元鼎《蓬萊鼓吹》
	見淵源者	詩餘	詞餘	晏幾道詞名《樂府補亡》，黃載萬詞名《樂府廣變風》，可參證
	見形狀者	長短句		
	見精神者	詞（意內言外）	曲（音曲、意曲、詞直）	
	其他	歌曲、曲子、詞曲	葉兒	詞之所列三名，可證詞曲自來合一
	……	……	……	……
歷史	創始	唐、宋	宋、元	詞除序子外，各體皆始於唐
	最盛	兩宋	元、明	
	衰微	元、明	近世	
	……	……	……	……
體裁	成套者	鼓吹、諸宮調、賺詞	南北分套，南北合套	
	不成套者	令、引、近、慢、序子	小令、重頭、帶過曲集曲	
	演故事者	雜劇	雜劇、傳奇	
	……	……	……	……
	律	分陰陽平、上、去、入五聲	北陰陽平、上、去四聲，南四聲各分陰陽	
	韻	分十九部（平上去十四、入五）	分二十部（平上去十二、入八）	
	……	……	……	……
	音調	七宮十二調	北六宮十一調，南七三調	
	牌調	約九百調	北約四百五十，南約千三百五十	
	……	……	……	……

续表

纲目\项别		詞	曲	備注
體裁	源於詩	得風雅比興者多	得賦頌者多	
	進度	妥溜、清新、沉鬱、渾脫	妥溜、尖新、豪辣、灝爛	
	其他	深，内旋	廣，外旋	
	……	……	……	……

但是詞與曲分合的大概，於此略可窺見了。

問題

一、曲在詩的傳統裏應占什麽樣的地位？

二、何以知道曲是從詞變化出來的？

三、如何可成《詞曲備體》一書？

四、有了《詞曲通譜》對於詞曲研究有什麽便利？

五、試在詞曲比較表内尋繹詞曲的不同處。

參考書

吳梅：《詞餘講義》，北京大學講義本。

任訥：《詞曲研究法》，廣東大學講義本。

第六章　曲各方面的觀察

"曲"這個名稱的意義，就是曲曲折折的情意，直直爽爽的說出來。因爲這個緣故，什麼在詩在詞〈中〉所不能表現的，都可以從"曲"〈中〉表現。又因爲曲是詞的繼承者，所以同詞名"詩餘"一樣的受了"詞餘"的命名。我們所以說"散曲"，是爲著與戲劇對待而言。實際散曲是曲的"正體"，而劇曲是曲的"變體"，爲使人清晰，故標明出來。

從前章曲的分類表看來，曲的包涵甚廣，但取散曲說，只小令與套數兩種。〈曲〉小令與詞的小令不同，詞小令以字數計，而曲小令是指一支而言，在元人叫做"葉兒"。除了只有一支外，有五類。無論一題或者多題，有好幾支，曰"重頭"。在南曲裏有無尾的套數常同重頭混淆；其實通體一韻便成套，重頭前後異韻是無妨的。還有一種"摘調"，是從一套裏摘一支出來的。所謂"帶過曲"是二支或二支以上的曲子湊合成一支。"集曲"也是節取幾支的詞句，替他另創一個調名。又有"演故事的"，紀動的如《雍熙樂府》中《摘翠百咏》，即以《小桃紅》一調重頭；紀言的如《樂府群玉》中《雙漸小青問答》，以《天香引》做問，《凌波仙》做答，二調相間的排列。這五類，皆屬於〈曲〉小令的變態。套數呢，是宮調相同的曲子聯貫而成的。王季烈的《螾廬曲談》上說："套數南北曲中皆有一定之體式，在北曲雖有長套短套之別，而各宮調之套數，其首尾數曲，殆爲一定，不過中間之曲，可以增刪改易及前後倒置耳。在南曲則惟引子必用於出場時，尾聲必用之於歸結處，至中間各曲，孰前孰後，頗難一定。然非無定也，蓋南曲有慢急之別，慢曲必在前，急曲必在後，欲聯南曲成套數，先當辨別何者爲慢曲，何者爲急曲，何者爲可慢可急之曲；而後體式可無誤也。"北套數或南套數所謂通常套數。自沈和創合套，於是南北合成套數。在南曲中，又有以一調重頭加尾聲而成套。也有通常套數無尾聲，或者重頭無尾聲的，至於南曲與北曲的分別究竟何在？我想大家必定要懷疑的。這種分別大約很早。宋人胡翰說過："晉之東，其辭變爲南北，南音多艷曲，北俗雜胡戎。"吳萊也說："晉宋六代以降，南朝之樂，多用吳音；北國之樂，僅襲夷虜。"這種話很空泛，不如明人說南北聲律同異來得清楚一點。康海說："南詞主激越，其變也爲流麗；北曲慷慨，其變也爲樸實。惟樸實故聲有矩度而難借，惟流麗故唱得宛轉而易調。"王元美的《藝苑巵言》說："北主勁切雄麗，南主清峭柔遠，北字多而調促，促處見筋；南字少而調緩，緩處見眼。北辭情少而聲情多，南聲情少而辭情多。北力在弦，南力在板。北宜和歌，南宜獨奏。北氣易粗，南氣易弱，此其大較。"但臧晉叔在《元曲選》序中就駁他這些話。"予嘗見王元美之論曲曰：北曲字多而聲調緩，其筋在弦；南曲字少而聲調繁，其力在板。夫北之被索，猶南之合簫管，催藏掩抑，頗足動人；而音亦裊裊，與之俱流，反使歌者不能自主。是曲之別調，非其正也。若板以節曲，則南北皆有力焉。如謂北筋在弦，亦謂南力在管，可乎？惜哉元美之未知曲也。"這麼一爭論，分外烏煙瘴氣使人莫明其妙了。於是遂有人說"是固非後人所能盡明"。其實，簡單的一句話可以解釋。近來常有人來問我，我便說："你要知道南北曲的差異，正在北曲是北曲，南曲是南曲。"好像很滑稽似的。然而這句話知者可以曉得妙處。因爲北曲與南曲完全兩事，大家不可無此觀念。假使以爲曲有北曲，再變爲南曲，便糾纏不清。這與詞中小令到長調，絲毫不相似的。

其次談曲的宮調。北曲常用的只黃鐘、正宮、仙呂、南呂、中呂、大石、商調、越調、雙調九種宮調。南曲有仙呂、正宮、中呂、南呂、黃鐘、道宮、越調、商調、雙調、仙呂入雙調、羽調、大石、小石〈等〉，〈一〉般涉十四種。北曲套數就在這九宮調中有下列的限制。

〔仙呂宮〕1.《點絳唇》《混江龍》《油葫蘆》《天下樂》《那〔哪〕吒令》《鵲踏枝》《寄生草》《煞尾》

2.《點絳唇》《混江龍》《油葫蘆》《天下樂》《後庭花》《青歌兒》《賺煞》

3.《點絳唇》《混江龍》《村裏迓鼓》《寄生草》《煞尾》

4.《村裏迓鼓》《元和令》《上馬嬌》《勝葫蘆》《煞尾》

〔南呂宮〕1.《一枝花》《梁州第七》《四塊玉》《哭皇天》《烏夜啼》《尾聲》

2.《一枝花》《梁州第七》《牧羊關》《四塊玉》《罵玉郎》《元鶴鳴》《烏夜啼》《尾聲》

3.《一枝花》《四塊玉》《罵玉郎》《感皇恩》《采茶歌》《草池春》

4.《一枝花》《梁州第七》《九轉貨南兒》

〔黃鐘呂〕1.《醉花陰》《喜遷鶯》《出隊子》《刮地風》《四門子》《水仙子》《煞尾》

2.《醉花陰》《出隊子》《刮地風》《四門子》《水仙子》《尾聲》

〔中呂宮〕1.《粉蝶兒》《醉春風》《石榴花》《鬥鵪鶉》《上小樓》《煞尾》

2.《粉蝶兒》《醉春風》《迎仙客》《石榴花》《上小樓》《么篇》《小梁州》《么篇》《朝天子》《煞尾》

3.《粉蝶兒》《醉春風》《迎仙客》《紅綉鞋》《石榴花》《鬥鵪鶉》《快活三》《十二月》《堯民歌》《上小樓》《么篇》《煞尾》

4.《粉蝶兒》《醉春風》《十二月》《堯民歌》《石榴花》《鬥鵪鶉》《上小樓》《么篇》《煞尾》

5.《粉蝶兒》《上小樓》《么篇》《滿庭芳》《快活三》《朝天子》《四邊靜》《耍孩兒》《三煞》《二煞》《一煞》《煞尾》

〔正　宮〕1.《端正好》《滾綉球》《叨叨令》《脫布衫》《小梁州》《么篇》《快活三》《朝天子》《煞尾》

2.《端正好》《滾綉球》《叨叨令》《脫布衫》《小梁州》《么篇》《上小樓》《么篇》《滿庭芳》《快活三》《朝天子》《四邊靜》《耍孩兒》《五煞》《四煞》《三煞》《二煞》《一煞》《煞尾》

3.《端正好》《蠻姑兒》《滾綉球》《叨叨令》《伴讀書》《笑和尚》《俏秀才》《滾綉球》《煞尾》

4.《端正好》《滾綉球》《俏秀才》《滾綉球》《俏秀才》《滾綉球》《俏秀才》《滾綉球》《煞尾》

5.《端正好》《滾綉球》《叨叨令》《俏秀才》《滾綉球》

　　　　　　《白鶴子》《耍孩兒》《三煞》《二煞》《一煞》《煞尾》

〔大石調〕1.《六國朝》《喜秋風》《歸塞北》《六國朝》《雁過南樓》
　　　　　　《擂鼓體》《歸塞北》《好觀音》《好觀音煞》

〔商　　調〕1.《集賢賓》《逍遙樂》《上京馬》《梧葉兒》《醋葫蘆》
　　　　　　《么篇》《金菊香》《柳葉兒》《浪裏來》《高過隨調煞》

　　　　　2.《集賢賓》《逍遙樂》《金菊香》《梧葉兒》《醋葫蘆》
　　　　　　《么篇》《後庭花》《柳葉兒》《浪裏來煞》

〔越　　調〕1.《鬥鵪鶉》《紫花兒序》《小桃紅》《金蕉葉》《調笑令》
　　　　　　《禿廝兒》《聖藥王》《麻郎兒》《絡絲娘》《尾聲》

　　　　　2.《鬥鵪鶉》《紫花兒序》《金蕉葉》《小桃紅》《天淨沙》
　　　　　　《么篇》《禿廝兒》《聖藥王》《尾聲》

　　　　　3.《看花回》《綿搭絮》《么篇》《青山口》《聖藥王》
　　　　　　《慶元貞》《古竹馬》《煞尾》

〔雙　　調〕1.《新水令》《折桂令》《雁兒落》《得勝令》《沽美酒》
　　　　　　《太平令》《鴛鴦煞》

　　　　　2.《新水令》《駐馬聽》《喬牌兒》《攪箏琶》《雁兒落》
　　　　　　《得勝令》《沽美酒》《川撥棹》《太平令》《梅花酒》
　　　　　　《收江南》《清江引》

　　　　　3.《新水令》《駐馬聽》《沈醉東風》《雁兒落》《得勝令》
　　　　　　《挂玉鉤》《川撥櫂》《七弟兄》《梅花酒》《收江南》
　　　　　　《煞尾》

　　　　　4.《新水令》《駐馬聽》《胡十八》《沽美酒》《太平令》
　　　　　　《沈醉東風》《慶東原》《雁兒落》《得勝令》《攪箏琶》
　　　　　　《煞尾》

　　　　　5.《新水令》《步步嬌》《沈醉東風》《攪箏琶》《雁兒落》
　　　　　　《得勝令》《挂玉鉤》《殿前歡》《煞尾》

　　　　　6.《夜行船》《喬木查》《慶宣和》《落梅風》《風入松》
　　　　　　《撥不斷》《離亭宴》《帶歇拍煞》

至於南北合套，也有定例；此處取最通常的示例如下。

　　〔仙呂宮〕　　北《點絳唇》　　南《劍器令》　　北《混江龍》

	南《桂枝香》	北《油葫蘆》	南《八聲甘州》
	北《天下樂》	南《解三酲》	北《哪吒令》
	南《醉扶歸》	北《寄生草》	南《皂羅袍》
	《尾聲》		
〔中呂宮〕	北《粉蝶兒》	南《泣顏回》	北《石榴花》
	南《泣顏回》	北《鬥鵪鶉》	南《撲燈蛾》
	北《上小樓》	南《撲燈蛾》	《尾聲》
〔黃鐘宮〕	北《醉花陰》	南《畫眉序》	北《喜遷鶯》
	南《畫眉序》	北《出隊子》	南《摘溜子》
	北《刮地風》	南《滴滴金》	北《四門子》
	南《鮑老催》	北《水仙子》	南《雙聲子》
	北《煞尾》		
〔正　宮〕	南《普天樂》	北《朝天子》	南《普天樂》
	北《朝天子》	南《普天樂》	北《朝天子》
	南《普天樂》		
〔仙呂入雙調〕	北《新水令》	南《步步嬌》	北《折桂枝》
	南《江兒水》	北《雁兒落》帶《得勝令》	
	南《僥僥令》	北《收江南》	南《園林好》
	北《沽美酒》帶《太平令》		南《尾聲》

南詞的套數，例子更繁，因為無一定的格式。除以上所舉合套，在散曲中用重頭最多，這兒不必詳敘。至於各宮調的聲調，其特色是：

仙呂宮清新綿邈，南呂宮感嘆傷悲，中呂宮高下閃賺，
黃鐘宮富貴纏綿，正宮惆悵雄壯，道宮飄逸清幽（以上六宮）；
大石調風流蘊藉，小石調旖旎嫵媚，高平調條拗滉漾，
般涉調拾掇抗墊，歇指調急并虛歇（已亡），商角調悲傷宛轉
（南亡北存），
雙調健捷激梟，商調淒愴怨慕，角調嗚咽悠揚（已亡），
宮調典雅沈重（四十八調中無此，不詳其理），越調陶寫冷笑。
（以上十一調）

談到曲韻，必先清楚清濁陰陽。大概天下的字，不出宮商角徵羽五音，分屬人口，就是喉腭舌齒唇五聲。喉屬宮，腭屬商，舌屬角，齒屬徵，唇屬羽。宮音最濁，羽音最清。北曲用韻是周德清的《中原音韻》，南曲便不同了，明人多本《洪武正韻》；後來范善臻的《中州音韻》出來，大家都用他，因為南北曲皆可用。講韻的陰陽，平聲入聲極容易辨別，上去便比較難些。因為上聲的陽近於去，去聲的陰近於上。周氏《中原音韻》只有平聲別陰陽，去上皆不辨。而范氏於上去皆一一分別。凡曲中上去去上，最重在每句末處，曲之末句末字，能完全遵守上去方好，不得已時也只可多用去，勿多用上。而兩去兩上，也不宜疊用。入聲字作平上去三聲用，遇平上去三聲用字欠妥，常以入聲字代之。但韻腳以入聲代平上去總是不妥當的。以下論曲的字法。王驥德《曲律》說："下字為句中之眼，古謂百煉成字，千煉成句"，要新又要熟，要奇又要穩；可分幾層來解釋：一、用字。周德清《作詞十法》說："不可用生硬字，太文字，太俗字。"《曲律》裏《曲禁》四十則說："用字忌陳腐（不新采），生造（不現成），俚俗（不文雅），寒澀（不順溜），粗鄙（不細膩），錯亂（無次序），蹈襲（忌用舊曲語意，若成語不妨），太文語（不當行），太晦語（費解說），經史語（如《西廂》靡不有初，鮮克有終之類），學究語（頭巾氣），書生語（時文氣）。"二、襯字。此是曲比詞特異的地方。在北曲中除遵譜格，可加襯字。不論四聲，虛實也能并用。南曲普通加三虛字。三、務頭。吾師吳先生說："務頭者，曲中平上去三音聯串之處也。如七字句，則第三第四第五三字，不可用同音。大抵陽去與陰上相聯，陰上與陽平相聯。或陰去與陽上相聯，陽上與陰平相聯。每一曲中必須有三音或二音相聯之一二語，此即務頭也。"四、重字。上下文有重字，要勘換去。除"獨木橋體"用一韻到底，重韻也當避免。五、閉口字。如侵覃鹽咸等部撮唇收鼻之音，都閉口讀的字，在曲中只許單用。六、疊字。曲中多新異的疊字，如撲騰騰、寬綽綽、笑呷呷、疏剌剌……大半是當時俗語。七、字音。曲中字面，要先正其音讀。譬如"倩"這個字，"雇倩"之"倩"作"清"字的去聲讀。"巧笑倩兮"的"倩"音"茜"，兩種讀法，不可不知。這七種皆曲中的字底規範。

　　曲的句法，《曲律》說得好："句法宜婉曲不宜直致，宜藻艷不宜枯瘁，宜溜亮不宜艱澀，宜輕俊不宜重滯，宜新采不宜陳腐，宜擺脫不宜堆垛，宜溫雅不宜激烈，宜細膩不宜粗率，宜芳潤不宜噍殺。又總之：宜自然不宜生造。……"《作詞十法》說："可作：樂府語、經史語、天下通語。不可作：俗語、蠻語、謔語、市語、方語、書生語、譏誚語、全句語、枸肆語、張打油語、雙聲疊韻語、六字三韻語、語病、語澀、語粗、語嫩。"黃周星《製曲枝語》道："曲之體無他，不過八字盡之。曰，少列聖籍，多發天然而已。"造句普通有四法：一、疊字句。如"一聲梧葉一聲秋，一點芭蕉一點愁"。二、疊句。如"我鑾輿，返咸陽；返咸陽，過宮牆；過宮牆，繞回廊……"三、排句。如"得一會家縹緲呵，忘了魂靈；一會家精細呵，使著軀殼；一會家混沌呵，不知天地"。四、比較句。如"日長也愁更長；紅稀也信更稀"。對偶也是曲的勝處。《曲律》說："凡曲遇有對偶處，得對；方見整齊，方見富麗。"《作詞十法》說："逢雙必對。"而對有"扇面對""重疊對""救尾對""合璧對""連璧對""鼎足對""聯珠對""隔句對""鸞鳳和鳴對""燕逐飛花對"……好在我們要完全研究作法，可看任二北先生《作詞十法疏證》（《散曲叢刊》中有，中華出版），此處不必詳釋。至曲體，《太和正音譜》分為黃冠、承安、玉堂、草堂、楚江、香奩、騷人、俳優、丹丘、宗匠、盛元、江東、西江、東吳、淮南十五體，眉目不清；俳體如短柱、獨木橋、疊韻、犯韻、頂真、疊字、嵌字、反覆、回文、重句、連環、足古、集古、集語、集劇名、集調名、集藥名、概括、翻譜、諷刺、嘲笑、風流、淫虐、簡梅、雪花二十五體，大部分都在纖巧上用工夫，失了曲的精神。姚華《曲海一勺》說："一物之微，一事之細，嘗為古文章家不能道，而曲獨纖微畢露，譬溫犀之照象，象禹鼎之在山。"曲是多麼自然的文體！我們應當知道。

問題

一、試論小令、套數的區別。

二、南北曲的分別，何以一般人說不清楚？

三、各宮調聲調的特色，與曲人的情感有無關係？

四、曲中用字的標準何如？

五、試比較曲的句法與詞的句法。

六、對偶於句法有什麼影響？

七、製作北曲套數與南曲套數有何差異？

八、辨別上去的陰陽，始自何時？

參考書

許之衡：《曲律易知》（飲流齋刊本）。

吳梅：《詞餘講義》（北京大學講義本）。

任訥：《散曲概論》（中華）。

盧冀野：《最淺學曲法》（大東）。

第七章　幾個重要的曲家（上）

研究曲之難，何以較詞爲甚？一則因爲許多年來，人人以爲曲就是戲劇，而不知爲詞的承繼者正有散曲在。二則曲集的佚亡，使治曲者無從下手；幸最近發現不少嚮來罕見的曲集，庶乎可供我們的賞鑒。現在以我所得，取元明以來的曲家和每人的作品，略爲叙述，俾知曲海之中，也有杰出之士。

從來稱元曲四大家關、馬、鄭、白，是指元劇而言。但四家中也有散曲。（吾友任二北有四家曲輯本，中原書局出版。）關漢卿號已齋叟，大都人，金末爲太醫院尹，金亡便不做官了。好談妖鬼，有《鬼董》一書；而於劇曲所作至多。楊維楨《元宮詞》：「開國遺音樂府傳，白翎飛上十三弦；大金優諫關卿在，《伊尹扶湯》進劇編。」這兒所說的關卿就是他。（《伊尹扶湯》是鄭德輝作，楊先生弄錯了。）他平生軼事，頗有有趣的：他曾見從嫁一婢，非常美貌，百計想得到她，但爲夫人阻止，於是不得已，作了一支小令，道：「鬢鴉，臉霞，屈殺了將陪嫁。規模全似大人家，不在紅娘下；巧笑迎人，文談回話，真如解語花。若咱，得她，倒了蒲桃架！」夫人見了，以詩爲答：「聞君偷看美人圖，不似關王大丈夫；金屋若將阿嬌貯，爲君唱徹醋葫蘆。」漢卿只有太息而已。他的小令四十一首，套數十一套。現在録《一半兒・題情》兩支如下：

　　雲鬟霧鬢勝堆鴉，淺露金蓮簌絳紗，不比等閒墻外花。罵你個俏冤家，一半兒難當一半兒要。

　　碧紗窗外悄無人，跪在床前忙要親，罵你個負心回轉身。雖是我話兒嗔，一半兒推辭一半兒肯。

《正音譜》評他的詞：「如瓊筵醉客。」我說他在諧謔之中，有人所不敢言的話，這正是當家的曲子。馬致遠字東籬，也是大都人。《正音譜》評他的詞：「如朝陽鳴鳳。」又「其詞典雅清麗，可與靈光、景福相頡頏，有振鬣長鳴，萬馬皆瘖之意。又若神鳳飛鳴於九霄，豈可與凡鳥共語哉！列群英之上"。他的《秋思・夜行船》一套，周德清評爲元人之冠，《堯山堂外紀》稱爲元人第一；而爲後來曲人所喜步武的。

〔雙調《夜行船》〕百歲光陰一夢蝶，重回首往事堪嗟。昨日春來，今朝花謝，急罰盞夜闌燈滅。

〔《喬木查》〕想秦宮漢闕，都做了衰草牛羊野，一應漁樵沒話說。縱荒墳斷碑，不辨龍蛇。

〔《慶宣和》〕投至狐踪與兔穴，多少豪杰，鼎足三分半腰折，如今是魏耶？晋耶？

〔《落梅風》〕天教富，莫太奢，沒多時好天良夜。看財奴硬將心似鐵，空辜負錦堂風月。

〔《風入松》〕眼前紅日又西斜，疾似下坡車，曉來青鏡添白雪，上床和鞋履相別。休笑我鳩巢計拙，葫蘆提一任妝呆。

〔《撥不斷》〕利名竭，是非絕；紅塵不向門前惹，綠樹偏宜屋角遮，青山正補墻頭缺；更那堪竹籬茅舍。

〔《離亭宴》帶《歇拍煞》〕蛩吟一覺纔寧貼，鷄鳴萬事都休歇。爭名利何年是徹？密匝匝蟻排兵，亂紛紛蜂釀蜜，急攘攘蠅爭血。裴公綠野堂，陶令白蓮社；愛秋來那些：和露滴黃花，帶霜烹紫蟹，煮酒燒黃葉；人生有限杯，能幾個登高節！分付俺頑童記者：便北海探吾來，道東籬醉了也。

沈鬱蒼凉，他的胸襟是如何的高曠。還有一支《越調・天净沙》，所謂直空今古的：

枯藤老樹昏鴉，小橋流水人家，古道西風瘦馬。夕陽西下，斷腸人在天涯！

王静庵先生說元曲文章好處是自然而已。此曲正足爲自然的代表。鄭光祖字德輝，襄陵人。他的散曲僅有小令三首，套數三首，是比較不重要的。白樸字仁甫，號蘭谷，隩州人。著有《天籟集》，也刊在《九金人集》中。集中所未刊的《陽春曲》二支：

笑將紅袖遮銀燭，不放才郎夜看書。相偎相抱取歡娛，止不過造更舉，便及第待何如？

　　百忙裏絞甚鞋兒樣！寂寞羅幃冷串香，向前摟定可憎娘。止不過趕嫁妝，便誤了又何妨。

可謂妙絕了。《正音譜》評："如鵬搏九霄"，又"風骨磊塊，詞源滂沛；若大鵬之起北溟，奮翼凌乎九霄，有一舉萬里之志，宜冠於首"。和漢卿同時的有同鄉人王鼎，字和卿，最喜諧謔。和卿死時，鼻垂雙涕一尺多長，人皆嘆駭，剛剛關來吊唁，問人，有人說："這是佛家的坐化。"問鼻下所懸物？說是"玉筯"。漢卿道："我道你不識，不是玉筯，是嗓！"（六畜勞傷，鼻中便流膿水，謂之嗓病。）聞者大笑。於是或對漢卿說："你被和卿輕侮半世，死後才還得一籌！"可見和卿平日滑稽佻達的程度了。在中統初，燕市有一大蝴蝶，或以為仙蝶，請他作曲。遂拈《醉中天》一支：

　　掙破莊周夢，兩翅駕東風。三百處名園一采一個空，難道風流種，諕殺尋芳蜜蜂；輕輕的飛動，賣花人扇過橋東。

　　還有些文士所不屑道的題目，而和卿為之詞，如有妓於浴房中被打，對他訴苦，他便作《撥不斷》道："假胡伶，騁聰明；你本待洗腌臢，倒惹不得乾淨。精尻上勻排七道青，扇圈大膏藥剛糊定，早難道假裝無病！"這是多麼詼諧的話。說起張可久，他纔是唯一的散曲家。可久字小山，有人說他名伯遠，又有人說仲遠是他的字。慶元人，他的曲集有《吳鹽》《蘇堤漁唱》《小山小令》《北曲聯樂府》等一共八種刊本。以《任氏新輯》為最完善（此書在《散曲叢刊》中，中華出版），共四十二調，七百五十八首。《正音譜》評云："如瑤天笙鶴"，又"其詞清而且麗，華而不艷，有不吃烟火氣，真可謂不羈之材矣。若被太華仙風，拈蓬萊之海月，誠詞林宗匠也。當以方九皋之眼相包"。李開先稱他為詞中仙才，王驥德說："喬多凡語，似又不如小山更勝也。"徐陽初《三家村老委談》，"北詞馬東籬張小山自應冠首"。可見小山在曲中應占的地位了。無怪錢大昕《元史·藝文志》裏說張小山等包羅天地。張宗橚也說："孰謂張小山不如晏小山耶？"沈德符說："惟馬東籬'百歲光陰'，張小山'長天落彩霞'，為一時絕唱。"但李開先評"鶯穿殘楊柳枝"云："小山此曲，古今絕唱。世獨重馬東籬《夜行船》，人生有幸不幸耳。"這套的確如李開先的話："韻窄而字不重，句高而情更款，通首全對尤難。"現在引錄如次。

〔南呂《一枝花》〕鶯穿殘楊柳枝，蟲蠹損薔薇刺，蝶扇乾芍藥粉，蜂蹙斷海棠枝；怕近花時，白日傷心事。清宵有夢思，間阻了洛浦神仙，沒亂煞蘇州刺史。

〔《梁州第七》〕俏情緣別來久矣，巧魂靈夢寢求之。一春多少探芳使。著情疼熱，痛口嗟咨；往來迢遞，終始參差；一簡兒寫就情詞，三般兒寄與嬌姿。麝臍薰五花瓣，翠羽香鈿；猫眼嵌雙轉軸，烏金戒指。獺髓調百合香紫臘胭脂；念兹在兹，愁和泪須傳示。更囑付兩三次，訴不盡心間無限思，倒羞了燕子鶯兒。

〔《尾聲》〕無心學寫鍾王字，遣興閒觀李杜詩；風月關情隨人志。酒不到半卮，飯不到半匙，瘦損了青春少年子！

與馬東籬比較起來，馬詞蒼古，而張詞清勁。小山的曲可以說已成形的曲體底正宗，完全是整齊的美。他的小令也是如此的。如《醉太平·感懷》：

人皆嫌命窘，誰不見錢親。水晶丸入麵糊盆，纔沾粘便滾。文章糊了盛錢囤，門庭改作迷魂陣，清廉貶入睡餛飩；葫蘆提倒穩。

與張並稱的是喬吉，字夢符，或作吉甫，太原人。號笙鶴翁，又號惺惺道人。美容儀，能詞章，以威嚴自飭，人多敬畏他。居在杭州太乙宮前，有《題西湖·梧葉兒》百篇，流落四十年江湖，想把他刊印出來，始終沒有成功。我常說："元曲的中心是杭州，明曲的中心是南京"；這時候的西湖，常被曲人①贊頌。張小山的《蘇堤漁唱》、喬夢符的《題西湖·梧葉兒》，是同時最著的。《正音譜》評喬詞："如神鰲鼓浪，若天吳跨神鼇，嘆沫於大洋，波濤洶湧，截斷中流之勢。"夢符又論作曲之法："曰鳳頭，猪肚，豹尾六字。大概起要美麗，中要浩蕩，結要響亮。尤貴在首尾貫穿，意思清新。"李開先以張喬比如唐詩中的李杜，而王驥德說："喬張蓋長吉義山之流。"我以爲拿詞來比喻：小山是温飛卿，而夢符是韋端己，

---

① 原文"人"字後有"的"字。

小山詞的色彩濃，夢符較淡；夢符風趣活躍，小山較嚴（可參看拙著《喬張研究》）。姑舉幾首小令，以見他的作風。

并刀剪龍鬚為本，玉絲穿龜背成文；襟袖清涼不染塵。汗香晴帶雨，肩瘦冷搜雲，是玲瓏剔透人。

——《詠竹枕·賣花聲》

細研片腦梅花粉，新剝珍珠荳蔻仁；依方修合鳳團春。醉魂清爽，舌尖香嫩，這孩兒那些風韵。

——《詠香茶·賣花聲》

鶯鶯燕燕春春，花花柳柳真真，事事風風韵韵。嬌嬌嫩嫩，停停當當人人。

——《天净紗·叠字體》

清俊秀麗，讀起來滿口生香，不能自已呢。到明朝像梁伯龍那般人以詞法入曲，其實不過喬張的餘緒而已，吾友任二北，盛稱喬張而不滿意伯龍，我便做了一首小詩："二北詞人如是說：喬張小令奪天工。盧生一事痴於汝，我愛江東梁伯龍。"此話下章再說。此處還有《酸甜樂府》的作者必須論及。酸齋，畏吾人。是阿里海涯之孫，父名貫只哥，所以他就姓了貫。自名小雲石海涯。甜齋姓徐名飴，又一說名再思，字德可，嘉興人。又有人說是揚州人。在當時以什麼齋做別號的，非常之多；而酸甜齊名①。《正音譜》評"酸齋如天馬脫羈，甜齋如桂林秋月"。兩人的作風相異處，約略可知了。這時候阿里西瑛，也是一個曲人。自己新築別業，名"懶雲窩"。作《殿前歡》："懶雲窩，醒時詩酒醉時歌。瑤琴不理拋書卧，無夢南柯，得清閒盡快活。日月似擔梭過，富貴比花開落，青春去也，不樂如何？"酸齋和道："懶雲窩，陽臺誰送與姮娥？蟾光一任來穿破，遁迹由他，蔽一天星斗多。分半榻蒲團坐，盡萬里鵬程挫，向烟霞笑傲，任世事蹉跎！"又"懶雲窩，雲窩客至欲如何？懶雲窩裏和雲卧，打會磨陀，想人生待怎麼？貴比我爭些大，富比我爭些個；呵呵笑我，我笑呵呵"。又"懶雲窩，懶雲窩裏客來多，客來時伴我閒些個酒灶茶鍋，且停杯聽我歌。醒時節披衣坐，醉後也和衣卧，興來時玉簫綠綺，問甚麼天籟雲和？"

---

① 此處應漏字若干。

他的曲境是這樣的超卓。并且他很善於武事，在十二三歲時，叫健兒驅三惡馬疾馳；他持槊等着，馬到便騰身上去，越一跨三，連槊生風，見者驚服。後來在仁宗朝，拜翰林學士。忽然厭倦起來，嘆道："辭尊居卑，昔賢所尚。"於是換了冠服，變易姓名到杭州去賣藥。有一次過梁山濼，看見有個漁父，織蘆花爲被。酸齋愛其清，想以紬和他交換，漁父說：你要被，當作一詩。他賦詩即成，取被徑去，後來便自號蘆花道人。西湖也是他每日流連的地方，那一套中呂《粉蝶兒·描不上小扇輕羅》，就是當時得意之作。（這套在曲選中常見，《北宮詞紀》裏就有。）又在立春的一天，大家宴會，座上客請作《清江引》一支，并限每句第一字用金木水火土，而且各用春字，酸齋於是如制的題道：

　　金釵影搖春燕斜，木杪生春葉，水塘春始波，火候春初熟，土牛兒載將春去也。

大家都笑了起來。他有二妾，一名洞花，一名幽草。臨終作辭世詩："洞花幽草結良緣，被我瞞他四十年，今日不留生死相，海天秋月一般圓。"張小山把他改成曲子道："君王曾賜瓊林宴，三斗始朝天，文章懶入編修院。紅錦箋，白紵篇，黃柑傳；學會神仙，參透詩禪。厭塵囂，絕名利，逸林泉；天臺洞口，地肺山前。學煉丹，同貨墨，共談玄；興飄然，酒家眠。洞花幽草結良緣，被我瞞他四十年，海天秋月一般圓。"此曲可作貫酸齋一生的小傳了。甜齋的曲，如《折桂令》二支，可稱絕唱：

　　荆山一片玲瓏，分付馮夷，捧出波中。白羽香寒，瓊衣露重，粉面冰融。知造化私加密寵，爲風流洗盡嬌紅。月對芙蓉，人在簾櫳，太華朝雲，太液秋風。

　　　　　　　　　　　　　　　　　　　　——《贈伎玉蓮》

　　平生不會相思，才會相思，便害相思。身似浮雲，心如飛絮，氣若游絲。空一縷餘香在此，盼千金游子何之。證候來時，正是何時？燈半昏時，月半明時。

　　　　　　　　　　　　　　　　　　　　——《春情》

刻骨鏤心，直開劇曲中湯玉茗一派。又《水仙子·咏夜雨》：

一聲梧葉一聲秋，一點芭蕉一點愁，三更歸夢三更後。落燈花棋未收，嘆新豐孤館人留。枕上十年事，江南二老憂，都在心頭。

這是多麼俊逸的文章。他的兒子善長，也能繼家聲，不過不如甜齋如此情致。同時以齋名自號如楊朝英，也是名家。他所選的《陽春白雪》《太平樂府》，是散曲的寶筏。曾請酸齋作序，貫道"我酸則子當澹矣"，於是他便號澹齋。《正音譜》評楊詞："如碧海珊瑚。"還有楊立齋，他的名里不可考了。周德清字挺齋，高安人。所著《中原音韵》，是曲韵中的開山，自他〈始〉纔把平韵分作陰陽。後來明代范善臻《中州全韵》分去聲，王鵕《音韵輯要》、周少霞《中州全韵》分上聲，都是從他發軔的。他的詞所謂"玉笛橫秋"，如我下面所引的《朝天子·廬山》便是佳作。

早霞，晚霞，妝點廬山畫。仙翁何處煉丹砂？一縷白雲下。客去齋餘，人來茶罷；嘆浮生指落花，楚家，漢家，做了漁樵話。

鍾嗣成字維先，號醜齋，汴人。他的《錄鬼簿》，是曲人的傳紀，分上下二卷。上卷記前輩，所謂已死之鬼。下卷記并世的人，所謂未死之鬼。每人并以《凌波曲》一支吊之。《正音譜》評，鍾詞如"騰空寶氣"，實則他的詞頗多惆悵低徊之情。所作《自序醜齋》一套，非常詼諧。（近有任二北輯本，商務古活字本。）茲擇《梁州》一支為證：

只為外貌兒不中抬舉因此內才兒不得便宜。半生未得文章力，空自胸藏錦繡，口吐珠璣。爭奈灰容土貌，缺齒重頦，更兼著細眼單眉，人中短髭鬢稀稀。那裏取陳平般冠玉精神，何晏般風流面皮，潘安般俊俏容儀。自知，就裏，清晨倦把青鸞對，恨殺爺娘不爭氣。有一日黃榜招收醜陋的，準奪高魁。

可謂滑稽之至了。疏齋，姓盧名摯，字處道，涿郡人。在元初能文章者曰姚盧，姚燧字牧庵，盧就是指疏齋，論曲尤以他為首。當時有官伎珠簾秀，疏齋送別辭：

纔歡悅，早間別，痛殺俺好難割捨。畫船兒載將春去也，空留下半江明月。

這是一支《落梅風》，婉約可誦。珠簾秀也作一支相答。"山無數，烟萬縷，憔悴殺玉堂人物。倚蓬窗一身兒活受苦，恨不得隨大江東去。"疏齋所作，大都小令（有我的輯本）。姚牧庵《凭闌人·寄征衣》一支，極膾炙人口："欲寄君衣君不還，不寄君衣君又寒；寄與不寄間，妾身千萬難。"劉逋齋名致，字時中，寧鄉人。所作《水仙子·西湖四時漁歌》，每首以西施二字爲絕句，頗著盛名。徐容齋名琬，字子方，東平人。蕭復齋名德潤，杭州人。曹以齋名鑒，字克明，宛平人。馬謙齋名九皋，畏吾人。吳克齋名仁卿，字弘道，蒲陰人。（有《金縷新聲》，已失傳。）郝新齋名天挺，字維先，陵川人。這就是我所謂"元十四齋"。（甜，酸，醜，疏，澹，挺，復，克，逋，謙，容，以，新，立。）滕斌字玉霄，睢陽人，也是專作散曲，不爲戲劇的。《正音譜》評，"如碧漢閒雲"。鄧玉賓，《正音譜》評"如幽谷芳蘭"。劉庭信俗呼爲黑劉五，《正音譜》評，"如摩雲老鶻"。周文質字仲彬，建德人。《正音譜》評"如平原孤隼"。朱庭玉，《正音譜》評"如百卉爭放"。還有孟西村，名志，盱眙人，也以散曲著，頗近小山。汪元亨字雲林，所著《小隱餘音》，張養浩字希孟，所著《雲莊休居自適小樂府》，皆有足取。（兩書有新輯本，見《散曲集叢》。）顧均澤，名德潤，松江人，有《九山樂府》。曾瑞字褐夫，大興人，有《詩酒餘音》。在元曲中也都算得第二流的作者。褐夫《春思》一套頗佳，現在錄在此處。

〔南呂《一枝花》〕春風眼底思，夜月心間事；玉簫鸞鳳曲，金縷鷓鴣詞。燕子鶯兒，殢殺尋芳使；合歡連理枝，我爲你盼望著楚雨湘雲，擔閣了朝經暮史。

〔《梁州第七》〕：你爲我堆寶髻羞盤鳳翅，淡朱唇懶注胭脂；東君有意偷窺視，翠鸞尋夢，彩扇題詩；花箋寫怨，錦字傳詞。包藏著無限相思，思量殺可意人兒。幾時得靠紗窗偷轉秋波，幾時得整雲鬟輕舒玉指，幾時得倚東風笑捻花枝。新婚燕爾，到如今拋閃人的獨自！你那點志誠心有誰似？休把那海誓山盟作戲詞，相會何時！

〔《尾聲》〕斷腸詞寫就龍蛇字，疊做個同心方勝兒。百拜嬌姿謹傳示，間別了許時，這關心話兒，盡在這殢雨尤雲半張紙。

又，王元鼎曲名很大的，這時有歌兒郭氏順時秀者，是劉時中所賞識的，與元鼎交誼甚密。偶有病，想吃馬版①腸。元鼎於是殺他所騎的五花馬，剖腹取腸，一時下都傳做佳話。阿魯溫正官中書參政，也頗屬意於郭，有次問她："我與王元鼎何如？"對道："參政，宰相也。元鼎，才人也。燮理陰陽，致君澤民，則學士（即元鼎）不及參政。嘲風弄月，惜玉憐香，則參政不如學士。"可見她心中於他是如何的戀著了。嘗有《折桂令·詠桃花馬》云：

問劉郎驟控亭槐，覺紅雨蕭蕭，亂落蒼苔。溪上籠歸，橋邊洗罷，洞口牽來，搖玉轡春風滿街，摘金鞍流水天臺，錦綉毛胎，嘶過玄都，千樹齊開。

更有一件很足爲怪的事，其人即號怪怪道人，姓馮名子振字海粟。當時有白無咎作《鸚鵡曲》一支："儂家鸚鵡洲邊住，是個不識字漁父。浪花中一葉扁舟，睡煞江南烟雨。（《么篇》）覺來時滿眼青山，抖擻綠蓑歸去。算從前錯怨天公，甚也有安排我處。"傳遍旗亭，海粟爲之續了百餘首，完全步韵，是曲中聯篇之最富者。（全詞在《太平樂府》中可見。）雖有警語，但不免有些拼湊。費無限力氣，替他人作續貂的狗尾，又何苦呢！在無大名的曲人，有時倒還有絕妙的曲作，如臨川陳克明《美人八詠》，無怪周挺齋爲他擊節嘆賞。調是《一半兒》：

梨花雲繞錦香亭，蝴蝶春融軟玉屏，花外鳥啼三兩聲，夢初驚，一半兒昏迷一半兒醒。

——《春夢》

瑣窗人静日初曛，寶鼎香銷火尚温，斜倚綉床深閉門。眼昏昏，一半兒微開一半兒盹。

——《春困》

自將楊柳品題人，笑捻花枝比較春，輸與海棠三四分。再偷勻，一半兒胭脂一半兒粉。

——《春妝》

---

① "版"當爲"板"。

厭聽野鵲語雕檐，怕見楊花撲綉簾，拈起綉針還倒拈。兩眉尖，一半兒微舒一半兒斂。

——《春愁》

　　海棠紅暈潤初妍，楊柳纖腰舞自偏，笑倚玉奴嬌欲眠。粉郎前，一半兒支吾一半兒軟。

——《春醉》

　　綠窗時有唾茸黏，銀甲頻將彩綫撏，綉到鳳凰心自嫌。按春纖，一半兒端詳一半兒掩。

——《春綉》

　　柳綿撲檻晚風輕，花影橫窗淡月明，翠被麝蘭熏夢醒。最關情，一半兒溫馨一半兒冷。

——《春夜》

　　自調花露染霜毫，一種春心無處描，欲寫素心三四遭。絮叨叨，一半兒連真一半兒草。

——《春情》

寫女子心理，可算得細膩之至了。任昱，字則明，四明人。所作曲也不少，頗有可誦之句。《樂府群玉》中選錄甚多，如《寨兒令》《折桂令》。

　　錦製屏，鏡涵冰，濃脂淡粉如故情。酒量長鯨，歌韵雛鶯，醉眼看丹青，養花天雲淡風輕，勝桃源水秀山明，賦詩題下竺，攜友過西泠，撐船向柳邊行。

——《寨兒令》

　　盼春來又見春歸，彈指光陰，回首芳菲；楊柳陰濃，章臺路遠，漢水烟迷，彩筆誰行畫眉？錦書不寄烏衣，寂寞羅幃，愁上心頭，人在天涯。

——《折桂令》

吳本世字中立，杭州人，有《本道齋樂府小藁》。錢霖字子雲，松江人，有《醉邊餘興》。

　　夢回畫長簾半捲，門掩蘼蕪院。蛛絲挂柳綿，燕嘴粘花片，啼鶯一聲春去遠。

高歌一壺新釀酒，睡足蜂衙後。雲深鶴夢寒，石老松花瘦，不如五株門外柳。

　　春歸牡丹花下土，唱徹《鶯啼序》。戴勝雨餘桑，謝豹烟中樹，人困晝長深院宇。

　　恩深已隨紈扇歇，攢到愁時節。梧桐一葉秋，砧杵千家月，多的是幾聲兒檐外鐵。

這四支《清江引》就是《醉邊餘興》中的好曲子。高克禮、曹明善，間有佳作。至於"南北合套"，始自沈和，後來曲中合套是尋常的辦法，然而追溯其源不能不說他的。

總共元代的曲人，據《正音譜》所載，有一百八十七家。（原書八十二家有評，一百五家無評。）其中大半是努力戲劇的，在散曲上稍有述造者，本章都約略說過了。

問題

一、張小山何以稱爲元代唯一的散曲家？
二、四大家在散曲上的貢獻何如？
三、試述喬夢符與張小山的作風不同處。
四、"十四齋"以那一家爲最重要？試論斷之。
五、如以西湖爲中心，曲人之流連與曲品之題制，其影響於元代文學者奚似？
六、"曲韵"之創作，與"曲人傳記"之刊布，其價值若何？

參考書

吳梅：《顧曲麈談》（商務）。
盧前：《散曲史》（藁本）。
任訥、盧前：《散曲集叢》（商務）。

第八章　幾個重要的曲家（下）

元代曲家那麼多，使我們不得很有系統的敘述出來；但自明以來，曲家人數固然不如元之多，而散處四方，接踵而起，也很難理出頭緒。大概可以昆曲之創製，爲一溝界，在昆曲前北詞風氣之盛，以視元代有過無不及。曲的體制，沒有改變，不像昆曲以後的作者，行文既求整齊，又爲附合音律的關係，失了自然的趣味。現在還是從明初講起。明初有所謂十六家，如：王子一、劉東生、谷子敬、湯式、楊景言、賈仲名、楊文奎、楊彥華、藍楚芳、穆仲義、李唐賓、蘇復之、王文昌、陳克明、夏均政、唐以初；大部分還是就劇曲而言，如陳克明在前章談元末的曲子時已說過，而這兒所須特別論列的，就是湯式。式字舜民，號菊莊，四明人。《正音譜》評謂"如錦屏春風"，著有《菊莊樂府》。（有新輯本，見《散曲集叢》。）試舉《送王姬往錢塘》一套：

〔雙調《新水令》〕十年無夢到京師，卧書窗坦然如是。幾償沽酒債，不惜買花資。今日個折柳題詩，又感起少年事。

〔《駐馬聽》〕槁木容姿，對花月羞斟鸚鵡卮，扭宮商強作鷓鴣詞，我道是碧梧栖老鳳凰枝，他道是雕龍鎖定鴛鴦翅；急煎煎捻斷吟髭，只被你紫雲娘徯落殺白衣士。

〔《沉醉東風》〕講禮教虛心兒拜辭，説艱難滿口兒嗟咨；蛾眉淺淡顰，花靨啼紅漬；向尊前留下個相思。我本是當年杜牧之，休猜做蘇州刺史。

〔《慶東原》〕雨歇陽關至，草生南浦時；好山一路供吟視；沈點點鶯花擔兒，穩拍拍鳩藤橋兒，砑剌剌鹿頂車兒，楚過若耶溪，趕上錢塘市。

〔《離亭宴》帶《歇指煞》〕我不向風流選內求咨示；誰承望別離卷上題名字，關心爲此，閒了問花媒，荒了尋芳友，罷了追芳使；春残小洞天，門掩閒杴肆。不是我愁紅怨紫，一紙姓名留，五字簫聲去，兩地音書至。明牽雙漸情，暗隱江淹志；你從頭鑒茲，搜錦綉九回腸，掃雲烟半張紙。

这样的规模，可以說未改元人的法度。在明初没有行科举以前，完全承繼元風；科舉既興以後，八股文、傳奇都盛，而散曲亦漸漸變了原來面目。湯式外還有生於元而名於明的，如高栻，字則成（與《琵琶記》作者高則誠是兩人），所作北詞小令很多。曾有《殿前歡》，題小山《蘇堤漁唱》：

小奚奴，錦囊無日不西湖，才華壓盡香奩句，字字清殊。光生照殿珠，價等連城玉，名重《長門賦》；好將如意，擊碎珊瑚。

又，徐畈字仲由，淳安人。自己嘗說道："吾詩文未足品藻，惟傳奇詞曲，不多讓古人。"他雖這樣自負，所作《殺狗記》却鄙陋極了。但小令有時頗好，如《滿庭芳》：

烏紗裹頭，清霜林落，黃葉山邱；淵明彭澤辭官後，不事王侯，愛的是青山舊友，喜的是緑酒新蒭；相拖逗，金尊在手，爛醉菊花秋。

王九思是比較重要的曲人。字敬夫，號渼陂，鄠縣人。他因爲劉瑾亂政時，得升吏部，後來瑾敗，降官而去；於是以劇曲泄其憤恨，但散曲集《碧山樂府》，雄放奔肆，頗有好評。如《新水令》"憶秋風遷客來天涯，喜歸來碧山亭下，水田十數畝，茅屋兩三家，暮雨朝霞，妝點出輞川畫"。又有些像學馬東籬的。與王齊名是康海，字德涵，號對山，武功人。他爲着向劉瑾救了李獻吉，後來瑾敗，落職爲民；著《東郭先生誤救中山狼》雜劇，有人說便是爲獻吉而作。所爲散曲、小令套數都不少。集名《沜東樂府》，如《春游南山》《苦雨》諸套（見《南北宮詞紀》），頗負名望，且看《春游南山》中《調笑令》一支："說甚麼翠肩映金杯，争似這握手臨歧我共伊，便有鶯鶯燕燕尊前立，怎如咱語話襟期，一任他笑殺山翁醉似泥，此境誰知！"情趣充溢。陳鐸字大聲，金陵人，官至指揮使，有一次進謁顯貴，問道：你就是通音律的陳鐸麽？對曰：然，隨即從身邊取出一笛，奏演一曲。當時傳爲"短笛隨身的指揮"。（事見周琿《金陵遺事》。）《藝苑卮言》說他淺於才情，真是不確。他的《梨雲寄傲》《秋碧樂府》（有我的新刊本，與二北所輯《秋碧軒樂府》全本），宮商穩協，允推明曲一大家，試看下列雙調《胡十八》四支：

  美名兒常在心，那一日恰相見。燈影下，酒筵前，臉兒微笑眼兒涎；走在我耳邊，說三言兩言，也不索央外人，各自要取方便。
  天生的美臉兒，所事兒又相稱。道傾國，是傾城，腰肢褭娜步輕盈；半晌價定睛，越教人動情，模樣兒都記的，則忘了問名姓。
  纏說些好話兒，烘的早臉兒變。道不本分，使閒錢，服低坐小索從權；跪在他面前，曲膝似軟綿，所事不敢說，一千聲可憐見。
  眼皮兒怕待合，好夢兒怎能夠。聽更鼓，數更籌，青鸞無信入紅樓；新月兒半鉤，印紗窗上頭，沉沉梅影兒，仿佛似玉人瘦。

視元人無愧色。又，金鑾字在衡，號白嶼，金陵人。何元朗說："南都自徐髯仙後，惟金在衡最爲知音。"的確，他寫風情固不亞大聲，所以王元美批評他："白嶼諸作頗是當家，爲北里所賞。"他的《蕭爽齋樂府》（汪廷訥《四詞宗合刊》之一，近有武進董氏翻刻本）也是曲中的寶物。北詞如《水仙子·廣陵夜泊》，渾厚樸質之至。

  城邊燈火幾家樓，江上風波一葉舟，月中簫鼓三更後；聽誰家猶喚酒。正烟花二月揚州，人已去，錦窗鴛鴦。物猶存，青蒲細柳。怨難平，舞態歌喉。
  海棠陰輕閃過鳳頭釵，没人處款款行來。好風兒不住的吹羅帶。猜也麼猜，待說口難開，待動手難抬；泪點兒和衣暗暗的揩！

這是《河西六娘子·閨情》中之一，可謂寫情能品。南詞亦不惡，如《一封書·閒適》。

  青溪畔小堂，四壁雖空書滿床。碧岩下小窗，半世雖貧酒滿缸。好山有意常當户，明月多情遠過牆；伴詩狂，與酒狂，睡向西風枕簞香。
  青溪畔小園，任荒蕪種幾年。黃庭畔小箋，任生疏寫半篇。分來红药春前好，摘去青葵雨後鲜；又不癫，又不仙，拾得榆钱当酒钱。

这种悠淡处，又是他特殊的作风。当时南京是曲的渊薮，一般曲人流连竟日，陈、金固是两大先导，继起者如陈所闻、史廷直、陈全……可算得云起霞蔚了。就中尤以所闻为最，所闻字荩卿，他的《濠上斋乐府》（我的辑本见《散曲集丛》），虽不是重要的创作，但所辑《南北宫词纪》，元明曲品被他保存了不少。章邱李开先字伯华，号中麓，也是嗜曲者，所藏至富，自称"词山曲海"。王元美《曲藻》说："北人自康王后，推山东李伯华。伯华以百阕《傍妆台》，为对山所赏；今其词尚存，不足道也。"不过他又自许马东篱、张小山无以过呢。论这当儿曲家，杨慎夫妇是非常伟大的，慎号用修，字升庵，新都人。所著《陶情乐府》正续（任二北校刊，见《散曲集丛》），脍炙人口；其中佳句，如"费长房缩不尽相思地，女娲氏补不完离恨天"，"别泪铜壶共滴，愁肠兰焰同煎；和愁和恨，经岁经年"，"傲霜雪镜中紫髯，任光阴眼前赤电，仗平安头上青天"，读之可味。他的夫人黄氏，在曲中的地位，如词中之李清照，为曲史中放一异彩。升庵曾为议礼事，谪戍云南。她寄《罗江怨》四支，令人读了酸鼻。

　　空亭月影斜，东方既白，金鸡惊散枕边蝶。长亭十里唱阳关也，相思相见，相见何年月？泪流襟上血，愁穿心上结，鸳鸯被冷雕鞍热！

　　黄昏画角歇，南楼雁疾，迟迟更漏初长夜。愁听积雪溜松稠也，纸窗不定，不定如风射。墙头月又斜，床头灯又灭，红炉火冷心头热！

　　关山望转赊，征途倦历，愁人莫与愁人说。遥瞻天阙望双环也，丹青难把，难把衷肠写。炎方风景别，京华音信绝，世情休问凉和热！

　　青山隐隐遮，行人去急，羊肠鸟道马蹄怯。鳞鸿不至空相忆也，恼人正是，正是寒冬节。长空孤鸟灭，平芜远树接，倚楼人冷阑干热！

此外，如高邮王磐的《西楼乐府》、常伦的《莺情集》、王骥德的

《方諸館樂府》，亦間有佳作。在吳中工南詞的，祝枝山，字希哲；唐寅字子畏，號伯虎；鄭若庸字中伯，號虛舟；《南宮詞紀》內選錄不少。（唐子畏的《六如居士曲》在《散曲集叢》中有。）昆山梁辰魚字伯龍，是這時名望最大的。與太倉魏良輔商訂曲律，詞成即製譜，吳梅村詩所說："里人度曲魏良輔，高士填詞梁伯龍。"伯龍的散曲集名《江東白苧》（近有《曲苑》石印本），頗多情語；因此傾倒他的人很多。王元美有詩道："吳閶白面冶游兒，爭唱梁郎絕妙詞。"不過他爲北詞有時很可笑的，有一次在一位鹽尹宴席上，觀演他自己所作的戲劇《浣紗記》。遇一佳句，鹽尹敬酒一杯，喝了不少的酒，歌到《打圍》那一支《北朝天子》中，忽有"擺開擺開擺擺開"的句子。鹽尹道："此惡語也！"於是用污水一杯，強灌伯龍口中去。他又好改古人作，頗有人譏評他。不過清詞艷曲、整美的文章却是他的特色。（我說梁受小山影響見前。）如沈仕的《唾窗絨》（有任氏輯本），施紹莘的《花影集》，都與此成一派別。《唾窗絨》是"青門體"的創始，《花影集》也除了言情無好曲子，這可說是曲中寫情的一路。馮惟敏的《海浮山堂詞稿》便不相同了，惟敏字汝行，臨朐人。他於南詞流行的時候，獨工北詞。王元美說他"板眼務頭，攧搶緊緩，無不曲盡，而才氣亦足以發之；只恨用本色太多，北音太繁，爲白璧微纇耳。然其妙處固不可及也"。其實，他的南詞也很好。

> 紅粉多薄命，青春半殘景；人去瑤亭怨，花落胭脂冷。裊娜腰圍，強把繡裙整。弓鞋淺印，淺印殘紅徑。三月韶光，背闌干無限情。情，離別幾曾經？再相逢扯住衣衫，影兒般不離形。

又：

> 玉宇明河浸，瓊窗朔風凜；展轉蝴蝶夢，寂寞鴛鴦錦。閣淚汪汪，長夜挨孤枕。從來不似，不似今番甚。一片閒愁，生矻查惱碎心。心，害得死臨侵！欲待要再不思量，急煎煎怎樣禁？

這兩支《月兒高犯》遠出李中麓《傍妝臺》之上了。著《南曲譜》的吳江沈璟，是萬曆間曲的領導，璟字伯英，號寧庵，世稱詞隱先生。他主張寧協律而詞不工；讀之不成句，而謳之始協者。可見他最持曲律的，有《題情》一套，是《寧庵樂府》壓卷之作。

〔《四季花》〕秋雨過空墀，正人初静更初轉，漸覺淒其。人兒多應傍著珊枕底，剛剛等咱繾睡時，覺相將投夢思。若伊無意，誰教夢迷！多情又恐相見稀，抵死恨著伊，恰又添縈繫。更憐你笑你，愁你想你冤你！

〔《猫兒墜》〕浮萍心性，只得强禁持。任你風波千丈起，到頭心性没挪移。猜疑，又怕潑水難收，弦斷難醫。

〔《尾〈聲〉》〕過犯多，權休罪；且幸得回嗔作喜，把今夜盟香要燒到底！

——據《文梓堂原刊》，此套如是

他的侄子自晉有《鞠通樂府》。（最近有家刊本。）沈氏一門之盛，我們翻出南詞任何譜來，都可以看得出。崇禎時，吳縣人馮夢龍，字子猶（一作猶龍），也有不少曲子，近來大家愛讀的小曲《樹枝兒》，就是出他的手。劉效祖的《詞臠》（有石印本）也有一些小曲，但他的曲子模寫社會各種狀况，頗有可采。還有張瘦郎的《步雪初聲》（此集間有鈔本，我最近將刊布）雖小小的册子，在明曲中并非下品。

以下將談清曲。清曲是從來没有人論過。今日說到清人散曲集的收藏，一般朋友都不大注意，就我所知，在此處只好略一叙述。吳江毛瑩，字湛光，晚號大休老人，是明朝的遺民。他的《晚宜樓集》詞曲兩卷，跋中自稱好而不精，可謂有自知之明；的確繩之以律，不能無出入的。仁和沈謙，字去矜，《東江別集》散曲極富，分北曲小令、套數、南曲小令、套數四卷。姑舉南北小令各一於下：

〔北《醉高歌》〕到跟前數黑論黄，背地裏眠思夢想。俺病得來全不成模樣，不信呵，多情再訪。

——《私寄》

〔南《黄鶯兒》〕臨鏡强寒温，怪鸚哥鬼混人，晚妝簾底東風緊。一回待嗔，一回又顰，畫欄斜靠頭兒暈，豈傷春？寬衣緩帶，不稱小腰身。

——《春恨》

雖不能邁乎前人，尚清婉可誦。朱彝尊的《葉兒樂府》、厲鶚的《樊榭山房集南北曲》），頗多佳構。（這兩種在清曲中最易得的，《散曲叢刊》中有。）吳錫麒《有正味齋集》，南北曲長套允繁，如《喜洪北江歸》等篇終嫌夾雜。尤侗的《百末詞餘》，滑稽之作不少，但全集〈於〉平淡之中饒有情致。如《駐雲飛十空曲》本"黃冠體"，然其中亦有可誦的。

> 豎子英雄，觸鬥蠻爭蝸角中，一飯丘山重，睚眦刀兵痛。啐，世路石尤風，移山何用！飄瓦虛舟，不礙松風夢；君看爾我恩讎總是空。

至於什麼《美人乳》《滿妝美人》，不免有傷大雅。《戲懼內者》雖形刻薄，却是元曲潮謔之遺。全集附湯傳楹《秋夜·懶畫眉》一套，雖只此一套，如《江兒水》倒是新穎可喜的曲子："熱搵珍珠性，低呼小玉名，香魂一縷香初定，花身一捻花還隱，鶯喉一轉鶯難佞；月下端詳小咏，澀澀閒行，手勒芭蕉持贈。"蔣士銓的《忠雅堂集南北曲》僅寥寥十二題，遠不如他在戲劇上的成就。并且詞文直率，沒有生氣。大概這些人在刻集時，補此一體。而平時又往往以此贈別題圖，於是曲的精神幾乎散失了。沈清瑞的《櫻桃花下銀簫譜》（見《沈氏群峰集》），石韞玉的《花韵庵南北曲》稍好一些。不過《銀簫譜》完全套數，《花韵庵》尚有幾支小令，如《金絡索·訪杜子美草堂舊迹》：

> 林花著雨濃，茅屋臨溪竦。亂石成蹊，迸裂蒼苔縫。初疑是梵宮，訪幽踪，原來杜老當年住此中。想當日門前小隊來嚴武，座上圓蒲款已公。真尊重，高天厚地一詩翁，竹影遙峰，花颭微風，都觸我尋詩夢。

在這兩位蘇州人外，又有一位秦雲的《花間剩譜》。雲字膚雨，又號西脊山人。也盡是大套，如《梧桐樹》《翁仲嘆》也還可看。我在《剩譜》外，曾發見他《懶畫眉》題《願爲明鏡圓》一套，我最愛他《江兒水》一支："願化青鸞鏡，妝臺暮復朝，把翠眉兒照見春山埽，絳唇兒照見櫻桃小，綠鬢兒照見花枝裊，照見低顰淺笑，杏臉桃腮，貪把傾城看飽。"至於范湖草堂完全以曲題畫，那是無聊之至的，這一類不必叙及。謝元淮的《養默山房散套》，全用舊譜，而曲中頗括時事，如《一枝花·感懷》套中《貨郎兒九轉》：

悔平生都只爲多言遭忌，出戎幕仍居舊職。當日個憂天盡笑杞人痴，到後來補天還虧了媧皇力；割珠崖定策原非，阻內附維州還弃，賠香港援的是澳門舊例，聽風傳粵東民勇衆志高，他呵結義社專制英夷，過年春月是進城期，恐難免爭端又起，怕只怕相逢狹路難回避，因此上綢繆陰雨這鰓鰓計。俺已是眼睜睜見過一遭兒，試聽那號哭呻吟聲未已。

這近於以曲爲史了。和詞中蔣春霖相仿佛的魏熙元的《玉玲瓏曲存》，却大都兒女之詞，或者來幾句什麼"戲場中人暮朝，夢場中潮長消，莽乾坤一個糊塗套"的達語。許寶善的《自怡軒樂府》，整飭有餘，但毫無活躍之趣，這終非當家之曲。幸而清人有了許光治和趙慶熹，清曲庶免記載的寂寞了。這是清曲的兩大家，所以我很謹慎的在諸家之後把他宣揚出來。光治集名《江山風月譜》，他序的好：

  漢魏樂府降而六朝歌詞，情也。再降而三唐之詩，兩宋之詞，律也。至元曲幾謂俚音誹語矣；然張小山、喬夢符散曲，猶有前人規矩。在儷辭進樂府之工，散句擷宋唐之秀。惟套曲則似倍翁俳詞，不足鼓吹風雅也。

所以他曲中時有學小山之作，如《水仙子·海棠》：

  紅綿綉鳳撲華鉛，紅錦回鸞散舞錢，紅絲顫雀翹妝鈿；過清明百六天，畫墻低何處秋千？宿粉暈流霞炫，明妝洗垂露鮮；是花中第一神仙。

  檝頭船，劃開雙槳鏡中烟，船唇弄水瓊珠濺。棹轉渦旋，望天光四岸懸，看地勢孤城轉，指人影中流見。湖山圖畫，雲水因緣。

  ——雙調《殿前歡·湖上》

有時寫農家時序，非常自然。如中呂《滿庭芳》裏有一支就是。

  綠陰野港，黃雲隴畝，紅雨村莊。東風歸去春無恙，未了蠶忙。連日提籠采桑，幾時荷鍤栽秧；連耞響，田塍夕陽，打豆好時光。

有時較明人轉勝了。趙慶熹字秋舲，仁和人，集名《香消酒醒曲》。小令套數，并皆超絕。如《駐雲飛·沈醉》一支，無一虛語的是名雋的曲子，讀後令人有很深的印象。

等得還家，澹月剛剛上碧紗，親手遞杯茶，軟語呼名罵。他，只自眼昏花，腳踪兒亂躧，問著些兒，半晌無回話，偏生要靠住儂身似柳斜。

活活一個醉人在我們眼中也。楊恩壽在《詞餘叢話》中說在吳幼樵《塵夢醒談》〈中〉，見《咏月》《葬花》《寫恨》，無一套不佳。僅采數語，猶有斷鳬截鴨之嘆。我率性引錄於此：

〔《忒忒令》〕熱紅塵無人解愁，冷黃昏有儂生受；團空月亮，照心兒別透，把一個悶葫蘆，恨連環，呆思想，問誰知道否？

〔《沈醉東風》〕悶嫦娥青天上頭，憾書生下方搔首；雲影淨，露華流，中庭似畫，鬧蟲聲新涼時候。星河一圍，光陰不留，銀橋碧漢，又人間盡秋。

〔《園林好》〕想誰家珠簾玉鈎，問何人香衾錦裯；任年少虛空孤負。無賴月，是揚州；無賴客，是杭州。

〔《嘉慶子》〕九回腸生小多軟就，把萬種酸情徹底兜。空向西風談舊，搴杜若，采扶留，悲薄命，怨靈修。

〔《尹令》〕廿年前胡床抓手，十年前書齋回首，五年前華堂笑口；一樣銀河，今日無情做淚流。

〔《品令》〕浮生自思，多恨事難酬，花天酒地，還說甚風流！參辰卯酉，做了天星宿。江湖席帽，三載阻風中酒；只落得下九初三，月子彎彎照女牛。

〔《豆葉黃》〕清高玉宇，冷淡瓊樓；再休提霧鬢雲鬟，那裏是烏紗紅袖！生涯疏放，天涯漫游；博得個花朝月夕，博得個花朝月夕；消受了夢魔情魔，酒囚詩囚。

〔《月下海棠》〕歸去休，一齊放下誰能彀？算山河現影，石火波漚！哭青天泪眼三秋，懺青春心魂一縷。蒲團叩，廣寒宮何處回頭？

〔《玉交枝》〕痴頑生就，闖名場名勾利勾；瑤臺一陣罡風陡，吹落下魂靈滴溜，寒簧仍在月宮留，吳剛不合凡塵走；一年年新秋暮秋，一年年新愁舊愁。

〔《玉胞肚》〕飛螢似豆，撲西風羅衫亂兜；看玉階景物淒涼，話碧霄兒女綢繆。我吹笙恰倚紅樓，只怕仙山不是緱。

〔《三月海棠》〕銀匣初開，真難得團圓，又問何年怎樣寶鏡飛丟？他愁，兔兒搗碎此生白，蟾兒跳出清虛走；紅橋侶，鶴馭儔，有個人無賴把紫雲偷。

〔《江兒水》〕自古歡須盡，從來滿必收；我初三瞧你眉兒鬥，十三窺你妝兒就，廿三覷你靨兒瘦；都在今宵前後。何況人生，怎不西風敗柳！

〔《川撥棹》〕年華壽，但相逢杯在手。要今朝檀板金甌，要明朝檀板金甌；莽思量情魂怎收！恨良宵漏幾籌，剔銀缸夢裏求。

〔《尾聲》〕夢中萬一鈞天奏，舞霓裳仙風雙袖；我便跨上青鸞笑不休。

——《詠月》

〔《梧桐樹》〕堆成粉黛塋，掘破胭脂井；檢塊青山，放下桃花櫬。名香爇至誠，薄酒先端整；兜起羅衫，一角泥乾淨，這收場也算是群芳幸。

〔《東甌令》〕更紅兒誄，碧玉銘，巧製泥金直綴旌。美人題着名和姓，描一幅離魂影，再旁邊築一個小愁城，設座落花靈。

〔《大聖樂》〕我短鋤兒學荷劉伶，是清狂，是薄幸；今生不合做司香令。黃土畔，叫卿卿，單只為心腸不許隨儂硬。因此上風雨無端替你疼。一場夢醒，向眾香國裏，槃涅斯稱。

〔《解三酲》〕收拾起風流行徑，收拾起慧眼聰明，收拾起水邊照你娉娉影，收拾起鏡裏空形，收拾起通身旖旎千般性，收拾起澈胆溫和一片情。荒墳冷，只怕你枝頭子滿，誰奠清明。

〔《前腔》〕撇下了燕鶯孤另，撇下了蝴蝶伶仃，撇下了青衫紅淚人兒病，撇下了酒帳燈屏，撇下了蹄香馬踏黃金鐙，撇下了指冷鸞吹白玉笙。難呼應，就是那杜鵑哭煞，你也無靈！

〔《尾聲》〕向荒阡澆杯茗，替你打圓場證果成，叮囑你地下輪迴，莫依然薄命。

——《葬花》

〔《懶畫眉》〕生來從不會魂消，怎被莽情絲縛牢。天公待我忒蹊蹺，做就愁圈套，把瘦骨棱棱活打熬。

〔《步步嬌》〕合是聰明該煩惱，恨海憑空造。把風流一担挑，八字兒安排，合爲情顛倒。我何處問根苗？只的是命宮磨蠍無人曉。

〔《山坡羊》〕冷冰冰性將人拗，好端端自將愁討。一年年越樣痴魔，一天天寫個瘋顛照。神暗銷，相思禁幾遭；我當初早是早是魂靈掉！不肯勾消，一場懊惱。無聊，濕衚香何處燒？空勞，醉笙簧何處調？

〔《江兒水》〕白畫簾雙押，黃昏燭一條；把紙牌兒打個鴛鴦笤，筆尖兒寫幅鴛鴦稿，夢魂兒打個鴛鴦鳥；不許蜂囉蝶哨，怎底宵來，遍是南柯潦草。

〔《玉交枝》〕沒頭沒腦，這章書模糊亂囂，愁城築得似天高，打不進轟天情炮。心酸好似醋梅澆，眼辛卻被薑薑搗；要丟開心兒越撩，不丟開心兒越焦。

〔《園林好》〕恨知音他偏寂寥，恨閒人他偏絮叨；只算些兒胡鬧。波底月，鏡中潮；潮莫信，月難撈。

〔《僥僥令》〕成團飛絮，攪作陣，落花飄。我宛轉車輪腸寸絞，好比九曲三灣仄路抄。

〔《尾聲》〕閒愁怎樣難離掉，除非做一個連環結子繫，向那沒情河丟下了！

——《寫恨》

此等曲品，置諸元明人集內也可算得佳作了。此外像凌霄的《振檀集》、陳棟的《北涇草堂北樂府》、吳綺的《林蕙堂集填詞》、孔廣森的《溫經堂戲墨》，都是很少的篇章，也不是自己經意之作。楊恩壽的《詞餘叢話》總算一部還好的曲話，而所作《坦園詞餘》并不當行。晚清以來的曲集有顧氏《勵堂樂府》、陳氏等《三家曲》，更非當家。要以吾師吳瞿安先生的《霜厓曲錄》（我所編的，現在商務印行）爲曲壇生色的集子。我自己有《曉風殘月曲》《燈窗夜語》，友人鄭振鐸先生說："你的曲大約已是曲的尾聲了。"我就用他的話作本書的尾聲罷。

問題

一、明初曲家當以誰人爲代表？

二、陳大聲與金在衡在明曲中地位何如？

三、如以南京爲中心，曲人之流連與曲品之題制，其影響於明代文學者奚似？

四、曲中女作家有何人可與詞中李易安相擬？

五、香艷曲詞的製作是受誰的影響？

六、清代曲之所以衰微有什麼原因？

七、清代曲家有没有能與元明作者相抗衡的？

參考書

吳梅：《顧曲麈談》（商務）。

盧前：《散曲史》（成都大學講義本）。

任訥：《散曲概論》（中華）。

任訥、盧前：《散曲集叢》（商務）。

盧前：《清人散曲十七蒙》（會文堂）。

附錄　一個最低度研究詞曲底書目

（甲）總集　包含彙刻的別集與叢書

〔一〕全唐詞附全唐詩後　　〔二〕宋六十一家詞毛晋刻 有博古齋石印本
〔三〕四印齋所刻詞王鵬運刻　〔四〕宋元名家詞江標刻
〔五〕雙照樓刻詞吳昌綬刻　　〔六〕彊邨叢書朱祖謀刻
〔七〕詞苑英華毛晋刻　　　　〔八〕詞學全書毛先舒 有石印本
〔九〕詞學叢書秦恩復　　　　〔十〕詞話叢鈔王文濡

〔以上詞〕

〔一〕奢摩他室曲叢吳梅 散曲有一部分　〔二〕散曲叢刊任訥 中華出版
〔三〕散曲集叢任訥 盧前 商務　〔四〕清人散曲十七家盧前編
〔五〕讀曲叢刊董康
〔六〕曲苑中國書店有石印本第二次重訂本

〔以上曲〕

（乙）選集

〔一〕花間集趙崇祚 本子很多　〔二〕尊前集現有者疑非原書
〔三〕草堂詩餘　　　　　　　〔四〕陽春白雪趙聞禮
〔五〕花庵詞選黃昇　　　　　〔六〕絕妙好詞周密 厲鶚 箋本
〔七〕中州樂府元好問　　　　〔八〕花草粹編陳耀文
〔九〕詞統卓人月　　　　　　〔十〕草堂詩餘四集沈雄[①]
〔十一〕歷代詩餘沈辰垣
〔十二〕詞綜朱彝尊原編又王昶明詞綜及國朝詞綜黃彝清詞綜續編陶梁詞綜補

---

① "沈雄"當爲"沈際飛"。

暨丁紹儀詞綜補均可購置

〔十三〕詞選張惠言原選 董毅續選　　〔十四〕詞辨周濟
〔十五〕宋四家詞選周濟　　　　　　〔十六〕宋七家詞選戈載
〔十七〕唐五代詞選成肇麐 商務有古活字本〔十八〕宋六十一家詞選馮煦
〔十九〕宋詞三百首朱祖謀 唐圭璋箋本

〔以上詞〕

〔一〕陽春白雪楊朝英 徐積餘 刊本
〔二〕太平樂府楊朝英 四部叢刊影刊本
〔三〕樂府群玉散曲叢刊本　　　〔四〕樂府群珠無刊本有鈔稿
〔五〕樂府新聲散曲叢刊本　　　〔六〕詞林摘艷張祿
〔七〕雍熙樂府郭勛　　　　　　〔八〕南詞韵選沈璟
〔九〕南北宮詞紀陳所聞　　　　〔十〕吳騷合編張旭初
〔十一〕詞林逸響許宇　　　　　〔十二〕太霞新奏顧曲散人
〔十三〕曲雅　　　　　　　　　〔十四〕續曲雅盧前 開明書店本
〔十五〕元曲三百首任訥 民智書局本
〔十六〕蕩氣迴腸曲王悠然 大江書店本

〔以上曲〕

（丙）別集

〔一〕南唐二主詞劉維增箋本①盧前補正本
〔二〕陽春集馮延巳　　　　　　〔三〕珠玉詞晏殊
〔四〕小山詞晏幾道　　　　　　〔五〕六一詞歐陽修
〔六〕安陸集張先　　　　　　　〔七〕樂章集柳永
〔八〕東坡詞蘇軾　　　　　　　〔九〕淮海詞秦觀
〔十〕片玉詞周邦彥　　　　　　〔十一〕東山寓聲樂府賀鑄
〔十二〕稼軒詞辛棄疾　　　　　〔十三〕白石詞姜夔
〔十四〕梅溪詞史達祖　　　　　〔十五〕夢窗詞吳文英
〔十六〕蘋洲漁笛譜周密　　　　〔十七〕花外集王沂孫

---

① "劉維增"當爲"劉継增"。

〔十八〕山中白雲詞張炎　　　　〔十九〕漱玉集李清照
〔二十〕遺山樂府元好問
〔二十一〕蛻巖詞張翥 以上各集散見各家彙刻
〔二十二〕飲水詞納蘭成德 唐圭璋輯本
〔二十三〕曝書亭詞朱彝尊　　　〔二十四〕迦陵詞陳維崧
〔二十五〕樊榭詞厲鶚　　　　　〔二十六〕茗柯詞張惠言
〔二十七〕水雲樓詞蔣春霖　　　〔二十八〕半塘定稿王鵬運
〔二十九〕樵風樂府鄭叔問　　　〔三十〕蕙風詞況周頤
〔三十一〕蒿庵類稿詞馮煦　　　〔三十二〕彊邨語業朱祖謀

〔以上詞〕

〔一〕喬夢符小令喬吉　　　　　〔二〕小山北曲聯樂府張可久
〔三〕酸甜樂府貫雲石 徐再思　　〔四〕小隱餘音汪元亨
〔五〕醜齋樂府鍾嗣成　　　　　〔六〕雲莊休居閒適小樂府張養浩
〔七〕疏齋小令盧摯　　　　　　〔八〕詩酒餘音顧君澤
〔九〕醉邊餘興曾瑞　　　　　　〔十〕沜東樂府康海
〔十一〕碧山樂府王九思　　　　〔十二〕寫情集常倫
〔十三〕王西樓先生樂府王磐　　〔十四〕海浮山堂詞稿馮惟敏
〔十五〕菊莊樂府湯式　　　　　〔十六〕六如居士曲唐寅
〔十七〕蕭爽齋樂府金鑾　　　　〔十八〕秋碧樂府陳鐸
〔十九〕梨雲寄傲陳鐸　　　　　〔二十〕江東白苧梁辰魚
〔二十一〕花影集施紹莘　　　　〔二十二〕唾窗絨沈仕
〔二十三〕濠上齋樂府陳所聞　　〔二十四〕方諸館樂府王驥德
〔二十五〕詞臠劉效祖　　　　　〔二十六〕步雪初聲張瘦郎
〔二十七〕楊升庵夫婦散曲楊慎 黃氏 〔二十八〕自怡軒樂府許寶善
〔二十九〕香消酒醒曲趙慶熺　　〔三十〕江山風月譜許光治
〔三十一〕霜崖曲錄吳梅

〔以上曲〕

（丁）評記

〔一〕詞源張炎　　　　　　　〔二〕作詞五要楊纘

〔三〕樂府指迷 沈義文① 〔四〕碧雞漫志 王灼
〔五〕浩然齋雅談下卷 周密 〔六〕詞旨 陸輔之
〔七〕詞品 楊慎 〔八〕詞評 王世貞
〔九〕渚山堂詞話 陳霆 〔十〕古今詞話 沈雄
〔十一〕柳塘詞話 沈雄 〔十二〕歷代詞話 沈辰垣
〔十三〕歷代詞人姓氏錄 沈辰垣 〔十四〕詞衷 鄒祗謨
〔十五〕花草蒙拾 王士禎 〔十六〕詞筌 賀裳
〔十七〕詞繹 劉體仁 〔十八〕詞苑叢談 徐釚
〔十九〕詞林紀事 張宗橚 〔二十〕西河詞話 毛奇齡
〔二十一〕窺詞管見 李漁 〔二十二〕詞名集解 汪汲
〔二十三〕詞麈 方成培 〔二十四〕詞曲概 劉熙載
〔二十五〕樂府餘論 宋翔鳳 〔二十六〕詞選 孫麟趾
〔二十七〕填詞淺說 謝元淮 〔二十八〕論詞雜著 周濟
〔二十九〕詞學集成 江順詒 〔三十〕靈芬館詞話 郭麐
〔三十一〕蓮子居詞話 吳衡照 〔三十二〕初白庵詞評 許昂霄
〔三十三〕芬陀利室詞話 蔣敦復 〔三十四〕爰園詞話 俞彥
〔三十五〕賭棋山莊詞話 謝章鋌 〔三十六〕聽秋聲館詞話 丁紹儀
〔三十七〕白雨齋詞話 陳延焯 〔三十八〕詞源斠律 鄭文焯
〔三十九〕人間詞話 王國維 〔四十〕宋大曲考 王國維
〔四十一〕蕙風詞話 況周頤 〔四十二〕詞史 劉毓盤

〔以上詞〕

〔一〕錄鬼簿 鍾嗣成 〔二〕唱論 芝庵
〔三〕南詞叙錄 徐渭 〔四〕曲律 魏良輔
〔五〕曲律 王驥德 〔六〕曲藻 王世貞
〔七〕曲論 何良俊 徐復祚 〔八〕度曲須知 沈寵綏
〔九〕弦索辨訛 沈寵綏 〔十〕製曲枝語 黃周星
〔十一〕顧曲雜言 沈德符 〔十二〕衡曲麈談 騷隱居士
〔十三〕曲品 呂天成 〔十四〕韵白 王先舒
〔十五〕雨村曲話 李調元 〔十六〕藤花亭曲話 梁廷枏

---

① "沈義文"當爲"沈義父"。

〔十七〕北涇草堂論曲陳棟　　　〔十八〕詞餘叢話楊恩壽
〔十九〕樂府傳聲徐大椿　　　　〔二十〕曲錄王國維 有任氏唐氏補正本
〔二十一〕錄曲餘談王國維　　　〔二十二〕顧曲塵談吳梅
〔二十三〕霜厓曲話吳梅　　　　〔二十四〕曲海一勺姚華
〔二十五〕菉漪室曲話姚華　　　〔二十六〕曲律易知許之衡
〔二十七〕螾廬曲談王季烈　　　〔二十八〕曲諧任訥
〔二十九〕散曲概論任訥　　　　〔三十〕散曲史盧前

〔以上曲〕

（戊）譜

〔一〕欽定詞譜王奕清　　　　〔二〕詞律萬樹
〔三〕白香詞譜舒夢蘭　　　　〔四〕自怡軒詞譜許寶善
〔五〕碎金詞譜謝元淮

〔以上詞〕

〔一〕太和正音譜朱權　　　　〔二〕南曲譜沈璟
〔三〕南詞新譜沈自晋　　　　〔四〕北詞廣正譜李玉
〔五〕南詞定律呂士雄　　　　〔六〕南北九宮大成譜周祥鈺
〔七〕欽定曲譜王奕清　　　　〔八〕納書楹曲譜葉堂
〔九〕集成曲譜王季烈 劉富梁

〔以上曲〕

（己）韻

〔一〕詞林正韻戈載

〔以上詞〕

〔一〕中原音韻周德清　　　　〔二〕中州全韻范善榛
〔三〕韻學驪珠沈乘麐

〔以上曲〕

溫飛卿及其詞

盧前詞學文集

弁　言

　　少日攻詞，酷愛温飛卿，以其爲詞人之祖，猶詩中之蘇、李也。前歲，嘗爲作傳。一日，中敏過我，曰："子治温詞，吾當有以爲助！"未幾，出示一卷，展而視之，則輯録兩宋以來諸家評温之語。置予篋中既兩年矣！燈窗相對，每以此往復談論。近代崇温詞者，莫常州諸子若；而温詞自此遂爲常州詞論所蔽。甚矣，論詞之不易也！比來海上，偶出舊稿，董理經旬，并校録全詞，而成此編，附書鄙見，以供有志詞史者之采擇，儻亦讀者所樂聞乎？民國十七年暮春飲虹自識。

一　傳略

　　溫庭筠，本名岐，字飛卿，太原人。彥博裔孫。

　　後晉劉昫《舊唐書》列傳《文苑》下："溫庭筠者，太原人。本名岐，字飛卿。"

　　宋宋祁《唐書》列傳第十六："彥博裔孫庭筠……本名岐，字飛卿。"

　　宋孫光憲《北夢瑣言》："溫庭筠，舊名岐。"

　　少敏悟，工爲詞章。貌不揚，而造語綺麗。與義山齊名，號"溫李"。

　　宋宋祁《唐書》："少敏悟，工爲詞章。與李商隱皆有名，號'溫李'。"

　　宋計有功《唐詩紀事》："溫飛卿才思艷麗，與李義山齊名，號'溫李'。"

　　宋胡仔《漁隱叢話》："庭筠工於造語，極爲綺靡。《花間集》可見矣。"

　　宋胡寅云："庭筠工於造語，極爲奇麗。"

　　才思敏捷，入試日，八叉手而成八韵。大中初，應進士，至京師，人士翕然推重。

　　宋孫光憲《北夢瑣言》："才思敏捷，入試日，凡八叉手而八韵成。"

　　後晉劉昫《舊唐書》："大中初應進士，苦心硯席，尤長於詩賦。初至京師，人士翕然推重。"

　　然薄於行，無檢幅。又多作側辭艷曲，公卿家無賴子裴誠、令狐滈之徒，相與蒱飲，酣醉終日。好爲人作文，有司廉視甚謹。由是累年不第。

　　後晉劉昫《舊唐書》："然士行塵雜，不修邊幅，能逐弦吹之音，爲側艷之詞。公卿家無賴子弟裴誠、令狐滈之徒，相與蒱飲，酣醉終日，由是累年不第。"

　　宋宋祁《唐書》："然薄於行，無檢幅，又多作側詞艷曲。與貴冑裴誠、令狐滈等蒱飲狎昵。數舉進士不中第。思神速，多爲人作文。大中末試，有司廉視尤謹。庭筠不樂，上書千餘言，然私占授者七八人。執政鄙其爲，授方山尉。"

　　宋王灼《碧鷄漫志》："溫飛卿好多作側辭艷曲。"

　　徐商鎮襄陽，往依之，署爲巡官。咸通中，不得志，去歸江東。路由廣陵，怨令狐綯不爲成名。復與新進少年狂游狎邪，過綯不肯謁。

　　後晉劉昫《舊唐書》："徐商鎮襄陽，往依之，署爲巡官。咸通中，失意歸江東，路由廣陵，心怨令狐綯在位時不爲成名。既至，與新進少年狂游狎邪，久不刺謁。"

宋宋祁《唐書》："徐高鎮襄陽，署巡官。不得志，去歸江東。令狐綯方鎮淮南，庭筠怨居中時不爲助力，過府不肯謁。"

丐錢揚子院，醉而犯夜，爲虞候所擊。敗面折齒，訴於綯。綯爲劾吏，吏具道其醜迹，乃兩置之。而污行聞京師。庭筠自至長安，遍見公卿，言爲吏誣染。

後晋劉昫《舊唐書》："又乞索於揚子院，醉而犯夜，爲虞候所擊，敗面折齒。方還揚州，訴之令狐綯。捕虞候治之，極言庭筠狹邪醜迹，乃兩釋之。自是污行聞於京師。庭筠自至長安，致書公卿間雪冤。"

宋宋祁《唐書》："丐錢揚子院，夜醉，爲邏卒擊折其齒，訴於綯。綯爲劾吏，吏具道其污行。綯兩置之。事聞京師，庭筠遍見公卿，言爲吏誣染。"

又嘗遇宣宗逆旅，傲慢無禮。

宋計有功《唐詩紀事》："宣宗好微行，遇於逆旅。温不識龍顔，傲然詰之曰：'公非長史、司馬之流？'帝曰：'非也。''得非六參、簿、尉之類？'帝曰：'非也。'後謫爲方城尉。"

兩辱令狐綯。綯益怒而疏之。

宋人《樂府紀聞》："宣宗愛唱《菩薩蠻》，令狐綯假温庭筠手撰二十闋以進，戒勿泄。而遽言於人，且曰：'中書堂内坐將軍。'以譏其無學也。由是疏之。"

清徐釚《詞苑叢談》："唐宣宗愛唱《菩薩蠻》，令狐丞相誘托温飛卿撰進。宣宗使宫嬪歌之，詞云：'玉纖彈處真珠落……'又云：'南園瑞地堆金絮……'又云：'夜來皓月才当午……'又云：'雨晴夜合玲瓏月……'又云：'竹風輕動庭除冷……'"

宋計有功《唐詩紀事》："令狐綯曾以舊事訪於庭筠，對曰：'事出《南華》，非僻書也。或冀相公燮理之暇，時宜覽古。'綯益怒，奏庭筠有才無行，卒不登第。"

會徐商執政，頗右庭筠，欲白用。商罷，楊收疾之。貶爲方城尉，再遷隋縣尉。

後晋劉昫《舊唐書》："屬徐商知政事，頗爲言之。無何，商罷相出鎮。楊收怒之，貶爲方城尉，再遷隋縣尉。"

宋宋祁《唐書》："俄而徐商執政，頗右之，欲白用。會商罷，楊收疾之，遂廢卒。"

冀野謹按：宋祁《唐書》謂庭筠授方山尉，在徐商執政前。計有功《唐詩紀事》曰："後貶爲方城尉。"與劉昫《舊唐書》楊收怒而貶之相近。似應從此。往在南都，擬作《庭筠年譜》，以生卒年月日都無可考。匆匆迄未成篇，附記於此，是望於博雅君子。

庭筠素善鼓琴吹笛，功名得失，視之漠然。獨以其詞不歌，則有愧

色。終鬱鬱以死，吁可慨已。

宋計有功《唐詩紀事》："最善鼓琴吹笛，云有絲即彈、有孔即吹，不必柯亭壽桐也。"

宋陳鵠《耆舊續聞》："周德華嘗在崔芻言郎中席上唱《柳枝》，如劉禹錫之'春江一曲柳千條'、賀知章之'碧玉裁〔妝〕成一樹高'、楊巨源之'江邊楊柳鞠塵絲'，而不取温庭筠、裴誠，二人有愧色。"

著《乾䐺子》，不傳。有《握蘭集》《金荃集》《漢南真稿》。子憲以進士擢第，弟庭皓爲龐勛所害。其詩流傳至今者，錢遵王述古堂藏有景宋寫本云。

宋計有功《唐詩紀事》："著《乾䐺子》，不傳。有《握蘭集》《金荃集》《漢南真稿》。"

後晉劉昫《舊唐書》："子憲以進士擢第。弟庭皓，咸通中爲徐州從事。節度使崔彦魯爲龐勛所殺，庭皓亦被害。庭筠著述頗多，而詩賦韻格清拔，文士稱之。"

二　詞錄

《菩薩蠻》十五首

　　小山重叠金明滅，鬢雲欲度香顋雪。懶起畫蛾眉，弄妝梳洗遲。照花前後鏡，花面交相映。新貼綉羅襦，雙雙金鷓鴣。

　　水精簾裏頗黎枕，暖香惹夢鴛鴦錦。江上柳如烟，雁飛殘月天。藕絲秋色淺，人勝參差剪。雙鬢隔香紅，玉釵頭上風。

　　蕊黄無限當山額，宿妝隱笑紗窗隔。相見牡丹時，暫來還别離。翠釵金作股，釵上雙蝶舞。心事竟誰知，月明花滿枝。

　　翠翹金縷雙鸂鶒，水紋細起春池碧。池上海棠梨，雨晴紅滿枝。綉衫遮笑靨，烟草粘飛蝶。青瑣對芳菲，玉關音信稀。

　　杏花含露團香雪，綠楊陌上多離别。燈在月朧明，覺來聞曉鶯。玉鈎褰翠幕，妝淺舊眉薄。春夢正關情，鏡中蟬鬢輕。

　　玉樓明月長相憶，柳絲裊娜春無力。門外草萋萋，送君聞馬嘶。畫羅金翡翠，香燭銷成泪。花落子規啼，綠窗殘夢迷。

　　鳳凰相對盤金縷，牡丹一夜經微雨。明鏡照新妝，鬢輕雙臉長。畫樓相望久，欄外垂絲柳。意信不歸來，社前雙燕回。

　　牡丹花謝鶯聲歇，綠楊滿院中庭月。相憶夢難成，背窗燈半明。翠鈿金靨臉，寂寞香閨掩。人遠泪闌干，燕飛春又殘。

　　滿宫明月梨花白，故人萬里關山隔。金雁一雙飛，泪痕沾綉衣。小園芳草綠，家住越溪曲。楊柳色依依，燕歸君不歸。

寶函鈿雀金鸂鶒,沈香閣上吳山碧。楊柳又如絲,驛橋春雨時。畫樓音信斷,芳草江南岸。鸞鏡與花枝,此情誰得知。

南園滿地堆輕絮,愁聞一霎清明雨。雨後却斜陽,杏華零落香。無言勻睡臉,枕上屏山掩。時節欲黃昏,無憀獨倚門。

夜來皓月纔當午,重簾悄悄無人語。深處麝煙長,臥時留薄妝。當年還自惜,往事那堪憶。花落月明殘,錦衾如曉寒。

雨情夜合玲瓏日,芳枝香裊紅絲拂。閒夢憶金堂,滿庭萱草長。綉簾垂籙簌,眉黛遠山綠。春水渡溪橋,凭欄魂欲銷。

竹風輕動庭除冷,珠簾月上玲瓏影。山枕隱穠妝,綠檀金鳳凰。兩蛾愁黛淺,故國吳宮遠。春恨正關情,畫樓殘點聲。以上十四首《花間集》與《金奩集》并載。

玉纖彈處真珠落,流多暗濕鉛華薄。春露浥朝華,秋波浸晚霞。風流心上物,本為風流出。看取薄情人,羅衣無此痕。此首據《尊前集》補錄。

《更漏子》六首

柳絲長,春雨細,花外漏聲迢遞。驚塞雁,起城烏,畫屏金鷓鴣。香霧薄,透簾幕,惆悵謝家池閣。紅燭背,綉簾垂,夢長君不知。

星斗稀,鐘鼓歇,簾外曉鶯殘月。蘭露重,柳風斜,滿庭堆落花。虛閣上,倚欄望,還似去年惆悵。春欲暮,思無窮,舊歡如夢中。

金雀釵,紅粉面,花裏暫如相見。如我意,感君憐,此情須問天。香作穗,蠟成泪,還似兩人心意。山枕膩,錦衾寒,覺來更漏殘。

相見稀,相憶久,眉淺淡烟如柳。垂翠幕,結同心,待郎燻綉衾。城上月,白如雪,蟬鬢美人愁絕。宮樹暗,鵲橋橫,玉籤初報明。

背江樓,臨海月,城上角聲嗚咽。堤柳動,島烟昏,兩行征雁分。西陵路,歸帆渡,正是芳菲欲度。銀燭盡,玉繩低,一聲村落雞。

玉爐香，紅蠟泪，偏照畫堂秋思。眉黛薄，鬢雲殘，夜長衾枕寒。梧桐樹，三更雨，不道離情正苦。一葉葉，一聲聲，空階滴到明。

《歸國遙》二首

香玉，翠鳳寶釵垂簌簌。細筐交勝金粟，越羅春水淥。　　畫堂照簾殘燭。夢餘更漏促，謝娘無限心曲，曉屏山斷續。

雙臉，小鳳戰篦金颭艷。舞衣無力風斂，藕絲秋色染。　　錦帳绣幃斜掩，露珠清曉簟。粉心黃蕊花靨，黛眉山兩點。

《酒泉子》四首

花映柳條，吹向綠萍池上。凭欄干，窺細浪，雨蕭蕭。　　近來音信兩疏索，洞房空寂寞。掩銀屏，垂翠泊，度春宵。

日映紗窗，金鴨小屏山口。故鄉春，烟靄隔，背蘭缸。　　宿妝惆悵倚高閣，千里雲影薄。草初齊，花又落，燕雙雙。

楚女不歸，樓枕小河春水。月孤明，風又起，杏花稀。　　玉釵斜篸雲鬟髻，裙上金縷鳳。八行書，千里夢，雁南飛。

羅帶惹香，猶繫別時紅豆。泪痕新，金縷舊，斷離腸。　　一雙嬌燕語雕梁，還是去年時節。綠陰濃，芳草歇，柳花狂。

《定西番》三首

漢使昔年離別，攀弱柳，折寒梅，上高臺。　　千里玉關春雪，雁來人不來。羌笛一聲愁絕，月徘徊。

海鷰欲飛調羽，萱草綠，杏花紅，隔簾櫳。　　雙鬢翠霞金縷，一枝春艷濃。樓上月明三五，鎖窗中。

細雨曉鶯春晚，人似玉，柳如眉，正相思。　　羅幕翠簾初捲，鏡中花一枝。腸斷塞門消息，雁來稀。

《楊柳枝》八首

宜春苑外最長條，閒裊春風伴舞腰。正是玉人腸斷處，一渠春水赤欄橋。

南內墻東御路傍，須知春色柳絲黃。杏花未肯無情思，何事行人最斷腸。

蘇小門前柳萬條，毿毿金綫拂平橋。黃鶯不語東風起，深閉朱門伴舞腰。

金縷毿毿碧瓦溝，六宮眉黛惹春愁。晚來更帶龍池雨，半拂闌干半入樓。

館娃宮外鄳城西，遠映征帆近拂堤。繫得王孫歸意切，不同春草綠萋萋。

兩兩黃鸝色似金，裊枝啼露動芳音。春來幸自長如綫，可惜牽纏蕩子心。

御柳如絲映九重，鳳凰窗映綉芙蓉。景陽樓畔千條路，一面新妝待曉風。

織錦機邊鶯語頻，停梭垂泪憶征人。塞門三月猶蕭索，縱有垂楊未覺春。

《南歌子》七首

手裏金鸚鵡，胸前綉鳳凰。偷眼暗形相，不如從嫁與，作鴛鴦。

似帶如絲柳，團蘇握雪花。簾捲玉鈎斜，九衢塵欲暮，逐香車。

鬢墮低梳髻，連娟細掃眉。終日兩相思，為君憔悴盡，百花時。

臉上金霞細，眉間翠鈿深。欹枕覆鴛衾，隔簾鶯百囀，感君心。

撲蕊添黃子，呵花滿翠鬟。鴛枕映屏山，月明三五夜，對芳顏。

轉盼如波眼，娉婷似柳腰。花裏暗相招，憶君腸欲斷，恨春宵。

懒拂鴛鴦枕，休縫翡翠裙。羅帳罷爐燻，近來心更切，爲思君。

《河瀆神》三首

河上望叢祠，廟前春雨來時。楚山無限鳥飛遲，蘭棹空傷別離。何處杜鵑啼不歇，艷紅開盡如血。蟬鬢美人愁絕，百花芳草佳節。

孤廟對寒潮，西陵風雨蕭蕭。謝娘惆悵倚欄橈，泪流玉筯①千條。暮天愁聽思歸落，早梅香滿山郭。回首兩情蕭索，離魂何處飄泊。

銅鼓賽神來，滿庭幡蓋徘徊。水村江浦過風雷，楚山如畫烟開。離別櫓聲空蕭索，玉容惆悵妝薄。青麥燕飛落落，捲簾愁對珠閣。

《女冠子》二首

含嬌含笑，宿翠殘紅窈窕，鬢如蟬。寒玉簪秋水，輕紗捲碧烟。雪胸鸞鏡裏，琪樹鳳樓前。寄語青娥伴，早求仙。

霞帔雲髮。鈿鏡仙容似雪，畫愁眉。遮語回輕扇，含羞下綉幃。玉樓相望久，花洞恨來遲。早晚乘鸞去，莫相遺。《金奩集》作"違"。

《玉蝴蝶》一首

秋風淒切傷離，行客未歸時。塞外草先衰，江南雁到遲。芙蓉凋嫩臉，楊柳墮新眉。搖落使人悲，斷腸誰得知。

《清平樂》二首

上陽春晚，宮女愁蛾淺。新歲清平思同輦，爭那長安路遠。鳳帳鴛被徒燻，寂寞花鎖千門。竟把黃金買賦，爲妾將上明君。

洛陽愁絕，楊柳花飄雪。終日行人恣攀折，橋下水流嗚咽。上馬爭勸離觴，南浦鶯聲斷腸。愁煞平原年少，回首揮泪千行。

---

① 箸的异体字。

《遐方怨》二首

憑綉檻，解羅幃，未得君書，斷腸瀟湘春雁飛。不知征馬幾時歸，海棠花謝也，雨霏霏。

花半坼，雨初晴。未捲珠簾，夢殘惆悵聞曉鶯。宿妝眉淺粉山橫，約鬟鸞鏡裏，綉羅輕。

《訴衷情》一首

鶯語花舞春晝午，雨霏微。金帶枕，宮錦鳳凰帷。柳弱蝶交飛。依依，遼陽音信稀，夢中歸。

《思帝鄉》一首

花花滿枝紅似霞，羅袖畫簾，腸斷卓香車。回面共人閒語，戰篦金鳳斜。唯有阮郎，春盡不歸家。

《夢江南》二首

千萬恨，恨極在天涯。山月不知心裏事，水風空落眼前花。搖曳碧雲斜。

梳洗罷，獨倚望江樓。過盡千帆皆不是，斜暉脉脉水悠悠。腸斷白蘋洲。

《河傳》三首

江畔相喚曉妝仙，仙景個女采蓮。請君莫向那岸邊，少年，好花新滿舡。　紅袖搖曳逐風暖，垂玉腕，腸向柳絲斷。浦南歸，浦北歸，莫知，晚來人已稀。

湖上閒望雨蕭蕭，烟浦花橋路遙。謝娘翠蛾愁不銷，終朝，夢魂迷晚潮。　蕩子天涯歸棹遠，春已晚，鶯語空腸斷。若耶溪，溪水西，柳堤，不聞郎馬嘶。

同伴相喚杏花稀，夢裏每愁依違。仙客一去燕已飛，不歸，泪痕空滿衣。　　天際雲鳥引晴遠，春已晚，烟靄渡南苑。雪梅香，柳帶長，小娘，轉令人意傷。

《蕃女怨》二首

萬枝香雪開已遍，細雨雙鸂。鈿蟬箏，金雀扇，畫梁相見。雁門消息不歸來，又飛回。

磧南沙上驚雁起，飛雪千里。玉連環，金鏃箭，年年征戰。畫樓離恨錦屏空，杏花紅。

《荷葉杯》三首

一點露珠凝冷，波影。滿池塘，綠莖紅艷兩相亂，腸斷。水風涼。

鏡水夜來秋月，如雪。采蓮時，小娘紅粉對寒浪，惆悵。正思想。

楚女欲歸南浦，朝雨。濕愁紅，小船搖漾入花裏，波起。隔西風。
以上據《花間集》，以《金奩集》校過。

温飛卿詞見於《花間》者，六十六首。朱彊邨校刊《金奩集》，得詞一百四十七闋，謂是明代海虞吳訥所編《四朝名賢》之一。嘗以《全唐詩》校勘，中雜韋莊、張泌、歐陽炯所作甚多。温詞只六十三首，疑《金奩》爲彙錄四人詞集，非飛卿之《金荃》。予既據《花間》《金奩》，復益以《尊前》所載，共六十七首。此殆最可信之温庭筠詞集矣。

三　集評

總評

宋孫光憲《北夢瑣言》："詞有《金荃集》，蓋取其香而軟也。"

宋楊湜《古今詞話》："趙崇祚《花間集》載溫飛卿《菩薩蠻》甚多，合之呂鵬《尊前集》，不下二十闋。"

宋張炎《詞源》："詞之難於令曲，如詩之難於絕句，不過十數句，一句一字閒不得。末句最當留意，有有餘不盡之意，始佳。當以唐《花間集》中韋莊、溫飛卿爲則。"

宋黃昇《唐宋諸賢絕妙詞選》"溫庭筠"下云："詞極流麗，宜爲《花間》之冠。"

明王世貞《詞評》："溫韋艷而促，黃九精而刻，長公麗而壯，幼安變而奇，又其次也。詞之變體也。"

清張惠言《〈詞選〉序》："自唐之詞人，李白爲首……而溫庭筠最高，其言深美閎約……"

清周濟《論詞雜著》："詞有高下之別，有輕重之別。飛卿下語鎮紙，端己揭響入雲，可謂極兩者之能事。"

又："皋文曰：飛卿之詞，深美閎約。信然！飛卿醖釀最深，故其言不怒不懾，備剛柔之氣、針縷之密。南宋人始露痕迹。《花間》極有渾厚氣象，如飛卿則神理超越，不復可以迹象求矣。然細繹之，正字字有脉絡。"

又："王嬙、西施，天下美婦人也。嚴妝佳，淡妝亦佳；粗服亂頭，不掩國色。飛卿，嚴妝也。端己，淡妝也。後主則粗服亂頭矣。"

清王士稹①《花草蒙拾》："弇州謂蘇、黃、稼軒爲詞主變體，是也。

---

① 編者按："稹"當爲"禛"。

謂温韋爲詞之變體，非也。夫温韋視晏李秦周，譬賦有高唐神女，而後有《長門》《洛神》，詩有《古詩》《録別》，而後有建安、黄初、三唐也。謂之正始則可，謂之體變則不可。"

又："'蟬鬢美人愁絶'，果是妙語。飛卿《更漏子》《河瀆神》，凡兩見之，李空同所謂'自家物終久還來'耶？"

清劉熙載《藝概》："温飛卿詞精妙絶人，然類不出綺怨。"又曰："詞當合其人之境地以觀之。"

清陳廷焯《白雨齋詞話》："張氏《詞選》，可稱精當。識見之超，有過於竹垞十倍者。古今選本，以此爲最。……小疵不能盡免，於詞中大段，却有體會。温、韋宗風，一燈不滅，賴有此耳。"

又："飛卿詞全祖《離騷》，所以獨絶千古。《菩薩蠻》《更漏子》諸闋，已臻絶詣，後來無能爲繼。"

又："所謂沈鬱者，意在筆先，神餘言外。寫怨夫、思婦之懷，寓孽子、孤臣之感。凡交情之冷淡、身世之飄零，皆可於一草一木發之。而發之又必若隱若現，欲露不露，反復纏綿。終不許一語道破。匪獨體格之高，亦見性情之厚。飛卿詞，如'懶起畫蛾眉，弄妝梳洗遲'，無限傷心，溢於言表。又'春夢正關情，鏡中蟬鬢輕'，淒涼哀怨，真有欲言難言之苦。又'花落子規啼，綠窗殘夢迷'，又'鸞鏡與花枝，此情誰得知'，皆含深意。此種詞第自寫性情，不求勝人，已成絶響。後人刻意增奇，愈趨愈下。安得一二豪杰之士，與之挽回風氣哉。"

又："唐代詞人，自以飛卿爲冠。"以上《詞話》卷一。

又："飛卿短古，深得屈子之妙，詞亦從楚騷來。所以獨絶千古，難乎爲繼。"《詞話》卷五。

又："千古得《騷》之妙者，惟陳王之詩、飛卿之詞，爲能得其神，不襲其貌。"

又："自温、韋以迄玉田。詞之正也，亦詞之古也。"

又："飛卿詞大半托詞房帷，極其婉雅，而規模自覺宏遠。周、秦、蘇、辛、姜、史輩，雖姿態百變，亦不能越其範圍。本源所在，不容以形迹勝也。"以上《詞話》卷七。

清黄叔暘《唐宋諸賢絶妙詞選》云："飛卿詞極流麗，宜爲《花間集》之冠。"與黄昇條複。

清吳衡照《蓮子居詞話》："飛卿《菩薩蠻》二十首，以《全唐詩》校之。逸其四之一，未省《金荃詞》所載何如也。長沙顧氏嗣立言所見宋板《金荃集》八卷，末《金荃詞》一卷。而其刻飛卿詩，則不及詩餘，益集外詩似傳合宋本卷數，致使零篇剩句，幾與《乾饌子》同不傳，亦可惜也。"

又："飛卿《菩薩蠻》云：'江上柳如烟，雁飛殘月天。'《更漏子》云：'銀燭背，繡簾垂，夢長君不知。'《酒泉子》云：'月孤明，風又起，杏花稀。'作小令不似此著色取致，便覺寡味。"

清謝章鋌《賭棋山莊詞話》："太白如姑射仙人，溫尉是王謝子弟。溫尉詞當看其清真，不當看其繁縟。胡元任謂庭筠工於造語，極為奇麗。然如《菩薩蠻》案此當作《更漏子》調云：'梧桐樹，三更雨。'語彌淡，情彌苦，非奇麗為佳者矣。"

又："設色，詞家所不廢也。今試取溫尉與夢窗較之，便知仙凡之別矣。蓋所爭在風骨，在神韻。溫尉生香活色，夢窗所謂'七寶樓臺，折碎不成片段'，又其甚者，則浮艷耳。……須知檀欒金碧，娜婀蓬萊，未必便低便俗於寶函鈿雀。畫屏鷓鴣，亦視驅遣者，造詣如何耳。"

近人王國維《人間詞話》："張皋文謂飛卿之詞深美閎約。余謂此四字，唯馮正中足以當之。劉融齋謂飛卿詞精妙絕人，差近之耳。"

分評

宋陸游《〈金奩集〉跋》："飛卿《南鄉子》諸闋，語意工妙。可追配劉夢得《竹枝》，信一時杰作也。"按，陸氏所跋《南鄉子》，乃歐陽炯作，并非溫詞也。

明湯顯祖評《菩薩蠻》云："芟《花間》者，額以溫飛卿《菩薩蠻》十四首，而李翰林一首如詞家鼻祖，以生不同時，不得劚入，今讀之，李如藐姑仙子，已脫盡人間烟火氣。溫如芙蓉浴碧，楊柳浥青，意中之意，言外之言，無巧不雋而妙入。珠璧相耀，正自不妨。"

清張惠言《詞選》〈為〉《菩薩蠻》第一首"小山重叠金明滅"〈作〉評："此感士不遇也。篇法仿佛《長門賦》，而用節節逆敘。此章從夢曉後領起。'懶起'二字，含後文情事。'照花'四句，《離騷》初服之意。"

第二首"水精簾裏頗黎枕",評:"'夢'字提。'江上'以下,略叙夢境,'人勝參差','玉釵香隔',言夢亦不得到也。'江上柳如烟'是關絡。"

第三首"蕊黄無限當山額",評:"提起。以下三章,本入夢之情。"

第五首"杏花含露團香雪",評:"結。"

第六首"玉樓明月長相憶",評:"'玉樓明月長相憶',又提。柳絲裊娜送君之時,故'江上柳如烟',夢中情景亦爾。七章蘭外無〈垂〉絲柳,八章緑楊滿院,九章楊柳色依依,十章楊柳又如絲,皆本此柳絲裊娜言之,明相憶之久也。"

第八首"牡丹花謝鶯聲歇",評:"'相憶夢難成',正是殘夢迷情事。"

第十首"寶函鈿雀金鸂鶒",評:"'鸞鏡'二句結,與'心事竟誰知'① 相應。"

第十一首"南園滿地堆輕絮",評:"此下乃叙夢,此章言黄昏。"

第十二首"夜來皓月纔當午",評:"此自卧時至曉,所謂'相憶夢難成'也。"

第十三首"雨晴夜合玲瓏日",評:"此章正寫夢、垂簾、凭闌,皆夢中情事,正應'人勝參差'三句。"

第十四首"竹風輕動夜除冷",評:"此言夢醒,'春恨正關情'。與五章'春夢正關情'相對,雙鎖。青瑣金堂,故國吴宫,略露寓意。"

《更漏子》第一首,評:"此三首亦《菩薩蠻》之意。'驚塞雁'三句,言歡戚不同,興下'夢長君不知'也。"

第二首,評:"'蘭露重'三句,與'塞雁城烏'義同。"

《詞辨》評《菩薩蠻》曰:"以士不遇賦讀之最確。又評前第一首'懶起畫蛾眉'句曰:'起步。'前第二首'江上柳烟如'句,曰:'觸起。'前第六首起句曰:'提。'又'花落子規啼'句曰:'小歇。'前第十首起句曰:'追叙。'又'畫樓音信斷'句曰:'指點今情。'又'鸞鏡與花枝'句曰:'頓。'第十一首'雨後却斜陽'句曰:'餘韵。'又末句曰:'收束。'"

---

① 原句爲"此情誰得知",此處誤。

又評前《更漏子》第三首後闋曰："似直下語，正從夜長逗出，亦書家無垂不縮之法。"

又評《南歌子》"手裏金鸚鵡"一首，曰："盡頭語，單調中重筆，五代後絕響。"

"似帶如絲柳"一首，曰："源出古樂府。"

"鬢墮低梳髻"一首，曰："'百花時'三字，加倍法，亦重筆也。"

又評《夢江南》"梳洗罷"一首，曰："猶是盛唐絕句。"

《白雨齋詞話》："飛卿《更漏子》三章，自是絕唱，而後人獨賞其末章'梧桐樹'數語。胡元任云：庭筠工於造語，極爲奇麗，此詞尤佳，即指'梧桐樹'數語也。不知'梧桐樹'數語，用筆較快，而意味無上二章之厚。胡氏不知詞，故以奇麗目飛卿。且以此章爲飛卿之冠，淺視飛卿者也。後人從而知之，何耶？"

又：飛卿《更漏子》首章云："驚塞雁，起城烏，畫屏金鷓鴣。"此言苦者自苦、樂者自樂。次章云："蘭露重，柳風斜，滿庭堆落花。"此言盛者自盛、衰者自衰，亦即上章苦樂之意。顛倒言出，純是風人章法。特改換面目，人自不覺耳。

又：飛卿《菩薩蠻》十四章，全是變化楚騷，古今之極軌也。徒賞其芊麗，誤矣。

又："江上柳如烟，雁飛殘月天"，飛卿佳句也。好在夢中情况，便覺綿邈無際。若空寫兩句景物，意味便減，悟此方許爲詞，不則即全氏所謂"雅而不艷，有句無章"者矣。

清鄭文焯評《楊柳枝》云："宋人詩好處，便是唐詞。然飛卿《楊柳枝》八首，然爲宋詩中振絕之境，蘇、黃不能到也。唐人以餘力爲詞，而骨氣奇高，文藻溫麗，有宋一代學人，專志於此，駸駸入古，畢竟不能脫唐五代之窠臼，其道亦難矣。"

四　餘論

　　金應珪曰："近世爲詞。厥有三蔽。——淫詞其蔽一也。——鄙詞其蔽二也。——游詞其蔽三也。"謝章鋌謂："一蔽是學周、柳之末派也，二蔽是學蘇、辛之末派也，三蔽是學姜、史之末派也。皋文《詞選》，誠是救此三蔽。其大旨在於有寄托，能蘊藉，是固倚聲家之金針也。雖然，詞本於詩，當知比興，固已。究之《尊前》《花外》，豈無即境之篇，必欲深求，殆將穿鑿。夫杜少陵非不忠愛，今抱其全詩，無字不附會以時事。將'漫興''遣興'諸作，而皆謂其有深文，是溫柔敦厚之教，而以刻薄譏諷行之。彼烏臺詩案又何怪其鍛煉周内哉。即如東坡之《乳燕飛》、稼軒之《祝英臺近》皆有本事，見於宋人之記載。今竟一概抹殺之，而謂我能以意逆志。是謂'刺時'，是謂'嘆世'。是何異讀詩者盡去《小序》，獨創新說，而自謂能得古人之心。恐古人可起，未必任受也。前人記載不可信，而我之懸揣遂足信乎。故皋文之說不可弃，亦不可泥也。"見《賭棋山莊詞話》。

　　良以溫飛卿詞自經皋文評注，詞壇益崇之。謝氏恐人之篤信皋文以治溫詞也，故有"不弃不泥"之説，嗜此者不可不知焉。劉熙載嘗云："詞當合其人之境地以觀之。"予以爲以境地直探原作爲先，憑藉注家之説則迂矣。是亦究心溫詞必用得著之語也。

　　雖然飛卿之名以皋文而益彰，皋文亦未嘗不托飛卿於風騷——以立門户，近世所稱"常州詞派"者是也。而仙源詞客《詞林玉屑》痛詆皋文，持論針鋒相對，以可相互見義，附錄於此。其言曰："詞有寄托，張皋文最主其説。每讀，必附會之於君臣朝野。沈際飛輩亦持其説。南宋諸賢，傷時不遇。以荆棘喻小人，芳草擬君子，固自有之。若小山之承平公子，怡情酒色，山谷稱之爲狹斜之大雅、豪士之鼓吹，而有箋其《玉樓春》'秋千院落重簾暮'一闋者曰：'叔原嘗言其先公不作婦人語，則叔原又不肯爲狹邪之事，或有所寄托耳。'則刻舟求劍之說，不足憑也。要之，填詞有心緒則引心緒，無心緒則以寄情。不必有，亦不必無。後之立說者，不可強而論定也。"又曰："詞中言情，多托芳草美人，寄興所及，感慨繫之。諧婉之音，不得不出以香澤之事，《離騷》實導其源，張皋文尤主其說。沈際飛輩至一一爲之箋訓。斜陽，亡國也。荊棘，小人也。實則能悟所以爲情者，但是妙語，何必定爲美人君國，下一轉語，轉滋蛇足之譏矣。明眼人自能辨之。"其說較張氏短長，吾亦不爲斷，斯世自有明眼人也。此皆討論治詞之術，雖無涉溫詞，而溫詞之影響，於茲可見焉。請先述所謂"常州詞派"者。蓋清初詞家，有陳其年、朱竹垞兩宗。陳、朱之前，多師北宋，風行歐、晏，短制爲工。而其年祖辛稼軒多爲長調，措語每流於豪放，所詣失之粗。而竹垞別追姜白石、張玉田，以精細見長。二者對抗，各逞其鋒。然或野或弱，舉無以自振。於是皋文溯《花間》，標溫飛卿，附風騷，托比興以探源自詡，以持正召人，乃有"常州派"之稱。《詞選序》云："放者爲或跌蕩靡麗，雜以猖狂俳優。""跌蕩靡麗"謂竹垞，"猖狂俳優"謂其年，此常州派之所以別於朱、陳而起也。又曰："溫庭筠最高，其言深美閎約。"所以標飛卿也。又曰："蓋詩之比興、變風之義、騷人之歌，則近之矣。"所以附風騷也。又曰："其緣情造端，興于微言，以相感動，極命風騷里巷、男女哀樂，以道賢人君子。幽約怨誹，不能自言之情，低回要渺，以喻其致。"此常州之托比興也。夫風騷固爲吾國自來韵文之極軌，比興又〈爲〉風騷唯一之要義。其曰"詞必合風騷之體，用比興之法。不然，蕩而不反，傲而不理，枝而不物"，斯常州派之探源與持正也。

徐珂嘗述常州派曰："皋文翰風所輯《宛陵詞選》，雖町畦未闢，而奧窔已開。蓋以深美閎約爲旨，而倚聲之學，至是始日趨正鵠。其意在尊清真而薄姜張，視蘇辛猶爲小家。貴能以氣相承接，通首如歌行然。又須有轉無竭，全用縮筆包舉時事。嘉慶以來名家，大抵如此而出。其友人惲子居、錢季重、丁若士、左仲甫、李申耆、黃仲則、鄭善長、弟子金子彦、金朗甫，亦皆不愧一時作家。董晉卿，皋文翰風之甥也。學於舅氏，造微踵美，爲其後勁。以爲詞者意內而言外，變風騷人之遺。周止庵爲嘉道間人，納交於晉卿，遂受法焉。已而造詣日以异，論說亦互相長短。晉卿初好玉田。止庵曰：'玉田意盡於言，不足好。'止庵不喜清真，而晉卿推其沈著拗怒，比之少陵。抵牾者一年，晉卿益厭玉田，而止庵遂篤好清真。止庵又以少游多庸格，爲淺鈍者所易托，白石疏放，醖釀不深，而晋卿深詆竹山粗鄙。抵牾者又一年，止庵始薄竹山，然終不好少游也。止庵之於晋卿，切磋既久，於是益窮正變，持論尤精。所謂'慎重而後出之，騁騁而變化之。胸襟醖釀，乃有所寄'，誠扼要之論，不易之言也。止庵又嘗曰：'近人頗知北宋之妙，然終不免有姜、張二字，橫亘胸中。豈知姜、張在南宋，亦非巨擘乎？論詞之人叔夏晚出，既與碧由同時，又與夢窗迥别。是以過尊白石，但主清空。後人不能細研詞中曲折深淺之故，群聚而和之，并爲一談，亦固其所也。'其論白石者有七：一曰北宋詞多就景叙情，故珠圓玉潤，四照玲瓏。至稼軒、白石，一變而爲即事做景，使深者反淺，曲者反直。吾十來服膺白石，而以稼軒爲外道。由今思之，可謂瞽人捫籥也。稼軒鬱勃，故情深。白石放曠，故情淺。稼軒縱橫，故才大。白石局促，故才小。惟《暗香》《疏影》二詞，寄意題外，包蘊無窮，可與稼軒伯仲。餘俱據事直書，不過手意近辣耳。二曰白石脱胎稼軒，變雄健爲清剛，變馳驟爲疏宕。蓋二公皆極熱中，故氣味吻合。辛寬姜窄，寬故容蔵，窄故鬥硬。三曰白石號爲宗工，然亦有俗濫處（《揚州慢》'淮左名都，竹西佳處'）、寒酸處（《法曲獻仙音》'象筆鸞箋，甚而今不道秀句'）、補凑處（《齊大樂》'邠〔豳〕詩漫與，笑籬落呼燈，世間兒女'）、敷衍處（《淒凉犯》'追念西湖'上半闋）、支處（《湘月》'舊家樂事誰省'）、復處（《二萼紅》'翠滕共間穿徑竹，記曾共西樓雅集'）。四曰白石詞如明七子詩，看如高格響調，不耐人細思。五曰白石以詩法入詞，門徑淺狹。如孫過庭書，但便後人模仿。六曰白石好爲小序。序即是詞，詞仍是序，反覆再觀如同嚼蠟。詞序作詞緣起，以此意詞中未備也。今人論院本，尚知曲白相生，不許複沓。而津津於白石一序，一何可笑。七曰白石小序甚可觀，苦與詞復。若序其緣起，不犯詞境，斯爲兩美。其論玉田者有五：一曰玉田近人所最尊奉，才情詣力，亦不後諸人。終覺積穀作米，把纜放船，無開闊手段。然其清絶處，自不易到。二曰玉田詞佳者匹敵聖與，往往有似是而非者，不可不知。三曰叔夏所以不及前人者，只在字句上著工夫，不肯換意。若其用意佳者，即字字珠輝玉映，不可指摘。近人喜學玉田，亦爲修飾字句易，換意難。四曰玉田才本不高，專恃磨礱雕琢，裝頭作脚，處處妥當，後人翕然宗之。然如《南浦》之賦春水，《疏影》之賦梅影，逐韵凑成，毫無脉絡，而户誦不已，真耳食也。五曰筆以行意也，不行須換筆，換筆不行，便須換意，玉田惟換筆，不換意。"

止庵持論之异於皋文者，爲推挹夢窗，謂其立意高，取徑遠，非餘子所及。皋文不取夢窗，則爲碧山所限耳。止庵見地至高，其論詞有獨到處，嘗曰："學詞先以用心爲主。遇一事，見一物，即能沈思獨往，冥然終日，出手自然不平。次則講片段，次則講離合，有片段而無離合一覽索然矣。次則講色澤音節。"又曰："感慨所寄，不過盛衰。或綢繆未雨，或太息厝薪，或已溺已饑，或獨清獨醒。隨其人之性情學問境地，莫不有由衷之言。見事多，識理透，可爲後人論世之資。詩有史，詞亦有史，庶乎自樹一幟矣。若乃離別懷思，感士不遇，陳陳相因，唾瀋互拾，便思高揖溫韋，不亦耻乎？"又曰："初學詞求空，空則靈氣往來。既成格調求實，實則精力彌滿。初學詞求有寄托，有寄托則表裏相宜，斐然成章。既成格調求無寄托，無寄托則指事類情，仁者見仁，知者見知。北宋詞下者在南宋下，以其不能空，且不知寄托也。高者在南宋上，以其能實，且能無寄托也。南宋則下不犯北宋拙率之病，高不到北宋渾涵之詣。"又曰："詞非寄托不入，專寄托不出。一物一事，引而伸之，觸類多通，驅心若游絲之羅飛英，含毫如郢斤之斫蠅翼。以無厚入有間，既習已，意感偶生，假類畢達，閱載千百，譬欬勿違，斯入矣。賦情獨深，逐境必寤，醞釀日久，冥發妄中；雖鋪叙平淡，摹繪淺近，而萬感橫集，五中無主；讀其篇者，臨淵窺魚，意爲魴鯉，中宵驚電，罔識東西，赤子隨母笑啼，鄉人緣劇喜怒，抑可謂能出矣。余所望於世之爲詞人者蓋如此。"

吾友任二北曰："揆周氏之旨，謂能入而不能出，猶覺詞境逼仄，詞法拘牽，必也緣情屬語，而能如風行空，來去無迹，而後爲勝。蓋深覺皋文之一味比興，乃局局不伸。於意則因莊而僞，尊之適所以卑之；於辭則因深而屈，進之反所以退之耳。周氏之論實辟皋文也而不甚顯其義之所長，遂亦未能彰明。崇之者，維有純甫、復堂諸人，而皆未曾深說周氏之心。顧皋文風騷比興之說，二百年來震俗耳而有餘，駭庸情爲已甚。於是無聊之詞人，知有常州派而并不知有變常州派也。但從其業者，有時實覺枯燥難安，乃私融西陵之華茂，有時又以天真未泯，乃別抒通脫之篇章。雖皆不敢明白抗之，要亦有誠篤守之者，惟丹徒陳氏亦峰，頗與皋文臭味相合，不同尋常之附和焉。陳氏之說以沈鬱爲歸，是仍在周氏所謂專入而不能出之弊中，更不必爲多辨。顧陳氏之論皋文《詞選》也，則曰：王元澤《眼兒媚》、歐陽公、李知幾《臨江仙》公然列入，令人不解。再則曰：東坡《洞仙歌》所感不同，而依傍前人，《詞選》必推爲杰構，亦不可解。三則曰：以夢窗爲變調，擯之不錄，所見亦左。凡此异辭，是比興之見，仁者謂仁，智者謂智，而後有之耶。抑此派之説，本不免於糢糊影響，故雖同派者，亦難一其致耶？夫詞專於宋，亦精於宋，宋人之論詞者，不聞其硜硜於風騷，曉曉於比興者，何耶？南宋遺臣，愴懷故國，多欲言不敢之言，而後詞盛寄托，但北宋則此類鮮見也。豈北宋詞之非詞耶？必謂詞至南宋之有寄托者，方爲雅正宏大，然則詞之爲物，非亡國之音、亂世之感，即不得雅正，不得宏大矣。斯語也，又豈若輩之所甘服耶？溯源温、韋者，亦即附會温、韋之詞，以爲悉祖《離騷》。試問飛卿、端己之生平，果曾遭際何種奇冤極禍，一如屈大夫者耶？抑言之可以造於境遇之外，而情之可以真於摹擬之中耶？凡此諸問如决，而後常州詞派之宜張、宜周者，亦既决矣。"

亂曰：嗚呼！自常州有主風騷托比興之説，於是風騷比興之義亡矣。自以風騷比興論温飛卿詞，於是温飛卿詞有所蔽矣。文章性情，每囿於門户之見，卒不能使真相彰著者，比比如是也。又豈特常州派之於温飛卿爲然耶？余編校温詞既竟，爲論之如此。丁卯冬月，飲虹書於海上水龍樓。

盧前論詞文札輯錄

盧前詞學文集

南唐二主詞箋補正

無錫　劉繼增　校箋
江寧　盧　前　補正

《南唐二主詞》，自來版本可數者有六種。

一、鈔本，汲古閣舊鈔本。

二、呂本，明萬曆四十八年春，常熟呂遠所刻。共列詞四十首，中主四首，後主三十六首，編次與鈔本同，惟據楊慎《詞林萬選》增《搗練子》一首。

三、侯本，無錫侯文燦刻《名家詞》十種之一，刻於清康熙二十八年。距呂本已六十有年，編次首數，與鈔本同。

四、金本，清季江陰金氏粟香室叢書內所刻，全用侯本。

五、王本，清宣統間沈氏晨風閣叢書內所刻，與鈔本同。

六、劉本，劉氏校箋仍用呂本，復增補七首，共四十三首①，原書刻成未印，今所流傳者無錫圖書館印活字本，即此補正本所據也。

此外如《欽定詞譜》引二主詞原本調名，與呂本等不同，所謂原本，疑另一古本。又，明陳耀文《花草粹論②》及清《全唐詩》、《歷代詩餘》，不用呂本、侯本，其間篇章字句歧异，恐當時所據，或亦各有他種古本專集，未經發見，不敢必也。

呂刻本原有詞三十五首③，其中有來歷者十七首，無來歷者十八首。

●見于《尊前集》者三首

《虞美人》（"春花秋月"一首）原注《尊前集》共八首，後主煜重光詞也。

《蝶戀花》原注："見《尊前集》，《本事曲》以爲山東李冠作。"

---

① 應爲四十七首。
② "論"當爲"編"。
③ 呂刻本，應即呂本；三十五首与前說四十首异。

《後山詩話》云："王介甫謂'雲破月來花弄影'，不如李冠'朦朧淡月雲來去'。"

《菩薩蠻》（"花明月暗"一首）原注："見《尊前集》，杜壽域亦有此篇，而文少異。"

● 見于《蘭畹曲會》者一首

《搗練子令》原注"出《蘭畹曲會》"，蓋本諸《花草粹編》也。

● 見于《西清詩話》者一首

《浣溪紗》（"紅日已高"一首）原注："此詞見《西清詩話》。"

● 鈔自墨迹者九首

《阮郎歸》原本及《粹編》于詞後有一行云："後有隸書東宮內府印，而調名下此首，又獨有題目，'呈鄭王'云云，亦是原稿口氣，應爲鈔自墨迹者，此首亦見《陽春集》及《六一詞》。"

《采桑子》（"轆轤金井"一首）原注："二詞墨迹在王季宮判院家。"

二詞指此調與下《虞美人》。

《虞美人》（"風回小院"一首）。

《謝新恩》六首原注："以下六詞，墨迹在孟郡王家。"

● 得諸傳聞者三首

《浪淘沙》（"往事只堪哀"一首）原注："傳自池州夏氏。"

《玉樓春》原注："已下二詞，傳自曹公（王本作功）顯節度家，云墨迹舊在京師梁門外李王寺一老居士（王本作尼）處，故敝難讀。"

《子夜歌》（"尋春須是"一首）

吕劉所補八首，亦各有來歷。

《搗練子》原注"出升庵《詞林萬選》"，此一首吕氏補，以下劉氏所補。案：今本《詞品》載此調爲《深院靜》一首，不載此首。

《相見歡》原注："見《花庵詞選》，後主作。"

《長相思》原注："見《草堂詩餘》，後主作。"按明陳鍾秀本《草堂詩餘》（清王半塘四印齋有翻刻），又歸宋鄧肅作，不知何據。

《更漏子》原注："見《尊前集》，後主作。"

《漁父二首》原注："見《古今詩話》，張文懿家有《春江釣叟圖》，上有李後主《漁父詞》二首。"

《浣溪紗》原注："見《歷代詩餘》，後主作。"按此首始見於《全唐詩》。

《楊柳枝》原注："見《歷代詩餘》，後主作。"

惟四十四首詞中，互見別家者，有九首。

《更漏子》二，《花間集》《金奩集》皆屬溫庭筠，第二首一見馮延巳《陽春集》。

《蝶戀花》宋楊元素《本事曲》屬李冠。

《長相思》（"雲一緺"一首）呂本原注云："曾端伯《樂府雅詞》以爲孫霄（又作肖）之作，非也。"調名下注："一作李後主詞。"

《搗練子令》劉本注："《詞譜》注此詞爲馮延巳作，今案《陽春集》無此詞，未知何據"。

《菩薩蠻》（"花明月暗"一首）互見杜安世《壽域詞》，但《南唐書》有明文實事，屬後主作。

《阮郎歸》劉本箋注云："案此詞又見歐陽《六一詞》（中略），又見馮延巳《陽春集》，又《蘭畹集》爲晏殊作，今考本書，有題有印，當從《草堂詩餘》，作後主爲確。"

《相見歡》（"無言獨上"一首），《花草粹編》據《古今詞話》屬蜀主泉，但《粹編》別本仍屬後主。

《長相思》（"一重山"一首），陳鍾秀本《草堂詩餘》屬鄧肅，查《拼欄詞》，《長相思令》此一首後，尚有一首疑鄧氏仿後主體作，遂并錄集中，非皆鄧氏作也。

《浣溪紗》（"轉燭飄蓬"一首），馮延巳《陽春集》亦載之。

全詞計調名二十有六種，其中有異名同調者，有同名異調者，有同名異體者，核實則爲調僅二十有一，後主所首創者五焉。

一　异名同調者五

《搗練子令》即《搗練子》，《望江梅》即《望江南》，《子夜歌》即《菩薩蠻》，《謝新恩》即《臨江仙》，《浪淘沙令》即《浪淘沙》。

二　同名异調者一

《烏夜啼》"昨夜風兼雨"一首爲本調，"林花謝了春紅"一首即《相見歡》)。

三　同名异體者二

《浣溪紗》"紅日已高三丈透"一首仄韻，"轉燭飄蓬一夢歸"一首平韻。《謝新恩》"秦樓不見吹簫女"一首、"庭空客散人歸後"一首，同《臨江仙》，餘四首句法參差之間，或有別體存焉。

四　後主創調者五

《烏夜啼》，《欽定詞譜》云："（上略）其實始于南唐李煜，本名《烏夜啼》也。"

《一斛珠》，此調南唐無第二首，雖用唐樂府新聲之名，調爲後主所創。

《搗練子》，明楊慎《詞品》云："詞名《搗練子》即咏搗練，乃唐詞本體也。"調名與詞關合，爲後主所創。

《浪淘沙》，《欽定詞譜》云："唐人《浪淘沙》本七言斷句，至南詞李煜，始製兩段令詞，雖每段尚存七言詩兩句，其實因舊曲名，別創新聲也。"

《破陣子》，此調唐五代詞中亦無第二首，本唐教坊學名。

五　後主創名者六

《子夜歌》，《欽定詞譜》于《菩薩蠻》調注云："南唐李煜詞名《子夜歌》。"

《醜奴兒令》，唐譜于《采桑子》調注云："南唐李煜詞名《醜奴兒令》。"

呂本仍作《采桑子》，足見《詞譜》所據另是一本。

《望江梅》，《詞譜》于《望江南》調注云："李煜詞名《望江梅》。"

《惜春容》，《詞譜》于《玉樓春》調注云："李煜詞名《惜春容》。"

《新謝恩》，《詞譜》于《臨江仙》調注云："李煜詞名《謝新恩》。"

《秋夜月》，《詞譜》于《相見歡》調注云："南唐李煜詞，有'無言獨上西樓月如鈎'句，更名《秋夜月》。"

六　後人別立新名，回於後主詞句者三

《虞美人》別名《一江水》，見明王行詞，取復①主末句意也。

《搗練子》別名《深院月》《深夜月》，取後主"深院靜"一首詞意。

《相見歡》別名《上西樓》《西樓子》《西樓秋夜月》，皆取後主詞首二句之意。

（《金陵周刊》1927年第4期）

---

① "復"當爲"後"。

"白青"專欄論詞

　　一位文學史作者在大著中好像這樣說："賀鑄與方回兩人同以詞著，詞境也很相像。"按，賀鑄之詞集名叫《東山寓聲樂府》，下署賀鑄方回著。這大概是兩人的合集，數千年來竟被人看作一個人了，罪過罪過！不過，這位文學史作者，我們可惜只知道他的大名，還不知道他的臺甫；倘若我們稱他的大名爲大哥時，一定還要稱他的臺甫爲二哥，因爲他一人也是兩個人合組成的。

　　詩人好比修竹，詞人好比芳草，曲人好比野花；野花多駘蕩，芳草最嫵媚，修竹自高潔。

　　一班愛好文學者，但知金和的《秋蟪吟館詩》是太平天國時代的"詩史"，而不知蔣春霖的《水雲樓詞》是太平天國時代的"詞史"，蔣作較金作，沉痛得多了！

（《中央日報》"白青"專欄，1929 年 8 月）

詞人溫飛卿

研究專家詞者，當以此爲濫觴，溫飛卿爲詞中之聖手，治中國文學者不可不知也。前歲，曾以此講授京中某大學，分傳略述評二章，傳略考證，以正史爲宗，雜以珍聞。評語則廣蒐博訪，彙錄成篇，吾兄二北探討最久，助我實多，爰志謝意於端，并以予文之旨揭告讀者。

（上）傳略

溫庭筠，本名岐，字飛卿。太原人。彥博之裔孫。

劉昫《舊唐書·列傳·文苑下》："溫庭筠者，太原人，本名岐，字飛卿。"

宋祁《唐書·列傳第十六》："彥博裔孫庭筠"，又"本名岐字飛卿"。

孫光憲《北夢瑣言》："溫庭筠舊名岐。"

少敏悟，工辭章，造語綺麗，與李商隱齊名，時稱溫李。入試日，八叉手而八韵成。大中初，應進士。至京師，人士翕然推重。

《舊唐書》："大中初，應進士，苦心硯席，尤長於詩賦。初至京師，人士翕然推重。"

《唐書》："少敏悟，工爲辭章，與李商隱皆有名，號溫李。"

《北夢瑣言》：才思敏捷，入試日，凡八叉手而八韵成。郎中席上唱柳枝如劉禹錫之"春江一曲柳千條"，賀知章之"碧玉裁〔妝〕成一樹高"，楊巨源之"江邊楊柳鞠塵絲"而不取溫庭筠、裴諴所作，二人有愧色。

《唐詩記事》：宣宗好微行，遇於逆旅。溫不識龍顏，傲然詰之曰："公非長史司馬之流。"帝曰："非也。""得非六參簿尉之類。"帝曰："非也。"

由是累年不第，往依徐商爲巡官。咸通中，失意歸江東。

《舊唐書》："由是累年不第。徐商鎮襄陽，往依之，署爲巡官，咸通中，失意，歸江東，路由廣陵。"

《唐書》："數舉進士，不由〔中〕第。思神速，多爲人作文，大中末試，有司廉視尤謹，庭筠不樂。"又："徐商鎮襄陽，署巡官，不得志去，歸江東。"

与新进少年，狂游狎邪。乞索於扬子院，夜醉，爲虞候所擊，訴於令狐綯。綯捕虞候，具道其污行，而置之。而事聞於京師。庭筠自至長安，致書公卿間雪冤。

《舊唐書》："心怨令狐綯在位時，不爲成名，既至，新進少年狂游狎邪，久不刺謁，又乞索於揚子院，醉而犯夜，爲虞候所擊，敗面折齒，方還揚州。訴之令狐綯，捕虞候治之。極言庭筠狹邪醜迹，乃兩釋之，自是污行聞於京師，庭筠自至長安，致書公卿間雪冤。"

《唐書》："令狐綯方鎮淮南，庭筠怨居中時不爲助力，過府不肯謁。丐錢揚子院，夜醉，爲邏卒擊折其齒，訴於綯。綯爲劾吏，吏具道其污行，綯兩置之。事聞京師，庭筠逼見公卿，言爲吏誣染。"

又嘗侮令狐綯，泄綯之私，綯亦疏之。

《唐詩紀事》："令狐綯曾以舊事訪于庭筠。"

胡仔《漁隱叢話》："庭筠上於造語，極爲綺靡，《花間集》可見矣。"

胡寅評《更漏子》（玉爐香）一首下曰："庭筠工於造語，極爲奇麗。"

計有功《唐詩紀事》："溫飛卿才思艷麗，與李義山齊名，號溫李。"

然薄於行，無檢幅，好逐弦吹之音，作側艷之詞。每偕貴胄無賴子游。

《舊唐書》："然士行塵雜，不修邊幅，能逐弦吹之音，爲側艷之詞。公卿家無賴子弟裴誠、令狐縞之徒，相爲蒱飲，酣醉終日。"

《唐書》："然薄於行，無檢幅，又多作側艷曲。與貴胄裴誠、令狐滈等蒱飲狎婉。"

王灼《碧鷄漫志》："溫飛卿好多作側辭艷曲。"

不以進取功名爲念，而以其詞不傳爲恥。又嘗遇宣宗於逆旅，傲慢無禮，遂以此不能上達。

陳鵠《耆舊續聞》：周德華嘗在雀鷃言對曰："事出南華，非僻書也。或冀相公燮理之暇，時宜覽古。"綯益怒，奏庭筠有才無行，卒不登第。

《樂府紀聞》："宣宗愛唱《菩薩蠻》，令狐綯假溫庭筠手撰二十闋以進，戒勿泄，而遽言於人。且曰：'中書堂內坐將軍，以譏其無學也。'由是疏之。"

徐商既執政，頗右之，欲白用。商罷，楊收怒之，貶爲方城尉，再遷隋縣尉。鬱鬱以死。

《舊唐書》："屬徐商知政事，煩爲言之。無何商罷相出鎮，楊收怒之，貶爲方城尉，再遷隋縣尉。"

《唐書》："執政鄙其爲，授方城尉。"又"俄而徐商執政，頗右之，欲白用，會商罷，楊收疾之，遂廢卒。"

《唐詩紀事》："……後謫爲方城尉。"

按：《舊唐書》謂授方城尉在署巡官前，而《唐書》刊之巡官事後。此處從《舊唐書》。

子憲成進士，弟庭皓被害。庭筠素善鼓琴吹笛，著述極富。除所著《乾𦠿子》不傳，有《握蘭》《金荃》二集，《漢南真稿》。

《舊唐書》："子憲以進士擢第。弟庭皓咸通中爲徐州從事，節度使崔彥魯爲龐勛所殺，庭皓亦被害。庭筠著述頗多，而詩賦韵格清拔，文士稱之。"

《唐詩紀事》："最善鼓琴吹笛，云有絲即彈，有孔即吹，不必柯亭爨桐也。著《乾𦠿子》，不傳，有《握蘭集》《金荃集》，《漢南真稿》。"

《北夢瑣言》："詞有《金》二集，蓋取其香而軟也。"

（下）述評

自宋以來，各家頗有論溫詞者。散見說部，迄無專篇，爰廣爲搜討，臚舉於次。

宋楊湜《古今詞話》："趙崇祚《花間集》載溫飛卿《菩薩蠻》甚多，今之吕鵬《尊前集》，不下二十闋。"

宋張炎《詞源》："詞之難于令曲，如詩之難于絕句；不過十數句，一句一字閒不得。末句最當留意，有'有于不盡'之意，始佳。當以唐《花間集》中韋莊、溫飛卿爲則。"

宋陸游《金奩集跋》："飛卿《南鄉子》諸闋語意工妙，可追配劉夢得《竹枝》，信一時杰作也。"（按陸氏所跋《南鄉子》乃歐陽炯作，并非溫詞。）

宋黃昇《唐宋諸賢絕妙詞選》溫庭筠條："詞極流麗，宜爲花間之冠。"

張惠言《詞選序》："自唐之詞人李太白爲首……而溫庭筠最高。其言深美閎約……"《菩薩蠻》第一首（小山在〔重〕叠金明滅）評：此感士不遇也，篇法仿佛《長門賦》，而用節節逆叙。此章從夢曉後領起，懶起二字，含後文情事，照花四句，離騷初服之意。第二首（水精簾裹頗黎枕）評：夢字提，江上以下略叙夢境，人勝參差，玉釵香隔，言夢亦不得到也。江上柳如烟，是關絡。第三首（蕊黃無限當小〔山〕額）評：提起以下三章，本入夢之情。第五首（杏花金露團香雪）評：結。第六首

（玉樓明月長相憶）評：玉樓明月長相憶，又提柳絲裊娜送君之時。故江上柳如烟，夢中情景亦爾。七章闌外垂絲柳、八章綠楊滿院、九章楊柳色依依、十章楊柳又如絲，皆本此柳絲裊娜言之，明相憶之久也。第八首（牡丹花謝鶯聲歇）評：相憶夢難成，正是殘夢迷情事。第十首（寶函鈿雀金鸂鶒）評：鸞鏡二句，結。與心事竟誰知相應。第十一首（南園滿地堆輕絮）評：此下乃叙夢，此章言黃昏。第十二首（夜來皓月纔當午）評：此自卧時至曉所謂相憶夢難成也。第十三首（雨晴夜合玲瓏日）評：此章正寫夢。垂簾、凭闌，皆夢中情事，正應人勝參差三句。第十四首（竹風輕動庭除冷）評：此言夢醒春恨正關情，與五章春夢正關情相對。雙鎖。青瑣金堂，故國吳宮，略露寓意。《更漏子》第一首評：此三首（按詞選所登三首爲"柳絲長""星斗稀""玉爐香"），示《菩薩蠻》之意。"驚塞雁"三句，言歡戚不同，興下夢長君不知也。第二首評蘭露重三句，與塞雁城烏義同。

　　清周濟《論詞雜著》："詞有高下之別，有輕重之別，飛卿下語鎮紙，端己揭響入雲，可謂極兩者之能事。"一文曰："飛卿之詞，深美閎約。"信然。飛卿醞釀最深，故其言不怨不懟，備剛柔之氣。"針縷之密，南宋人始露痕迹。《花間》極有渾厚氣象，如飛卿則神理超越，不復可以迹象求矣。然細繹之，正字字有脉絡"。"毛嬙西施，天下美婦人也，嚴妝佳，淡妝亦佳。粗服亂頭，不掩國色。飛卿嚴妝也，端己淡妝也，後主則粗服亂頭矣。"《詞辨》評《菩薩蠻》曰："以士不遇賦，讀之最確。"又評前第一首懶起畫蛾眉句曰"起步"。前第二首江上柳如烟句曰"觸起"。前第六首起句曰"提"。又"花落子規啼句"曰"小歇"。前第十首起句曰"追叙"。又畫樓音信斷句曰"指點今情"。又鸞鏡與花枝句曰"頓"。前第十一首，雨後恰斜陽句曰"餘韵"。又末句曰"收束"。又評前《更漏子》第三首後闋曰："似直下語，正從夜長逗出，亦書家無垂不縮之法。"又評《南歌子》"手裹金鸚鵡"一首曰："盡頭語。單調中重筆，五代後絕響。""似帶如絲柳一首"曰："源出古樂府。""倭墮低梳髻"一首曰："百花時三字，加倍法，亦重筆也。"又評《夢江南》（梳洗罷）一首曰："猶是盛唐絕句。"

　　清陳廷焯《白雨齋詞話》："張氏惠言《詞選》可稱精當，識見之超，有過於竹垞十倍者。古今選本，以此爲最。小疵不能盡免，于詞中大段，却有體會。溫韋宗風，一燈不滅，賴有此耳。"又"飛卿詞全祖《離騷》，所以獨絕千古。《菩薩蠻》《更漏子》諸闋，已臻絕詣。後來無能爲繼。"又"所謂沈鬱者，意在筆先。（一）神餘言外。（二）寫怨夫思婦之懷，寓孽子孤臣之感。凡交情之冷淡，身世之飄零，皆可於一草一木發之，而發之又必若隱若現。（三）欲露不露。（四）反復纏綿，終不許一語道破。（五）匪獨體格之高，亦見性情之厚。飛卿詞如'懶起畫娥眉，弄妝梳洗遲'，無恨傷心，溢于言表"。又"春夢正關情，鏡中蟬鬢輕，凄涼哀怨，真有欲言難言之苦"。又"花落子規啼，綠窗殘夢迷"。又"鸞鏡與花枝，此情誰得知。皆含深意，此種詞第自寫性情，不求勝人，已成絕響。後人刻意增奇，愈趨愈下，安得一二豪杰之士，與之挽回風氣哉！"又"飛卿《更漏子》三章自是絕唱，而後人獨賞其末章梧桐樹數語。胡元任云：'庭筠工于造語，極爲奇麗，此詞尤佳。'即指梧桐樹數語也。不知梧桐樹數語，用筆較快而意味無上二章之厚。胡氏不知詞，故以奇麗目飛卿。且以此章爲飛卿之冠。淺視飛卿者也，後人從而和之，何耶！"又"飛卿《更漏子》首章云：'驚塞雁，起城烏，畫屏金鷓鴣'。此言苦者自苦，樂者自樂。次章云：'蘭露重，柳風斜，滿庭堆落花。'此又言盛者自盛，衰者自衰，亦即二章苦樂之意。顛倒言之，純是風人章法，特改換面目，人自不覺耳"。又"飛卿《菩薩蠻》十四章，全是變化楚騷，古今之極軌也。徒賞其芊麗，誤矣！"又"唐代詞人自以飛卿爲冠"。（以上，《詞話》卷一）又"飛卿短古深得屈子之妙。詞亦從楚騷來，所以獨絕千古，難乎爲繼"。（《詞話》卷五）又"千古得騷之妙者，惟陳王之詩，飛卿之詞爲能得其神，不襲其貌"。又"自溫韋以迄玉田，詞之正也，亦詞之古也"。又"'江上柳如烟，雁飛殘月天'，飛卿佳句也。好在是夢中情況，便覺綿邈無際，若空寫兩句景物，意味便減。悟此方許爲詞，不則即金氏所謂'雅而不艷'，有句無章者矣"。（金應珪《詞選後序》云："規模物類，依托歌舞，哀樂不衷其性，慮嘆無與乎情，連章累篇，義不出乎花鳥，感物指事，理不外乎酬應。雖既雅而不艷，斯有句而無章，是爲游詞。"）又，飛卿詞："大半托詞帷房，極其婉雅，而規模自覺宏遠。周秦蘇辛姜史輩，雖姿態百變，亦不能越其範圍。本源所在，不容以形迹勝也。"（以上，《詞話》卷七）

清王士禛《花草蒙拾》："弇州謂蘇黃稼軒爲詞之變體，是也。謂溫韋爲詞之變體，非也。（按王世貞詞評云："溫韋體而促，黃九精而刻，長公麗而壯，幼安辨而奇，又其次也，詞之變體也。"）夫溫韋視晏李秦周。譬賦有《高唐》《神女》，而後有《長門》《洛神》；詩有古詩録別，而後有建安黃初三唐也。謂之正始則可，謂之體變則不可。"又"蟬鬢美人愁絶，果是妙語，飛卿《更漏子》《河瀆神》凡兩見之。李空同所謂'自家物，終久還來耶？'"

清徐釚《詞苑叢談》："唐宣宗愛唱《菩薩蠻》，令狐丞相托溫飛卿撰進。宣宗使宮嬪歌之：詞云：'玉纖彈處真珠落……'又云'南園滿地堆輕絮……'又云'夜來皓月才當午……'又云'雨晴夜合玲瓏月'，又云'竹風輕動庭除冷'。"（按徐氏此説得自宋代何書，惜未注明。）

清劉熙載《藝概》："溫飛卿詞精妙絶人，然類不出乎綺怨。"又"詞當合其人之境地以觀之"。（按此語爲究溫詞者必用得着之語，故附及之。）

清吳衡照《蓮子居詞話》："飛卿《菩薩蠻》二十首，以《全唐詩》校之，逸其四之一。未省《金荃》所載何如也。長沙顧氏嗣立言所見宋板〔版〕《金荃集》八卷，末《金荃詞》一卷，而其刻飛卿詩，則不及詩餘，益集外詩以傳，合宋本卷數，致使零篇剩句，幾與《乾䐜子》同不傳，亦可惜也！"又"飛卿《菩薩蠻》云：'江上柳如烟，雁飛殘月天。'《更漏子》云：'銀燭背，綉簾垂，夢長君不知。'《酒泉子》云：'月孤明，風又起，杏花稀。'作小令不似此著色取致，便覺寡味。"

清謝章鋌《賭棋山莊詞話》："太白如姑射仙人，溫尉是王謝子弟。溫尉詞當看其清真，不當看其繁縟。胡元任謂庭筠工於造語，極爲奇麗；然如《菩薩蠻》云'梧桐樹，三更雨'，語彌淡，情彌苦，非奇麗爲佳者矣。"又"設色，詞家所不廢也；今試取溫尉與夢窗較之，便知仙凡之別矣。蓋所爭在風骨，在神韵，溫尉生香活色，夢窗所謂七寶樓臺拆碎不成片段，又其甚者，則浮艷耳。須知檀樂金碧，娜呵蓬萊；未必便低便俗于寶函鈿雀，畫屏鷓鴣，亦視驅遣者造詣如何耳。"

於此，不特可知飛卿之詞，具歷史上之價值，且爲後來清詞"浙""常"二派之分野。

（《中央日報》1929年8月15、16、17日）

何謂文學（節選）

文學之啓源及其性質（了解性）

胡適嘗謂"文學有三個要件，第一要明白清楚，第二要有力能動人，第三要美"；所謂"了解性"即胡氏"懂得性"之謂也。前人爲文，喜故作艱深，趨古崇僻，以常人所不能了解者自豪。嗚乎，謬矣！夫文學所以表情達意，情意既不能表達，何足云文學？故趙翼《甌北詩話》評昌黎詩云：韓南山詩"突起莫聞箠，詆訐陷乾竇，仰喜呀不仆，塯塞生恂愁"，和鄭相公樊員外詩"禀生肖剿剛，烹翰力健倔"，征蜀詩"剝膚浹瘡痍，敗面碎剟剮"，此等詞句徒聱牙轇舌而實無意義，未免英雄欺人耳。其實《石鼓歌》等杰作，何嘗有一語奧澀？而磊落豪橫，自然頓挫，包籠萬有。他如朱彝尊《曝書亭詞》，頗難索解；集中《柳色黃》賦雨，《渡江雲》賦雪，《天香》賦龍涎香，《春風裊娜》賦游絲，《沁園春》賦額、賦鼻、賦耳、賦齒、賦肩、賦臂、賦掌、賦乳、賦背、賦膽、賦膝，等等，均味如嚼蠟，且無情意之可言。詞意尚不能解，文學云乎哉？

支配文學有三大勢力（論環境）

再如李後主《虞美人》："春花秋月何時了？往事知多少！小樓昨夜又東風，故國不堪回首月明中。雕闌玉砌應猶在！只是朱顔改，問君還〔能〕有幾多愁？恰似一江春水向東流。"於字裏行間，乃知亡國後所處之背景，環境勢力足以左右作者，信然。論天然環境，以我國疆域言之：有南北之分，北方居黃河流域，起關隴迄於齊魯；南方居長江流域，起巴蜀迄於吳越。〈（一）〉北方風氣厚，含河海之質，故北方人秉性敦樸，文擅說理；南方風氣秀，得江漢之靈，故南人秉性聰穎，文好言情。此文學受氣候山川之影響也。試以古代文學作品爲例。如屈原《山鬼》："若有人兮山之阿，被薜荔兮帶女蘿。既含睇兮又宜笑，子慕余兮善窈窕。乘赤豹兮從文貍，辛夷車兮結桂旗。被石蘭兮帶杜衡，折芳馨兮遺所思……雷填填兮雨冥冥，猿啾啾兮狖夜鳴。風颯颯兮木蕭蕭。思公子兮徒離憂！"宋玉《神女》之"夫何神女之姣麗兮，含陰陽之渥飾。被華藻之可好兮，若翡翠之奮翼。其象無雙，其美無極，毛嬙鄣袂，不足程式；西施掩面，比之無色……其狀峨峨，何可極言？貌豐盈以莊姝兮，苞温潤之玉顏。眸子炯其精朗兮，瞭多美而可觀。眉聯娟以娥〔蛾〕揚兮，朱脣的〔地〕其若丹，素質幹之醲實兮，老解泰而證閒。既姽嫿於幽靜兮，又婆娑乎人間。"當知其迥異於十五國風也。如《豳風‧東山》："我徂東山，慆慆不歸。我來自東，零雨其濛。鸛鳴于垤，婦嘆于室。"《王風‧兔爰》："有兔爰爰，雉離于羅。我生之初，尚無爲；我生之後，逢此百罹。尚寐無吪。"《唐風‧鴇羽》："肅肅鴇羽，集于苞栩。王事靡盬，不能蓺稷黍。父母何怙？悠悠蒼天，曷其有所！"《曹風‧蜉蝣》："蜉蝣之羽，衣裳楚楚。心之憂矣，于我歸處。"於此乃知北人歌咏，多言農桑衣食。是以國風之詩，無不切於人事；非若楚有江漢川澤山林之饒，食物常給，可以騁思於華藻間也。以言文學形式亦頗有別，北人詩歌，形勢整齊；南人辭賦，句讀參差。觀夫孫叔敖碑所載優孟之《慷慨歌》："貪吏而不可爲，而可爲；廉吏而可爲，而不可爲。貪吏而不可爲者，當時有污名；而可爲者，子孫以家成。廉吏而可爲者，當時有清名；而不可爲者，子孫困窮，被褐而負薪。貪吏常苦富，廉吏常苦貧。獨不見楚相孫叔敖，廉潔不愛錢！"與《國風》四言爲正體者不同。（二）北人詩歌，言短而調重；南人辭賦，句讀之長短無恒，篇章之變化非一。如《召南‧采蘋》："於以采蘋，南澗之濱。於以采藻，於彼行潦。（一章）於以盛之，維筐及筥。於以湘之，維錡及釜。（二章）於以奠之，宗室牖下。誰其尸之？有齊季女。（三章）"此言短調重，而屈原《離騷》中："日月忽其不淹兮，春與秋其代序。惟草木之零落兮，恐美人之遲暮。不撫壯而弃穢兮，何不改乎此度也！乘騏驥以馳騁兮，來吾導夫先路也！"①則句讀長短無恒。篇章變化非一，如《九歌》中《東皇太一》："吉日兮辰良，穆將愉兮上皇。撫長

---

① 此引文多兩個"也"字。

劍兮玉珥，璆鏘鳴兮琳琅。瑤席兮玉瑱，盍將把兮瓊芳。蕙肴蒸兮蘭藉，奠桂酒兮椒漿。揚枹兮拊鼓，疏緩節兮安歌，陳竽瑟兮浩唱〔倡〕。靈偃蹇兮姣服，芳菲菲兮滿堂。五音紛兮繁會，君欣欣兮樂康。"故論春秋戰國時代，詩為北方作家之總集，而屈原、宋玉、景差、唐勒輩，則南派不祧之宗也。漢魏以降，淵源未息，作者如林，試觀黃節詩學中所列。

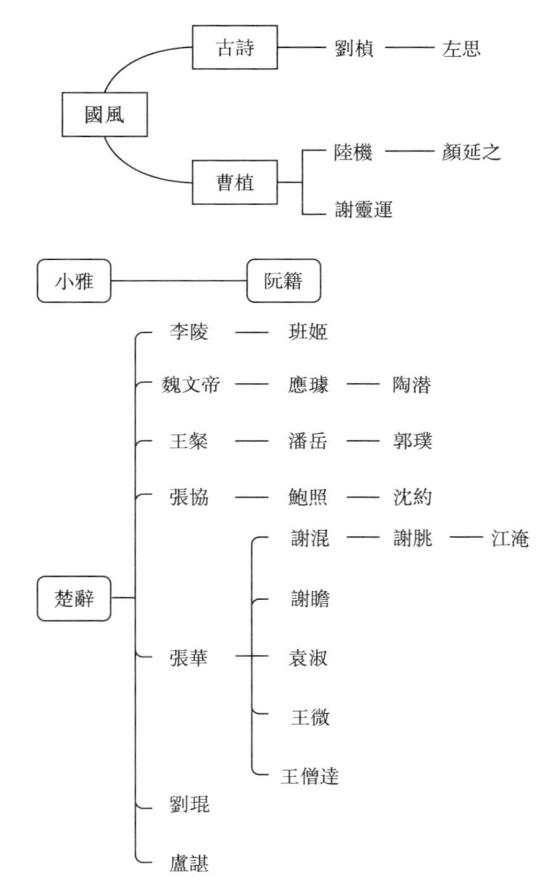

```
                    ┌─ 古詩 ─── 劉楨 ─── 左思
         國風 ──────┤
                    │              ┌─ 陸機 ─── 顏延之
                    └─ 曹植 ──────┤
                                   └─ 謝靈運

         小雅 ─── 阮籍

                    ┌─ 李陵 ─── 班姬
                    ├─ 魏文帝 ─── 應璩 ─── 陶潛
                    ├─ 王粲 ─── 潘岳 ─── 郭璞
                    ├─ 張協 ─── 鮑照 ─── 沈約
                    │           ┌─ 謝混 ─── 謝朓 ─── 江淹
                    │           ├─ 謝瞻
         楚辭 ──────┤           ├─ 袁淑
                    ├─ 張華 ───┤
                    │           ├─ 王微
                    │           └─ 王僧達
                    ├─ 劉琨
                    └─ 盧諶
```

六朝後，文派顯著。南朝諸作家，每曰："江左宮商發越，貴於清綺；則文過其意，而宜於歌咏。"論北朝作家則曰："河朔詞義貞剛，重乎氣質；氣質則理勝其詞，而便於時用。"此仍可以知其遞衍之迹，不能離環境也。（一）南人作品，試舉梁元帝《折楊柳》，如："巫山巫峽長，垂柳復垂楊。同心且同折，故人懷故鄉。山似蓮花艷，流如明月光。寒夜猿聲徹，游子泪沾裳。"（二）北人作品，試舉王褒《渡河北》："秋風吹木葉，還似洞庭波。常山臨代郡，亭障繞黃河。心悲异方樂，腸斷隴頭歌。薄暮臨征馬，失道北山河。"（三）北人南聲者，如上官儀《安德山池宴集》："上路抵平津，後堂羅薦陳。締交開狎賞，麗席展芳辰。密樹風烟積，回塘荷芰新。雨霽虹橋晚，花落鳳臺春。翠釵低舞席，文杏散歌塵。方惜流觴滿，夕鳥已城闉。"（四）南人北聲者，如陳子昂《感遇》："幽居觀天運，悠悠念群生。終古代興沒，豪聖莫能爭。三季淪周赧，七雄滅秦嬴。復聞赤精子，提劍入咸京。炎光既無象，晋虜復縱橫。堯禹道已昧，昏虐勢方行。豈無當世雄？天道與胡兵。呦呦安可言，時醉而未醒，仲尼溺東夏，伯陽遁西溟。大運自古來，旅人胡嘆哉！"至兩宋作家以詞著，元人曲最盛。然詞曲亦有南北派。婉約蘊藉者，南派之詞調也；氣象恢宏者，北派之詞也。康德涵論曲曰："南詞主激越，其變也爲流麗；北曲主慷慨，其變也爲質樸。惟質樸，故聲有矩度而難借；惟流麗，故唱得婉轉而易調。"此可以知山川間隔，而性情音聲俱有剛柔緩急之不同。王元美所謂："北主勁切雄麗，南主清峭柔遠。北氣易粗，南氣易弱。"誠哉！如柳永《雨霖鈴》："寒蟬淒切，對長亭晚，驟雨初歇。都門帳飲無緒，方留戀處，蘭舟催發。執手相看淚眼，竟無語凝咽。念去去千里烟波，暮靄沈沈楚天闊。　　多情自古傷離別，更那堪冷落清秋節！今宵酒醒何處：楊柳岸曉風殘月。此去經年，應是良辰好景虛設。便縱有千種風情，更與何人說！"南派詞也。如辛弃疾《賀新郎》："綠樹聽啼鴂，更那堪杜鵑〔鷓鴣〕聲住，鷓鴣〔杜鵑〕聲切！啼到春歸無尋處，苦恨處①芳菲都歇；算未抵人間離別！馬上琵琶關塞黑，更長門翠輦辭金闕。看燕燕，送歸妾。

將軍百戰聲名裂，自〔向〕河梁回頭萬里，故人長絶。易水蕭蕭西風冷，滿座衣冠似雪；正壯士悲歌未徹。啼鳥還知如許恨，料不啼清淚長啼血。誰伴〔共〕我，醉明月！"北派詞也。如關漢卿《佳人拜月亭》第一折："〔油葫蘆〕分明是風雨催人辭故國，行一步三〔一〕太息。兩行愁淚臉邊垂，一點雨間一行淒惶淚，一陣風對一聲長噓氣。〈嗨！〉百忙裏一步一撒。〈嗨！〉索與他一步一提，這一對繡鞋兒分不得幫和底，稠緊緊黏軟軟帶著淤泥。"北派曲也。如施惠《拜月亭》中："〔剔銀燈〕（老旦）迢迢路不知，是那裏前途去，安身在何處？（旦）一點點雨間着一行行淒惶淚！一陣陣風對着一聲聲愁和氣。（合）雲低，天色向晚，子母命存亡，

---

① "苦恨處"應爲"苦恨"。

兀自尚未知。[攤破地錦花]（旦）綉鞋兒分不出幫和底，一步步提，百忙裏褪了跟兒。（老旦）冒雨衝風帶水拖泥。（合）步步遲，全沒些氣和力。"

　　北人具激昂慷慨之氣，南人多纏綿俳惻之情，文學氣質因之轉移，天然環境有以致之也。天然環境者，氣候之關係，山川之影響；寒帶冰原萬里，草木不生，居民既少，土人謀生且維艱，其間自無研究文學者。熱帶與此適反，樹木奇偉，瓜果豐富。枝葉可以爲裳，椰子足以爲食，百尺高柳，十圍椰樹，亦能當〈巍〉峨特色或羅馬式之建築。其生活簡單如此，於是生民懶惰成習，文學自無所成。溫帶氣候適宜，生活不難不易，各本其心思才力向前努力，因進取心則藝術曙光因之闡明。蓋文學必先有縝密之思想。寒熱帶人腦力平庸，寒帶除冰雪而外無所見，蕭寂而外無足感；熱帶觸目無非四季常青之草木，環人無非悶懨昏沈之炎熱。溫帶按時變換其環境，思想遂隨之遷易，陽春將至，每動嬌情；秋色既來，輒興悲感。郎答（Lander）《何故》，莫爾（More）之《夏日最後之薔薇》（O, its the last rose of summer）莫不感於時序之變遷，環境之移易也。故溫帶多文學家，我國之屈原，賈誼，李白，杜甫；英之莎士比亞，彌爾頓，柏倫，衛德威斯，唐勒生；法之盧騷，胡歌，弗罷貝爾，莫柏桑，曹拉，聖伯甫；俄之浦斯金，托爾斯泰，鐸斯托夫斯基，屠格涅夫；德之歌德，席勒，蘇德曼，赫普德曼；意之但底，巴加奇，比的加拉；美之歐文，郎法螺，霍桑，惠特曼；那威之易卜生，般生，鮑以爾；前後出其間焉！足以證明文學家多產於溫帶，換言之，氣候愈溫和，則是處文學家愈多；漸熱漸寒處，文學家漸少，然未始無其人，若薛卜萊即熱帶產；惟不久即返倫敦讀書。他如斯蒂芬孫居熱帶而勇於著述。以其體弱，宜於熱帶氣候，此例外也。昔薛福成氏嘗謂"熱帶無人才"，此語實未完善；要知熱帶雖無人才，寒帶又何嘗有人才哉！艾默生有言："大自然同時生有三子，在任何名目，不同思想系中表現之。吾人名之曰'原因'（Cause）、'動作'（Operation）、'效能'（Effect）；吾人亦可以名之爲'知者'（Knower）、'作者'（Doer）、'言者'（Sayer）皆當愛真愛善愛美之傾向，三者不可或離。每種莫不自信顯明，他二性亦復潛在。"此語實指大自然中含有真善真美之質，人性中亦具有愛真愛美愛善之心，以吾人天性與宇宙實質調和；此文學家職事也。故艾氏稱："詩人爲宇宙代表及發言者。"又謂："詩人爲美之代表，美是宇宙之創造者。"文學與宇宙息息相關，彼嘗言："每一新時代，須易一新認識；世界往往等待其詩人。"蓋文學家所啓發宇宙之神奇秘奧；若無文學家以了解世界，認識世界；則宇宙之憤懣爲如何也？

構成文學之三大原素

表現濃厚有節制之情緒，有三種法式。一曰直瀉式。有一種情感，鬱結於内，一旦不能抑制，迸然而出，一瀉無餘。其時非無節制也，至此實不能節制，不得不倒山傾海！《古樂府》中，固有悲歌，皆是憤懣填膺，如骨鯁在喉不吐不快。慷慨激昂，血歟？淚歟？突然而至，戛然而止。若岳武穆《滿江紅》，其例也。

二曰動蕩式。此類是曼聲低唱，頓挫抑揚，可謂一唱三嘆，百轉千回，使人如痴如醉，輒爲神往。人類情緒，蕴蓄於是種狀態中者，最夥。故文學上以此種方法表現情緒者，亦不少，且最動人。晉王裒讀詩，至"哀哀父母，生我劬勞"，必三復流涕，門人受業者，至爲之廢《蓼莪》之詩。又蘇東坡謫惠州時，作《蝶戀花》詞，侍兒朝雲唱至第二句，淚滿袖襟。《儒林瑣記》，載王士正七歲時，讀"燕燕于飛"，淒感流涕。英小説家狄更斯（Dickens）著 *Old Curiosity*① 一書，叙小耐兒（Little Nell）事，著後卷時，讀者恐小耐兒之結果必至於死，争投書與狄氏，求勿令小耐兒得死之結果者，達數百人。又柏倫（Byron）讀《斷腸篇》（*Broken Heart*）② 至痛哭流涕，動蕩情緒使之然也。

三曰回旋式。動盪如風中楊柳，回旋若抽蕉之葉。所用描寫法，愈轉愈深；步步引人入勝，入手平常，漸後漸佳，最深處即情緒與奮至最高處。古詩中"十五從軍征"，一首，回旋式描寫法也。直至終點，"淚落沾我衣"，實沉痛已極！

據心理學家言，想像本是一種心理上作用，鮑桑葵氏 Basingust 曰："想像是依經驗而結合，而追尋被示種種可能性，或闡明此類心之活動狀態。"又曰："美之態度——經驗即吾人想像上返觀之對像，且將吾人情感

---

① 應爲 *The Old Curiosity Shop*。
② "Broken Heart"，應爲音樂專輯。

具體化以入於對象之中。"解釋想像及其作用，或覺尚不明晰。更分論之，想像大別之爲四種。

（一）回想。就所觀察之事物，自追憶中表出之；曰回想。試舉《長干行》爲例：

> 妾髮初覆額，折花門前劇；郎騎竹馬來，繞床弄青梅。同居長干里，兩小無嫌猜，十四爲君婦，羞顏未嘗開；低頭向暗壁，千喚不一回。十五始展眉，願同塵與灰；常存"抱柱"信，豈上望夫臺？十六君遠行，瞿塘灩滪堆；五月不可觸，猿聲天上哀，門前遲行迹，一一生綠苔；苔深不能掃，落葉秋風早。八月蝴蝶黃，雙飛西園草；感此傷妾心，坐愁紅顏老。早晚下三巴，預將書報家；相迎不道遠，直至長風沙。

（二）創造想。就眾多經驗，融合作者之見地，及一時之覺得，以幽妙曲折具體的，造成一種新想像，曰創造想。如唐人詩"雞聲茅店月，人迹板橋霜"。在早景中選出"雞聲""月""茅店""板橋""人迹""霜"等相聯合，則早起之景，雖然在目矣。分析之，創造想含有四個階級：一，具體；二，追憶；三，選擇；四，排列；排列最爲重要。

（三）曰聯想。根據於有同類感情之事物而生想像曰聯想。溫齊斯德〈在〉《文學評論原理》中，嘗舉例以明之：

That time of year than〔thou〕maust〔mayst〕in us〔me〕behold,
When yellow leaves, or none, or few, do hang
Upon those boughs which shake against the cold,
Bare ruined〔ruin'd〕chairs〔choirs〕where late the sweet birds song〔sang〕.

記得當年相見時，依稀黃葉挂枯枝；西風淡蕩搖空碧，上有佳禽唱好詩。（學友景幼南、錢堃新譯）溫氏謂 Hang 與 Shake 二字皆想像中得來。又如秦觀詞"自在飛花輕似夢，無邊絲雨細如愁；寶簾閒挂小銀鉤"，以"花""雨"使人想"夢""愁"；歐陽修《生查子》詞中若"月與燈依舊"；撫今思昔，慷慨唏噓，想像使之然也。

文學之派別與蛻化説（進化説）

由此可見文學非孤立者，與時代之精神有莫大之關係焉。然時代之精神變化不息，以我國論，周秦有周秦之文學，漢魏有漢魏之文學，唐有唐詩，宋有宋詞，元有元曲，左邱〔丘〕明不能著《紅樓夢》，曹雪芹未能著《春秋》，此時代使然也。推之於西洋，伊利沙白時代有伊利沙白之文學，維多利亞時代有維多利亞之文學，莎士比亞未能著《群鬼》，易卜生未能著《哈孟雷德》，是各人有各人之文學，各時代有各時代之文學，故時代之轉易，文學亦隨之轉易，若生物之變化然，此乃法評論家唐努所持之論也。其後步蒲蘭特爾謂："文學幾如一生物，自最初產生，逐漸發育，至完全成熟時，即暫時維持狀態。將來或由衰而滅。"此種學說，若以中國韵文體制之改變，由《三百篇》，騷賦，古樂府，律絕，以至於詞曲，足以爲例。

分論（詩 Poetry）

中西詩之格律僅如上説，今再以詞曲約略言之，詞可分爲三種：（一）五十字以下者曰小令；（二）百字以下者曰中調；（三）百字以上者曰長調。中調與長調統稱曰慢詞，詞有定字，亦有定聲，曲則有小令（與詞中小令相仿佛），或曰叶兒散套者，即集小令數首而有尾聲全體一韵者。至於傳奇雜劇，則於戲劇中研究之，今從略。

（大東書局，1932 年 5 月第三版）

詞曲文辨

劉熙載曰："詞曲本不相離，惟詞以文言，曲以聲言耳。詞辭通。《左傳·襄二十九年》，杜注云：'此皆各依其本國，歌所常用聲曲。'正義云：'其所作文辭，皆準其樂音，令宮商相和，使成歌曲。'是辭屬文，曲屬聲，明甚。古樂府有曰辭者，有曰曲者；其實辭即曲之辭；曲即辭之曲也。襄二十九年，正義又云：'聲隨辭變，曲盡更歌。'此可爲詞曲合一之證。"（見《詞曲概》）詞與曲既合而爲一矣，固不可以相離。然詞曲各有其體，亦不可貿然合也。古之所謂曲，豈南北曲之曲乎？所謂詞者，又豈唐五代以後之詞乎？是不可不辨。

或曰："和凝有曲子相公之名，《淮海集》中亦有以曲子稱詞者；詞曲果可分乎？"夫曲體未興，詞或名曲；既有曲體，曲亦名詞；南詞北詞，別乎令慢；令曲慢曲，無與南北；是詞之曲，與曲之詞，兩不相侔，可知也。孫麟趾曰："近人作詞，尚端莊者如詩，尚流利者如曲，不知詞自有界限，越其界限，即非詞。"（見《詞徑》）故詞當上不似詩，下不似曲，如麟趾言，則流利者曲之界限也，而詞非可以流利見勝，其理昭然。劉體仁曰："詞中境界，有非詩之所能至者，體限之也。"又曰："'夜闌更秉燭，相對如夢寐'叔原則云：'今宵剩把銀缸〔釭〕照，猶恐相逢是夢中。'此詩與詞之分疆也。"（見《七頌堂詞繹》）詞之於詩，亦猶曲之於詞。故曲中境界，亦有非詞之所能至者，何也？體限之也。體之能明，分疆自定。請申余意，一衡詞曲之文。

詞文之至者曰頓挫，曲文之至者曰流利。惟其頓挫，故出之以吞咽；惟其流利，故出之以滂沛。如關漢卿《不伏老》曲，其《黃鐘煞》曰："我却是蒸不爛煮不熟捶不匾炒不爆響噹噹一粒銅豌豆，誰教您子弟每鑽入他鋤不斷砍不下解不開頓不就慢騰騰千層錦套頭。我玩的是梁園月，飲的是東京酒，賞的是洛陽花，扳的是章臺柳。我也會吟詩，會篆籀，會彈絲，會品竹；我也會唱鷓鴣，舞垂手，會打圍，會蹴踘，會圍棋，會雙陆。你便是落了我牙，歪了我口，瘸了我腿，折了我手，天與我這幾般兒歹症候，尚兀自不肯休。只除是閻王親令唤，神鬼自來勾，三魂歸地府，七魄喪冥幽，那其間纔不向這烟花路兒上走。"此所謂滂沛而出之者也。如秦觀《望海潮》詞曰："梅英疏淡，冰澌溶泄，東風暗換年華。金谷俊游，銅駝巷陌，新晴細履平沙。長記誤隨車。正絮翻蝶舞，芳思交加。柳下桃蹊，亂分春色到人家。　西園夜飲鳴笳。有華燈礙月，飛蓋妨花。蘭苑未空，行人漸老，重來事事堪嗟。烟暝酒旗斜。但倚樓極目，時見栖鴉。無奈歸心，暗隨流水到天涯。"此所謂吞咽而出之者也。吞咽乃多婉約之致，滂沛者自必流於雄放。故詞以婉約爲主，雄放者非其正也；曲以雄放爲主，婉約者非其正也。詞在方興，亦多流利，及其成體，日趨凝重。南人之曲，如張小山輩，以逮梁沈，亦多頓挫；蓋有采於詞法，非本色已。

　　詞曲相淆，知音遂寡。明徐士俊最喜以詞衡曲，詞曲分疆，因之益晦。如謂："顧夐《醉公子》詞末句'魂銷似去年'，湯義仍《還魂記》曲句'今春關情似去年'用此也。""似去年"三字相聯綴，又豈自《醉公子》詞始？得遽稱此曲用此詞乎？曲與詞相通乎？此箋注家之陋習耳。噫！又謂："毛文錫《醉花間》詞'銀漢是紅墙，一帶遥相隔'，是《西廂記》'粉墙高似青天'句所本。六一《浣溪沙·春游》詞'日斜歸去奈何春'，是湯義仍'良辰美景奈何天'所本。山谷《佳人》詞末句'今生有分向伊麼？'入《紫釵記》。溪堂《柳梢青》詞：'昨夜濃歡，今宵別酒，明朝行客。'《西廂記》'前暮私情，昨夜歡娛，今日別離'，又仿此。"割裂零句，以爲曲出於詞之證，曲文與詞文果相符合，不辨體性，故有此失也。至謂："易安《怨王孫》詞'又是寒食也'，故元曲多以'也'字叶成妙句。"夫元曲用"也"，字有定處，其音律如是也，豈係文章關係已乎？既論文章，詞曲即各有其勝。如吳凝父《解珮令》"蟋蟀哥哥"之句，能謂絶妙之詞邪？姚華曰："明人填詞製曲，皆由一轍。故詞不能望宋，曲不能嗣元。"可謂灼有見地。此方回《千秋歲》"奴奴睡，奴奴睡也奴奴睡"所以不成其爲詞；而沈璟取以入《紅蕖記》，於曲可成佳句，有以也夫。士俊所見之褊如此，而卓人月從而和之，至謂"詞中亦有襯字，如歐陽炯《定西番》末句'如西子鏡照江城'，'如'字襯；徐俯《卜算子·春怨》末句'遮不斷愁來路'，'遮'字襯"之類。曲中襯字，誠可以待歌者之損益；詞之歌法，明時已不存，如何知宋人歌詞之必有襯字？此可疑者一。製曲者至今在正格之中，尚可自由加襯；於詞只得注從何人之體，亦能自由加襯如曲乎？何能逕稱詞亦有襯也？此可疑者二。若乃以蕭竹屋《點絳唇》詞"花徑相逢，眼期心諾"，"諾"字用韻同於北曲，遽謂詞曲之韻相通，亦因果倒置之論也。

　　大抵曲取詞句，必經熔化。熔化者，熔詞之貌，化而爲曲之謂也。以詞曲句式不同，不化即不副體；亦猶叔原化詩句而爲詞句，其分疆固顯然也。譬如美成詞"枕痕一綫紅生玉"，元明人化用爲曲句者，如"枕痕一綫玉生紅"，"枕痕一綫玉生春"，"枕痕一綫泪淋漓"，"枕痕一綫紅粉嬌"，"枕痕一綫印香肌"，"枕痕一綫印腮頰"，"枕痕一綫界胭脂"，"枕痕一綫粉脂消"，"枕痕一綫粉紅湮"，"枕痕一綫界芙蓉"，"枕痕一綫粉香殘"，"枕痕一綫泪模糊"，"枕痕一綫俏紅香"，"枕痕一綫粉腮新"，雖相襲"枕痕一綫"四字，而曲中下三字，無不較"紅生玉"爲直截爽快，固不待檢校，而知其爲曲爲詞也。如曹西士《赴試步行慰足·紅窗迥》一首，不必繩以詞律，當即知其非詞；何也？"懊恨這一雙脚底，一日廝趨上五六十里，爭氣扶持：我去博得官歸，恁時賞你穿對朝靴，安排你在轎兒裏。更選對宮樣鞋兒，夜間伴你。"未嘗有一句合乎詞式，非徒嘲弄出之已也。或曰："北曲宜宗樂府，南曲應祖詩餘。"此說亦未爲得。蓋曲出乎詞，而樂府又爲詞之所自出。雖然，南曲之中，有參以詞法者，此曲之敝也，未足爲訓也。無論南北，曲究是曲，詞究是詞，宜判然不相涉也。錢允治《國朝詩餘·序》曰："詞者，詩之餘也；詞興而詩亡，非詩亡也，事理填塞，情景兩傷也。曲者，詞之餘也；曲盛而詞泯，詞非泯也，雕琢太過，旨趣反蝕者也。"觀此，可知兩者之流變矣。詞有七宮，十二調。自張炎著《詞源》，言律者莫不能就古樂燕樂之五音、十二律、八十四調，剖析其詳；而北曲有六宮、十一調，南曲有九宮、十三調；詞與曲之音調既變矣。詞韻據戈氏《詞林正韻》平上去十四、入五，共分十九部；而曲韻據《韵學驪珠》平上去十二、入八，共分二十部，詞與曲之韻亦變矣。以言牌調，詞據杜律約九百餘；而北曲據《廣正譜》約四百五十，南曲據《定律》約一千三百五十，多少既不相同，內容亦多不一致。然則曲之於詞，固如別子爲祖，不復歸宗矣。況詞得比興之義爲多，而曲偏於賦；曲近於風，詞歸乎雅；詞境求深，曲境求廣；緣體之不同，故發於文章者，有滂沛與頓挫之異。詞得常州諸老，其體日尊，樂章琴趣，作者輩出，顧非曲之所能及。并世治詞者或不治曲，不治曲可也，不知則不可也。治詞而知曲者，然後其詞庶不下似於曲矣。

（原載《詞學季刊》第 1 卷第 2 期，1933；
收入《酒邊集》，上海會文堂新記書局，1934）

李白《菩薩蠻》説

(《飲虹説詞》之一)

　　原詞曰："平林漠漠烟如織，寒山一帶傷心碧。暝色人高樓，有人樓上愁。　　玉階空佇立，宿鳥歸飛急。何處是歸程？長亭更短亭。"

　　説曰：太白《菩薩蠻》詞，姑無論其真僞，惟就離合言之，無一字落空。上半闋純是静境，象河山之寂寥也。下半闋始變爲動境，關鍵在一"飛"字。因人在樓上，故林曰"平"，山曰"一帶"也。因"愁"而曰"傷心"，破"寒"字著"碧"字。第一句寫林與烟，二事。第二句只寫山一事，變句法也。而以暝色渾寫其餘，自遠至近上而望下，全用逆筆。僅以一人字輕輕寫出。下半闋第一句"空"字，與"愁"字相合也。立階望鳥，是下而望上，變矣。"長亭更短亭"，自近推於遠，亦變矣。無"宿"字便不能有"飛"字，"何處"二字一轉，"更"字雖不合律，然"接"字"連"字不如此字之有味。鳥尚歸飛，而以人君之尊，飄泊於外，欲歸不得，人君不如鳥矣。其感慨何如也！劉熙載揣其詞意，謂當作於明皇西幸之後，説甚是。

(《酒邊集》，上海會文堂新記書局，1934)

鼓子詞談

鼓子詞之名，始於趙令畤《商調·蝶戀花》譜《會真記》事。南宋而後，廣行民間，陸務觀詩所謂"斜陽古柳趙家莊，負鼓盲翁正作場。死後是非誰管得，滿村聽唱蔡中郎！"瓜棚豆架，擊鼓揚聲之狀，舉可想見焉。

說者以隸宋人雜劇，謂是後來戲曲之祖，誤矣。夫野生文藝，文士所鄙。然兼有聲辭，固國風之遺。豈同參軍戱弄并列乎？論其體制，實與詩近。道情彈詞，大體相似，而形貌各全，亦未可混爲一談也。

崇禎間，鳧西賈氏，以明經爲縣令，遷部郎。既而入清爲逸民，憤結于中，隱姓埋名，自號木皮散人，一鼓一板，遨游城市間，信口成文，以寫其情。卒後，沛縣閻古古、諸城丁野鶴爲手訂之。今坊間所流傳《木皮散人鼓詞》是也。鳧西蓋即鼓詞之第一著名之作者。案趙氏《蝶戀花》詞，首調之末，有云："奉勞歌伴，先聽調格，後聽蕪詞。"次章以下，則曰："奉勞歌伴，再和前聲。"歌中插白，以白綴詞；鳧西之作，猶存舊式。近見陳琪編刊《蒲松齡東郭簫鼓兒詞》，蒲氏亦守此例。殆鼓子詞之正格與？自同光以來，山東鼓詞獨著。劉鶚《老殘游記》描繪黑白二妞，可謂盡其能事。淮南之鼓，差足比擬。往客鳳陽，嘗聽小溪河花鼓，餘音在耳，不止七日。其辭亦至可誦。如云："描金花鼓兩頭圓，趁得銅錢也可憐。五間房屋三間草，願與情人守到老！青草枯時郎不歸，枯草青時妾心悲；唱花鼓，當哭泣，妾貌不如郎在日。鳳頭鞋子踏青莎，低首人前唱艷歌。妾唱艷歌郎起舞，百藥那有相思苦。郎住前溪妾隔河，少不風流老奈何。唱花鼓，走他鄉，天涯踏遍訪情郎。白雲千里過長江，花鼓三通出鳳陽。鳳陽自出朱皇帝，山川枯槁無靈氣；妾生愛好只自憐，別抱琵琶不值錢。唱花鼓，渡黃河，淚花却比浪花多。手提花鼓向長街，彎腰拾得鳳頭釵；雙鳳蹁躚落釵股，妾隨阿娘唱花鼓。唱花鼓，過沙場，白骨如山不見郎。阿姑嬌小顏如玉，低眉好唱懊儂曲。短衣健兒駐馬聽，胯下寶刀猶血腥。唱花鼓，聽不得，晚來沙場一片月。只恐照見妾顏色，欲啼不啼乾吃吃；殘杯冷炙沿門乞。東鄰小姊新嫁娘，窄衣小鞋時世妝，可憐儂似寄生草，容顏那及鄰姊好。唱花鼓，得郎迎，回眸一笑百媚生！"（見余友柴小梵《梵天廬脞錄》）但歌不白，視賈蒲而變矣。世以鳳陽花鼓，與襄陽花鼓稱"二陽鼓"，然花鼓與鼓子詞同源異流，未盡合也。

余幼嗜樂歌，聞聲輒往；秦淮寮肆，時焉涉足。山東，西河，奉天與夫京音，備聞之。歌娘千百，惟董蓮枝最爲杰出。好事者輯爲《蓮歌》，相傳出樊山老人孫楚才之手，余尤愛《劍閣聞鈴》一曲。其第三節云："似這般不作美的鈴聲，不作美的雨；怎當我割不斷的相思，割不斷的情，灑窗櫺點點敲人心欲碎，搖落木聲聲使我夢難成。鐺啷啷驚魂響自檐前起，冰涼涼澈骨寒從被底生，孤燈兒照我人單影，雨夜兒同誰話五更？從古來巫山曾入襄王夢，我何以欲夢卿時夢不成；莫不是弓鞋兒懶踏三更月？莫不是衫袖難禁五更風？莫不是旅館蕭條卿嫌悶？莫不是兵馬奔騰心怕驚？莫不是芳卿心內懷餘恨？莫不是薄幸心中少至誠？既不然神女因何不離洛浦，空教我流乾了眼淚盼斷了魂靈！"當其紅牙按拍，玉潤珠圓，聞者每蕩氣回腸，不能已也！

北國知音，盛推劉（寶全）白（雲鵬），亦鼓界之雄也。南都顧曲，則以趙三國（大玉）、董紅樓旗鼓相當。抑此又皆就歌者而言，詞之工拙在所不計矣。

（《酒邊集》，上海會文堂新記書局，1934）

類似曲

辭章之有律，猶國家之有律也。詩變而爲詞，詞變而爲曲，文詞曰以自然，而律曰以嚴。自文詞言之，謂之爲解放可也。自格律言之，謂之爲解放不可也。不明乎律，徒取於詞，無怪其違戾矣。

倚聲一道，自半塘翁倡之，知音日衆。而言曲者，不若是之多也。於是見詞之流縱稍近於俚語者，輒以曲名之，如《劈破玉》《陳垂調》《黃鵬調》《邊關調》，與夫《打棗竿》《挂真兒》《挂枝兒》，無一不視之爲曲。烏乎，是果曲邪。曲體抑何多耶。

《劈破》《陳垂》，南方之小曲也。《打棗》《邊關》，北方之小曲也。王伯良《曲律》，劉廷璣《在園雜志》并及之。小曲者，既別於昆、弋大曲（劉說），烏得仍謂之爲曲乎。

更有《水花兒》《雁字》之類，不隸於十七宮調之中，南北詞亦從無此等牌名者，皆非曲也。然皆與曲爲近，無以名之，名之曰類似曲。《水花兒》云："水花兒聚了還散，蛛網兒到處去牽，錦纜兒與你暫時牽絆。風箏兒綫斷了來不及扳。匾担兒担不起你不要担。正月半的花燈，也亮不上三五晚。同心帶結就了剖兩段。雙飛雁遭彈打怎得成雙，并頭蓮纔開放被風兒吹斷。青鸞音信杳，紅葉御溝乾。交頸的鴛鴦也被釣魚人來趕。"《雁字》云："丁寧囑咐南飛雁，到衡陽與儂代筆，行些方便。不倩你報平安，不倩你訴飢寒，寥寥數筆莫辭難，只寫個一人兩字碧雲端。高叫客心酸，高叫客心酸。萬一阿郎出見，要齊齊整整，仔細讓他看。"宛轉纏綿，無殊風人之旨也。又，予嘗見繁江張琢之汝玉所爲《秋闈詞》，描繪闈場間事，隨令讀者捧腹。其詞云：

［調笑令］文運天開，膳黃飛下九重來，喜壞秀才，急壞秀才，本事襤褸，緊箍咒兒怎下臺，怕趕遺才，要趕遺才，營謀總不諧。罔費錢財，大收一兩次，續榜二三回，名兒何在，命運太乖，哀哉。

［桂子秋］紅紙呈做一篇，上寫着家貧親老苦讀多年，格外栽培望憲天。日日走街前，眼兒望穿，道鑼響來的是那位官員。急忙跪倒，口兒訴，眼兒瞧，臉兒羞，心兒煩惱，大人的，大人的天恩不小，生員的，生員的遺才脫了。

［趙皮鞋］假進得成場，也蒲扇兒拿一把，不下裝眼鏡，鼻間不告錘火挂，大提筐裝做一下，快買來，莫辭價，學道去者。

［雁兒落尾］厚臉歪纏，很大班，抬起飛跑，急得人趕着哀告。泣涕漣漣，好容易接去呈子，便叩謝青天懸懸懸。

［步步嬌］可惜了，朝鞋眼鏡要鬚帽。貢院中雨多晴少，油傘釘鞋都須要。請一個，叫化兒提筐飛跑，生恐怕懸，誰知開門尚早。一步步漫挪移，自辰時直鬧到午時過了。饑火中燒，名念全消，進洞子幾乎擠倒。

［北雁兒落］稟搜檢一聲高報，懷裏袖裏都摩到，兩個兵把提筐死擋倒，莫多有少，他都要。監臨的威風不小，藩臬的聰明洞照，怎容他城守兵入胡斯鬧。

［朝天子］接卷子不敢泡毛，進龍門就在對號。手提筐，胸挂袋，背揩包，只少個木瓢兒懷中把像甚麼材料。只落得餓號夫，把老爺亂叫。

［卜算子］一進號，癮發了，急忙睡倒。號板兒硬磽磽，提筐兒亂糟糟。偏生睡得好，人事不曉。明遠樓吹打得高，至公堂吩咐得早，巡捕官票結得妙，請大人巡號封皮已貼牢，莫多時稀飯就送到。

［叨叨令］地獄門開了，餓鬼門到處跑，手快的造化高，手慢的撈不倒，臭鹽蛋絺漕，臭鹹菜一包，窰碗箸不嫌米糙，冷稀飯吃個飽。

［奈何天］放號簾伸足，一覺橫空飛，下題三道，法寶翻交，此文偏少。看譜章全無頭腦，莫抓拿魂靈急吊，此事如何了。

［時時令］搔首望青天，又算一年，白白的花却許多錢，只想一溜烟。叫號夫叫得，口乾快把炭燒燃，爐子上欵親煎，支幾個半節火磚洗鍋拭碗自周旋，那裏是觀光念切，只落得努力加餐。

［卜算子］慢思條起稿，且消停吃烟。題理題神在那邊，也就完篇。說什麼兩條河，說甚麼三大炮，說甚麼一氣連珠，說甚麼雙鐦開道，說甚麼後四比發揮，說甚麼前八行緊峭，活剝生吞，將成文亂套胡鬧。

［滴滴金］供給又到陳包子，全不嫌粗造。汁肉時總說太小，罵號夫偷吃了。熬過通宵，添注塗改都填好，提筐寄號，交卷趁早，生恐怕把門關了。

［紅綉鞋］頭場二場都草草，只有這第三場得意完了。策上事兒全不曉，只將他然歟否歟齊刪吊，三百字有多莫少。

［村裏迓鼓］中秋節到，士子們齊出號，飲酒猜拳，大呼小叫，帶唱個下河調。西三所走成街道，東三所沒個人瞧，只有當差月餅，真堪笑盡但些生菜餡。

［風入松］有多少老頭巾白髫飄飄，有多少小秀才丰姿裊裊，有多少窮朋友冷袖蕭蕭，只有老朽真堪笑，不做文章有卷交。點句勾股，把槍手的心操倒，怎當得自效勞，出場來要辛苦，莫少分毫。

［漁家樂］副榜先生也罷了，教老者你愛好，做官人何苦在場中混鬧，更有那勸不轉來的監爺貢爺，從九品，他也來打和聲把孼造。

［風入松］出場來故事不小，解元架子拿起了。一身新夾衫綿襖，門戶家家都走到，姑娘知竅盡把解元叫，且花個小東道。

［桂殿秋尾］發榜還早，翻提筐尋出原稿，從新寫過，小字兒連真帶草，越看越好，這舉人何處跑。

［芭蕉雨］憲牌上初二揭曉，想得人夢魂顛倒。一霎時參房師，一霎時拜主考，一霎時夢醒了。旅店中孤燈獨照，静静悄悄，擁被窩自家

失笑。

〔朝天子〕初二這宵又不寒冷不發燒，只有些心驚肉跳，等得人心忙，不見人來報。多半放瞎了，南院門響過九炮，題名錄沿街叫，買來一看魂都吊。老幾又揩包，盤費用完了。算店錢剛夠開消，不如歸去好。提筐兒請個人挑，不敢坐轎耐煩些，出北門走一遭。

〔哀江南〕一進門便發燥，又道是造化欠高，又道是墳地不好，總不說自己工夫爭得早。硯兒打了，筆兒丟了，書兒撕了，怒衝衝上床睡倒，故意發煩惱，知趣的枕邊人將燈照，不想你五花冠誥，依然去把學教。

〔啄木兒〕諸公怒笑，區區的科場下老，甘甘苦苦都嘗到。今年五十有三了，貢院中不多不少，俺睡過九十餘夜風流覺。冷稀飯吃過一挑，有何味道。一頂頭巾揭不吊，哭聲兒轉高。哭聲兒轉高，錯入了這冤孽行道，發個誓再下一科收拾了。

細按牌名，無一相合。綴而聯之，亦不成套。皆類似曲之謂也。惟就曲律而言，類似曲者，不得謂之為曲。

（《酒邊集》，上海會文堂新記書局，1934）

令詞引論

一

　　令者，善也。《說文》："令，發號也。"號部曰："號者，嘑也。"口部曰："嘑者，號也。发號者，发其號嘑以使人也，是曰令。"人部："使者，令也。義相轉注，引申爲律令，爲時令。"以善訓令者，見於《詩箋》。常言辭令之令者，善爲之辭云爾。詞中之令，實叚此義。詞初創時，無所謂令也。有慢然後有令，令慢相對之稱，文辭之不同，樂聲之緩急亦异。是令之所以爲小者，豈獨可以短長限之？自上海顧從敬以字數爲例，於是慢詞中復有中調、長調之別。俗以五十字內者爲令，百字內者爲中調，長調則在百字外者。試問五十字之詞，與六十字之詞，何以异也？説者必無以自解。以字數分者，未盡善也。在南北曲中，單用一牌名以填詞者，悉爲小令。連綴數調，則套數之事矣。詞多雙調，單調三叠四叠者不習見，又不得以叠數分。今欲以一言爲令詞示界，亦難事已。然令詞自有其聲、色、味，可望而知也。

二

　　齊梁小樂府，實啓詞之户牖。其爲長短句者，如《長相思》：

　　　　長相思，久相憶，關山征戍何時極。望風雲，絕音息，上林書不歸，回文徒自織。羞將別後面，還似初相識。

　　　　長相思，怨成悲。蝶縈草，樹連絲，庭花飄散飛入帷。帷中看隻影，對鏡斂雙眉，兩見同望〔見〕月，兩別共春時。

　　儼然令詞也。如岑之敬《當壚曲》：

明月二八照花新，當壚十五晚留賓，回眸百萬自橫陳。

仿佛半闋《浣溪沙》，亦與詞爲近。釋寶月《估客樂》：

郎作十里行，儂作九里送。拔儂頭上釵，與郎資路用。
有信數寄書，無信心相憶。莫作瓶落井，一去無消息。

則求之《花間》，時有似作。洎乎唐賢絕詩，被於弦管，詞之形體，於焉日顯。劉禹錫之《瀟湘神》，不得謂之非詞類也。《楊柳枝》諸調，實介乎詩詞之間。猶後來吳激《人月圓》介乎詞曲之間也。南北曲中與詞相類者，指不勝屈，故有詞餘之目。如姚燧《凭闌人》：

欲寄君衣君不還，不寄君衣君又寒。寒與不寒間，妾身千萬難。

不獨近詞，直可與齊梁小樂府等觀矣。余嘗以齊梁小樂府、唐人絕句、元曲小令，與令詞合稱四妙。察其所同，一言以蔽之曰"漸近自然"，非可以慢詞語也。詞雖演進成慢，令之趣不以慢減也。故令當別慢詞以自立，不特別慢詞以自立也，更當別齊梁小樂府、唐人絕句、元曲小令以自立也。雖同有自然之趣，要能各盡其妙，夫然後始可稱"上不似詩，下不似曲"。齊梁小樂府，雖往往近詞，然小樂府云者，依附本事，聲吻所出，如見其人。唐人絕句，字句整齊，作法自异。至於元曲小令，出以流利，要蘊藉，要婉約，要微遠，則非令詞莫辦矣。

三

朱彝尊《魚計莊詞序》謂："小令宜師北宋，慢詞宜師南宋。"此就兩宋之詞而言也。就令詞言，故應以唐五代爲宗，溫韋爲兩大派，溫濃韋淡，後世作小令者，蓋無能逾乎此二派者也。天水詞流，尚能振發。然少游、山谷，已多俳體，至明之山人才子，而後令詞亡矣。所謂山人才子者，但能爲情致之語，此外更無境界。俞彥《爰園詞話》曰："小令佳者，最爲警策，令人動褰裳涉足之想。第好語往往前人說盡，當從何處生活？"是誠見到語也。有清一代，常州諸子尊詞體而崇溫，浙水詞人以綿邈而近韋。《烏絲》《載酒》，承先以啓後，《飲水》《憶雲》，相少而情多。言頻伽之徒，則又山人才子類矣。鄒祇謨《遠志齋詞衷》謂："詩家有王、孟、儲、韋一派，詞流惟務觀、仙倫、次山、少魯諸家近似。"又有所謂"以閒澹秀脫爲宗，不作濃情致語"者，近世所罕覯也。友人黃君公渚爲言："彊邨晚年，頗有意效東坡小令。"公渚亦自欲以陶白入詞，今尚未竟其業。昔人論五律如四十位賢人，著一屠沽不得。令詞不過數十字，着一閒字，便有一字不得其用。字字經千錘百煉，而皈之自然，一篇之中，有前人未有之境界，不逞聰明，不矜才氣，魚魚雅雅，沖和澹遠。果有其人，始可以興令詞於末造，此豈頻伽輩所能夢想者邪？

（《詞學季刊》第二卷第一號，1934）

陳大聲及其詞

一

假使我們認爲宋代是"詞"集大成的時期，就應當以明代爲"曲"的大成時期。何以故？因爲元代雖已有了南戲，但南詞并不發達。惟有明代纔南曲同北曲相并的進展，散曲與戲曲一般的到了極盛時代。這時，詞是衰微極了。然而在成化、弘治年間，有一位大家，不獨兼擅南、北曲，且爲明代惟一的大詞人。那就是號爲"樂王"的陳鐸。王驥德在他的《曲律》上說：

> 近日爲詞者，北詞則關中康狀元對山、王太史渼陂，蜀則楊狀元升庵，金陵則陳太史石亭、胡太史秋宇、徐山人髯仙，山東則李尚書伯華、馮別駕海浮，山西則常廷評樓居，維揚則王山人西樓，濟南則王邑佐舜耕，吳中則楊儀部南峰。康富而蕪，王艷而整，楊俊而葩，陳、胡爽而放，徐暢而未汰，李豪而率，馮才氣勃勃，時見紕類，常多俠而寡馴，西樓工短調，翩翩都雅，舜耕多近人情，兼善諧謔，楊較粗莽。諸君子間作南調，則皆非當家也。南則金陵陳大聲、金在衡，武林沈青門，吳唐伯虎、祝希哲、梁伯龍，而陳、梁最著。唐、金、沈小令并斐亹有致；祝小令亦佳，長則草草。陳、梁多大套，頗著才情，然多俗意陳語，伯仲間耳。餘未悉見，不敢定其甲乙也。

這是以南詞家目大聲的。而《野獲編》卷二十五於"南北散套"一則中說道：

> 且今人但知陳大聲南調之工耳，其北《一枝花》"天空碧水澄"全套，與馬致遠"百歲光陰"，皆詠"秋景"，真堪伯仲。又"題情"

《新水令》"碧桃花外一聲鐘"全套，亦綿麗，不減元人。本朝詞手似無勝之者。

可見大聲也是工於北調的。況周頤《蕙風詞話》說：

> 陳大聲詞，全明不能有二。……
>
> 其詞境約略在余心目中，兼《樂章》之敷腴，《清真》之沈著，《漱玉》之綿麗。南渡作者非上駟未易方駕。明詞往往爲人指摘，一陳先生掩百瑕而有餘。……
>
> 大聲精研宮律，人稱"樂王"。

這樣偉大的詞人，我們如何可以忽略過去。關於這位陳先生的史料，很難搜尋。現在把我所得的，排列如下。

第一，他的籍貫，有的作金陵，有的作下邳。想來，下邳是"原籍"，而金陵是他的"占籍"。說他是下邳人的，有：

> 陳鐸字大聲，下邳人，徙南京。（王昶《明詞綜》）
>
> 大聲名鐸，別號七一居士，下邳人，家上元。（況周頤《蕙風詞話》）
>
> 明有陳鐸。（魯一同《邳州志》）

說他是金陵人的有：

> 陳鐸，秋碧，南京人。（呂天成《曲品》）
>
> 陳大聲，金陵將家子。（王世貞《曲藻》）
>
> 陳大聲，金陵將家子。（李調元《雨村曲話》）。
>
> 陳名鐸，大聲其字也，金陵人。（《蝸亭雜訂》）
>
> 江東陳鐸大聲。（《渚山堂詞話》）

第二，他的家世和官階。各家的記載，倒沒有甚麼出入的。可惜父名無考，世系約如下表：

> 睢寧伯陳文——都督陳政——父闕——陳鐸。

《邳州志》卷十五，記陳政云：

> 陳政，洪武初從征，驍勇過人，所嚮有功，累遷中府都督。

卷七，說明陳鐸是：

> 睢寧伯文之曾孫，都督政之孫也。

《蕙風詞話》也說他是：

> 睢寧伯陳文曾孫，正德間襲濟州衛指揮。

關於他的官爵，周暉的《金陵瑣事》和顧起元的《客座贅語》，都說他是指揮，未說到甚麼地方的指揮。《顧曲雜言》和《明詞綜》又作"指揮使"。

第三，他的著作，見於《千頃堂書目》者，有：

> 《秋碧軒集》五卷（佚）
> 《香月亭集》（卷數未詳）（佚）
> 《秋碧樂府》一卷
> 《梨雲寄傲詞》《草堂餘意》各一卷。

此外，還有《滑稽餘音》《公餘漫興》二種，也是大聲作的。在《脉望館書目》上，有《精選樂府》《月香小詞》共一本，從前也疑心是大聲的。此書現已發見，裏面雖有大聲作品，但摻雜了不少別家的曲子。

大聲最著名的故事，其一見於《金陵瑣事》：

> 指揮陳鐸以詞曲馳名，偶因衛事謁魏國公於本府。徐公問："可是能詞曲之陳鐸乎？"陳應之曰："是。"又問："能唱乎？"陳遂袖中取出牙版，高歌一曲。徐公揮之去。乃曰："陳鐸金帶指揮，不與朝庭作事，牙版隨身，何其卑也。"

我們可以看出他是一個如何風流瀟灑的人物。簡直一切游戲出之，可謂滑稽之雄了。《客座贅語》裏也有幾條。

> 《陳公善謔》條云："陳鐸爲指揮，善詞曲，又善謔，常居京師，戲作'月令'。惟記其二月下云：'是月也，壁虱出溝中，臭氣上騰，

妓鞾化爲鞋。'最善形容，化爲鞋，更可笑也。"

《聾仙秋碧聯句》條云："黃琳美之，元宵宴集富文堂，大呼角伎，集樂人賞之。徐子仁，陳大聲二公稱上客。美之曰：'今日佳會，舊詞非所用也。請二公聯句，即命工度諸弦索，何如？'於是子仁與大聲揮翰聯句，甫畢一調，即令工肆習。既成，合而奏之，至今傳爲勝事。子仁七十時，於快園灑藻堂開宴，妓女百人，稱觴上壽，纏頭皆美之貽者。大聲爲武弁，嘗以運事至都門，客召宴，命教坊子弟度曲侑之。大聲隨處雌黃，其人拒不服，蓋初未知大聲之精於音律者也。大聲乃手攬其琵琶從座上快彈唱一曲，諸子弟不覺駭服，跪地叩頭曰：'吾儕未嘗聞且見也。'稱之曰'樂王'。自後教坊子弟無人不願請見者，歸來問饋不絕於歲時。烏乎，二公以小技爲當時所慕如此。豈所謂折楊黃蓍，則聽然而笑者耶？頃，友人陳藎卿所聞亦工度曲，頗與二公相上下，而窮愁不稱其意氣，所著多冒他人姓氏，甘爲床頭捉刀人以死，可嘆也。嗟乎，彼武夫、伶人猶知好其知音者，今安在乎哉？"

《四景聯句》條云："陳秋碧與徐聾仙詠四景聯句，調曰《金索挂梧桐》。（其一）東風轉歲華，院院燒燈罷。陌上清明，細雨紛紛下。天涯蕩子心，盡思家，只見人歸不見他。合歡未久輕拋捨，追悔從前一念差。無聊處，懨懨獨坐小窗紗。見了些片片桃花，陣陣楊花，飛過秋千架。（其二）楊花亂滾綿，蕉葉初學扇。翠蓋紅衣，出水蓮新現。金爐一縷，微裊沉烟，睡起紗廚〔幪〕雲鬢偏。巫山好夢誰驚破？花外流鶯柳外蟬。無聊處，千思萬想對誰言？添了些舊恨眉邊，新淚腮邊，界破殘妝面。（其三）閒階細雨收，翠幕新涼透。疏柳殘荷，又早中秋後。新來減盡了舊風流，無奈新愁壓舊愁。碧雲望斷天涯路，人在天涯欲盡頭。無聊處，懨懨鬼病幾時休，聽了些雁過南樓，人倚西樓，正是我愁時候。（其四）銀臺絳蠟籠，繡幕金鈎控。暖閣紅爐，少個人兒共。月明繞轉小房櫳，不放清光照病容。無端畫角聲三弄，吹落梅花一夜風。無聊處，天寒夜冷信難通。孤眠人正怕窮冬，又到殘冬，做不就鴛鴦夢。此詞纏綿婉折，曲盡個中情景。如二公者，故詞場之伯仲也。"

從這幾段文字中，我們可看出大聲之爲人來。

陳文述《秣陵集》卷六《舊院篇》詩序有云："石壩街東南，有'樂王廟'，後人誤爲'藥王廟'。"不知道這一座廟裏，是不是就祀的大聲。石壩街原來是接近"南苑"的，或者教坊裏的人紀念大聲，供奉香火，這也說不定的。關於大聲之生榮死哀，約略僅有這些微的記載。早幾年我作過一本《論曲絕句》，其中說到大聲的那一首，道："牙版隨身只自憐，梨雲冉冉板橋邊。於今一片鍾山黛，不似當時秋碧鮮。"

南京在明代的初期，本是曲人的萃集地。到現在這曲的衰落時期，又豈獨南京黯然無色呢？

二

陳大聲的曲集兩種《秋碧樂府》與《梨雲寄傲》皆是鈔本，藏在長洲汪士鐘的藝芸精舍中。前幾年，我展轉錄得，刻入"飲虹簃所刻曲"裏，算是流行於世了。但他的詞，始終我們沒有機會見到，起初并其名都不知。原來大聲的詞集，叫做《草堂餘意》。況周頤在《蕙風詞話》中曾很嗟吁的，敘述此書遺失的本末，道：

……坐隱先生（案此亦大聲之別署）《草堂餘意》，甲辰（案即光緒三十年）半唐（案即王鵬運）假去，即付手民，蓋亦契賞之至。寫樣甫竟，半唐自揚之蘇，嬰疾遽殂，元書及樣本并失去，不復可求。……

是書失傳，明詞之不幸，半唐之隱恫矣！

明陳霆在所作的《渚山堂詞話》裏，於此書亦有詳細的介紹：

"金猊瑞腦噴香霧，嚮曉（鈔本作晚）寒多深閉戶，窗明殘雪積飛瓊，風起亂雲飄散絮。　錦幃細看霓裳舞，小玉銀箏學鶯語。梅香滿座襲人衣，誰道江橋無覓處。"此陳大聲冬雪詞也。寄《木蘭花令》。論者謂其有宋人風致，使雜之《草堂》集中，未必可辨也。雖然，大聲和《草堂》，自予所選數首外，求其近似者蓋少。

江東陳鐸大聲嘗和《草堂詩餘》，幾及其半，輒復刊布江湖間。論者謂其以一人心力，而欲追襲群賢之華妙，徒負不自量之譏。蓋前輩和唐音者,胥以此故為大力所不許。大聲復冒此禁,何也?然以其酷擬前人,故其篇中亦時有佳句。四言如:"嬌雲送馬,高林回鳥,遠波低雁。"五言如:"飛夢去江干,又添驢背寒","饑鳥啄瓊樹","寒波淨銀塘","香浮殘雪動","影弄寒蟾小"。六言如:"長日餘花(鈔本誤作光)自落,無風弱柳還搖。""楊柳依風清瘦,花枝照水分明。""明月為誰圓缺?浮雲隨意陰晴。"七言如:"花蕊暗隨蜂作蜜,溪雲還伴鶴歸巢。""欲將離恨付春江,春江又恐東流去。""千里青山勞望眼,行人更比青山遠。""秋水無痕涵上下,浮雲有意遮西北。"散句如:"東風路,多少小燕閒庭,亂鶯芳樹。""綠雲盡逐東風散,惟有花陰層疊。""九十韶光自不容,何必憎風雨。""暮山高下暮雲平,行人不渡,只有斷橋橫。""清溪流水,斜橋淡月,不減山陰好。""春城晚,霏霏滿湖煙雨。斷腸無奈,落花飛絮。"凡此頗婉約清麗,使其用為已調,當必擅聲一時;而以之追步古作,遂蹈村婦鬥美毛施之失,蓋不善用其長者也。

從後段看來,大聲喜和前人的韻,所以落了第二乘。據我舊時見到的,在《明詞綜》上只有一首詞,《雍熙樂府》中也混入他的令詞一首。在不久以前,友人趙叔雍先生忽然得到《草堂餘意》的足本。這書現刻在趙先生所輯《全明詞》中,我錄了一個副本。趙先生於跋中敘及得書的始末:

  曩治詞學,讀《渚山堂詞話》,屢及陳大聲,謂其"有宋人風致,使雜之《草堂》集中未必可辨"。又謂"篇中亦時有佳句,凡此婉約清麗,使其用為已調,當必抎〔擅〕聲一時;而以之追步古作,遂蹈村婦鬥美毛施之失。"漸從蕙風先生游,於其《選巷叢談》《蘭雲菱夢樓筆記》,又屢稱陳詞。謂具澹、厚之妙,足與兩宋名家頡頏。半唐借去未還,繆藝風至欲為大聲一哭。按鐸字大聲,下邳人。萬曆間,官指揮使。《明詞綜》載其一闋,未足盡其流播也。其書越三十年,見於京師廠肆。徐森玉社兄,博學好古,見之,即飭胥影寫精本,藏之篋衍。癸酉孟夏,余以事北行,寇迫京師,而談藝之樂,一如恒日。忽一日,森玉出以相視,愛不忍釋,且謀復鍥;遂慨然舉以相贈,厚我者何止百朋而已。亟挾之南歸,付墨,亦庶可彌半唐、蕙風、藝風三先生之遺憾,素雲有知,黃鶴來下,其亦執卷以共為欣賞乎？（案："萬曆間"三字，當是趙先生一時誤記了。）

這本集子，可真是異樣的編制。分上、下二卷。上卷全是屬于"春意"的，計共八十三首，用調五十五。卷下，屬於"夏意"的，有二十五首，用調二十。屬於"秋意"的，有二十四首，用調二十二；屬於"冬意"的，有十六首，用十六調。全集合共一百四十八首。我們假使取《草堂詩餘》比勘一下，便可知道大聲是步和此書的，而且是逐首次韵。最奇的，每首原作者姓名，他就書於詞下，其實皆是自己所作。遇到無名氏，便寫上"陳大聲"三字，證明陳大聲的，仍然是和人韵的。茲以《清平樂》一首爲例：

長條新舊，忍見河橋柳。春到鵝黃初染就，又是送行時候。　正當洛下東門，風風雨雨銷魂。報道雕鞍去也，斷腸怕到①。

趙德麟的原作是：

春風依舊，著意隨堤柳。搓得鵝兒黃欲就，天氣清明時候。　去年紫陌青門，今宵雨魄雲魂。斷送一生憔悴，只銷幾個黃昏。

《詞林摘艷》即以這兩首詞冠首。集中在"長條新舊"一首下，署趙德麟名，就因爲和趙的原因。其餘都可類推，不再標舉了。

平心而論，曲家的詞能這樣的蘊藉，在明代沒有幾人。大聲詞之所以可取，或者還是因爲在這一點上。

三

明清人筆記，互相蹈襲的最多。如王元美《曲藻》說到大聲是：

所爲散套，既多抄襲，亦淺才情，然字句流麗，可入弦索，《三弄梅花》一闋，頗稱作家。

而李調元《雨村曲話》就說：

---

① "怕到"後脱二字。

曲多抄襲，《梅花》一闋爲世所傳，只可供弦索三弄而已。

同時，王元美頗以"穩協"許大聲，其又一條說：

徐髯仙〈霖〉，金陵人。所爲樂府，不能如陳大聲穩協，而才氣過之。

這一類似是而非的評語，大都差不多的。惟有《南音三籟》中有一則，甚有意義，道：

作曲須先識字，否則往往誤用。如梁伯龍《浣紗·金井水紅花》云：波冷濺芹芽，濕裙衩。"衩"字法用平聲，然衩箭袋也。若衣衩之衩，屬去聲。李義山詩"十歲去踏青，芙蓉作裙衩"，是爲明證。此其失自陳大聲散套《節節高》之"戲女娃露裙衩"始耳。

《太霞新奏》中也有從《曲律》上指摘的話：

墨憨齋主人評沈伯英《鶯啼序·麗情》"盈盈十五才過"一套云：《鶯啼序》首句，據伯英詞譜仍七字，而此曲乃用六字起，蓋仿陳大聲"孤幛一點殘燈"句法也。《三籟》謂大聲曲實是"孤幛一點將絕燈"七字，非六字。然考《拜月亭》有《鶯集御林春》曲乃《鶯啼序》二句、《集賢賓》二句、《簇御林》一句、《三春柳》二句合成者。起句如"恰才的亂掩胡遮，聽說罷姓名家鄉"，句法正與"孤幛一點殘燈"相近，即少一字，亦宜添在孤字之上。若《三籟》"孤幛一點將絕燈"，則與《集賢賓》起句一般，何不直注《集賢賓》五句，而必另注《鶯啼序》乎？凡《鶯啼序》用七字起者，皆犯《集賢賓》者也。或作換頭可耳。因二曲腔調相近，作者多互犯，而又不得真正知音者辨之。其是非顛倒，吾不知其終矣。

這也是有關於大聲的。

[作於 1934 年（民國二十三年）八月；
刊於《青年界》第七卷第一期，1935]

陳大聲評記輯

　　近日爲詞者，北調則關中康狀元對山、王太史渼陂，蜀則楊狀元升庵，金陵則陳太史石亭、胡太史秋宇、徐山人髯仙，山東則李尚寶伯華、馮別駕海浮，山西則常廷評樓居，維揚則王山人西樓，濟南則王邑佐舜耕，吳中則楊儀部南峰，康富而蕪，王艷而整，楊俊而葩，陳、胡爽而放，徐暢而未汰，李豪而率，馮才氣勃勃，時見紕纇，常多俠而寡馴，西樓工短調，翩翩都雅，舜耕多近人情，兼善諧謔，楊較粗莽。諸君子間作南調，則皆非當家也。南則金陵陳大聲、金在衡，武林沈青門，吳唐伯虎、祝希哲、梁伯龍，而陳、梁最著。唐、金、沈小令并斐亹有致；祝小令亦佳，長則草草。陳、梁多大套，頗著才情，然多俗意陳語，伯仲間耳。餘未悉見，不敢定其甲乙也。（《曲律》）

　　若夫散詞、小令，則家和璧而人隋珠，未易枚舉。試數其人，則周憲王、趙口口王、劉誠意、王威寧、楊邃庵、顧未齋、陳大聲、祝希哲、唐伯虎、張伯起、沈青門、王稚欽、李空同、楊用修、王敬夫、康德涵、韓苑洛、金白嶼、楊君謙、常明卿、谷繼宗、何粹夫、王渼陂、王浚川、謝茂秦、王舜耕、陸之裘、陳石亭、何太華、許少華、王辰玉。彼皆海嶽英靈，文章巨擘，羽翼大雅，黼黻王猷，正業之外，游戲爲此，或滔滔大篇，或寥寥小令，含金跨元，真所謂種種殊別，新新無已矣。（《三家村老委談》）

　　不作傳奇而作散曲者二十五人，其一曰陳鐸秋碧，南京人。評云：陳秋碧南音嘹喨。（餘略）蓋諸公多浚文章之派，并揚詞曲之波，歌套數洋洋盈耳之歡，唱小令嗚嗚沁心之妙，篇章應不朽，姓字必兼存，尤爲上品。（《曲品》）

　　陳鐸字大聲，有《秋碧樂府》《梨雲寄傲》《公餘漫興》行於世。咏閨情《三弄梅花》一闋，頗稱作家。所爲散套，穩協流麗，被之絲竹，審宮節羽，不差毫末。（《金陵瑣事·曲品》）

指揮陳鐸，以詞曲馳名。偶因衛事謁魏國公於本府，徐公問："可是能詞曲之陳鐸乎？"陳應之曰："是。"又問："能唱乎？"陳遂袖中取出牙板，高歌一曲。徐公揮之去，迺曰："陳鐸金帶指揮，不與朝廷作事，牙板隨身，何其卑也？"（《金陵瑣事》）

陳鐸爲指揮，善詞曲，又善謔。常居京師，戲作月令，惟記其二月下云："是月也，壁虱出，溝中臭氣上騰，妓鞾化爲鞋。"最善形容，"化爲鞋"更可笑也。（《客座贅語·陳公善謔》）

黄琳美之，元宵宴集富文堂，大呼角伎，集樂人賞之。徐子仁、陳大聲二公稱上客。美之曰："今日佳會，舊詞非所用也，請二公聯句，即命工度諸弦索，何如？"於是子仁與大聲揮翰聯句，甫畢一調，即令工肄習。既成，合而奏之，至今傳爲勝事。子仁七十時，於快園灑藻堂開宴，妓女百人，稱觴上壽，纏頭皆美之貽者。大聲爲武弁，嘗以運事至都門，客召宴，命教坊子弟度曲侑之。大聲隨處雌黄，其人拒不服，蓋初未知大聲之精於音律者也。大聲乃手攬其琵琶，從座上快彈唱一曲。諸子弟不覺駭伏，跪地叩頭曰："吾儕未嘗聞且見也！"稱之曰"樂王"。自後教坊子弟，無人不願請見者。歸來問饋，不絕於歲時。嗚呼！二公以小技爲當時所慕如此，豈所謂折楊黄荂，則聽然而笑者耶？頃，友人陳藎卿所聞亦工度曲，頗與二公相上下，而窮愁不稱其意氣，所著多冒他人姓氏，甘爲床頭捉刀人以死，可嘆也。嗟乎，彼武夫伶人，猶知好其知音者，今安在乎哉？（《客座贅語·髯仙秋碧聯句》）

陳秋碧與徐髯僊咏四景聯句，調曰《金索挂梧桐》："（其一）東風轉歲華，院院燒燈罷。陌上清明，細雨紛紛下。天涯蕩子心盡思家，只見人歸不見他。合歡未久輕抛捨，追悔從前一念差。無聊處，憮憮獨坐小窗紗。見了些片片桃花，陣陣楊花，風過鞦韆架。""（其二）楊花亂滚綿，蕉葉初學扇。翠蓋紅衣，出水蓮新現。金鑪一縷，微裊沉烟，睡起紗幬雲鬌偏。巫山好夢誰驚破？花外流鶯柳外蟬，無聊處，千思萬想對誰言？添了些舊恨眉邊，新泪腮邊，界破殘妝面。""（其三）閒階細雨收，翠幕新涼透。疏柳殘荷，又早中秋後。新來減盡了舊風流，無奈新愁壓舊愁。碧雲望斷天涯路，人在天涯欲盡頭。無聊處，憮憮鬼病幾時休！聽了些雁過南樓，人倚西樓，正是我愁時候。""（其四）銀臺絳蠟籠，綉幕金鈎控。暖閣紅鑪，少個人兒共。月明纔轉小房櫳，不放清光照病容。無端畫角聲三弄，吹落梅花一夜風。無聊處，天寒夜冷信難通。孤眠人正怕窮冬，又到殘冬，做不就鴛鴦夢。"此詞纏綿婉折，曲盡個中情景。如二公者，故詞場之伯仲也。(《客座贅語·四景聯句》)

今人但知陳大聲南調之工耳，其北《一枝花》"天空碧水澄"全套，與馬致遠"百歲光陰"，皆咏秋景，真堪伯仲。又題情《新水令》"碧桃花外一聲鐘"全套，亦綿麗不減元人。本朝詞手，似無勝之者。陳名鐸，號秋碧，大聲其字也，金陵人，官指揮使，今皆不知其爲何代何方人矣！(《顧曲雜言》)

陈大聲，金陵將家子，所爲散套，既多抄襲，亦淺才情，然字句流麗，可入弦索，《三弄梅花》一闋，頗稱作家。(《曲藻》)

徐髯僊霖，金陵人，所爲樂府，不能如陈大聲穩協，而才氣過之。(《曲藻》)

陳大聲，金陵將家子，曲多抄襲，《梅花》一闋，爲世所傳，只可供弦索三弄而已。(《雨村曲話》)

成、弘間，沈青門、陳大聲輩，南詞宗匠。同時，康對山、王渼陂，俱以北擅場。王初學填詞，先延名師學唱，三年而後出手。章邱李太常中麓亦以填詞名，與康、王交而不嫻度曲，如所作《寶劍記》，生硬不諧，且不知南曲之有入聲，自以《中原音韻》叶之，以致見誚吳儂。同時惟馮海浮差爲當行。此外吳中詞人，如唐伯虎、祝枝山、梁伯龍、張伯起輩，縱有才情，俱非本色矣。今傳誦南曲，如"東風轉歲華"云是囗人高則誠，不知乃陳大聲、徐髯翁聯句也。陳名鐸，大聲其字也，金陵人，官指揮使。(《蝸亭雜訂》)

作曲須先識字，否則往往誤用。如梁伯龍《浣紗·金井水紅花》云："波冷濺芹芽，濕裙衱。""衱"字法用平聲，然"衱"箭袋也。若衣衱之衱屬去聲。李義山詩"十歲去踏青，夫容作裙衱"，是爲明證。此其失自陳大聲散套《節節高》之"戲女娃露裙衱"始耳。(《南音三籟》)

墨憨齋主人評沈伯英《鶯啼序》麗情"盈盈十五才過"一套云：《鶯啼序》首句，據伯英詞譜仍七字，而此曲乃用六字起，蓋仿陳大聲"孤幛一點殘燈"句法也。《三籟》謂大聲曲實是"孤幛一點將絕燈"七字，非六字。然考《拜月亭》有《鶯集御林春》曲，乃《鶯啼序》二句，《集賢賓》三句，《簇御林》一句，《三春柳》二句合成者。起句如"恰才的亂掩胡遮，聽説罷姓名家鄉"句法正與"孤幛一點殘燈"相近。即少一字，亦宜添在孤字之上。若《三籟》"孤幛一點將絶燈"則與《集賢賓》起句一般，何不直注《集賢賓》五句，而必另注《鶯啼序》乎？凡《鶯啼序》用七字起者，皆犯《集賢賓》者也，或作換頭可耳。因二曲腔調相近，作者多互犯，而又不得真正知音者辨之，其是非顛倒，吾不知其終矣。（《太霞新奏》）

"金猊瑞腦噴香霧，回曉鈔本作晚寒多深閉戶。窗明殘雪積飛瓊，風起亂雲飄散絮。　錦幛細看霓裳舞，小玉銀箏學鶯語。梅香滿座襲人衣，誰道江橋無覓處？"此陈大聲冬雪詞也，寄《木蘭花令》。論者謂其有宋人風致，使雜之《草堂》集中，未必可辨也。雖然，大聲和《草堂》，自予所選數首外，求其近似者蓋少。

江東陳鐸大聲，嘗和《草堂詩餘》，幾及其半，輒復刊布江湖間。論者謂其以一人心力，而欲追襲群賢之華妙，徒負不自量之譏。蓋前輩和唐音者，胥以此故，爲大力所不許，大聲復冒此禁，何也？然以其酷擬前人，故其篇中亦時有佳句。四言如："嬌雲送馬，高林回鳥，遠波低雁。"五言如："飛夢去江干，又添驢背寒。""飢鳥啄瓊樹，寒波净銀塘。""香浮殘雪動，影弄寒蟾小。"六言如："長日餘花鈔本誤作光自落，無風弱柳還摇。""楊柳依風清瘦，花枝照水分明。""明月爲誰圓缺？浮雲隨意陰晴。"七言如："花蕊暗隨蜂作蜜，溪雲還伴鶴歸巢。""欲將離恨付春江，春江又恐東流去。""千里青山勞望眼，行人更比青山遠。""秋水無痕涵上下，浮雲有意遮西北。"散句如："東風路，多少小燕閒庭，亂鶯芳樹。""綠雲盡逐東風散，惟有花陰層叠。""九十韶光自不容，何必憎風雨。""暮山高下暮雲平，行人不渡，只有斷橋横。""清溪流水，斜橋淡月，不減山陰好。""春城晚，霏霏滿湖烟雨。斷腸無奈，落花飛絮。"凡此頗婉約清麗，使其用爲己調，當必擅聲一時，而以之追步古作，遂蹈村婦鬥美毛、施之失，蓋不善用其長者也。（陳霆《渚山堂詞話》）

陳鐸字大聲，下邳人，徙南京，官指揮使。錢氏云："大聲以樂府名于世，所爲散套，穩協流麗，被之管弦，能審宮節羽，不差毫末。"（王昶《明詞綜》）

明有陳鐸，睢寧伯文之曾孫，都督政之孙也，以樂府名於世，亦藝文之支流餘裔者焉。（《邳州志》卷七）

陳政洪武初從征，驍勇過人，所嚮有功，累遷中府都督。（《邳州志》卷十五）

陳大聲詞，全明不能有二。坐隱先生《草堂餘意》，甲辰春，半唐假去，即付手民，蓋亦契賞之至。寫樣甫竟，半唐自揚之蘇，嬰疾遽殁，元書及樣本并失去，不復可求。其詞境約略在余心目中，兼《樂章》之敷腴，《清真》之沈著，《漱玉》之綿麗，南渡作者，非上駟未易方駕。明詞往往爲人指摘，一陳先生掩百瑕而有餘。是書失傳，明詞之不幸，半唐之隱恫矣。大聲名鐸，別號七一居士，下邳人，家上元，睢寧伯陳文曾孫，正德間，襲濟州衛指揮，有《秋碧軒集》五卷，《香月亭集》（卷數未詳），《秋碧樂府》一卷，《梨雲寄傲詞》《草堂餘意》各一卷（余所得巨帙逾百葉卷數不復記憶）并見《千頃堂書目》。大聲精挈宮律，人稱樂王。又善謔，嘗居京師，戲仿《月令》云云，見顧起元《客坐贅語》。又有四時曲，與徐髥僊聯句。（《蕙風詞話》）

題大聲樂府《朝天子》云："樂王，樂章，這板本在書棚上。把前朝風月細端相，夜半秦淮涨。有鼓板千場，氍毹十丈，掩映著華燈亮。窈娘、窅娘，重教取尊前唱。"（冒廣生《疢齋樂府》）

按《秋碧樂府》《梨雲寄傲》二書，舊爲長洲汪氏藝芸精舍藏，己巳，余展轉得之，付諸梨棗以行。其後三年，友人趙君叔雍訪得《草堂餘意》原本於燕京，復授之梓。於是大聲遺帙，始重顯於世。今年七月，如皋冒鶴亭先生讀樂府兩種而善之，且相詔曰："大聲子之鄉人也，惜其人久湮不彰，子胡不采集群書，昭其行實，是固後學者之責也。"余不敢辭，因檢篋笥，錄諸家所評記，凡如干則，而以舊作論曲絕句及大聲者附焉。詩曰："牙版隨身只自憐，梨雲冉冉板橋邊。於今一片鍾山黛，不似當時秋碧鮮。"亦嗜談金陵掌故者之一助也。癸酉立秋日，冀野錄後記。陳文述《秣陵集》卷六《舊院篇》詩序有云："街（案指石壩街言）東南有樂王廟，後人誤爲藥王廟。"不知此所謂樂王廟抑祠大聲者不？甲戌（1934年）處暑，冀又記。

（《詞學季刊》第二卷第四號，1935）

"詞"是怎樣發生和發展的

詞的發生,不是很簡單的可以解答。方成培《香研居詞麈》上説:"古者詩與樂合,而後世詩與樂分,古人緣詩而作樂,後人倚調以填詞,古今若是其不同。而鐘律宮商之理,未嘗有異也。自五言變爲近體,樂府之學幾絶。唐人所歌,多五七言絶句,必雜以散聲,然後可被之管弦,如陽關必至三叠而後成音,此自然之理。後來遂譜其散聲,以字句實之,而長短句興焉。"從這類議論看來,要知道"詞的發生",當先知道詞牌的發生,也就是先要問詞樂是如何的發生?解答這一個問題我們可以分三點來講。

(一)古樂的遺留。在《舊唐書·音樂志》裏,説得很詳細:"宋、梁之間,南朝文物,號爲最盛。人謡國俗,亦世有新聲。後魏、孝文、宣武,用師淮、漢,收其所獲南音,謂之'清商樂'。隋平陳,因置'清商署',總謂之清樂。遭梁、陳亡亂,所存蓋鮮。隋室以來,日益淪缺,武后之時,猶有六十三曲。"這六十三曲,應對於後來的《詞樂》,甚有影響。"自長安以後,朝廷不重古曲,工伎轉缺,能合於管弦者,唯《明君》《楊伴》《饒壺》《春歌》《秋歌》《白雪》《畫堂》《春江花月》等八曲。"這時,古樂逐漸凌替,"自開元以來,歌者雜用胡夷里巷之曲"。胡夷、里巷的確也是"詞樂"的泉源。

(二)胡曲的輸入。中國①音樂受外來影響,在歷史上,漢以前我們不知道。漢以後我們很可曉得的,翻開《隋書·音樂志》來,有很詳細的記載。唐代詩人如王之涣、王昌齡諸人的詩,在旗亭傳唱,恐怕很多就是用流行的外來的歌譜。又《舊唐書·音樂志》説:"自周隋以來,管弦新曲將數百曲,多用西涼樂。鼓舞曲,多用龜兹樂。其曲度皆時俗所知也。"民間於胡曲如此普通的了解,無怪崔令欽《教坊記》所載有三百二十五曲

---

① 應爲"中原";下同。

之多。許多鼓舞曲如《怨胡天》《羌心怨》《南天竺》《定西番》《望月婆羅門》《胡僧破》《突厥三臺》之類，望多可知其爲胡曲，或自胡曲變出。《蔡絛詩話》云："按唐人《西域記》，龜茲國王與其臣庶之知樂者，於大山間，聽風水聲均節成音，復翻入中國，如《伊州》《甘州》《梁州》等曲，皆自龜茲所致。"於此可知中國音樂上之變動，都是受胡曲的影響了。

（三）俚詞的采仿。在最早許多詞調之中，如《竹枝詞》《楊柳枝》《浪淘沙》《憶江南》《調笑》《三臺》等，頗多就是從里巷出來的。所謂里巷之曲，因爲散在各地，有些〈在〉很偏僻的地方，并且這種曲大都有"地方性"，所以不大普遍。但爲文人所喜，便形成初期的詞了。劉禹錫在《竹枝詞序》中説："里中兒聯歌《竹枝》，吹短笛，擊鼓以赴節，歌者揭袂睢舞，以曲多爲賢。聆其音，中黃鐘之羽。率章激訐如吳聲，雖傖儜不可分，而含思宛轉，有淇澳之體。"把素不見重的民歌，漸漸文藝化。他如張志和的《漁歌子》，想來是潤飾或者改作當時的漁歌而成。里巷之曲，與詞樂的關係，於此可見。

保存着一部分古樂，一面受胡樂的影響，同時采納一些民間的歌聲，遂成爲當時詞樂，而詞的文章，便漸漸成爲獨立的文體，詞的發生，原來是這麽複雜的。

説到詞的發展，當然是宋代的事。所謂："詞至北宋而大，至南宋而精。"這"大"字真是最妙於形容了。北宋詞如何成其爲大呢？據我看來，其中有四大關鍵。

（一）宋初，有晏殊等保守五代十國之舊作風。沒有這一番保存，那麽決不會產生詞的新運。詞之所以發展，這是第一步。

（二）到了柳永，便開"慢詞"之源。從令詞到慢詞，這是詞體的擴充，要不是從體制上開拓，詞也決不能一新面目，所以慢詞的創作，是詞的發展的基礎。

（三）蘇軾出來革去詞中綺羅香澤之習。這是詞的内容的擴充，要不是從内容中開拓，詞也決不能有新的生命。嚮來"正變論"者，以蘇軾爲變體，實際上不認識詞的真義，"變"正是"正"的發展。如果沒有蘇軾，恐怕詞體永遠便被香澤綺羅占據住了。

（四）有一個周邦彥集了大成。這是詞的文章與音樂同時的一大進展，在詞史上能奠定詞壇局面的，只有周邦彥一個。

能保守，能創造，能革命，能集成，北宋的詞畢竟是"大"的。南宋之所謂"精"，是以詞的文章去依附詞樂，除了"自變腔"稍有些創作的意味外，餘則斲喪天趣，遠不如北宋了。所以南宋以後，直至元明都無足觀。清代詞學的再起，一是張惠言等的"尊體運動"，以"意內言外"之旨，提高詞價；一是朱古微先生等校勘詞籍，爲詞結了一筆總賬。所以今後詞的命運是無可再圖的了。從詞的發生，到極盛時代，只是北宋這一段，是一大發展。清代〈爲第〉二期，不過"回潮"而已。

（蔡元培主編《文學百題》，生活書店，1935）

龍榆生先生

我現在來述這位詞人的生平,很引起我的悵惘,因為我們分別已半年多了。他遠在嶺南,也許別後比當時身體要強壯了許多。他是一個具有強壯的精神而身體極衰弱的人。他很興奮,做事很負責,而常常愛生氣的。但是,"力不從心",他有時也自己這樣抱憾。

大約是民國十七八年,我到上海,在一家婚筵上認識了他。他靜悄悄的,眼睛老是望著我。沒有談過多少話,只是笑著。後來,漸漸廝熟了,於是議論風生地常常聚談一塊。他有一次,很詳細地對我自叙履歷道:"我一嚮在家讀書的,後來跑到武昌,從黃季剛先生。黃先生講聲韻之學,一時從他的人很多,我住了一些時,自問無所得,有人介紹到上海一個小學裏來當教師,學生說聽不懂我的話,我一氣便拂袖而去了。在廈門集美師範當了六七年教師,再到上海在暨南大學由講師,改教授,兼主任,一混就是七八年。想起從前的事來,要不是我自己這樣幹,或者至今還在家鄉呢。"的確,他是這樣肯努力的。他的意志固然堅強,却又有很謙虛能受的心。

有一次,我和他一同去拜訪朱彊邨先生。他在詞學上的成就,朱先生對於他是有過很大的幫助。當《詞學季刊》初辦的時候,我在河南,得了他的信,我心裏想:"這恐怕是不大容易維持得久吧!"誰知一期一期地出版,他始終不曾懈怠過,一直到現在,他遠在數千里外,仍然從事編稿,使《詞學季刊》不致夭折。我親眼見他扶著病編輯,絲毫不馬虎了事。所以,他不願意安分做一個書生,他總想做一點事業出來。說起他身體如此弱衰,也許家庭給他很重要的原因。他的母親早已亡故,父蛻庵先生是江西名孝廉,繼母也有很多的兒女,這其間有些地方長使他生氣。他自己又有子女衆多,生活負擔很重,所幸他不大憂慮,但事實上他因此很疲勞的,過兩三天,他就會生一點小病。在一年的冬季他發起讀書會,每天黎明在研究室裏大家聚來讀書,他的夫人勸他不必如此趕早,天這樣的冷,身體又不好。他始終支持着，結果生了一場大病，病初起時，他還維持，但終於睡倒了。

我初到暨大來，住在宿舍裏，與他的新村住宅很近。我們常談到半夜，不過談話是耽誤時間的。我走了以後，他必定補做那一天未完成的工作，後來我知道了，便不敢去談。不過，有時他也來談；而所談的內容"文學少而事業的話多"。我真想不到他竟是以曾左自期的！他認爲我們應當能造風氣，從文學上移到事業上。他離開暨南大學，也是因爲生氣的緣故，一氣遂帶了夫人和九個兒女，與十箱書，泛海到粵。我常常替他這多病之軀擔憂，尤其愛生氣很易傷害身體。我常勸他，他說："太看不慣了！"他生平最崇拜的就是歐陽竟無先生，歐陽先生也是看不慣就生氣的。

三年前，我們游揚州，在一間房裏，縱橫今古，談到今後的途徑，他道："我們做的東西對於世道，相離太遠了。與其走周美成、吳夢窗的路，不如唱蘇東坡、辛稼軒的詞。便是作出辛稼軒的詞，也不如率領他的飛虎軍，那才是'氣吞萬里如虎'呢！"

我們認他做一個詞人，我想，他決不甘心的，他近年詞的作風確然是變了。我祝福他身體漸漸强壯起來，得行其志。果如此，我們將看他在詞以外的收穫。

（《十日雜志》第 19 期，1936）

南渡後幾個愛國的詞人

到了南宋，國勢已如此垂危。詞人筆致，當然不免有些轉變了。但并不歌哭，也不哀怨，只是一片"義憤之聲"。

這裏所叙述，便是最卓著的幾個詞人，辛弃疾、張孝祥、陸游、姜夔。

（一）

辛弃疾字幼安，歷城人，他生於金人統治之下的山東，眼見外族的氣焰，懷復國的宏願，在幼年的時候，便抱負不凡了。後來耿京聚兵，弃疾投耿，爲掌書記，一同歸了宋，高宗命他做承務郎，又因擒張安國，改任江陰簽判，建康通判。乾道六年，召對延和殿，與孝宗論南北形勢，進《九議》、《應問》三篇、《美芹十論》，早任司農主簿，守陶州。歷任要職，淳熙十二年，直升任江西安檢使。屢經彈劾，起復後，在惠泰四年①，以論鹽法，加寶謨閣待制。《宋史》記他在湖南創"飛虎營"事：

> 乃變馬殷營壘故基，起蓋砦栅，招步軍二千人，馬軍五百人，傔人在外，馬鐵甲皆備。先以緡錢五萬於廣西買馬五百匹，詔廣西安梅司歲買三千匹，時樞府有不樂之者數阻撓之，弃疾行愈力，辛不能奪。經度費巨萬計，弃疾善斡旋，事皆立辦。議者以聚欽聞，降御前金字牌，俾下住罷。弃疾受而藏之，出責監辦者，期一月"飛虎營"栅成。違，坐軍制。如期落成，開陳本末，繪圖繳進，上遂釋然。

因他是北人南歸的原故，所以始終不能展其願望。所以在他的記中，很多悲壯的語句。《賀新郎》有云：

---

① 底本中"惠泰四年"當爲"嘉泰四年"。

事無兩樣人心別，問渠儂：神洲畢竟幾番離合？汗血鹽車無人顧，千里空收駿骨。正目斷關河路絕。我最憐君中宵舞，道男兒到死心如鐵。看試手。補天裂。

毛晉在《稼軒詞跋》中說："稼軒率多撫時感事之作，磊落真多，絕不作妮子態。"他的確是一位英雄，所以他的詞不是咬文嚼字中來，最有名的《永遇樂·登北固山》有云：

千古江山，英雄年①覓孫仲謀處，舞榭歌臺，風流總被，雨打風吹去。斜陽草樹。尋常巷陌，人道寄奴曾住。想當年金戈鐵馬，氣吞萬里如虎。元嘉草草，封狼居胥，意贏倉皇北顧，四十三年，望中猶記，燈火楊洲路，可堪回首，佛貍初下，一片神鴉社鼓。憑誰問廉頗老矣，尚能飯否？②

他那一種無名的憤怒，不免的流露在字裏行間。在外侮日迫的當兒，南朝人物還不見疑忌在他，他只有對着大好江山，盡情的喊叫了。

（二）

張孝祥字安國，烏江人，十六歲領鄉薦，再舉冠里選，紹興二十四年（1154），廷試第一人，及第復任秘書省正字、校書郎等職，以汪澈彈劾，出提舉江州太平興國。孝宗即位，封集英殿修撰、知平江府。明年，〈由〉張浚薦入爲中書舍人。不久就做了建康留守，死時才三十八歲。《宋史》說他："早負才峻，蒞政揚聲。"孝宗後來覺得有"用才不盡"的意思。

他的詞，與辛最近，同樣對於國家有無窮的感慨。他在《水調歌頭》中說：

憶當年，周與謝，富春秋。小喬初嫁，香囊獨在，功業故優游。赤岸磯頭落照，肥水橋邊衰草，渺渺喚人愁。我欲乘風去，擊楫誓

---

① "年"當爲"無"。
② 此處所引辛棄疾《永遇樂·京口北固亭懷古》多處與通行版本不同，今權從底本原文。

中流。①

《念奴嬌》一詞中，又云：

> 應念嶺海經年，孤光自照，肝肺皆冰雪。短髮蕭騷襟袖冷，穩泛滄溟空闊。盡挹西江，細傾北斗，萬象為賓客。扣舷一笑，不知今夕何夕。②

肝肺冰雪，又擊楫中流，這一位革命者是如何的胸襟，如何的勇氣，這決非昇平時代所可遇見的。

（三）

陸游字務觀。山陰人。少時以蔭補登仕郎。隆興中，任樞密院編修官。後以言事出通判建康府。乾道中，改隆興府，因彈劾免歸。晚年升到寶章閣待制。嘉定中卒。少年時。他便有恢復中原之志。有"殺身有地初非惜，報國無時未免愁"之句。絕筆的一首詩云："死事原知萬事空，但悲不見九州同，王師北定中原日，家祭無忘告乃翁。"此是何等的慷慨。

他的詞僅有百數十首，毛晉說："楊用修云：纖麗處似淮海，雄慨處似東坡，予謂超爽處更似稼軒耳。"如《洞庭春色》云：

> 壯歲文章，暮年勳業，自昔誤人。算英雄成敗，軒裳得失，難如人意，空喪天真。

於此可反映出當時的民族性來。

（四）

姜夔字堯章，鄱陽人。二十餘歲時即出游。他的詞刻於嘉泰二年，歿

---

① "独在"，有"未解"説；"赤岸"有"赤壁"説；"泜水"，有"肥水"説；今權從底本原文。
② 此處所引《念奴嬌·過洞庭》多處與通行版本不同，從底本原文。

時已七十餘歲。在白石詞中時時有悲憤之吟。例如《石湖仙》：

> 蘆溝舊曾駐馬，爲黃花閑吟秀句。見說胡兒，也學綸巾欹羽〔毿雨〕。

又如《八歸》：

> 送客重尋西去路，問水面琵琶誰撥。最可惜一片江山，〈總〉付與啼鴂。

難怪他在《玲瓏四犯》直道：

> 叠鼓夜寒，垂燈春淺，匆匆時事如許。倦游歡意少，俯仰悲今古。……萬里乾坤，百年身世，唯有此情苦。

他如《揚州慢》等詞，都是獨自傷懷，獨寫愁腸。比起放翁來，連那一腔豪氣都沒有了，他只是在悲哀着而已。

"時事"如何？詞人安往？我願聽取"新聲"，爲我們呼喊出來呢！

（《國防論壇》第 3 卷第 8～9 期，1935）

唐五代四大名家詞·序

　　詞在唐五代，猶詩有"三百篇"。北宋慢詞，可比歌行。而南宋以後，則如詩之今體矣。體日益密，而自然之趣日以寡；彼浙派奉姜、張以爲極則，何所見之不廣也！趙崇祚集《花間》不及南唐，論者惜之。常州諸賢尊溫、韋，亦重重光。後來介存、順卿輩，於宋有四家、七家之輯；獨未能上逮唐五代，是舍本而逐末已。丁君壽田、亦飛，錄飛卿、端己、正中與後主爲《唐五代四大名家詞》，可謂探驪得珠者矣。復爲箋注句，以示來者；使進而究心兩宋，由茲累土，可築層臺。果他日廣此例以重訂《雲謠集雜曲》不亦更裨益於詞林也與！

　　　　　　　　　　　　1937 年（二十六年）三月野冀盧前
　　（摘自丁壽田、丁亦飛選注《唐五代四大名家詞》，商務印書館，1940）

詞人的幽默

黎庵要我寫一點關於詞人的故事，説來不免陳熟，姑就所記得的，寫下幾條來，至於究竟幽默與否？非我所知。但讀者肯破工夫讀上幾遍，或亦要發出會心的微笑也。

一　曹幽對於脚的安慰

宋嘉熙時，曹幽（字東猷，一號西士）赴省應試，因爲起早的緣故，兩足走得甚苦。於是創了一調名爲《紅窗迥》，詞云："春闈期近也，望帝鄉迢迢，猶在天際。懊恨這一雙①底。一日廝趕上五六十里。争氣扶持吾去②，——博得官歸：恁時，賞你穿對朝靴③，安排你在轎兒裏。更選個弓〔宫〕樣鞋夜間伴你。"不是做官，那得放脚在轎兒裏，更那得選個弓樣鞋爲伴。原來自古的官人，爲著這兩件才定要一個官兒做耳。（事見《檜曝偶談》）

二　關漢卿依然失望了

相傳關漢卿的夫人有一位陪嫁婢，貌甚美。漢卿頗有"一箭雙雕"的奢望；怕夫人不答應。偷偷作了一支小令，《朝天子》："鬢鴉，臉霞，屈殺了將陪嫁。規模全似④大人家，不在紅娘下。巧笑迎人⑤，文談回話，真如解語花。若咱，得他，倒了葡萄架。"他偷偷地放在夫人妝臺上。夫人見了，照樣也不聲不響，寫成一詩，放在漢卿書案上。詩云："聞君偷

---

① "雙"後脱"脚"字。
② "争氣扶持吾去"當爲"争氣。扶持我去"。
③ "恁時，賞你穿對朝靴"當爲"恁時賞你。穿對朝靴"。
④ "似"當爲"是"。
⑤ 有"笑眼偷瞧"一説。

看美人圖，不似關王大丈夫。金屋若將阿嬌貯，爲君喝徹醋葫蘆。"老關只有嘆氣，他依然失望了。（事見《堯山堂外紀》）

三　一對黑色的配偶

明末，有一名妓李三，面黑。與一位揚州客人要好，這位先生也是個黑面孔。那知被一個好事的詞人郭丸封知道了。他作一《黃鶯兒》："木墨李三娘，黑旋風，兄妹行。張飛昔日同鴛帳，才別霸王，又接周倉。鍾馗也在門前闖。尉遲幫，溫將軍賣俏，勾搭了竃君王。"當日若要知道"健康美"，李三早可以稱爲標準美人矣！

四　妙想天開之如意曲

"前生夙債今生了，願他生一世逍遙。有椿萱齊眉偕老，有壎箎握手陶陶。妾美妻賢，孫燕①子孝。不讀書科名偏早，不導引壽算偏高。盡揮霍家資未耗。——合門無病，百歲如年少。親友都教溫飽！湖山居勝地，花月選良宵，游也麽遨，況園林最好，水竹更清寥。聚商彝周鼎、清〔法〕書名畫，天下推精妙。作詩賦美人手鈔，寫丹青粉黛臨稿。掌圖籍小史苗條。——玉笛清歌，金樽檀板，消受閒曹〔隱囊〕紗帽。文人韻士，四海盡知交。小試牛刀，口碑載道。招邀，踐九洲，登五嶽，有十萬纏腰。且喜長途無盜，柔櫓風平如鏡，波澄畫舫輕橈。旅館絕塵囂，捲湘簾珠圍翠繞。待學倦飛歸鳥，有孤寒八百，別拋〔泪〕齊拋。五百年昇真入道，在梅花深處，在蓮花深處，在桃花深處，建個新祠廟。——是才子，是佳人，才許把香燒。怎②般快活，果然如願，也不枉紅塵走一遭！"相傳這是慕真山人所作。此人在閻羅王前，提出這樣要求，才肯投胎做人。閻羅王把這曲文前後一看，自己連忙將烏紗脫下，即對此人云："還是你做閻羅我做你罷！"以我們看人生果然如此，也可謂無聊之至。但中國人理想中之享樂如此，人生觀如此。慕真已唱將出來也。

（《談風》1937 年第 6 期）

---

① "燕"當爲"慈"。
② "此怎"有"恁"一說。

吴瞿安先生年谱

先生名梅，字瞿安，一字靈鶼，晚號霜厓，姓吳氏，江蘇長洲人。曾祖崧甫鍾駿，翰林院修撰，浙江學政，湖南鄉試正主考官，仕至禮部侍郎。本生祖小舫□□，嗣祖吉雲長祥，考聲孫國榛，著有《勤覺齋殘稿》。妣陸太夫人。吳中文物之盛甲東南，而吳氏以科目稱望族，先生之學，蓋有自來。

遜清光緒十年甲申，七月二十二日庚午，先生生。

十二年丙戌，先生三歲。父聲孫公卒。

十七年辛卯，先生八歲。奉聲孫公神主，出承吉雲公爲嗣孫。

十九年癸巳，先生十歲。母陸太夫人卒。其後先生詩有云：“三歲丁孤露，不知飢與寒。母氏勤撫育，四序無笑顏。故家已中落，百憂初發端。薄田未滿頃，安足供三餐。公獨請大母，此兒頗不頑。敢乞爲我後，庶足娛老鰥。大母首屢頷，公亦心爲歡。吾母厲清節，盛年兩鬢斑。茹荼垂十載，抱恨入一棺。時余纔十齡，積苦身益孱。”（下略）。

二十一年乙未，先生十二歲。從潘少霞先生受書。

二十三年丁酉，先生十四歲。（補：時仍读书潘氏）

二十四年戊戌，先生十五歲。初應童子試。《霜厓詩錄》自是年始存稿。有《回春辭》。

二十五年己亥，先生十六歲。再應童子試，提覆被斥。《百嘉堂遺囑》云：“少隨滎陽師游，十二習舉業，至十六歲不能終篇。師言於吉雲公，謂此子不堪讀書，習商爲是。公舐犢恩深，不令習賈。時方讀《莪園制舉文》，忽然有悟。遂請於師，爲文結構盡若是簡易，余亦能步趨焉。師曰：‘然，汝試爲之。’因拈十題，命余仿作，余五日乃畢，師大异之。且曰：‘何一旦豁然也！’出應縣府試，名列四五十左右。時瞿文慎公案臨蘇郡，余提覆被斥，晉師爲余惋惜，余轉淡如也。及後李侍郎督學江蘇，余以府元入泮，吾師已歸道山，不及見矣。”有《春夜口占示潘養純詩》二首。

二十六年庚子，先生十七歲。娶鄒夫人，名瑞華，松如先生福偉第三女，弱先生一歲。癸酉秋先生有《擬秦嘉贈婦詩》，首章云："結褵年十六，彈指卅四年。貧家生事薄，身口無華鮮。敝屣塵世榮，同我守石田。珍惜到絲粟，亂世幸瓦全。吾髮已種種，君亦垂華顛。"是年有《詠史詩》。

二十七年辛丑，先生十八歲。以第一名補長洲縣學生員。是年作《風洞山傳奇》。時僅爲其詞，未度曲也。嘗云："欲明曲理，須先唱曲。《隋書》所謂'彈曲多則能造曲'是也。"自是始從吳中里老善謳者問業，就曲中工尺旁譜，習輕重疾徐之法。有《哀養純詩》。

二十八年壬寅，先生十九歲。食廩餼。秋，應江南補行庚子辛丑并科鄉試。九月長子廣堯生。館雷子藩家授純之昆弟課。有《胥江曉發》《登焦山》《楊忠愍公遺墨歌》《借盛霞飛高梓仲飲復成橋》《舊院行》《下第後飲秋蒁閣》諸詩。遺囑云："余自提覆被斥後，即注全力於詩古文辭。文讀望溪，詩宗選學。時無交友，所往還者，惟盛霞飛（德鎔）而已。霞飛者，爲鄉先哲亢綢卿先生之外孫，得古文法於外家。時攜所作，請益不少。君亦奬責不少貸，余得粗知義法源流，君之力也。其後游藝四方，詩得散原老人，詞得彊邨遺民，曲得粟盧先生（余別有傳），從容談燕，所獲良多。顧不如霞飛之勤且久也。今西陲僻處，莫齒垂垂，遺念篋交，獨霞飛尚在；而屋梁落月，合并無時。人生聚散，固如是耶！檢點行篋，詩詞曲諸稿，粗已手定。惟文集未遑釐訂，以中歲前論經論史之作，猶留故里；遭寇焚掠，存亡未卜。篋中所有，止記序碑傳各稿，不足見平生肆力所至也。"

二十九年癸卯，先生二十歲。再應江南鄉試。先生詩有云："所惜踏秋闈，兩度鍛羽翰。"嘗語前云："是科既薦卷，以書'羽'字不中程，被黜。"赴上海就東文學社習日本文。有《上海臥病詩》。

三十年甲辰，先生二十一歲。生一女不育。有《過滄浪亭詩》。

三十一年乙巳，先生二十二歲。作《萇宏血傳奇》（前案：《萇宏血》初名《血花飛》）。邑人馮自春、高梓仲創設小學堂於蠢墅，邀先生往。梓仲嘗以《板橋雜記》所書姜如須事，屬先生撰爲《暖香樓傳奇》。《暖香樓》後易名《湘真閣》，先生刻吳梅村《通天臺》《臨春閣》二劇時，附刻於後。秋，黃慕韓振元介至東吳大學堂任教習。有《草萇宏血傳十二章爲戊戌政變死事六君作》及《崑山拜劉改之墓詩》。

三十二年丙午，先生二十三歲。三月，次子汸玉生。有《閒情》《題葉小鸞眉子硯拓本》《蠹墅歌示梓仲》諸詩。

三十三年丁未，先生二十四歲。嗣祖吉雲公卒。《北涇種樹行序》云："丁未季秋，嗣祖見背。躬奉廣柳，安兆北涇。廢弃吟咏，載更寒暑。戊申之冬，補植松檟。"有《短歌贈黃慕韓》。

三十四年戊申，先生二十五歲。九月，三子良士生。有《北涇種樹行》。

宣統元年己酉，先生二十六歲。十月，先生以外舅鄒公薦之大梁，游河道曹君載安幕，曹君病，先生遂南歸，留汴中僅三四月耳。有《赴豫別家人》《黃州道中》《大梁懷古》《信陽讀何大復集》《葵園雜吟》《相逢行》《歲莫返里與諸故人小飲》諸詩。

二年庚戌，先生二十七歲。任"存古學堂"事。十月，四子懷孟生。時朱古微、鄭叔問諸先生客吳下，先生過從甚密。其《讀近人詞集》第四首，蓋爲樵風作也。先生少作詞，後悉刪削。《霜厓詞錄》自是年始存稿。有《倉橋記游》《可園探梅》《書休穆落花詩後》《讀近人詞集》《題張孟劬孫隘堪新椠》諸詩。《虞美人·題劉子庚斷夢離痕圖》《清波引·可園送春》諸詞。[南呂·懶畫眉]《贈蕙娘》套曲，疑亦是年作。

三年辛亥，先生二十八歲。始築宅林巷，四月鳩工，以八月十一日遷居。遺囑云："吉雲公老屋在滾綉坊，洪楊之亂燼於兵，公一生皆賃廡以居，未遑營造。晚年自卜生壙，在婁溪北涇，嘗冒盛暑，畚土負石，辛勤備至。曾詔余曰：葬身有地，托身無所。意謂無一瓦一椽，足蔽風雨也。及公見背，余方授徒東吳。月禄差豐，妄意下宅。而誤托牙儈，積儲盡空；丈量所占，未及一畝。土木瓴甓，大費周章，用是有斥田之舉。辛亥之冬，幸觀厥成。而精力垂盡，吾詩所謂：'鳩工幸苟完，倉皇已易代。'蓋謂此也。"是年有《可園閒吟》《一夜》《遷居蒲林巷》諸詩。

民國元年壬子，先生二十九歲。應第四師範聘，至南京。有《元旦書懷》《贈仇亮卿》《復成橋聽歌柬仇淶之丈》諸詩。[雙調·折桂令]《壬子春過秦淮》曲（前案：當時金陵言度曲，贅叟爲最。是日叟歌渡江彈詞，先生以爲口齒不如吳人，而轉調換氣，有廣陵先生之規。先生作《折桂令》成，即席訂譜歌之，一時聞者皆惘惘也）。

二年癸丑，先生三十歲。在上海任教"民立中學"。有《海上答任樹南》《竿木》《悲哉行》諸詩。爲《小說月報》撰《顧曲麈談》，後商務印書館印成專書，列入《文藝叢刊》甲集，銷行至數十萬册。

三年甲寅，先生三十一歲。仍在上海民立中學。有《東傳鈍根》《惲季文丈招游虎丘》《汾湖舊隱圖》《吳騷行》《李香象》《和季文丈》《再和季文丈》《感逝篇》諸詩。[雙調·玉姣娘]《題紅薇感舊圖》套曲。

四年乙卯，先生三十二歲。仍在民立中學。是年并移家上海。有《題王嚴士丈勸孝詩》《讀趙子南清芬錄》諸詩。

五年丙辰，先生三十三歲。仍在民立中學。有《題石室學易圖》《讀舜湖竹枝詞》、《讀〈漢書·王莽傳〉》諸詩。

六年丁巳，先生三十四歲。秋始應北京大學聘，教授古樂曲。時洪憲已罷廢，故先生詩有云："寰中久已無新室，日下何勞補舊聞。不第盧生成絕藝，登場鮑老忽空群。"先生北游，聚書益富。遺囑云："余生寒儉，無意藏弄。而朋好中頗有嗜舊刊者，朝夕薰染，間亦儲存一二。始則乾嘉校訂諸本，繼及前代珍秘諸書。架上日豐，篋中日嗇。饔飧不繼，室人交謫。此境習以爲常也。嗣後授徒北雍，聞見益廣。琉璃廠、海王村、隆福寺街，幾無日不游，游必滿載後車。自丁巳以迄壬戌，六年所得，不下二萬卷。航海南歸，插架益富。而宋、元舊槧仍不敢搜集，一則力不足，二則京兆貴官，滬濱大賈，室中必有一二種，以昭風雅，余無暇與之爭勝也。此次兵火，所藏恐不可問。惟有就劫餘殘燼，略加整理而已。年來筋力漸衰，一身已不勝任。汝曹宜各自任之（伏晒爲第一要事）。"又云："今人富詞曲書，未嘗不是。但余所有者，不獨此耳。頻年南北客中度歲，幾成慣例。上庠延聘。與子弟肄習者，多聲律對偶之文。至有譽我爲詞曲專家者，余亦笑而不辯也。生平之志，五十以後，歸田讀史。節衣縮食，得涵芬樓二十四史，頗思在此一二年，辭去講席，專誦此書，以殿本細校一通，當有不少發明處。豈料狂寇肆虐，故里成墟，昔日甲乙標題，今已不堪重問。邊省寄迹，老病頹唐；東望鄉關，生還何日？汝曹异日行有餘力，須時時讀史，以竟吾志。子子孫孫，毋忘斯言。"是年譜《無價寶雜劇》，寫藏家故實。有《古艷詩》《仲秋入都別海上同人》《中秋夜黃海觀月》《京師板橋寓齋作》《國學觀石鼓》《過景山神武門》《聞歌柬黃晦聞羅癭公》《除夕》諸詩。[黃鐘·十一錦]《丁巳入都道中補晉春秋》集曲。

七年戊午，先生三十五歲。仍在北京大學，兼北京高等師範課。秋，迎眷北上。購厲氏屋。遺囑云："其後戊午得厲氏破屋，己巳重構，成今日之大樓，則皆粗有餘貲，無須旁貸，不如前此之竭蹶矣。"（下略）。有《偕孟劬崇效寺觀丁香花》《答孟劬》《再和孟劬》《碧雲和路金坡》《題故友李季揚墨菊卷》諸詩。[正宮‧刷子錦]《題金坡仙山濯髮圖》套曲，疑是年作。

　　八年己未，先生三十六歲。仍在北京大學。先生在北京大學前後五年，得士甚衆。江都任訥（中敏）最著名，後纂《散曲叢刊》十五種，先生為之序。是年有《上元前夕偕金坡聯句》《登暢觀樓》《碧雲寺》《靈槎篇》《答實甫》《和實甫四絕句》諸詩。《洞仙歌‧出居庸關》《瑞龍吟‧過頤和園》《鷓鴣天‧崇效寺牡丹》諸詞，作於此數年間。[南呂‧綉駕別家園]《擬西施辭越歌》、[正宮‧錦纏道]《示北雍諸生》、[仙呂‧長拍]《板橋寓盧寄王孟碌》、[黃鐘‧降都]《玉漏》、[太平花]《己未除夕》諸曲。

　　九年庚申，先生三十七歲。仍在北京大學。歸蘇州消夏。初秋北返。是年始草創《南北詞簡譜》。有《題廣州城磚拓本》《游香山宿雨香館》詩。[正宮‧杯底慶長生]《庚申除夕》集曲。[南呂‧太師引]《饒苾生母六十壽》套曲。

　　十年辛酉，先生三十八歲。仍在北京大學。時徐樹錚拜西北籌邊使命，禮聘先生為秘書長，却之。《思歸引序》云："往讀石季倫詩，惜其晚樂放逸，終牽羈靮。委身亂世，授命強藩。縱負高懷，徒托空語。余主講上庠，非隱非仕。彭城徐公，經略西陲。廣羅彥俊，謬采虛譽，徵及下走。余非終賈奉使之才，安有溫石河陽之望。既辭盛意，爰寫素心。陋巷茅茨，西風菰米。下士所樂，或非金谷所有也。因本季倫之思，載賡樂府之雅。賢者當知余之志矣！"答徐又錚詞云："辛苦蝸牛占一廬，倚檐妨帽足軒渠。依然濁酒供狂逸，那有名花奉起居。三尺劍，萬言書。近來彈鋏出無車。西園雅集南皮會，懶向王門再曳裾。"有《讀陳萬里安西游記》《簡孟劬》《江米巷觀歐洲隊舞》《登武英殿觀古器物》《謝學南贈又滿樓叢書》《陶然亭》《萬柳堂》《思歸引》諸詩。《鷓鴣天‧答徐又錚》《水龍吟‧昌平州謁明陵》《清平樂‧和孟劬》諸詞。[仙呂‧解三酲]《都城春游》、[南呂‧香遍滿]《題五伶六扇》、[黃鐘‧獅子序]《登陶然亭》

諸套曲，疑亦是年作。

十一年壬戌，先生三十九歲。仍在北京大學。秋後應東南大學聘。遂舉室南歸，所作《惆悵爨》時已削稿。《惆悵爨》者，一云"香山老出放楊柳枝"，一云"湖州守乾作風月司"，一云"高子勉題情國香曲"，一云"陸務觀寄怨釵鳳詞"，後合《湘真閣》《無價寶》，成《霜厓三劇》。惟舊作《西臺慟哭記雜劇》，迄未付刊。是年有《南歸曲》《秦淮獨酌》《過舊貢院偕陳佩忍作》諸詩，《蘭陵王·南歸別京華故人次清真韻》詞。〔仙呂·青哥兒〕《壬戌南歸至海上龍華觀桃》、〔正宮·刷子帶夫容〕《賦柳》、〔商調·山坡羊〕《過舊貢院》諸曲。

十二年癸亥，先生四十歲。仍在東南大學。是年前始從先生受業。有《瞻園梅花歌》《再疊原韻》《三疊原韻》《四疊原韻》《贈梁公約》《揚州雜詩示任生中敏》《康山草堂歌》《五陵傳笏堂歌》《寓齋即事寄孟碌》《金陵孝婦詩》諸詩。《洞仙歌·癸亥除夕》《解連環·獨游怡園》《玉簟凉·重至金陵》諸詞，〔仙呂·解三酲〕《示南雍諸生》曲。

十三年甲子，先生四十一歲。仍在東南大學。有《瓢居圖》《逭暑示盧生》《里門社集分詠一事》《哀松江吳烈女》《登鳳凰臺》《讀盛明雜劇詩》《宮橋夜飲歌》諸詩。

十四年乙丑，先生四十二歲。仍在東南大學。有《送顧巍成之青島》《宮橋重飲》《贈裴雨芳》諸詩。

十五年丙寅，先生四十三歲。仍在東南大學。舉詞社曰"潛社"，前後凡十餘年，刻有《潛社詞刊》。有《太平玉璽歌》《潤州口號》二詩。《木蘭花慢·丙寅歲杪，吳中長吏有迎春之舉，已而未果，蔣香谷賦此見示，余亦繼聲》詞。

十六年丁卯，先生四十四歲。春，東南大學停辦。夏，先生應中山大學聘，偕次子汸玉赴廣州。歲暮歸。《飲虹五種序》有云："曾不一載，而飆流雲散，無從合并。昔日弦誦之地，有如夢寐。余且托迹炎方，飲椰醪而采荔實，人生聚散之迹，匆匆若是。試取一載所身歷者，播諸爨弄，假袍笏以登場，有不慷慨泣下者哉！"有《夙昔次張仲清韻》《小言束潘省安》《觀荷遇雨》《謝顧鶴逸繪贈填詞圖》《怡園雅集圖》《次仲清咸字韻》《次九叔咸字韻》《鄭所南墨蘭卷》《百嘉室小集》《南行》《九日登越秀山》《海珠庵》《六榕寺》《仲清用東坡黃樓韻索和》《仲冬返吳舟中作》《歸鴻嘆》《答仲清》《天放樓分韻》《放歌》《次九珠叔韵》《食臘八粥感賦》《東坡生日作》《經南濠街咏都穆燈》《長陵老松圖》《水仙花次山谷韵》諸詩。《解語花·丁卯元夕倚清真體》《王京謡·客廣南三月，龜岡獨酌，輒動鄉思，倚夢窗調》諸詞。

十七年戊辰，先生四十五歲。在上海任教光華大學。中央大學復迎先生歸。兼京滬兩校課。輯所藏曲一百五十種，分散曲、雜劇、傳奇三類，印爲《奢摩他室曲叢》（前案：復刊至第二集，以二十年一月上海之役，被毀，遂中輟）。蒲林巷宅，改建樓成。於樓上闢"百嘉室"，度藏善本書籍。有《人日潘侶虞齋看菊》《和陳聆詩》《東坡笠屐圖》《光諸甲午狀元紅酒歌》《元夕柬仲清》《五百梅花草堂歌》《天平山飲缽泉》《虎丘次吳昌碩韵》《賦得萬壑松濤詩夢清》《龍樹山房觀血經》《花朝別里門諸子》《讀九珠叔惆悵辭》《金陵晤孫經笙》《哀太倉殷烈婦》《贈鄧孝先》《壽李審言七十》諸詩。《淒涼犯·戊辰端午》詞。〔商調·山坡羊〕《戊辰季秋重集多麗舫》曲。

十八年己巳，先生四十六歲。仍兼京滬兩校課。時前受光華大學聘，與先生同居一室也。前編先生所作散曲，爲《霜厓曲錄》二卷。先生叙之曰："歌咏之文，兩宋爲極。詞亡曲作，多雜胡聲。南曲既啓，追響天水。惜音非舊譜，拍非舊節而已。余少耆聲歌，雜劇傳奇，間常命筆。小令套曲，實不多作。辛壬以後，稍稍爲之；大氐應友人之請，題贈酬應，殊無足觀。今歲之冬，盧君冀野，爲吾寫成一册，貢諸藝林，妝嬝費騰，固無益於吾也。其中集曲，雅喜自運。家庭於喁，粗有成譜，艱於印石，遂至缺如。嗟乎！風雪關山，饘粥歲月，叢殘泪墨，寄諸長謡。吾亦不自意瀷落至此也！"有《人日集餞許盧》《婁東十老圖》《哀葉煥彬》《題畫》《劉季平招飲》《聽小伶度曲》《永曆玉璽》《游攝山示李生一平》諸詩。〔中吕·霓裳戲舞千秋歲〕《壽盧冀野母五十》曲。

十九午庚午，先生四十七歲。仍在中央大學。堅辭光華大學聘。自是改兼金陵大學課。有《王石谷象》《滄浪濯足圖》《吳逞之劍歌》諸詩。《八寶妝·甫里保留寺羅漢象，舊傳楊惠之作，庚午九秋，拿舟參謁。又讀太倉奚中石長歌，歡喜贊嘆，因成此解》詞。

二十年辛未，先生四十八歲。仍在中央大學。《南北詞簡譜》成。序有云："蓋此事之難，北在整字句，南在別正集。元人散曲，文約而字簡。

雜劇則多用襯字，句讀字格，從而紊亂。南詞集曲，日新月异，甲乙互勘，動多齟齬。梳爬搜剔，輒廢寢食也。又北詞借宮，純有意會，而增句格式，迄無端緒。寧獻所錄，亦未得要領。南詞新舊板式，轇轕淆亂，不可究詰。而欲立一定則，爲學子導先路，此豈淺嘗者所能從事歟！余少喜聲歌，多讀古曲，庚申辛酉之交，始輯是書。授徒南雍，暇輒錄稿。取諸譜彙校之，而斷以鄙意。時作時輟，至辛未孟夏方得脫稿，歷十年而後卒業也。"有《有贈》《胥江屏迹圖》《哀審言》《哀樂》《重九集鶴圖》《聞遼瀋警訊》《聞海上警訊》諸詩。《東風第一枝·辛未季冬探梅過香雪海》詞。

二十一年壬申，先生四十九歲。一月二十八日戰起，先生舉室遷上海。館王伯元家，未及還中央大學。有《自嘉興間道赴申》《金孝章墨梅歌》《又孝章手書詩卷》《答竹林》《自題霜厓讀畫錄》《贈蔡生正華》《善哉行贈超然》《寇退返里》《讀嚴士丈悼亡詩》《哀方惟一》諸詩。《紫萸香·壬申重九怡園對菊》詞。

二十二年癸酉，先生五十歲。仍在中央大學。《霜厓三劇》刻成。自序云："霜厓居士少習舉子業，不能工。繼學詩古文辭，又不能工。年近弱冠，讀姜堯章、辛幼安詞，王實甫、高則誠曲，心篤好之。操翰倚聲，就有道而正，輒譽多而毀少。心益喜，遂爲之不厭。初取戊戌政變事，成《萇宏血》十二折，後取瞿忠宣事，成《風洞山》二十四齣。其實口所得也。居數年游梁，過金梁橋，緬想周憲王流風餘韵，往往低徊不能去。而《誠齋樂府》，是時猶未見也。歸吳後，節衣食以購圖書，力所能舉，皆置篋衍。詞曲諸籍，亦粲然粗具。於是益肆力於南北詞。春秋佳日，引吭長吟，世或以知音稱之，居士謙讓未遑也。此三劇中，《惆悵》五折，用力口勤。《湘真》則潤色少作，《宋鑾觸咏》不過陳藏口故實，所謂案頭之書而已。又贈謝翱口臺慟哭，唐珏冬青行事，曰《義士記》者，擬合成四劇。卒以排場近熟，未脫古人範圍，既存復刪之。嗟乎！居士行年五十矣。苟全性命，刻意聲歌，思之不禁自笑。顧沈君庸《秋三風叠》光焰萬丈，流譽旗亭，余書固不足錄，而劇數正與之同，則又欣然自壯焉。"有《送杜生少昕返蜀》《鍾進士照鏡圖》《東齋納凉》《次簡齋韵》《讀簡齋集》《建除體次簡齋韵》《次簡齋葆真池詩韵》《次簡齋凤興韵》《漢袁安碑拓本》《梅花大士象》《次仲深韵》《貞惠先生挽詩》《重九晤散原》諸詩。

二十三年甲戌，先生五十一歲。仍在中央大學。有《讀黃九烟集》《謝顧濯漢惠墨》《擬秦嘉贈婦詩》《椿陰書屋》《贈吳子鼎》諸詩。《齊天樂·甲戌重九登豁蒙樓》詞。

二十四年乙亥，先生五十二歲。仍在中央大學。有《題出峽避兵圖》《得杜魯林書感賦》《哀曾孟璞》《次蟄公韵》《寄滇中故人》《贈林公鐸》《哀淶之丈》諸詩。《三姝媚·乙亥上巳烏龍潭修禊分韵得滿字次夢窗都成舊居韵》詞。

二十五年丙子，先生五十三歲。仍在中央大學。有《歲朝菊爲蟄公賦》《庭前》《出郭觀刈麥》《不寐》《南皮張氏烈女詩》《咏紅豆》《南陔永慕圖》《九日次靳仲雲韵》《晤徐小淑》諸詩。《聲聲令·丙子清明偕南雍諸子謁孝陵》詞。

二十六年丁丑，先生五十四歲。仍在中央大學。七月盧溝橋事起，先生遂請假舉家赴漢，轉至湘潭。有《嘉業堂勘書圖》《贈彭恭甫》《晤九十八歲老人馬相伯》《讀王伯沆園居詩》《惠山酌泉》《蠹園》《聞劫警口占》《避亂雜咏》《中秋漢上對月》《哀散原丈》《柚園晚步》《除夕侯蘇民招飲賦贈》諸詩。手定詩三百八十一首，爲《霜厓詩録》四卷。叙云："不開風氣，不倚門戶。獨往獨來，匪今匪古。身丁亂離，茹恨莫吐。小道可觀，又安足數！"

二十七年戊寅，先生五十五歲。仍客湘潭。二月，先生復手定詞一百三十七首，爲《霜厓詞録》。叙云："霜厓手定舊詞，凡三易寒暑。繕録既竟，遂書其耑曰："梅出辭鄙倍，忝竊時譽，總三十年，得如干首。身丁亂離，未遑潤色。詣力所在，可得而言。長調澀體，如耆卿、清真、白石、夢窗諸家創調，概依四聲。至習見各牌，若《摸魚子》《水龍吟》《水調歌頭》《六州歌頭》《玉蝴蝶》《甘州》《臺城路》等，宋賢作者不可勝數，去取從違，安敢臆定。因止及平側，聊以自寬。中調小令，古人傳作，尤多同異，亦無勞斷斷焉。又去上之分，當從《菉斐軒韵》。陽上作去，實利歌喉。秦敦夫以書爲北曲而設，蓋以入配三聲，別無專韵耳。不知此分配之三聲，即入韵之標準，持校宋詞，莫不吻合。爰悉依據，非云矯異。其他酬應之作，删汰頗嚴。區區一編，已難藏拙。惠而好我，慎勿補遺。嗟乎！世變方殷，言歸何日！歛滂沛於尺素，吐哀樂於寸心。粗記鴻泥，賢於博弈，覽者幸哀其遇也。"秋遷桂林。十二月再遷雲南。有

《戊寅中秋》詩云："寒輝添半臂，清驚撼孤城。相對忘佳節，憑空起惡聲。連宵耿無寐。舉國事長征。誰似子龍膽，聞危鎮不驚？"（前案：此首《詩錄》所未及載）。

　　二十八年己卯，先生五十六歲。一月十四日抵雲南大姚縣李旂屯。二月十五日，校閱前所爲《楚鳳烈傳奇》。題《羽調四季花》云："法曲繼長平（謂《帝女花》），把賢藩事嬌兒怨。又譜秋聲，淒清，前朝夢影空淚零。如今武昌多血腥，舊山川，新甲兵。亂離夫婦，誰知姓名！安能對此都寫生。苦雨春鶯，正是不堪重聽。倒惹得茶醒酒醒，花醒月醒人醒。"蓋絕筆也！三月十七日下午三時，即夏曆正月二十七日辛未，卒於李旂屯。歿前三月，以二十七年十月十五日函前渝州云："養疴桂垣，日益憔悴。喉暗怔忡外，重以咳嗆。每至五更，披衣起坐。咳急則中如燒，心蕩則身中無主。王祿將盡，此子恐不永年矣！計生年撰述，約告吾弟。身後之托，如是而已。《霜厓文錄》二卷（未謄清），《霜厓詩錄》四卷（已成清本），《霜厓詞錄》一卷（已成清本），《霜厓曲錄》二卷（已刻），《霜厓三劇》三種（附譜已刻）。此外如《顧曲麈談》《中國戲曲史》《遼金元文學史》，則皆坊間出版，聽其自生自滅可也。惟《南北曲簡譜》十卷（已成清本），爲治曲者必需之書，此則必待付刻，與前五種同此行世。此刻略費，將來與諸兒商酌及同學酌助，或可雕木也，惟弟台當主任此事耳！"（下略）初，先生自知不起，預書遺囑云："余自戊寅秋中飽受風鶴之苦，日趨岩穴，亭午始出，遂有怔忡之疾。榕垣浮橋，步急易溺，日日往還，不勝其疲，於是有喘哮之疾。兒輩力勸入滇，因亦飛輪至昆明，而新舊疾交作矣。頃至大姚，百念皆靜，自維身世，百憂煎心。一旦溘逝，無一言以示後，究非所宜。乃就此卷拉雜書之，明知朋舊觴詠之樂，不可再得也！"又云："余年幾耳順，老妻無恙。四子惟長者得痼疾，隱處田廬，其他三人，奔走四方，各有甘旨之奉。孫行五人，二男三女，啼笑梨棗，足慰老懷。即使淹忽，亦無所恨。而又喋喋爲此篇者，蓋當此時變，爲千古所無有，避寇萬里，身無宿糧，爲稻粱之計，未可隱默。滇中片地，此時可云苟安。大姚一隅，丁男募練，卓著良譽。顧省垣一危，諸縣皆墨，爲桑土之計，亦難緘口。且江左舊產，攸待整理，流寓生計，更宜周畫。"（中略見前）。又云："棺不取厚，衣不取錦，死欲速朽，先聖明訓。時局不安，盡可權厝此間，俟道路平靖，歸葬先壟。苟以携帶不便，可學浮屠火化，以鐵匣盛餘燼，隨行篋束返，亦是一法。此又汝曹自商之可也。傳狀墓志，大可不求人作，生平無德行可紀。且今世無中郎也。區區撰者，無益國家，如春鳥秋蟲，自鳴得意。以此稱美，又何爲乎！即《赴告》後羅例《哀啓》。吾生平所見，通者不多，亦省去。佛事亦不必作，若汝曹顧念劬勞，持齋百日。或改火一期，爲我誦《楞嚴》《華嚴》，以資冥福，則感受多多矣。孫行目前五人，此後添丁，自在意中。而近日小學課程，殊不能滿人意。吾意身爲中國人，經書不可不讀。每日課餘宜別請一師，專授經書，大約《論語》《孟子》《詩經》《禮記》《左傳》必須熟誦。既入中學後，則各史精華，亦宜摘讀。或主誦《群書治要》者，容嫌卷帙多，且刪節處間有奇異，不必讀也。十六歲後，應略講經史源流，吾最服《黄門家訓》，《柏廬格言》亦所欽佩。而《履齋示兒編》又字字珠玉，汝曹亦可時習之。則賤履間當無尤悔焉。處世接物，汝曹出外已久，當有把握，無俟余贅言矣。"懷孟述先生病況至前書云："先嚴去世時間爲三月十七日下午三點鐘正。因電報誤傳延遞，弟等接電已是十八晚矣。十九日弟等兩人由昆明遄返，抵此已二十二日夜。撫棺痛哭後，詢明先嚴病體，爲本源虧損，表面極難觀察。三年前患失喑，即是凶兆。多方醫治，奏效甚微。正擬弃教鞭，保養體力。抗戰兵興，流離奔走數千里，在湘潭時精神尚好，每日有黃酒半斤可飲。到桂林後，日日受驚恐，倉皇之中，未曾認真醫治，反多一喘疾，時發時平。幸設法飛滇，在玉龍堆十二號。一月之久，病勢大增，脉搏至一百四十，經猶太德醫打針給藥，認爲氣管炎，肺臟未壞。僅治一星期，脉搏氣喘漸平。先嚴頗以打針爲苦，乃改請中醫。後到大姚鄉村，安居一月半，病體較桂林時大好。僅步力未恢復，戒飲已三月，新年稍飲數杯，喘疾又發，不日又平。弟三月三日由姚鄉動身赴昆，先嚴當時亦覺高興。不料三月九日後，天天發喘，由姚安請來名醫高某診治，則謂太虧，短時恐不能愈。起居仍照常。十七日晨，面色特變，精神氣色較少年更旺盛，氣喘甚烈。午時喘平，多日失眠，熟睡片刻，突於三時長逝！不孝之罪，百身莫贖矣！"（下略）

國民政府四月二十日令云："國立中央大學教授吳梅，持身耿介，志高行潔。早歲即精研音律，得其奧奧。時以革命思想，寓於文字，播爲聲樂。嗣膺各大學教席，著述不輟。於倚聲之學，多所闡發。匪獨有功藝苑，抑且趨軼前賢。兹聞溘逝，悼惜殊深！應予明令褒揚，并特給恤金三千元,以彰宿學,而勵來兹。此。"

　　右《霜厓先生年譜》一卷,先生初抵滇南時,前書函請序次治學經歷。藉遺暇日。復云:"承爱屬自撰年表,昔瞿木夫、程序伯六旬時,曾有此舉;人謂名位不尊,通人齒冷。僕何人斯,敢爲此耶!"先生蓋未之許也。然前惟近數十年,金元樂曲之學,實自先生啓之。於以覘學術風氣,非標榜然也。先生既殁,次君詩青,抱遺稿自昆明來,前取《霜厓詩錄》編年爲主,而以詞曲之繫紀年月者附焉。積二月而年譜稿成。先生不及見也。噫!民國二十八年七月二十日,盧前白沙記。

　　　　　　　　　　(《时代精神》第 2 卷第 1 期,1940)

《民族詩歌論集》論詞

民國以來我民族詩歌

我們若檢討這二十七年中詩壇全部的情況，除上述所列三派，還應當提出來的有三點。

（一）詞體的興盛，（二）散曲運動，（三）新體白話詩的嘗試。

（一）詞體在明清兩代已衰微了。在太平天國時代出了一位蔣春霖，他的《水雲樓詞》，是三四百年間一部了不起的作品。前此常州派發了許多空論，浙派以姜張相號召，終竟敵不過他。可是到晚清，臨桂王佑遐（鵬運）先生出來提倡，并有常浙之長，從南宋的吳夢窗上追北宋的周清真，王先生刻一部《四印齋詞叢》，自作的有《半塘定稿》。同時鄭叔問先生的《樵風樂府》，也是一部名集。但民國以來主持詞壇如詩中陳散原一般的，是朱祖謀與況周頤。

朱古微先生費了二三十年的苦心校刻總集四種，別集一百六十六家成"彊邨叢書"，以他的立場和服膺先選了一部《宋詞三百首》。單是學夢窗的詞，朱先生校詞過四次。自作的《彊邨語集》三卷，的確可以掩過往古的作者。況夔生先生論詞最工，他的《蕙風詞話》，是從沒有的一部論詞的書。以我個人的嗜好說來，在朱況之外，萍鄉文芸閣（廷式）先生的《雲起軒詞》是不可多得的，他有豪邁的氣度，以蘇辛的筆調，與當時學南宋的風氣相抗。自晚清到最近，葉玉甫先生選有一部《廣篋中詞》，我們可以一家家的鑒賞。除作詞以外，這些年來，在詞籍整理上也有相當的成績，如唐圭璋先生的《全宋詞》《詞話叢編》，皆是作詞學研究的一種結束工作。早幾年，萬載龍氏開始編了一種《詞學季刊》。這是詞學惟一的雜誌，從雜誌的銷路看來，知道現在嗜詞者之多。這幾年我們正提倡蘇辛體，主張以詞體來歌咏民族精神，合乎時代需要。至於以新材料寫入詞體的，據我所知，有顧羨季先生，他有《無病詞》《荒原詞》等幾部詞集。不過詞體比較狹隘，我們既要給他注入新生命，還要顧及詞特有的體格。使他上不似詩，下不似曲，而又成爲"民國之詞"，的確不是容易的事。

中國文學史上之婦女

大家也許懷疑爲什麼唐代沒有大女詩人！我們須知道唐代的婦女生活怎麼樣？宮廷以內公主的縱欲，什麼女冠女道士過的都是沒人性的生活，上官婉兒之流是宮廷的玩具，魚玄機，薛濤之流是士大夫的玩具。那會產生什麼偉大的作品！所以第二我舉出北宋的李清照來。李清照，字易安，她是濟南李格非的女兒，宗室趙明誠的妻子。大家讀過她那篇《金石錄後序》，可以知道她的生活，在家中做閨女讀書問字度的是小姐生活，和趙明誠結婚以後，賭茗背誦，收集珍玩圖書，度的是少奶奶生活。誰知金人南下，使她家破人亡，料理翁喪，料理夫喪，珍玩也喪了，圖書也散了，只落得一個垂老的婦人，奔走江湖！這生活的變動，家國的喪亂，只使她成就了一代的詞人。後來那樣活虎生龍的辛棄疾，在詞上是受她的啓示、她的影響。她是北宋到南宋詞學上的橋梁，她有極好的學力，所以同時她是詞學批評家。她的《漱玉詞》，和李後主的詞一樣，是撫今思昔，兩種絕不相同的生活的對比，所以最好的作品是亂後的作品，同李後主亡國以後之作一樣的凄惻。在《聲聲慢》一首中："三杯兩盞淡酒，怎敵他晚來風急，雁過也，最傷心，却是舊時相識！"舊時的人那裏去了？只剩了舊時的鴻雁！在《念奴嬌》一首中，又有這樣的句子："種種惱人天氣，險韵詩成，扶頭酒醒，別是閒滋味。征鴻過盡，萬千心事難寄！"《鳳皇臺下憶吹簫》一首中，更顯露的說："生怕離懷別苦，多少事欲說還休！新來瘦，非干病酒，不是悲秋。"《永遇樂》裏說："中州盛日，閨門多暇，記得偏重三五。鋪翠冠兒，捻金雪柳，簇帶爭濟楚！如今憔悴，風鬟霧鬢，怕見夜間出去！"記得的一段，是回憶；如今的一段，是痛苦。痛苦中的回憶，是構成她詞的因素。所以她愛用"蕭條""憔悴""傷心""消魂"這些字，的確是她晚年生活的實錄。南宋的朱淑真的《斷腸集》，比起易安來差得遠了！因爲易安所感懷的，不特是自己家庭，同時也嘆唷著國家的衰弱，所以她的詞也是至性至情的表現。後人誣易安改嫁張汝舟，這一件事俞理初考證已詳，證明金兵南下時，她已是五十老婦。而且以她那樣的懷舊，決不會有此舉。我們不是衛道，我們知道北宋的婦女改嫁，并不受社會譏笑。但本來無的事，我們不必説是有。自從南宋以後，朱子學説起來，婦女才漸漸失去了社會的地位。

民族詩歌談屑

顧隨詞血比霞紅

以新意境，新名辭爲詞者，惟吾友滄縣顧羨季隨。羨季有《無病詞》《味辛詞》《荒原詞》《留春詞》《積木詞》。嘗自評云：“自開新境界何必似花間。”又云：“先生覓句不尋常，一字一平章。只望保留面目，更非別有心腸。”可見其對於填詞之主張也。民國十七年五月作《哀濟南（調寄八聲甘州）》云：“記明湖最好是黄昏，斜陽射湖東。正春三二月，蘆芽出水，燕子迎風。城外南山似嶂，倒影入湖中。醉裏曾高唱，聲顫星空。　此際傷心南望，有連天烽火，特此愁儂。便夢魂飛去難覓舊游踪。繞湖邊血痕點點，更血花比着暮霞紅。憑誰問，者無窮恨，到幾時窮？”血花句，讀之動心蕩魄。

胡健中摩頭而嘆

東南日報社長胡健中君，與余總角交也。十數年來，努力新聞事業，《東南日報》遂冠出各地方報紙，健中之力焉。前在漢口，讀健中《虞美人》詞，小序云：“戰後初履漢皋，與溯中蒙聖諸兄握手談西湖往事，慨嘆不能自已。將重返金華，於兩兄招宴席次，賦此爲別：滄桑劫後豪情改，差剩頭顱在。與君握手話西湖，誰復縱談使酒似當初。尊前也没埋愁地，舉目山河异。文章報國總無多，爲問頭顱雖在又如何？”余笑語健中曰：“有此頭顱，終有辦法，吾江南諺語不云乎！留得青山在，不怕没柴燒。可以答吾子此詞之問也。”

［國民圖書出版社，1940年（民國二十九年）十二月初版］

謝章鋌《詞學纂說》跋

　　指迷樂府，律海探源宮換羽。詞裏滄浪，天水堂堂沈与張。賭棋草創，赤幟山歸然閩海上。暧眼殘編，想見精勤落筆前。

　　義父《指迷》、叔夏《詞源》爲詞話之始。閩中作者以前所知，枚如先生其首也。尚齋出示纂說稿本，蓋賭棋山莊詞話之資，饟可珍也。率題《減字木蘭花》一闋於後。

　　壬午歲不盡三日（1942年十二月二十八日）金陵盧前榕城寓樓燈下記。

　　謝江田夫子手稿　沈祖平珍藏，此稿本後鈐"冀野經眼"印章，有以上跋語。

我怎樣寫《中興鼓吹》的

三十一年十月三十一日在桂林漢民中學文藝講座講

諸位先生，諸位同學，任中敏校長要我講《怎樣寫〈中興鼓吹〉的》這個題目。任校長是我平生惟一的畏友，不獨他的行誼使我拜服，在文學上他所給予我的影響，凡是與我們兩人相熟的朋友都可證明。他從來態度最嚴正，言論最不苟的；只是剛纔介紹我的話不免"溢美"，使我漸奮，什麼"才氣"我是談不到的；可是在寫作上，我這一點小小的經驗和見解，今天不妨說出來請大家指教。

我始終懷疑"詞"這種體裁，所能表現的範圍太狹小了，無論唐五代的小令，北宋南宋的慢詞，內容是不外乎男女和山水的。自從常州派提出風騷比興來尊崇詞體，一方面張惠言還是說"其文小"，"意內言外"的解釋，和什麼"要渺"一類抽象的詞句來形容詞的境界，仍然是拘束着詞體，總不比得詩與後來的曲。北宋的蘇東坡，南宋的辛稼軒，被正統詞家始終承認爲"變體"，不列入正宗之內的。然而兩家的模擬者依然很多。像清初的陳迦陵，有人批評他的《湖海樓詞》是叫囂，不夠沈鬱頓挫；但他的詞中的確有前人所未有的意境，尤其是小令，用獅子搏兔的力量，言雖盡意却不盡。晚清的文芸閣先生，他也是崇尚蘇辛的，我覺得也非蘇辛所能限。他在《雲起軒詞自叙》裏說得很明白，認爲一班以爲夢窗、碧山以外無詞的，是"巨謬"！所以他也爲正統派所排斥，只有朱古微先生說他是異軍獨起，傲兀難雙。我不否認粵西派像王半塘、況蕙風諸先生詞的價值，尤其是朱古微先生的《彊邨語業》融合東坡和夢窗的長處，可說"前無古人"：因爲經過融合便成了自己的作風。可是步趨他的人縱然像他，却沒有自家的面目。清代三百年中多少詞家能有幾家是有自家面目的？我很懷疑：詞是已沒有前途的了！在這樣大時代中，我們的新體沒能十分成熟，除了詩或曲以外，詞還能寫嗎？我始終考慮着。現代人的口語和詞類，也可以寫入詞，像詩中黃遵憲的《人境廬》那樣，難道不可能麼？我不敢相信。雖然，也覺着那樣還不夠的，不過我平時在散曲上費過一些心力，處處確也防備着曲體滲入。"上不似詩，下不似曲"的詞底規律，我總是兢兢業業的遵守。

　　"九一八"不幸的境遇終于見到。那一年我從四川成都大學回來，改就河南大學的聘約，正在開封；同事中淳安邵次公（瑞彭）先生，上猶蔡嵩雲（楨）先生，皆是詞壇宿將，常常一道倡和，所選的大都是南宋的牌調，依四聲，次韵，甚至和原題；苦心焦慮，十日半月作成一兩首，心裏要說的話，因爲種種限制，不能暢所欲言。剛巧有一位朋友是現役的旅長，憤於國事，弃職跑到古北口去抗禦敵人，過汴告別；有一晚，我正在酒後即席寫了一首《滿江紅》送他。這便是《中興鼓吹》的開始。《滿江紅》是最熟的牌調，趁著酒氣無拘無束的將我要說的說個痛快，不管詞不詞，周不周，姜不姜；粗豪就粗豪，叫囂就叫囂。寫成以後放在案頭，被次公他們見到，竟意外的贊許，說：直似稼軒。其實在我寫時并無步趨稼軒的意思。自此以後，我不斷的這樣寫，反以爲這樣寫，倒感到寫詞的鬆快，有時順手寫上幾個新名詞也是出于無意的。最近劇作家曹禺先生對我說，他認爲這些年來能運用新字眼入舊體的，只是蘇曼殊和我。我對他說："我寫的時候，沒有覺到是新字眼，也沒覺得與舊字眼不同。"可是在寫這一類詞時，大都因國難而發，含有鼓吹民族思想，并不是無意的，這，我自己承認。所以中敏說："宗旨在鼓吹國族中興；并非鼓吹詞藝中興。"他對我的這種提醒是有意義的。"一‧二八"匆匆的一現，我的詞也隨着結束了，一直沒有多寫。在廿五六年間，我在暨大教書，因爲在當時環境中時時感覺着內心的壓迫，重新又寫起來，而且寫的不少，抄在一本白紙簿上，友人潘伯鷹先生見了，爲他寫上《中興鼓吹》四字，便成了詞集的名稱。并且二十六年春間（？）曾在《國聞周報》發表過二三十首，記得寫定稿子的地方，就是任校長的家裏。後來接着"七七""八一三"開始了抗戰，我率領全家也開始度流亡生活，使《中興鼓吹》內容充實起來的，是在大場陷落的前後。當我們從南京移動到蕪湖的時候，每天早晨讀報，翻地圖，打探消息，極度的緊張；晚上在燈前發泄自己的憤慨，沈鬱，煩悶的只有詞的寫作。可惜稿子失去了不少，現在無法追寫下來。那時在東戰場我敵爭奪的戰區，大都是我熟習的地方；所以只要見了報紙，馬上便喚起回憶，想起那一村一鎮的父老，正在受蹂躪，過苦難；

不由的血液沸騰，使我的心熱起來，拈起筆，切着齒，除了寫詞，我沒有別的辦法。

二十七年一月，我們纔展轉到了武漢，那時國家一切有新興氣象，戰事也漸漸地穩住了。在各戰場工作的朋友往來武漢，供給我不少材料：有的寫詩，有的寫散曲，那期間詞存的不多。七月以後從漢口又到了重慶。在重慶想不到住了四年多。廿九年我代表參政會，經過第一，第二，第五，第十，四個戰區，纔親自嘗到戰地的風味，了解將士們實際生活情形：中條山的月夜，潼關的偷過，鄭州，黃河邊向花園口的瞭望，瞻顧襄樊的形勢，飽聽鐘祥城外炮聲，當時寫下一些散曲，存留的詞反不甚多。不過從生活體驗中所領受的，比據案想像，究竟切實些；我仍然認爲不足，跑的地方不夠，因此不能使我的作品更生動，但有時目擊耳濡，在欣悅的情緒之下，我也寫起詞來。詞本來不宜於表現快樂的。記得過內江的一晚，遇到同鄉人張適今將軍，那時他們在內江練兵，他來寓處看我，談起"一二八"戰役來，我一面聽着，一面就結撰成了一首《賀新涼》。中敏後來見了，他說："太興會，便不易佳，佳亦不是詞境。"他認爲這首《賀新涼》還算是寫興會的佳詞，不過在詞的形式中究竟不甚適當。二十六年冬天，也許是二十七年新年的時候，在九江聽到蕪湖克復的消息，寫了一首《滿庭芳》。也在欣慰和慘戚兩種心情交織中寫的，對于這消息將信將疑，一口氣寫成時，帶着一副流泪的笑臉讀了一遍。中敏說："上半融渾，下半流利"，的確明白看出寫詞時的兩段心境來。讀者的感覺如何，我寫時是不及料計的；然而我只赤裸裸地真心的誠意的寫下而已。

《中興樂》這首代序，與兩首《沁園春》，對我的三弟孟野和伯鷹談詞及文壇的兩首，皆是稍後寫出的，在我已有了其他作品時，我才提供自己的主張。今年五月間《東南日報》刊出琴盧先生一篇評論，他說："這卷詞一不作綺語，二不嘆老嗟貧，三不流連光景，這也許是他的三不主義，根據這三不主義去瞭解《中興鼓吹》，則《中興鼓吹》所給與讀者們的，自然只有警覺和激勵而生的壯氣了。"同時琴盧先生又說："《中興鼓吹》只是士大夫階級中的讀物，他不會普遍到民間，這是不能否認的，因此他們的流傳的範圍必定很狹，體裁、格調和欣賞能力種種關係所限有以使然，我們當引爲遺憾。不過即使只限于少數人欣賞的作品，也不是沒有意義的，至少比嘲風弄月的舊體詩詞要好得多，難道振作士大夫階級中人的衰頹之氣，不也是必要的嗎?"從今天在座的諸位同學，以及這本詞在漢口，重慶，成都，貴陽翻印，和桂林任校長的選本看來，我自己相信：決不是士大夫階級中的讀物。文學青年何嘗算是士大夫！至於欣賞者的少數，多數，我原不知道。詞雖前途有限，愛讀詞的人，想來還算不少呢！

在太平天國時代，江陰蔣鹿潭（春霖）《水雲樓詞》曾被推爲"詞史"，大家說他是聲家杜老。其實是白石的嫡傳，有的規仿《揚州慢》《淡黃柳》《淒涼犯》一類作品；因爲又有黃婉君一段本事的緣故，也有的近於《暗香》《疏影》。讀起來覺得哀怨不勝，的是佳作。不過，那種境界和我們的現實想去太遠了。在我的詞中，例如《探春慢》（冷燕泥歸），寫當時公務員隨政府西遷的情形，"荒江萍碎"，是說流離奔波的一般難民。"裊娜幾家兒女"說的〈是〉那些意志不堅的分子，"空綰同心結，算只有游蜂無數"，當然指着舊日有些朋友，竟不顧廉恥，覥然事敵。在有文學修養的讀者，細細玩味，是可了解的。這種作法，在傳統的詞家是認爲合法的。不過能有幾人肯去細細玩味呢？那無怪琴盧先生說"不會普遍到民間"，"他的流傳的範圍必定很狹"了。我不敢多向這方面去作，倒不定〔是〕爲着讀者少；因爲我於詞另有一條試驗的路。

說起來很簡單的："在字面上力求其樸素，在表現的技術上力求其堅實"，這是我的信條。故意的"頓挫"，往往使作品更脆弱；故意的"粗豪"，往往使作品太淺薄。"多充實我們的生活，保持着豐富的熱情；不爲着寫詞去寫詞，似乎會有良好的收穫"，這幾句話是我自己的心得。也許因此我得有較廣大的讀者。

附帶對諸位談起的，"詞韵"這個問題，以往我是用戈順卿的《詞林正韵》。去年雙十節國民政府公布了我們的《中華新韵》以後，不獨詞，一切詩、曲和其他的韵文體裁，我都采用新韵。這本新韵，名義上是魏建功先生、黎劭西先生和我三人合纂的，其實是魏先生執筆的，黎先生和我只貢獻了些意見。無論如何，現代人應根據現代人的口語去協韵；在我寫這本詞時，不免有韵雜的地方，也是因爲抱着這種見解。願受"不守繩尺"的譏誚，一任旁人議論好了。還有在"詞樂"這一方面，我也有一些意見：詞樂早在南宋時亡了，姜白石自度曲的旁譜到今天官司打不清，無論怎樣說，元明以來已是不能用詞樂的原來面目去歌詞了。難道說詞就不必去歌了嗎？清人謝元淮的《碎金詞譜》是用昆腔去唱詞，雖然不是詞樂，使詞還能歌唱，也自有他的意義與價值。何況現在我們正在建立新音樂，輸入西方的技術，於記音、和聲、獨唱、合唱等等，都有顯著的進步，我們不妨用新音樂歌唱現代人的詞，不必限於謝元淮式。目前到處流行着岳武穆的《滿江紅》，雖然不是宋人唱法，又何嘗不好呢？

至於《中興鼓吹》的英譯本，是出於我的朋友楊憲益教授和他夫人戴乃迭之手。雖然沒有翻譯出詞的形式來，但由我自己的審定，的確能傳神達意。有人以爲詩已不可翻譯，詞更不可翻譯。我想，譯詩本是難事，但使友邦人士能讀到我們的心聲，只要力求傳神達意，不必斤斤於字斟句酌。因爲任校長要我同時朗誦譯品，所以我順便說到。

最後我要聲明的：《中興鼓吹》是未完成的，我已寫了許多，現在在寫，將來也許還要寫，以上拉雜說到的，是我就已寫成了的作品，牽扯到我對於詞的看法。大家不必一定去寫舊體，或者一定去寫詞。就是去寫詞的話，也不必像我這本詞的寫法。《中興鼓吹》已是無足觀了的，仿《中興鼓吹》更是多餘的事。在這個大時代中，我們要求偉大的文學作品，尤其是能發揚我民族精神的史詩。只要我們努力，我們從各方面去努力，各人尋找各人的路子，一定有許多好成績在後面。說一句老套子的話"拋磚引玉"，我這一册《中興鼓吹》，只是一塊磚而已。

好，現在再遵任校長的囑咐，選幾首詞來朗誦。我這樣的朗誦，也只是我的朗誦法罷了。請大家聽我的朗誦！

（《改进》第 6 卷第 11 期，1943）

《冶城話舊》論詞

玉井咏隨園

道咸間，白下詞人以許濟秋先生宗衡爲最。先生有《玉井山館詞》，中有《爲仲復題隨園圖·安公子》云：

不忍言重到，小倉山翠迷臺沼。花弄蔚藍天外影（"蔚藍天"，隨園齋額也），闌干閒了。便一片隔簾月照，誰歡笑？嘆啼鵑慣便着人惱。六朝如夢，一例滄桑，何堪憑吊。漫悔經過少，算來猶幸登臨早。烽火十年喬木改，夕陽衰草。曾醉聽猿吟鶴嘯，烟雲杳，還想到簷鐵東風悄。落紅池館，記得分明，那時春好。

蓋隨園毀於洪楊兵事，此詞則亂後作。先生嘗游息於是，故有"重到"之語，感喟不能自已。

案：《玉井山館集》附詞一卷，版〔板〕藏其家。民國二十三年，家人將鬻之。韓漸儀以告管伯言、夏枚叔，皆主釀資購藏國家圖書館，以存鄉邦文獻。夏博言蔚如兄弟，及仇述庵、陳匪石皆出資者。破爛漫漶處皆經修補，已增印百數十部廣其傳。狀元境文海山房有之。過小倉山者，手此一編，想見"蔚藍天色"，當亦不勝滄桑之感矣。

媚香樓故址

李香君媚香樓，初不知其地。民國十二三年，在石壩街發見界石，始知樓亦去鈔庫街不遠。日前如社主課，予因以此命題，調寄《高陽臺》，霜厓師立成，詞曰：

亂石荒街，寒流古渡，美人庭院尋常。鏡火笙簫，都唱雪苑文章。叢欄畫壁知難問，問鶯花可識興亡？鎮無言，武定橋邊，立盡斜陽。　　南朝氣節東京煎，但當年廚顧，未遇紅妝。桃葉離歌，琵琶肯怒中郎。王侯第宅皆荆棘，甚青縷寸土猶香。費沉吟，紈扇新詞，點綴歡場。

論《琵琶》蔡中郎事，見侯朝宗《壯悔堂集》。此在吾師爲別調，與金陵掌故，不可不知。

碧瀅翁

晚近詞學之盛，啓風氣者實惟吾鄉端木子疇先生（埰）。昔年余在大梁，曾得子疇先生手書《宋詞賞心錄》，末書"幼霞仁棣清玩"，蓋臨桂王氏四印齋中物也。先生官中書時，半塘與況夔生從之游，一時作者始知從南渡上窺北宋。由碧山開夢窗之漸。先生最賞中仙，故以"碧瀅"名其詞。昨視冬飲師疾，師爲言："《碧瀅詞》雖未盡脫碧山面目，然矩步正行，三百年一大作手，不獨爲吾鄉詞人之最也。"師往爲《賞心錄跋》，有云："光緒丙子，子疇先生自京師歸，住余西鄰高子安先生家。時余甫六齡，高先生日惟以游園，因令拜謁，見先生長身蒼顏如寒松，敬畏之。高先生後亦屢道先生學行本末。及余獲讀《有不爲齋全集》，先生歿京邸久矣。"又云："先生自壬申奉諱後，作書不用印章。"今余齋中所懸先生書聯："布衣蔬食養心骨，奇字高文觀古今"，亦無印章，恐亦先生奉諱後作也（《碧瀅詞》今見《清名家詞》中，開明版）。

雨花臺題壁

雨花臺側有泉，許振祎書坡翁句題之，曰"來試人間第二泉"，因俗呼爲"第二泉"也。春秋佳日，座客嘗滿。猶憶甲子四月，踏青過此，見壁間有鉛筆題字，爲《蝶戀花》一章。全詞已不復省記，中有句云："每到春來，尚有垂垂子。"初以爲詠階前石榴樹耳。坐中有知其事者，爲言三十年前，有當壚人，皓腕如雪，城中年少，咸集是肆，飲者之意故不在茗。未幾，嫁去，則綠葉成陰，子已滿枝矣。是詞作者必當日坐中少年，所以有牧之之嘆也。其事絶韵，因相約賦之。余歸，譜《北中吕·朝天子》云：

> 相思莫折枝，説甚麽垂垂子。爐邊不見俊龐兒，這其間多少風流事，映水螺鬟，當門酒肆，早寫下紅顏薄命詞。此時，發癡，又前度劉郎至。

二北詞人見之，以爲不讓張小山也。或阿其可好，故如是云。

如社

南雝有詞社曰潛社，集上海者曰漚社，近日又有如社。如社社友除霜厓師外，有陳倦鶴（匪石）、仇述庵（埰）、石弢素（凌漢）、林鐵尊（鵾翔）、夏博言（仁溥）、夏枚叔（仁沂）、王東培（孝煃）、汪旭初（東）、廖懺盦（恩燾）、喬大壯（曾劬）、蔡師愚、邵濂、蔡嵩雲諸先生，而吾友唐君圭璋與焉，夏蔚如、向仲堅來京則與社集。每集只限調，不限題韵。予居上海，籍列漚社，時彊邨先生已下世，所周旋者夏眏庵、葉遐庵、陳彥通諸公。每月偶返都下，如社中人亦往往招往參加。嘗主課一次。大抵如社社課，遇名家自度腔，亦以依四聲、用原題，步韵爲主，予舊所謂"綱起三道繩來打"是也。獨余值課用《高陽臺》調，近日亦漸有用小令者。漚社每集兩題，一限題一不限題，如社視之尤嚴。藉此用功則可，若如此鍛煉詞人則不可，以詞人之所以以爲詞人者，所重在生活不在此也。

多麗舫

潛社之集，爲前去南雝前一年事。霜厓師實主之，每月一集，以詞課爲常，間亦課曲。在萬全酒家舉行次數最多。或買舟秦淮，其舟曰"多麗舫"。社友既集，擇調命題，舟乃蕩至復成橋下。戊辰季秋，師歸自粵，重集多麗舫，選《商調·山坡羊》。師作有云："望江城雲山低亞，買吳舵琴尊瀟灑。問當年詩人酒朋，算兩年中多少悲歡話。"俯仰今昔，意興索然。然此後多麗舫時有潛社之集。上海光華大學亦常組潛社，時前與霜師同執教其間。師回中央大學，僅舉社集一次，前代主之，所作常彙刊《小雅》雜志中。而南京潛社則有專刊，都詞曲二百餘首。

飲真填詞

江都梁公約先生，久游江蘇省長幕府，僑寓金陵數十年。金陵士夫之家，無不有先生之畫懸壁間。以是求者踵接於門，先生亦無不應。吾友酈衡叔爲先生高弟。衡叔工山水，而先生喜爲花卉。先生既殁，李墨巢嘗爲輯印畫册。平生所爲詩曰《端虛堂集》者，已刊之《學衡》雜志。獨其詞不傳。

獨憶十二三年前，余持素紙一方，乞先生書。時余方耽於詞，先生乃爲寫《永遇樂》一闋，儷青傳略題解也。詞曰：

> 涼夢零烟，瘦魂怯月，無邊凄楚。香定燈斜，釵鬆裙嚲，曾欵蓮花步。青溪照影，玉容旋暗，春色年年無主。幸芳華猶餘遺迹，文波蕩盡愁緒。　　江風損鬢，旅程憔悴，戀戀慈姑心苦。啼徹鵑紅，相攜慰問，無限傷心語。圖紀雙紅，祀憐月上，一例詞人淚雨。最愴惻阿侯嬌小，問阿娘何許？

俊逸如其畫，下有"飲真填詞"白文小印。

翠微亭①

清凉山上翠微亭，南唐後主避暑宫在焉。亭久荒圮，余兒時往游，尚存亭基，其後并石礎而亡之，其址殆已不可踪迹矣。余嘗謂有宋一代之文物，所得於李氏者爲十國冠，即澄心堂紙、李廷珪墨，亦前此所無，後來所不能及。璟、煜兩主，同爲詞皇，爲百代詞人之祖，似應就翠微亭原址築一"詞皇閣"，其下爲江南詞人祠堂以祀詞客，持〔相〕較西湖笑廬庵兩浙詞人祠堂，當無遜色。後主畫像，南薰殿本當有存者，閣中應摹刻上

---

① 《盧前文獻輯刊》中《冶城話舊》無此條。

石。二主詞可據譚爾進、侯文燦諸本校訂，亦精寫一通，鐫懸閣壁。余懷此想已久，不知何日始可償夙願也。

劉寶全與莊景周

嘉慶末，韓小窗以子弟書稱於時。有曰《寧武關》，譜周遇吉死事者，尤爲東調最。子弟書者，以七字文敷演故事，作於八旗子弟，故名。韓氏先有羅松窗爲西調，擅兒女子言，今世所傳《鵲橋》《出塞》皆松窗詞也。而慷慨激昂之章，以述忠臣孝子事者，是爲東調。歌東西調者伴以鼓，俗乃謂之鼓詞。劉寶全者，初習亂彈，與汪桂芬、譚鑫培者游。桂芬晚年齒落，行腔以唇，鑫培則宛轉於喉，衆競效之。知皮黃之日以盛也，汪譚必爲一世雄，度無以過之。遂取其腔，融於鼓，而其友莊景周爲之辭。不十年，世無不知有寶全，獨景周無名，於是寶全歌詞何從出者，不可考。景周字蔭棠，又號耀亭，別署知非子，一作待餘生，江蘇武進人。同光間爲吏部選司。久沈下僚，鬱不得志。既納交寶全，習梨園場面，笛、嗩吶、琵琶、弦子，咸能上手。皮黃、生、淨、昆腔、小曲、蓮花落、梅花詞，以逮快書、單弦、時調，無不工。故都之有新聞紙，亦自景周始。光緒辛丑，創《京話日報》，所撰《白話聊齋》《燕市叢談》，戲評之屬，家弦户誦。景周書口語，每製新字曰□①、曰□②、曰犄裏粗拉，皆狀聲會義，以立其形。清社既屋，復爲《實事白話報》。惟寶全所作，惟《對刀》《步戰》今不傳，若《罵曹》及《別母亂箭》，所謂二本《寧武關》等，莫不快人耳目，非小窗所能及。故寶全非景周之辭不歌也。景周死，寶全在天津，其家將以赴告，而寶全素車至矣，曰："四十年之交，身後事舍我其誰屬？"營其喪而去。景周卒年六十有八。今年六月，寶全南來，遇前於金陵，爲言景周生平甚詳，請書之。盧前曰："羅韓之視景周，有前賢後生之畏，固矣！微寶全，雖景周奚足貴焉？不知羅韓之世，抑有如寶全其人者耶！烏乎！鼓詞，藝耳。然亦知人論世之資也。"乃著于篇，復爲詞，曰《減字木蘭花》者，以貽寶全。詞曰：

---

① □：底本模糊，難以辨認。
② □：底本模糊，難以辨認。

譚喉汪齒，興亡一部梨園史。白髮歌王，爲我從頭述教坊！　　未慚死友，説到知非纔住口。四十年來，誰謂詞壇有霸才！

鞠宴齋

仇三丈述庵，名垛，字亮卿，贅園老人猶子也。老人諱繼恒，字淶之。丈以貢生，游日本，肄業宏文師範，晚清歸國，自民國元年，以迄十六年，任江蘇省立第四師範校長，吾友馬客談（登瀛）、丁叔明（顯曾）皆其門下。丈藏書至富，郭家巷宅有曰鞠宴齋者，如社常集於此。丈五十以後填詞，猶高達夫之於詩也。（昔丹徒趙彥梅六十以後始填詞，亦爲詞壇佳話。）應酬文字，亦不稍苟。送人屛聯，必戒烏絲。長子威叔（良虎），前之窗友，又共執教於鍾英，早死。幼子良高，丈甚昵愛之。齋中座上客可常見者，有王東培（孝熿）、夏叔枚（仁沂）諸老，皆如社中人也。

舊時月色

"舊時月色"者，白石詞句，陳倦鶴先生取以名其齋。先生名世宜，字小樹，號匪石，拙夫先生子也。拙夫初無子，晚始得先生。爲先生娶於高，〈即〉柳溪先生女。柳溪先生之得培鏊丈亦晚，以是高、陳二先生在吾鄉世誼中行輩甚老。民國初年，在蘇州法政學堂教書，奉手彊邨翁，治北宋詞。爲南社健將，晚近吾鄉言詞學，當推先生工力最深。二十餘年積詞稿數百首，頃始定爲《倦鶴先生樂府》二卷。自南洋群島歸，在舊都任農商部秘書久。國府成立，調任實業部參事，以訖今日。所謂"舊時月色齋"者，在南門大街郵局後，與公牧翁居甚近。

[《冶城話舊》作於1937（民國二十六年）；初刊於《南京人報》，
　　萬象周刊出版社，1944年（民國三十三年）六月出版]

《抗戰以來之中國詩歌》論詞[*]

　　在古體詩近體詩外，另一種體裁叫做詞的，將在這一章裏叙述。中國的詩歌原來有一部分是可以歌唱的，到了唐代的末年，便產生了詞。詞的句法是參差不齊的，不像古體詩、近體詩那樣五言、七言之整齊。但每首詞有個固定的"牌調"，每首有多少句，每句有多少字是根據那"牌調"的音樂而限制的。可惜詞的音樂在宋代的末年喪失了。所遺留的形式，後來的詩人還照樣的保存着。詞可分成兩類，一類是小令，每首小令約五十字左右。一類是慢詞，慢就是延長的意思。慢詞是小令的延長，每首有的一百字，有的兩三百字，最多到四百多字。在詞這種體裁裏所適宜表現的，是一種宛轉含蓄的情感。唐代末年一直到宋代，都是這樣的。自從蘇東坡用奔放的筆致，慷慨淋漓的寫成他的詞，於是詞才別有豪宕的境界。作者在前面所提到的辛棄疾，是被詩人們認作蘇東坡派的。當詞只適宜表現宛轉含蓄的情感的時候，詞的題材，較古體詩近體詩的範圍小得多；不獨題材，就是選用的字，句的構造，變化都不甚大。有了蘇東坡派才把詞的範圍擴大了。不過後來的詩人模仿這豪宕一路不多，在清代的末年所盛行的詞風，仍然是宛轉含蓄的表現法。最著名的朱祖謀、鄭文焯、況周頤皆如此；民國以來，凡習作詞體的都不過如此。在抗戰開始以後，誰肯讀這種詞！誰又能從容的用宛轉含蓄的表現法來寫他的詞呢？所以蘇東坡派的詞底作風，占領了所有寫作詞體的人的筆下！不過寫詞的人比較寫古體詩的人少得多了。説到此處，作者將介紹自己用"盧前"的名字而發表的一部詞集，叫做《中興鼓吹》的，曾發行三種版本（漢口、重慶和成都），現在有幾個戰區正在翻印中，大約在詞算銷行數目最多的一部，選以下幾首作例。

---

[*] 本文選自《民族詩歌續論》第一章，共四大節，第一節論詩，第二節論詞，第三節論曲，第四節論謠，因第一、三、四節未有論詞，故此處權且刪去。

招西北之魂——以下兩首的牌調,叫作《點絳唇》

一髮江南,笛聲吹老愁懷抱。柳絲環繞,飛絮知多少。願汝歸來,願汝歸來早。百靈廟,連天衰草,塞上風光好。

百靈廟既收復更招東北三魂

鴨綠潮寒,奔流不盡酸辛淚。雄關衣被,尺寸傷心地。一別遼陽,五度春秋矣。沉沉睡,白山黑水,我欲呼之起。

詠棉背心——這牌調叫作《滿江紅》

着意裝棉,手中綫針針縫起,聞道是沙場霜重,衣凉如水。儂願化身成軟絮,寒溫與共秋風裏。個兒郎為國作干城,真英士。

我欲問,前方事。知推進,若干里?料禦寒送到,這包衣褙。勇氣益增千百倍,鼓鞏還我山河美。是衣中縫就熱心腸,非棉耳。

在"中興鼓吹體"的模擬者中當推成善楷的作品為最有成績,如《臺城路》這個牌調所寫的《重遊重慶》,把我們戰時首都的重慶,一派莊嚴雄偉的氣象,用疏快的筆調狀寫出來:"指一髮青山,中原何處?月到中天,有人思大禹。"此外像《水龍吟》調所寫的《高洞》,《百字令》調所寫的《婚後第七個中秋》,皆能把眼前的景物摹寫得很爽朗。

有幾位老詩人,在這時也已改變他們的作風。例如仇述庵先生用許多首《鷓鴣天》的牌調,寫他戰後的觀感。一嚮筆致細膩的陳匪石先生,他的調很明顯的轉向豪宕方面來了。尤其是《吞日集》作者林庚白先生,有大量的作品"嘆老嗟卑,怨紅愁綠,憐渠意淺詞深",他很憤激的攻擊以往寫詞的人,用宛轉含蓄的表現方法來完成他們的作品,在這幾句詞中表明他的態度。王陸一先生也有多量的詞的作品,在他的詞中愛寫從前的夢境,對於戰前南京的風物,什麼夏日的後湖,初秋的栖霞山,春天桃花下的太平門,鐘山,靈谷寺,中山陵,沒有一處不是他選擇詞題的好材料。當抗戰到了第二階段時,他駐在襄陽,樊城,也寫了不少的詞。從前的詞的範圍已如上面所說那樣狹小,就是寫景物也是偏於長江流域的;我們要在從前的詞中尋找描寫蒙古、西藏,或雲南、貴州,或西康的名勝的題目是不容易的。但是戰後詩人的足迹漸漸踏遍了南北。如劉定權、曾緘兩位先生在西康所作,這是極新鮮的題材;我們讀了寫大相嶺的雪,跑馬山的梵咀，這許多詞隨處都有美妙的詞句。一位纂輯《全宋詞》的，研究宋詞的學者唐圭璋先生，在他的作品中，早改換許多題目，例如《送同學千里行軍》《題血刃圖》，這在戰前是看不到的。寫詞體的詩人既然這樣少，作品也不多；然而每首製作都已充滿了抗戰的情緒。這可以證明中國的詩壇，確已總動員了。

［國民圖書出版社，1944 年（民國三十三年）三月］

《夜譚拔萃》論詞

一曲賀新郎

　　明亡了以後，吳梅村還在中年，因爲文名揚海內，清廷想用他來收拾人心。侯朝宗馬上寫一封信給他，論不必出來，有三不再，四不必，說了一篇大道理，可是梅村終於出山了，任國子監祭酒，是威勢所逼，還是另有原因？我們是不管他。但，梅村心靈上的痛苦，隨著年齡，天天地增加。臨死還囑咐後人，在墓前立石祇寫"詩人吳梅村之墓"七個大字，千萬不要〈將〉官銜擺出來，尤以絕筆的"病中有感"這闋《賀新郎》詞，更赤裸裸地道出他的心事：

　　　　萬事催華髮！論龔生天年竟天，高名難沒。吾病難將醫藥治，耿耿胸中熱血，待灑向西風殘月。剖却心肝今置地，問華佗解我腸千結。追往恨，倍淒咽。　　故人慷慨多奇節。爲當年沈吟不斷，草間偷活。艾炙眉頭瓜噴鼻，今日須難決絕。早患苦重來千叠。脫屣妻孥非易事，竟一錢不值何須說！人世間，幾完缺？

　　這是多麼可憐的話，自己只埋怨自己。
　　"爲當年沈吟不斷，草間偷活"。他曾用南朝女節使洗夫人故事寫了本《臨春閣》雜劇，暗指着秦良玉，有"畢竟婦人家難決雌雄，但願那決雌雄的放出個男兒勇"這樣慷慨的曲文。又用梁元帝時的沈炯故事，寫了本《通天臺》雜劇，自道"故國之思"。因此當時人評驚吳梅村比錢牧齋高些，因爲錢牧齋方以仕清自喜，而梅村處處表示他的不得已，并不是出於自願。聽說目前南京僞組織中所謂文人，正在以"題吳梅村畫像"爲題，各述其志。龍沐勛的一首是："不須轉眼感滄桑，萬水流傳惹斷腸。至竟妻孥雖脫屣，可憐一曲賀新郎。"因此我想起梅村這《賀新郎》來。不過古今情勢不同，人生終有一死。又何必"沈吟不斷"自尋苦惱呢？

萬里封侯一夢

　　報導金牌罷戍，空教壯志飛蓬。關心明月滿簾櫳，偏是嫦娥情重。　　回首鄉關何處？長空幾陣飛鴻。憑將秋信寫江東，萬里封侯一夢。

這首《西江月》，是雲夢吳祿貞烈士在戊申（1908）年作的，談起辛亥八月武昌起義的事來當沒有人不知道吳烈士的。吳烈士在石家莊被殺是辛亥九月十七日。他本無詩名，存詩也不多。誠如廉南湖所說："雄直悍快，肖其爲人，不肯囁嚅作兒女子態。"在烈士死後，南湖搜集遺稿成《西征草》《戍延草》兩卷。有一天，偕芝瑛夫人見烈士之母吳太君。太君含著泪說："綬卿在日，最愛芝瑛這題畫詩，每日必三四讀，道：寫作之好，如今海內外一人而已，不知芝瑛可願意爲他寫遺稿？"不久廉夫人便寫印出來，大約在民國元年。現在很不容易見到這本"小萬柳堂"黑底白字本了。只有我的朋友徐霞村君（烈士女夫）還藏著一本，上面的一首詞是《戍延草》最後的一首。

詞之末路

詞在中國文體中占重要地位的歷史很短。自從張惠言《詞選》問世後，纔說明詞是以上繼風騷，得比興之義。因爲主張寄托，標出"要眇"兩字來，道："其文小"，這個"小"是細緻的意思。說到寄托，因爲宋末受異族的侵凌，當時沒有言論自由了，所以借"蟬""龍涎香"之類，大做文章，這不過是詞之一體，難道詞的全部都如此麽？文廷式在《雲起軒詞自序》中說得好：

　　邇來作者雖衆，然論韵遵律，輒勝前人；而照天騰淵之才，溯古涵今之思，磅礴八極之志，甄綜百代之憤，非窘苦囚拘者所可語也。詞者，遠繼風騷，近沿樂府，豈小道歟！自朱竹垞以玉田爲宗，所選《詞綜》意旨枯寂，後人繼之，尤爲冗漫，以二窗爲祖禰，視辛劉若仇讎，家法若斯，庸非巨謬！二百年來，不爲籠絆者蓋亦僅矣！

當前這樣大時代！如詞不能表揚時代的精神，這個詞早已不能存在了。有人說："詞體自有特性，不宜說雄壯的語。"不知他還讀過辛劉的詞沒有，要"遵體"就應付以新生活，民國詩人還說唐五代的話，這是"詞之末路！"

敦煌文學

自從唐人寫本在甘肅敦煌縣三危山下石窟寺（俗稱千佛洞）發現以來，"敦煌學"，差不多在世界上成立了這樣一個新的名稱。關於佛教語言，和社會經濟史料，姑不說，就是文學方面，如《王梵志詩》，韋莊《秦婦吟》《雲謠集雜曲子》，皆是極重要、極可貴的文學史料。"變文""俚曲"可以說是"俗文學"，不能說敦煌卷子全是"俗文學"。像《雲謠集》和其他二十一首雜曲（散見劉復《敦煌掇瑣》中），都是原始的詞體。最近湘陰許國霖君的《敦煌雜錄》印出來，其中如：《周說祭曹氏文》《索滿子祭姊丈吳郎文》《翟良友祭太原王丈人文》，還有一卷《太公家教》，以上沒有一篇不是典雅的文章。可見國內藏本（北平圖書館）不一定不如倫敦或巴黎藏本。將來把海內外所有的彙集起來，加以整理是最有意義的事。可笑"許本"中有當時抄書人的怨詩，遺留下來：

（一）

寫書不飲酒，恒日筆頭乾。且作隨宜過，即與後人看。

（二）

寫書今日了，因何不送錢？誰家無懶漢，見面不相看！

這是敦煌卷子寫手的嘆聲。

（《夜譚拔萃》，《新民報叢書》1945 年 8 月）

題半瓢詞集

周生禮從游之歲，習爲小詞，得二晏風致。別幾十年，余隨亡居蜀，而禮流轉嶺表，心神飛越於風雲之會，一洗薌澤舊習，漸成鞾韸音響。於時余有《中興鼓吹》之作，世方指目稼軒之續，稱曰"鼓吹派"，衆競效之。余與禮久不通問，然今讀其數年間詞，亦此中人語也。其暗合邪，抑有同感而然邪？何其相類也。笙磬聲同，是誠余前軍之勁旅矣。顧世局日寬，詞境益狹，微余輩而詞垂絕，願禮無廢厥業，則維《半瓢集》而作者，必能蔚然自成一家之言。

［《中央日報》1946 年（民國三十五年）3 月 2 日］

《丁乙間四記》論詞

蕪湖三月①

八月二十八日早晨五時，從南京中華門出發。

八時的京蕪車開了，載去我全家老小，可是沒有載上了我。十七八件行李，到行李房裏去"結牌子"，從六時結到八時，始終沒有結到。而月臺上擠滿了客人，我年高體重的母親，被簇擁上了一輛貨車。婦人孩子們都已跟上去，纔立住了足，車便開了。我只得守著行李，一直到下午五時，我趕到了蕪湖。

羅家閘二十一號，我這寓所，走進去一條甬道，右首三間住房，一間厨房：墻早已變成黑色了。在未寒猶熱的八月（廢曆還是七月呢），住在這樣狹窄院落的屋子裏，實在有點受不了。可是安靜的蕪湖，還能使我們安心的度着日子，總比"入土"高明得多。

前方的捷報，一封一封的信寄到了。我非常的興奮，"難道我就這樣住下去嗎！"我老這樣的自問着。

得張佛千的信，知道他正在籌備辦東戰綫的《陣中日報》。他希望我能去，可又知道我不能離開了母親。寫點稿子罷。於是我天天填詞，填一些記載戰情的詞（現在編入《中興鼓吹》第二、第三兩卷中）。

現在抄關於東戰場和北戰場的各一首。

滿江紅·寶山之役

斗大孤城，竟一日化爲碧血。今又見田橫忠義，張巡節烈。六百士當千萬敵，出生入死吳淞峽。聽子香奮臂一聲呼，君休怯！　　彈

---

① 節選自《丁乙間四記》中第一章"炮火中流亡記"。

已盡，槍雖折。頭未斷，心還熱。况此城與我，存亡關切。有我不能寸土失，要知吾士堅如鐵。記姚營他日史書存，歌先發。

滿江紅·平型關大捷

奏凱平型，明日定靈邱先復。知左翼圍河傳檄，頑倭覆沒。况有中軍崞縣在，原平一戰風摧竹。踏扶桑三島海東頭，都沉陸。　看捷報，書盈幅。歡笑裏，從頭讀。喜右鋒寧武，雄威相續。指日朔州收拾盡，雁門關外燔倭骨。會王師三路察綏邊，安然出。

第八軍軍長黃達雲兄見了我的詞，必筆錄而去，炮火中的官兵，竟有不少讀者。佛千來信如此說，他仍希望我在前綫去尋詞料。

這時暨南大學已開學了。我送繩弟去借讀安徽大學，仔兒入蕪湖女中，侃兒、位兒入中江小學，我打算在九月中旬回上海去教書，順便往我最熟悉的地方——東戰場的前綫去尋詞料，應不負佛千之約。

福州十七日①

二十八日，吳天亨來訪，請我爲家祠寫詞一首，約去龍泉沐浴。在林欽安定製手杖一根。沈祖牟君來訪，并贈我何振岱的《榕南夢影錄》二册。二十九日，到德國領事館訪吳滌愆（瀚濤）。三十日，天享偕臺江警察局長謝彥霞來，祖牟約往文儒坊三官堂訪何梅生老先生。梅翁是留閩唯一的詩人，他的七弦琴還沒有傳人！我想請他在春暖時，來永安音專一講琴學，并請介一弟子到永授琴。辭出後，在後街看舊書。因有上河上酒家之約，未能久留。飯後，訪林有壬市長。他是暨大的老同事。接到沙縣電報，知道福州隊已在途中了。三十一日，謝光約游於山，在王天君廟、白雲寺巡視一番，去到戚公祠，廓然亭、野意亭在祠外，祠内有平遠臺、飲至石，石旁有醉石亭，又一座蓬萊閣，是吳佩孚時代築的。往烏山，知有黎鵬翠廟、雙桃石等勝。又去泉山，舊省黨部旁，可以望平山，因爲敲門不應，掉首即回。午後，去倉前山祖牟家，看鄭成功墓碑，鄭經作的七世祖墓碑皆南安最近出土的。出土後拓了□份，現又埋到土中。祖牟請題謝

---

① 節選自《丁乙間四記》第三章"上吉山典樂記"。

枚如《詞學纂說》稿本。我寫《減蘭》一首：

　　指迷樂府，律海探源宮換羽。詞裏滄浪，天水堂堂沈義父與張玉田。　賭棋草創，赤幟巍然閩海上。暖眼殘編，想見精勤落筆前。

《丁乙間四記》
1946年8月南京讀者之友社

女詩人

　　看到心杏老人的詩，使我想起中國現代幾位女詩家，老人是重伯先生（廣鈞）的胞妹，在湘鄉曾氏論起詩來，無論如何"環天室"應數第一。老人的夫家山陰俞氏，也是一個詩的家庭。《觚庵集》的作者恪士先生（明震）是老人的夫兄；壽臣三先生（明頤）詩雖不多作，亦是能手；老人是三老太太，本刊前期所發表的是近作，早年有不少名句，我們希望讀到她的全集。

　　老人之小姑，為詩伯陳散原夫人，亦以詩著清新綿邈，和散原翁的生澀味道，絕不相同。可惜沒有詩集，散原翁又不像陳石遺先生那樣標榜他的妻子，石遺的蕭夫人，據石遺所稱，不獨是詩人，而且是經師，她是有詩集行世的。現今還健在的，要算南通范伯子先生（當世）的姚夫人了。姚夫人是桐城姚慕庭先生女，仲實叔節二先生之姊，伯子的詩文集都經姚夫人編次，而且姚夫人親自作跋，古文亦有家法，想來年已在八十以上，可謂"魯靈光殿"。餘杭章太炎先生為國學大師，並不以文學著名；而章氏的湯夫人不獨能詩亦能詞，主持太炎文學院，不知近年還有新作否？

　　在湖南，與心杏老人同輩的，還有一位易瑜，她是易佩紳之女，實甫、由甫先生之妹，鶩采絕艷，也是學中晚唐詩的一路，在晚清就很有名的了，真不愧哭庵女弟。我的朋友易君左是她的內姪兼女婿，十幾年前我在他處曾見其集。

　　現存的女詩人，張默君先生不能不說是一個名家，她的《白華草堂》和《玉尺樓詩鈔》，我曾翻閱一遍，她的五古頗有功力；她的父親伯純先生（通典）是一位老名士，母親何夫人也是一位詩人。的確，湘多文士，亦多才女，如年輩稍晚的寧鄉三陳，陳家英、家慶姊妹及其姪女韵篁，皆錚錚有名，秀元（家慶）的《碧鄉閣集》中，不少佳作。

　　在安徽，旌德的三呂，大姊呂惠如（前江蘇第一女師校長）能畫能詞；二姊美蓀署名"齊州女布衣"的，她的詩卓然成家，在當代詩壇應占一席；尤其這三小姐碧城，她近半生消磨於海外，詩風與美蓀迥不相同，美蓀屬於王孟一派，碧城近於溫李；碧城的詞尤過於詩，她有《呂碧城集》在中華書局出版，她的一生就像一首詩，無怪她的詩那麼美！

新文學家中蘇雪林女士對於舊作有相當的素養，東亞病夫曾贈她的詩，有云："若向詩壇論王霸，一生低首女青蓮。"不過這位女青蓮自歐洲回來寫的詩很少。此外，謝冰心女士也是讀過不少舊體詩詞的人，她雖不多發表，我知道她也曾寫作過。

我此處所說的，真是挂一漏萬，不過，現代文學青年只知道幾位寫小說，寫戲劇，寫雜文的女作家，上面我所提到的，恐怕有很多人還不知道罷。若要連隨便學幾句袁隨園腔調的都算是詩人的話，那至少可以舉出幾百個女詩人來。我所提到的都是不平凡，相當有成就的人。説來真奇怪，中國的確是一個詩的國家，無性別，無階級，無職位（文、武），無老幼，都愛讀詩，都愛寫詩的。

（《中央日報·婦女周刊》1946年6月20日）

覺諦山人詞壇點將

自舒鐵雲撰《乾嘉詩壇點將錄》後，用《水滸傳》一百八人配以詩人爲點將錄者，頗不乏人。如汪辟疆之《光宣詩壇點將錄》，亦膾炙人口。惟覺諦山人《詩詞壇點將錄》則未之前見。相傳出朱古微先生手筆。先生以董平自居，未免謙抑。聞在宥先生有鈔本，萬載龍氏嘗錄副，其人名表如下：

詞壇舊頭領一員：晁蓋——陳子龍。

詞壇都頭領二員：宋江——朱彝尊，盧俊義——陳維崧。

掌管詞壇機密軍師二員：吳用——張惠言，公孫勝——厲鶚。

一同參贊詞壇軍務一員：朱武——周濟。

掌管錢糧頭領二員：柴進——性德，李應——顧貞觀。

馬軍五虎將：關勝——曹貞吉，林冲——毛奇齡，秦明——王鵬運，呼延灼——蔣春霖，董平——朱孝臧。

馬軍大驃騎兼先鋒使八員：花榮——李雯，徐寧——曹溶，楊志——周之琦，索超——莊棫，張清——王士禎，朱仝——錢芳標，史進——嚴繩孫，穆弘——張祖同。

馬軍小彪將兼遠探出哨頭領十六員：黃信——宋琬，孫立——吳偉業，宣贊——佟世南，郝思文——沈豐垣，韓滔——尤侗，彭玘——吳綺，單廷珪——吳翊鳳，魏定國——承齡，歐鵬——沈傳桂，鄧飛——朱綬，燕順——邊浴禮，馬麟——沈曾植，陳達——許宗衡，楊春——陳銳，楊林——張景祁，周通——王以慜。

步軍頭領十員：魯智深——屈大均，武松——陳曾壽，劉唐——董士錫，雷橫——沈謙，李逵——文廷式，燕青——鄭文焯，楊雄——項廷紀，石秀——況周頤，解珍——李良年，解寶——李符。

步軍將校十七員：樊瑞——樊增祥，鮑旭——黃景仁，項充——龔自珍，李袞——洪亮吉，施恩——吳錫麒，薛永——曹言純，穆春——郭麐，李忠——張琦，鄭天壽——易順鼎，宋萬——王時翔①，杜遷——嚴元照，鄒淵——楊芳燦，鄒潤——楊揆，龔旺——朱紫貴，丁得孫——趙熙，焦挺——勒方錡，石勇——金泰。

守護中軍馬軍驍將二員：呂方——萬樹，郭盛——戈載。

守護中軍步軍驍將二員：孔明——謝元淮，孔亮——秦恩復。

四寨水軍頭領八員：李俊——陳澧，張橫——陳洵，張順——譚廷獻，阮小二——宋徵輿，阮小五——宋徵璧，阮小七——成肇麐，童威——汪全德，童猛——王國維。

四店打聽聲息邀接來賓頭領八員：孫新——馬日琯，顧大嫂——徐燦，張清——杜文瀾，孫二娘——顧春，朱貴——曾燠，杜興——張四科，李立——謝章鋌，王定六——江炳炎。

總探聲息頭領一員：戴宗——彭孫遹。

專管行刑劊手二員：蔡福——張仲忻，蔡慶——李慈銘。

軍中走報機密頭領四員：樂和——鄒祗謨，時遷——王拯，段金柱——王僧保，白勝——蔣敦復。

專管三軍內探事馬軍頭領二員：王英——馮煦，扈三娘——吳藻。

行文走檄調兵遣將一員：蕭讓——包世臣。

定功賠罰軍政司一員：裴宣——趙文哲。

考算錢糧支出納入一員：蔣敬——董祐誠。

監造大小戰艦一員：孟康——陶梁。

專造一應兵符印信一員：金大堅——吳熙載。

專造一應旌旗袍襖一員：侯健——何紹基。

專治一應馬匹獸醫一員：皇甫端——錢枚。

專治內外諸科病醫士一員：安道全——曹元忠。

監造一應軍器鐵器一員：湯隆——林蕃鍾。

專造一應大小號炮一員：凌振——沈岸登。

起造修葺房屋一員：李雲——黃燮清。

屠宰牛馬猪羊一員：曹正——王闓運。

排設筵宴一員：宋清——丁致和。

---

① 底本模糊，考古今詞壇名爲"王時 X"且第三字從羽詞人，當爲王時翔。

監造供應一切酒筵一員:朱富——龔鼎孳。

監造梁山泊一應城垣一員:陶宗旺——蔣平階。

專一把捧帥字旗一員:郁保四——王昶。

(《南京中央日報周刊》第 2 卷第 4 期,1947)

敬悼香宋老人

從報紙上見趙堯生先生赴告，驚悉此老於前月二十七日，已在四川榮縣原籍逝世。先生諱熙，宣統末，由翰林院編修轉江西道監察御史，奏劾郵傳部尚書盛宣懷借債賣路，當時直聲震朝宇。新建楊增犖收官之蜀，先生作《竹枝詞》六十首送行，最膾炙人口，所謂"送客魂銷下里詞，故人楊子最能詩。遲君一縱巴山棹，細雨迎秋唱竹枝"者也。先生自稱："三十前學詩，三十後顓治小學古文，年近五十，又學詩。文章高下之境，一一懸置胸中，求以自立，乃知世之馳逐靡聲者，政□苦海也。有知以來，荷交海內通人，其性好大都不一。今老矣，追數一生聞見，仍以仁者爲至難！若詞采蔚然，或周知雅故，鳳皇之异於凡鳥，毛羽固殊，然自別有和盛之德也。"故先生年雖逾八十而詩集迄未付刻，然詞非先生所專，《香宋詞》則問世已久！先生同情戊戌康梁之主變數，梁啓超尤敬重先生，嘗有《庚戌秋冬間，因若海納交於趙堯生侍御，從問詩古文辭，所以進之者良厚，顧□海外，迄未識面，輒爲長謠，以寄遐憶》一長詩，頗爲時傳誦。於時爲民國紀元前二年。自罷官以迄老死，先生未嘗再出山。二十七年抗日戰起，先生每有歌咏，輒能鼓勵士氣，蓋能嚴夷夏之辨，與民族主義能相暗合者。世或以先生論，清詩推袁枚第一，頗有异辭；見仁見智，本不必强同，編者於乾嘉時江左三家之評價夙不甚高，然對於先生所持此説，以未悉底蘊，亦不敢妄加非議耳。顧文壇耆宿，又弱一個，翹首西南，敬致悼念之忱！

（冀野主編《泱泱》第 625 期；《中央日報》1948 年 10 月 7 日，第 7 版）

《東山瑣綴》論詞

"東山備乘"（節選）

崇禎間，詞人易震吉《金陵六十詠》之一《詠東山》，序云：晋謝太傅家會稽之東山，既領朝宗，念東山不置，以此山類東山，故建樓墅於上，因以東山名之。地舊名土山，今俗尚以舊名，其南有石山竹山。朱元介少宰云：其地有八山，以八音名。《清平樂》詞云：

愁懷如掃，足見登山好。百丈游絲頭上裛，似網住晴暉了。　是誰攜妓相嬉，要將人比花枝。我所思兮東嶺，春風勸盡深巵。

易月槎震吉《秋佳軒詩餘》，〈其中〉《滿江紅·九日東山》云：

節屆登山，便直到山之絕頂。殊可愛重岩細菊，逗遛秋景。佳色曾娛彭澤令，瘦容欲學東陽沈。看丹楓墜葉雜花間，渾如錦。　少長集，非邀請。開口笑，都狂歡。想人逢佳序，惟應酩酊。三戶孤村香橘柚，一灣野水來漁艇。忽風飄舉手快捫頭，將冠整。

《念奴嬌·東山即事》云：

家山靡靡，見余歸勃爾頓增雄概。心折連天橫一片，只有殷勤下拜。春色纔臨，春聲偏脆，山外擔花賣。衰顏白未，枝兒要想斜戴。　高興典却單衣，衣雖典盡，未了壚頭債。填壑填溝無不可，堪笑老夫疏態。攜妓登臨，徘徊往事，謝傅風流在。客遺匹錦，倩誰裁作詩袋。

晚明時，東山之繁庶，似尚有甚於今日者。

（《東山瑣綴》，江宁文献委员会編印，1948）

《柴室小品》論詞

記邵次公

次公是不甘心做文學家的,你要稱他爲詞人,他一定覺得你小看了他。其實,他這充滿浪漫氣氛的一生,的確是個詞人的行徑。他的姓名被全國人民注意是由於曹錕"賄選",那時他任國會議員,當他接到五千元一張支票時,他立即向法院控告,於是邵瑞彭三個字弄得婦孺皆知。他是浙江淳安人,淳安這地方很小,元末明初出了一個《殺狗記》作者徐畹,這些年來就是出了次公先生,後來曹錕要通緝他,襆被出關,他又做了張作霖的座上客,他吸食鴉片也許是在關外開始的。我和他在河南大學同事,我在開封三年,幾乎每天都和他在一道,知道他吸烟而自己并不會燒烟,搞得鼻頭總是黑的。這時河南正禁烟禁得緊,他黑著一個鼻頭在公開場所出入,這真是對禁政一個諷刺。我們分手以後,聽說他竟戒烟了,但是烟雖是戒絕了,而他的精力沒有出路,一連搞了幾次桃色案件,最後死在"牡丹花下",這是抗日戰起那一年的事。他不過才五十歲出頭,他的《齊詩鈴》等都還没定稿。談到他的著作,我看仍然是詞第一,那部《揚荷集》和《山禽餘響》等是詞壇上少見的作品;書法晚年完全寫的褚字,雖然也接近宋徽宗的瘦金書,還是褚意多於瘦金書。說起來他畢竟還是一個詞人,一個文學家。

朱彊邨軼事

彊邨先生住家在虹口的時候,我去看過他。矮矮的個兒,慈祥的容貌,對後輩還是那樣謙和。只有稱溥儀做"今上",我們聽到覺得有些刺耳!他老的本名是祖謀,後改孝臧,字古微。有時署上彊邨人,晚年也常署作彊邨老民。那一年的秋天，我應成都大學聘入川，第二年到開封，碰巧"九一八"關外事起，不久便聽到彊老的噩耗。後來聽說溥儀的出關，他是不贊成的，罵鄭孝胥"置吾君於爐火之上"！他與散原同負文學重名，也同是比較明白大義的遺老。他雖是浙江歸安人，但小時隨宦在豫，開封是他的釣游之地。那時王半塘（鵬運）的家也僑寓在汴，因此他們成爲"詞友"。開封人傳說彊老的父親曾爲著發覺冤獄，把一個已將執行斬刑的囚犯釋放回來，寧可自己罣誤，不肯犧牲那人性命。他們說彊邨的發科名、負文譽是"食德之報"。拳匪那一回事，慈禧昏亂的處置，彊邨的抗議是準備給她殺的；雖然未作犧牲，從此他却絕意政治了。晚年除了填詞以外，每天和幾個老友看看牌。有人勸他："久坐傷腰，久視傷脾，還是不看牌的好。"他說："你要知道久閒傷心呀！"這句話很可看出他老的風趣來！他早年的書法很瘦挺，後來漸漸地筆劃粗了，右偃左揚，有一些像個人扛著肩膀歪著頭的樣子。

呂氏三姊妹

旌德呂氏三姊妹，在中國婦女界總算是罕見的人物。碧城久居海外，死在异域，她這一生可謂不平凡的一生，才名洋溢，舉世傾心，固然了不得。就是大姐惠如，辦南京第一女子師範十幾年，她的畫，她的詞，造詣深，境界高，和她那冰清玉潔，孤寂的身世是相稱的。那自著"齊州女布衣"的美蓀，詩學鮑謝，終身西服，一嫁再嫁都是洋夫婿，僑寓青島幾十年，一手草書，不獨工力厚，氣魄之大直不類閨人手筆，她只和遺老們有往還。她的生活與文學藝術極不調和，此其所以成爲呂美蓀的作風。然而兩位姐姐終竟要讓碧城一頭地。碧城的口才最高，相傳爲著女校的事，曾面折樊山。樊山和她們的父親是甲榜同年，因爲說不過她，一天憤憤向她說："賢侄女，我無以難你，你是上下兩張嘴的！"呂字本來是兩口，這句話弄得碧城面紅耳赤。那時她不過二十，在三十以後她有了一大群男女秘書，聲勢赫奕，非復女學究情況了。她自稱"頗擅陶朱之術"。在巴黎出席一個會，身著孔雀毛的大衣，珠光寶氣，照耀四座，她頗得意。晚年佞佛，戒殺除葷，又是一番光景。我在開封時，於邵次公案頭常讀到她的詩札，可惜一直不曾見過面。現在這三姊妹都已逝世了，無論如何像她們這樣的婦女，在中國算是罕見的了。

葉遐庵不上掃葉樓

我的熟人中素食了多年的有二人：一是黃任老，一是葉玉老。今年玉甫先生也是七十歲的人了，我跟他已十年不相見。早幾年知道他因病住在廣州，曾通過信，向他討文債。因爲先君生前很欽服他，所以我請他爲先君做墓志。前年承他在病中居然繳卷，不久，聽説他移居香港了。他退居這多年，對於文化事業非常熱心，爲著輯《清詞鈔》費了不少精力；那印行的《廣篋中詞》四本，完成在抗戰初期，怕流傳還不甚廣，這是補譚復堂的書，并時作者的作品，收入了不少。戰前，他常來南京，只是不到掃葉樓，疢齋翁告訴我，爲的是樓名掃"葉"，他是不願意被掃的。他曾搜得到康海的鐃鈸一個，預備送給我，後爲一友取去，我想此物應該尚在人間，歸我不歸我是沒有關係的。他又主張創"歌"體，上承唐詩、宋詞、元曲，以新音樂配合新的歌體，開闢我們這一代在詩壇的道路；此願甚宏。近聞人民政協特邀他老北上，果然到北京去出席，他的宿疾當已痊可。我於此遥祝玉老的康復，并祈禱他的願望早日實現。

詞皇閣

若干年前，我忽然立下一志願，就是在南京清凉山翠微廳遺址，蓋它一座小小的詞皇閣，後來又想移在後湖上。這志願當然受的周慶雲在西湖莕蘆庵造兩浙詞人祠堂的影響。我一嚮認爲宋代文化接受南唐遺産最多，什麽澄心堂紙、李廷圭墨，自不待言。後主李煜自己對於書法、繪畫、詩文、佛教，都有貢獻，尤其是詞。當然婦人的纏足也是從他起的，這却是他的過失！南唐移都在南昌的時期很短，大部分的時間是在南京，自從翠微亭倒塌了以後，一點遺迹都沒有了。南京城中只有什麽内橋、北門橋還是沿那時的舊稱，此外便一無痕迹。我這志願，現在已是打消了。只是把李煜詞的明本，譚爾進、吕遠二刻，毛子晋鈔本，以及侯文燦、金武祥、劉繼增、朱景行、沈宗畸、劉毓磐、邵長光、王國維、唐圭璋九位對他這詞的校補，作最後一次的清除，僅僅存下三十七首，又取李煜畫象，在今年七月七日（他的生辰，也是他的死忌）用巾箱本刻印成册，將詞皇閣仍然建築在他自己的作品上，静候人民再予以估價和批判。

答思鬱疑

　　思鬱先生在二月一日本報，提出兩個疑問，其一就是關於拙刻《南唐二主詞》爲什麼不收"可憐九月初三夜，露似珍珠月似弓"？拙刻自稱是"潔本"，目的在把非二主詞排除净盡。這一首詞是有兩重官司的：一是"深院静，小庭空"，本是一首《搗練子》。徐電發（釚）在《詞苑叢談》中便説道：系《鷓鴣天》，詞前尚有半闋，即"塘水初澄似玉容，所思還在別離中。誰知九月初三夜，露似珍珠月似弓。"《詞筌》還特別捧場的説："此詞增前四語，覺神彩加倍。"把《搗練子》寫做《鷓鴣天》，他忘記了這兩個的平仄是不同的。而"誰知九月初三夜"這兩句是白居易《暮江吟》後二句，有《白氏長慶集》卷十九原詩可證。李後主決不會剿襲他的。好句是好句，但不是後主詞也是可以覺著。這不是我的發現，王静安先生早就看出了。王先生并且肯定的説："顯系明人贋作，徐氏信之，誤矣。"至於"深院静，小庭空"這首《搗練子》，我還認爲是後主作，據《花草粹編》如此。《尊前集》，非原本，作馮延巳詞，我也不相信。

　　　　　（1949年11月至1951年4月上海《大報》專欄；
　　　　　　1950年9月至1951年3月《亦報》）

飲虹簃論清詞百家

盧前詞學文集

望江南

讀有清百家詞，偶有感興，輒繫小令於後，未必能中肯綮也。雖然，蠡測管窺，直書所見，非云短長，聊以自遣而已。二十五年十月冀野盧前記。

一　李雯

江天暮，紅淚滿金箏。語似《花間》才力薄，人如秋夢性情柔。斷雁使人愁。

二　吳偉業

婁東老，白首識孤心。月片龍團都笑語，艾眉瓜鼻換沉吟。故國夢中尋。

三　曹溶

真男子，痛飲發狂歌。秀水從游薪火在，浙西宗派此先河。六義豈能磨。

四　宋琬

調箏乍，蒼水最知音。動壑哀泉商羽激，雛鶯枯樹怨思深。瞽井古苔侵。

五　龔鼎孳

飛紅雨，門巷嘆重來。隔水芙蓉多嫵媚，流鶯鐵馬漫疑猜。夢只到妝臺。

六　曹爾堪

英雄少，豎子竟成名。落筆尚饒湖海氣，自家重染綉閨情。一著勝尤生。

七　尤侗

燒香曲，兩字借輕盈。終覺顧庵阿所好，酒樓郵壁亦虛名。圓轉讓新鶯。

八　吳綺

雙紅豆，把酒祝東風。不獨和平西麓近，有時雅麗玉田同。跌宕一時雄。

九　徐石麒

拈花笑，托咏越西施。信有轉輪容感慨，別無世界許棲遲。還對黍香詞。

一〇　梁清標

綺羅態，穠艷不相同。好是蓋思評鷲語，生香真色定詞宗。玉立有家風。

一一　嚴繩孫

閒陶寫，何礙出雲藍。淡處翻濃秋水妙，顧蘭風格藕漁參。故應老江南。

一二　毛奇齡

彊邨説，一字鴨鵝爭。樂府齊梁遺説在，斬新機杼出天成。吹籟苦脣櫻。

一三　陳維崧

中原走，黃葉稱豪風。小令已參青兕意，慢詞千首盡能雄。哀樂不言中。

一四　王士禄

沙洲遠，逐鷺語能奇。好月憐痴疑燭影，空庭嬲雨亦成詞。雕琢豈堪師。

一五　朱彝尊

姜張裔，浙派溯先河。蕃錦茶烟無足取，靜居載酒未容訶。朱十總貪多。

一六　彭孫遹

論彭十，怨粉與啼香。絕艷公然推獨步，若言持律已迷方。豈可擬南唐。

一七　王士禎

揚州客，絕句自名家。把筆填詞同法乳，淒迷還似雨中花。碧水映明沙。

一八　宋犖

西陂稿，專力在歌詩。餘事偏工長短句，白頭開府尚栖遲。河洛一家辭。

一九　鄒祗謨

詞衷作，遠志舊齋人。不與萬戈成沆瀣，程邨詞句亦能新。出語見勤辛。

二〇　董以寧

承徐沈，詞話尚能鳴。後起蓉湖爲世誦，常州壇坫得先聲。齊物仰長明。

二一　董俞

盟鷗閣，小令有餘情。草舍尚容安卷帙，題名蒼水况平生。造語出中誠。

二二　董元愷

功名誤，垂老不能安。一卷蒼梧多古意，百年佗傺許人看。筆下泪汍瀾。

二三　曹貞吉

標南宋，始自實庵詞。心往手追張叔夏，幽深綿麗已兼之。周賀不同時。

二四　李良年

兼疏密，秋錦有名言。還見塤箎同軌轍，君王一飯大名前。想見太平年。

二五　徐釚

思漁父，早歲誦遺篇。本色清於朱載酒，有時論議擬吳鹽。白雨未能先。

二六　顧貞觀

懷吳季，詞句萬人傳。身後空名堪自慰，鱸塘風月足流連。彈指失天年。

二七　李符

天南北，游屐鑄詞新。盡掃臼科存本色，鼉溪二隱想斯人。應比竹山真。

二八　汪懋麟

華年怨，彈指入鷗弦。楊柳弄絲籠霧白，黃鸝對語走珠圓。秋水傍前川。

二九　高士奇

呻吟共，正變已難言。只以中鋒抒寫好，不歸常浙自然妍。情致本纏綿。

三〇　沈皞日

王張亞，兼括衆人長。蘅圃評題疑不類，柘西身世豈悲凉。浙派費平章。

三一　沈岸登

神明得，覃九足稱奇。張史原來分一體，碧山未可與肩齊。此語久然疑。

三二　查慎行

餘波集，言志五言多。別出心裁長短句，詩家俊語讓先河。好處不能磨。

三三　性德

銷魂句，應擬小山詞。冷暖如人飲水喻，詞中甘苦自家知。姑射是仙姿。

三四　龔翔麟

朱門士，燈火見薪傳。早歲填詞通潞客，故無俗尚繞毫端。綽約與人看。

三五　趙執信

排聲譜，詞句許談龍。未必衍波皆上選，飴山境亦不相同。鹿死問誰雄。

三六　厲鶚

空中語，身世隱南湖。月上可憐勞寄托，好將靜志比長蘆。探驪得明珠。

三七　蔣士銓

銅弦響，鞺鞳想精魂。亦是殺機劍俠氣，并同曲品記藏園。此外不須論。

三八　王昶

標南宋，吳下不同科。紅葉江村渲染艷，後來琴畫亦相和。風氣一時多。

三九　王芑孫

瓊瑤想，圖寫苦吟身。雙鎖公然琴第一，泉聲幽咽盡成春。蘊藉勝他人。

四〇　吳翌鳳

除酸澀，原出六朝文。色澤有餘情韻婉，亦能拔幟獨張軍。吐氣自芳芬。

四一　洪亮吉

伊犁客，一代學人雄。不必新聲傳後世，即論餘事亦從容。常派失孫洪。

四二　吳錫麒

師樊榭，亦自許清才。終覺力難支拄起，未能風骨予張開。浙派有輿臺。

四三　趙懷玉

黃冠語，曲體有專長。白日悠然拈小令，靜寧淡泊不尋常。羽扇自登場。

四四　黃景仁

霞塘句，傳誦比衣裁。病鶴舞風詩品合，秋蟲咽露見詞才。何必派中來。

四五　楊芳燦

《花間》外，尚可采芙蓉。賦筆用多於興比，微言都在《國風》中。文采半天工。

四六　樂鈞

蓮裳子，奇麗發文章。別具會心評浙水，倚晴比語細商量。朗秀自登壇。

四七　凌廷堪

成專業，燕樂考隋唐。吹笛梅邊傷質實，却從聲律訂宮商。令曲繼喬張。

四八　張惠言

疏鑿手，直欲繼風騷。雖有四農持异議，宛陵一選挽狂潮。尊體已崇高。

四九　錢枚

推神韵，竟體被蘭芳。人爲傷心纔學佛，微波步武出南唐。知己郭和譚。

五〇　劉嗣綰

隨園選，此本早流傳。幽雋超塵凡艷絕，定評韵甫已當前。清貴在中年。

五一　張琦

難兄弟，唱和更同聲。深美欲兼閎約旨，沈醇況復寄深情。常派立山成。

五二　郭麐

雷池步，廡守傍姜張。薄滑遂爲浙派病，少年學語漸頹唐。功過兩相妨。

五三　彭兆蓀

谨觽館，亦是學人詞。廣博尚能承樂教，西洲曲子作新辭。鼓吹太平時。

五四　嚴元照

名言在，婉約復堂稱。結想緲綿許雅奏，疏香細艷示修能，樂苑置心燈。

五五　改琦

飛動處，野鶴尚依雲。映雪冰壺還玉潔，曹郎評跋久相聞。畫筆亦清芬。

五六　趙慶熺

香銷後，散曲獨擅場。詞是末流環浙水，尖新細巧見微長。鶯語弄笙簧。

五七　宋翔鳳

書餘論，詞話啓于庭。應與月坡稱合璧，後來七子更專精。吳下有新聲。

五八　王敬之

傳漁唱，此地有詞仙。三十六陂人到否，白雲白石世爭傳。俊賞出茶烟。

五九　湯貽汾

詩書畫，三絕重當時。大節凜然千古在，虛名猶恐世人知。見道不於詞。

六〇　葉申薌

行詩法，門徑亦深深。高格倘容思量細，過庭書譜耐追尋。枝葉不堪吟。

六一　周濟

長明盞，推闡四家評。信有傳燈詞辨在，姜張妙處亦天成。對壘始周生。

六二　董士錫

賢宅相，衣缽渭陽來。不獨宗周成定論，外言內意出心裁。爲釋止庵猜。

六三　周之琦

金梁夢，語語善藏鋒。北宋瓣香斯未墜，渾融雅正具宗風。并世幾家同。

六四　馮登府

花墩下，琴雅發深心。笛譜釣船秋瑟響，浙中一例是南音。今日幾人聽。

六五　楊夔生

回翔地，常浙雅難分。一闋直松辛苦語，輕塗淺抹似微雲。波面起瀾紋。

六六　顧翰

才情斂，拜石肯孤行。家法何須傳枕秘，一時宗派已難名。姑自寫生平。

六七　方履籛

從風尚，萬善亦奇葩。豈必雕龍追琢出，漫詩俊語盡成家。攤捲似平沙。

六八　董祐誠

小蘭石，馨逸具天真。已足駕方齊物論。不須續選繼宗人。風味自清新。

六九　龔自珍

食蝍蛘，動氣發風疑。劍客飛仙真絕壁，紅禪兩字最相宜。梵志豈能齊。

七〇　項廷紀

有涯生，無益事偏爲。浙水中興憑一手，傷心隨意入新詞。摸擬得神資。

七一　姚燮

鷄舞鏡，顧影自生憐。跌蕩每從宛妙出，野橋埋首不知年。考證著新篇。

七二　黃燮清

《詞綜續》，辛苦倚晴樓。帝女花傳稱絕唱，亦如令語雅風流。品格屬陰柔。

七三　蔣敦復

芬陀利，才似水雲清。身處亂離陸務觀，詞中風度玉田生。二蔣許齊名。

七四　陳澧

經師作，高館憶江南。菽客論詩詞亦可，即知綽有雅音涵。不必沈王參。

七五　龍啓瑞

書羈旅，譜慢始耆卿。春柳漢南多畫本，喜從行役寫閒情。小令偶天成。

七六　承齡

懷淥水，詞客八旗俱。側帽風情年少事，冰蠶驂靳足相於。雋語吐如珠。

七七　周壽昌

陳言去，義法故通詞。思益猶能以理勝，別存一格在當時。瑚網未能遺。

七八　王錫振

十家選，壓軸馬平王。龍壁古文能合轍，粵西詞脉已深藏。始信瘦春芳。

七九　杜文瀾

收藏富，刊度亦勞心。秀水人才先輩在，有時擁鼻一沈吟。造語密而深。

八〇　邊浴禮

恢雄概，骯髒想空青。縱不與坡分一席，亦知野史有新亭。擊楫嘆零丁。

八一　勒方錡

傳天籟，太素想元賢。濃淡偏從今古別，後來細膩逾於前。墨戲亦翩翩。

八二　蔣春霖

狂歌處，忠愛在江湖。幾許傷春聞涕淚，可知詞客杜陵無。身世等漚鳧。

八三　薛時雨

藤香老，楹帖俊能媵。偶作令詞追小晏，若爲長慢厲朱餘。潭上有新廬。

八四　端木埰

居薇省，啓迪粵西詞。不獨辛勤存碧瀣，百年詞運賴支持。一代大宗師。

八五　周星譽

東鷗影，覆蓋草堂人。積案每多詩畫卷，門前又見桂蘭新。座語盡生春。

八六　劉履芬

眉山例，喬梓并清奇。絕世紅梅與絳濯，還憑鷗夢築高宧。明允有佳兒。

八七　李慈銘

霞川隱，重不以倚聲。詞有別才兼本色，非關采藻與風情。博雅未能名。

八八　張鳴珂

靈光在，通謁必先生。位置寒松於浙派，却如梅管視桐城。絕續未亡聲。

八九　莊棫

過京口，長念舊詞流。天假以年論成就，直從南渡逼秦周。豈獨復堂儔。

九〇　譚獻

爐烟潤，佳句篋中藏。感遇霜飛鏡子語，出頭一地讓莊郎。所喜兩當行。

九一　王闓運

湘潭水，彎折世猶疑。大海波揚容一汲，入時文字莫驅齊。秋醒獨成蹊。

九二　葉大莊

無歸附，尚有小玲瓏。差近姜張終味薄，寒松詞筆略相同。中乘百家中。

九三　馮煦

蒙香室，淮上此宗風。壯語辛劉常筆涉，芊綿不與二窗同。顧盼足稱雄。

九四　王鵬運

原臨桂，嶺表自開疆。作氣起屍爲世重，如文中葉有湘鄉。一瓣蒸心香。

九五　陳銳

承湘綺，未必畏前賢。搶碧靈襟通默契，苣蘭雜佩汨羅前。騷雅應流傳。

九六　文廷式

彊翁語，傲兀故難雙。拔戟信能特地起，自余曹鄶不成邦。立派有西江。

九七　鄭文焯

樵風趣，俊逸望如仙。兩字英雄雖謔語，謂通律呂信難言。一鶴在中天。

九八　朱祖謀

思悲閣，親炙憶當年。老去蘇吳合一手，詞兼重大妙於言。力取復天全。

九九　況周頤

抒甘苦，詞話比雕龍。弱歲如鶯多宛約，晚年氣韵轉蓊蘢。卓絕蕙風翁。

一〇〇　王國維

人間世，境界義昭然。北宋清音成小令，不須引慢已能傳。隔字最通圓。

紅冰詞

盧前詞學文集

紅冰詞序

　　冀野吾師雲谷夫子之曾孫，而吾宗長洲瞿安先生之高第也。雲師翔步木天，簪毫粉署。飆馳碧雞之傳，金馬人來；雪歸朱雀之航，玉龍天戲。江南有弄，合樂府於齊、梁；池北偶談，慶朋簪於朱、厲。冀野遂承祖學，兼得師資，吳山稱按拍當行，盧前果聰明特出，絳唇乍點，蘇幕輕遮。檢舊譜於蕡洲，指到笛中曲折；倚新聲於蘭畹，心將弦上纏綿。一瓣白香、萬樹（紅友），絲竹肉自然漸近，心眼意妙處能傳。存《紅冰詞》若干闋，蓋弱冠以前作也。僕緣季雅買鄰，康侯分席（時胡小石先生同住小圃），并得讀丙寅所爲五種曲，大抵言忠、言愛，傳態、傳神，縱筆則活虎生龍，激唱則穿雲裂石。雖只一波一折，不減三叠三撾。藏園以來其後勁也。嗟乎！江湖詞客漂流，況遇龜年；粉墨生涯登場，且看鮑老。借燕趙慷慨悲歌之氣，寫眉山嬉笑怒罵之文，斯可謂興托緣情，意能尊體者矣。推類言之《紅冰詞》者，亦猶抒寫風懷，假觀泡影。羅生比紅百咏，原茫茫懺過之辭；楊家滴冰一壺，惜點點橫波之血。發情者甜生紅雪，止義者繭出冰蠶。人第見其詞面靧桃花，我獨知其詞骨寒梅樹也。哀樂得正，不淫不傷，君子趨之，日者將戒。粵裝薄游嶺表，尋騷才於鄘露，悔少作於揚雲，未唱驪歌，屬題蠻語。僕愛絕朝華，驚爲晚秀，性靈流出一時；周柳之遺，姓字傳來，四杰王楊之亞。高歌青眼，低唱紅牙，爲我吊大長臣佗，問誰識詞人君特（僕馳騁名場四十年蒼蒼老矣。今復誰知天下尚有吳夢窗其人者乎？言之喟然）。折白下一兩條楊柳，且送君二鷺洲邊；啖紅熟三百顆荔枝，會憶友五羊城裏。

　　　　　　　　　　歲在屠維大荒落　相月中旬　江寧蘧叟吳鳴麒

點絳唇

惜春

曲院飛紅，花前泪眼愁如許。玉釵笑汝，燕子斜陽處。　　春到花嬌，春去花無語。東風誤。滿庭殘絮。不信春光去。

蝶戀花①

感事

鎮日凝妝簾怕捲。點點殘紅，飛入誰家院。莫道飄零君未見。昨宵風雨停針綫。　　南國烟花千萬變。無定陰晴，芳約朝朝換。經醉湖山天不管。流鶯空有春雲怨。

蝶戀花②

感事

芳草天涯猶似昨。未老韋郎，依舊成飄泊。如此江山原不惡。歸來恐化遼陽鶴。　　陌上花開春有約。楊柳千條，還是依城郭。寒③到湘樓杯④酒薄。不須⑤浪說還京樂。

蝶戀花

二月二十七夜留小娜嬛作

蝶不夢花花不醉。歷盡江湖，怕說相思味。鑄就黃金今日泪。陌頭楊

---

① 《紅冰詞拾》中題作《鵲踏枝》，題下無"感事"二字。
② 《紅冰詞拾》中題作《鵲踏枝》，題下無"感事"二字。
③ 寒：《紅冰詞拾》作"愁"。
④ 杯：《紅冰詞拾》作"懷"。
⑤ 須：《紅冰詞拾》作"許"。

柳低頭睡。　　芳草天涯游倦矣。辜負華年，側帽悲歌裏。收拾一場春夢起。依稀猶記羅敷媚。（首句翻納蘭詞意。）

蝶戀花

二月二十七夜留小娜嬛作

　　無限傷情天不管。愁到眉彎，添上新歡半。誰識少年心緒滿。垂楊十里秦淮岸。　　漫捲珠簾飛絮軟。一樹鶯花，暗裏流光換。明日江頭持酒盞。送春歸去愁千萬。

蝶戀花

二月二十七夜留小娜嬛作

　　開到酴醾花事了。愛惜斜暉，照遍江南道。借問春光何日老。紅樓燕子歸時早。　　悄立芳陰花未掃。咀嚼殘香，何似尊前好。只是難逢開口笑。低頭埋怨春多少。

蝶戀花

二月二十七夜留小娜嬛作

　　朱雀橋邊桃葉渡。扇底春鐙，往事從頭數。公子門前留不住。依依分手盈盈步。　　似水韶光容易負。悵望梁間，燕子雙來去。差喜佳期還未誤。東風謾向薔薇訴。

蝶戀花

　　一種蛾眉何處認。月到初弦，蜨①去無芳信。今日西園重過問。東風

---

① 蜨：《紅冰詞拾》作"蝶"。

吹起桃花陣。　　拼得相思紅泪損。鶯燕樓臺，容易韶華盡。閒倚欄①干多少恨。無端又是黃昏近。

蝶戀花

每到清明烟柳瘦。一夢揚州，往事休廻首。月上紗窗凝望久。無端泪染青衫袖。　　苦恨年年愁似舊。謾訴琵琶，此意君知否。燕子歸來人去後。閒吟中酒愁來又。

羅敷媚

感懷

桃花零落梨花冷，月在天邊。人在橋邊。照盡相思今夜眠。　　不知何事愁無那，銷瘦風前。殘泪燈前。夢斷江南十五年。

霜花腴

懷伊人和夢窗原均②

燕歸聽箋③，記往時堂前，王謝衣冠。三月鶯花，一城梅雨，尋芳策馬遍④難。綺懷彊寬。倚小樓、羅袖風前。指雲山、一角清凉，斷橋流水釀春寒。　　時節到今難説，早青溪畫舫⑤，換了歌蟬。簪菊籬邊。栖香樓外，愁心待寫濤箋。恨無畫船。載小紅、烟月嬋娟。問么蟾、不少憂思，倚欄誰共看。

---

① 欄：《紅冰詞拾》作"闌"。
② 懷伊人和夢窗原均：《紅冰詞拾》作"和夢窗"。均，通"韵"；下同。
③ 箋：《紅冰詞拾》作"笛"。
④ 遍：《紅冰詞拾》作"徧"。
⑤ 溪畫舫：《紅冰詞拾》作"谿瘦柳"。

鳳皇臺上憶吹簫

侍瞿師過西城，憩鳳游寺，有懷李供奉①

晉代衣冠，吳宮花草，算來多少春秋。認三山天外，二水分流。白鷺洲邊吊古，人已遠、鳳也難留。重臨處、雁歸桃渡，星點瓜洲。　　凝眸。斷霞錯綺，天際望江陵，千里悠悠。念舉杯明月，散髮扁舟。謾浪說、騎鯨往事，乘風去、好自遨游。猿啼岸、輕帆過盡，負手江頭。

浣溪沙

中秋前夕飲筠丈家

湖海飄零一少年。芒鞋歸後故人憐。黃花消瘦夕陽前。　　客裏襟懷如病酒，夢中風雨未寒天。不辭殘醉落吟鞭。

菩薩蠻

小湘索題《珠江秋泛圖》

記得珠江曾有約。十年怕聽華亭鶴。簫咽夜寒時。含情君未知。　　他鄉天不老。水上秋多少。尋夢向誰人。幽香伴月痕。

菩薩蠻

小湘索題《珠江秋泛圖》

一江波軟愁難渡。華鬘依舊無歸處。微雨正瀟瀟。西風吹謝橋。　　蛾眉含黛淺。故國南雲遠。舊夢冷姑蘇。年年聽鷓鴣。

---

① 侍瞿師過西城，憩鳳游寺，有懷李供奉：《紅冰詞拾》作"游鳳游寺，懷李供奉"。

虞美人

嬌花籠霧憐么鳳。褪粉香函共。雲鬟不耐五更寒。最是多情天上月彎彎。　落紅滿院東風瘦。翠怯天寒袖。誰家玉篆夢殘時。生小不知春夢惱相思。

賣花聲

柳上有啼鵑。簾捲斜陽。個儂曾是嚮瀟湘。滿地梨花誰識我，知否蕭郎。　怎説共淒凉。瘦盡殘香。春來燕子宿雕梁。好夢一場題不得，愁對鴛鴦。

驀山溪

題李香君象

媚香尚在，只是春無主。心事問夷門，怕經了、幾番風雨。珠簾捲起，燕子又歸來，長橋廢，舊院荒，到此情難訴。　桃花扇底，紅泪成孤負。雲鬟總依然，誰省得、綺窗情語。飄零俠骨，軼事記秦淮，湘真閣，橫波樓，一例傷心緒。

百字令

雨中偕清悚送蘄水聞十四歸泛舟秦淮，用馮蒿庵前輩題《秦淮秋泛圖》均

天涯游屐，算風流、我亦當年張緒。揮麈怕看桑海幻，蒼狗白雲難數。孔雀東飛，浮槎西上，暫傍桃根渡。放情詩酒，低頭重話衷素。　記否往日朱樓，徵歌買笑，相與同尊俎。重到盈盈邀篆步，又是亂紅飛去。百歲光陰，浮生若夢，莫問愁何處。琉璃窗下，剪燈來聽疏雨。

蝶戀花

秦淮舟中賦呈瞿師

載酒尋春春已去。寂寞樓臺，鶯燕無憑據。還記方回梅子句。惱人偏是簾纖雨。　怕惹離懷愁幾許。打槳留連，波影盈盈處。笑問垂楊渾不語。輕舟已過青溪路。

小桃紅

寒食前二日隨瞿安師太平門外訪桃花①

莫道青衫薄。莫負春花約。江南三月，綠楊城郭。況青山灼灼。遍桃華②，且盡花前酌。　空裏鶯聲落。枝上紅絨托。鬭③草光陰，禁烟時節，金粉樓閣。羨十里鬭紅妝，唱徹迎春樂。

浣溪紗

偶成

夢逐飛花四月遲。春深已到斷風時。爲誰辛苦落紅知。　王粲樓前曾繫馬，庾郎原上惜花枝。一鐙紅豆訴相思。

浣溪紗

懷鈞天

花落鵑啼欲斷魂。三年前事不須論。無端老了秣陵春。　萬點殘紅

---

① 寒食前二日隨瞿安師太平門外訪桃花：《紅冰詞拾》作"侍霜厓師太平門外訪桃花"。
② 遍桃華：《紅冰詞拾》作"遍桃花"。
③ 鬭：《紅冰詞拾》作"鬥"。

愁似海，一池春水夢無痕。近來憔悴爲思君。

偷聲木蘭花①

調楊定宇

月圓花好相思老。一夜風涼蕉萃②了。謾訴歸舟。縈得阿儂樓上愁。　嬋娟不怨秋娘妒。夢冷霓裳人散處。萬叠雲山。新雁蕭關還未還。

阮郎歸

偕小湘江冷步月雞鳴山下

十年依約覺匆匆。青衫醉夢濃。秋風昨夜小樓東。雁來啼欲紅。　攀低柳，盼歸鴻。景陽聽晚鐘。留連花影玉玲瓏。露寒愁未慵。

天仙子

香掩華鬘釵鳳影。蓮顋映取芙蓉鏡。紅嗛無語斂雙眉，粉泪冷。夢難定。搖落芳情添酒病。

長命女

秋齋小飲示伯諦鐵橋

愁永晝。望故人來思量久。杯酒黃花候。　醉後秋寒衫袖。簾捲西窗燭瘦。疏雨斜風歸去也，腸斷烽烟又。

---

① 《紅冰詞拾》題下無"調楊定宇"四字。
② 蕉萃：《紅冰詞拾》作"憔悴"。

臺城路

夜坐小齋，追念先子，愴然作此①

平生心事從頭說，青衫淚痕多少。走馬求名，挑燈訴怨，如此勞人草草。孤雲自好。只②兩袖風懷，一囊詩料。奄忽春光，依稀歡意怕人曉。　滄桑彈指閱遍③，認兒時巷陌，游屐猶到。雨滿江城，雲迷驛路，懶④向長安西笑。黃鸝正悄。有千百橋西，一聲聲早。未白秦郎，可憐春夢老。

金縷曲

錄少作既竟，賦呈瞿安夫子，依龔定庵懷人館詞韻

蕉萃盧郎矣。算如今江東人物，疏狂誰似。倚馬文章徒綺麗，覆瓿糊窗而已。還說甚千秋心事。如此江山留不得，竟低頭袖手風塵裏。嘆逝者，有如水。　少年豪氣重新理。看年來鵑啼蜀道，筑鳴燕市。壯志雄於斑斕虎，孰是人間奇士。難怪得目無餘子。劍膽銷沈琴心淡，耐清寒肯爲蛾眉死。空盼斷，東山起。

（《盧冀野少作》1929 年飲虹簃刊刻本）

---

① 夜坐小齋，追念先子，愴然作此：《紅冰詞拾》作"夜坐小齋感賦"。
② 只：《紅冰詞拾》作"衹"。
③ 遍：《紅冰詞拾》作"徧"。
④ 懶：《紅冰詞拾》作"孏"。

紅冰詞拾[*]

點絳唇

戊辰除夕與中敏集曹全碑字成此調,不匱先生爲書之

萬里人歸,故鄉華事年年早。酒錢還少。且訪長干道。　　桃葉桃根,舊事商量好。休相擾。子規重報。不任劉郎老。

減字木蘭花

己巳三過姑蘇,訪兒時故居齊門,感而爲此

鐘聲帆影。映水垂楊搖不定。拂水飄綿。又向長堤試錦韉。　　華嚴彈指。三宿而今成隔世。紫陌東邊。一夢匆匆十六年。

洞仙歌

賦柳,寄中敏白門

飛青楊翠,正江城春早。陌上柔條更多少。散輕絲阿那,手種扶疏,官渡畔、苦憶建安人老。　　風雲還似昔,舞向東皇,葉底金衣弄音好。舊館築忘憂,白日遲遲,吹清管、相看一笑。嘆轉眼、韶光去如流,怕別後長堤,阮郎猶到。

---

[*]《紅冰詞拾》錄自民國三十六年(1947)十一月中國文化服務社出版的《冀野選集》,其中9首與《紅冰詞》重,不再復錄。

御街行

悲思閣呈彊邨先生

柳絲不挽韶光住。忽灑廉纖雨。愁邊燕子又歸來，萬一春懷如故。故家何在，白頭吟望，往事憑誰語。　風雷抗疏傾寰宇。今日西臺去。乘槎携得海天雲，夢裏光陰炊黍。冬青依舊，斜陽黯澹，莫問前朝樹。

淡黃柳

詠寒山，限□職韵

西樓一角，猶弄傷心碧。不見圖中驢背客。看到斜陽淡淡，遥想倪迂舊顏色。　朔風急。殘鴉半天黑。望村落晚烟直。恨鐘聲、閣住疏林隙。野寺歸來，四橋回首，應有梅花信息。

壺中天

成都秋思

出南關去。認橋邊紅葉，殘陽在樹。拍遍闌干愁未已，負手市樓無語。萬里秋歸，枕江酒美，依約來時路。漁歌嚮晚，聲聲却笑羈旅。　最是零亂風燈，幾回悵惘，低誦周郎句。屏掩孤鑾雙泪濕，痴小猶憐兒女。屈指行程，牽衣問母，不識還如故。相思兩地，也應一樣朝莫。

西河

金陵感舊，次清真韵，和邵次公

歌吹地。秦淮舊事猶記。烏衣巷北小紅樓，畫船沸起。淡籠月色榜聲中，笙簧遥度空際。　露闌畔，曾悄倚。玉驄柳下重繫。山圍故國一周遭，旌旗四壘。大江日夜繞南朝，抽刀難斷流水。　蕊宮夢起貝貨市。

渺當初、花外坊裏。幻想百年身世。問明璫艷迹，何人還對。桃葉桃根寒烟裏。

水調歌頭

紫老歸來，自傷遲莫。念其少日聲華，浮沉宦海，都如夢寐。余感其言，譜成此解。本東山臺城游體，并依四聲

喬木繞荒井，夕照下長亭。前游重省，碧紗籠句獨關情。猶記東方千乘，撇却陶家三徑，孤負歲寒盟。爭解羅襴冷，不似老書生。　更何年，閒瀹茗，剔銀燈。當時優孟，如今應自換猩屏。吟過雲林新咏，還唱歸田小令，垂老莫聰明。纔有蓴鱸興，雙鬢已星星。

浣溪沙慢

甲戌三月咉厂爰居霜腴偕至真如張氏園，先後作此調。余與榆生復賡和之

淺碧映鬢色，輕粉添眉嫵。廢園半角，花柳驚如許。塵黯樹石，閣住黃昏雨。知道春成土。前度老劉郎，怎重來夭桃換主。　且行去。問道士玄都，謾看花太息，斜陽易沉，紫陌①流光莫。倚遍畫闌，荒了冶游路。獨恨啼聲苦。啼到血乾時，却誰憐、枝頭杜宇。

倚風嬌近

咉厂爰居既相約賦舞詩，鐵尊譜爲此調，用草窗聲韵爰倚和之

跳月無聲，市樓低按金縷。歛燈初起回風舞。相識可知情倚玉。繞雲屏一瞥，娉婷帶素，含顰眉嫵。　狐步輕移，難得驚鴻過處。新曲隨雲無據。倦眼蜺虹障烟霧。霓裳譜。袖邊暗濕薔薇露。

---

① 陌：《紅冰詞拾》原注"讀去聲"。

八聲甘州

林子有《訒庵填詞圖》

數南來斷雁寫遙天，不知幾人歸。剩無多好景，斜陽催暝，冷換荷衣。清夢西風俱老，吹淚付烏啼。一髮青山遠，入眼還非。　莫念蓬萊婀娜，嘆平生踪迹，鷗鷺都疑。只商弦獨響，霜鬢苦成絲。幻蜃樓、沈沈海市，算廿年、彈指已堪悲。千秋事，托逋仙筆，寄我相思。

泛清波摘遍

海上歲暮，次勸鶴均

冰花擁草，臘鼓催年，人海半生藏未了。俊游如昨，幾點寒燈夢回早。憑誰道。荒橋賭酒，孤館停歌，偏是近來歡意少。譜入鷗弦，尚覺商聲動離抱。　瑣窗悄。羈旅縱忘，故家路徑，漸迷池沼。挑菜歸時，畫中燕鶯都老。暗情裊。依舊共飾太平，烏衣巷邊重到。只怕銅壺漏滴，夜長難曉。

[民國三十六年（1947）十一月中國文化服務社出版]

中興鼓吹

盧前詞學文集

中興鼓吹題語

歐陽漸（竟無）

　　詞作蘇辛體，句硬而難醇，語熟而難新，何也？硬句以鬱極出之，又無不醇，熟語而現前用之，乃無不新，何也？不真不誠，不能動人，真誠所至，攸往咸宜也。然則能詞不必限於詞，亦不限於詞客歟？盧君《鼓吹》，悲憤雄豪，心念國恥未雪，詞唯"蘇辛體"乃足興起，吾知其已得驪珠矣，而不知其詞境若何？雖然，吾不知詞，吾謂能詞者必若是也已。

　　昔有一群人，深夜度曠野，行經淡泊路，懼曠野鬼出祟，衣毛悉竪，舉身顫動不堪步。中有一人大聲疾呼："大膽向前去。"一群人應聲氣作，皆大聲疾呼，且行且號，須臾出險。昔少時與友扃試院，交卷至門，不得行，乃聚六七人齊聲疾搥扉，閽者應聲至，籥啟，蜂擁出門矣。誦楞嚴咒一聲："迦吒補丹那"，而奇臭小鬼，應聲走不及。疾雷裂空，酣沈噩夢者，應聲而清醒。得未曾有，臨濟一聲喝到，應聲而三日耳聾，遑能野心勃勃，光普天一聲響到，應聲而魂悸失度者三月，自是充無穿窬之心，而義不可勝用也。冀野《中興鼓吹》，意在斯夫，意在斯夫！奇哉詞人，蘇辛自寫其抑鬱不平之氣，冀野方便，即用是鼓吹也。

　　作蘇辛詞第一要膽大，俯視一切，敢發大言。第二挂書袋子，開口閉口總是吃現成。第三情摯，一肚子不合時宜，不堪久鬱，不管是非，噴薄而出之。河山沈痛，身世蒼茫，又在三者之外。冀野能詞，已於初一桄〔恍〕得三昧矣。

　　予過時失學，不能文，不敢強作解人。國家多難，鬼蜮罔極。他日曾言安得夏聲警狂溺，然愧不能亦不暇。今龍榆生爲夏聲主，盧冀野大鼓大吹，不可謂國無人，望不易副。

　　昔者南宋之有聲也，朱晦庵、張敬夫以誠意正心之學鳴，而辛稼軒、劉改之諸人則一倚聲於詞。予致力內學，猶晦庵等。復與冀野、榆生周旋，非稼軒堂上有朱、張迹耶？而冀野《鼓吹》，遂欲強予饒舌，豈知予乃不能。雖然誰似東坡老，能詞、能詩、能文、能書畫、能政事，却復參澈禪心，出語可人意耶！天下無成人，合一材一藝之多身，作多材多藝之一身。庶幾哉，五明大菩薩三十二應身也。吾於冀野《鼓吹》，亦勉以周旋之意而已矣。

中興鼓吹卷一

中興樂

代序

漸覺摩胸劍氣沉。問誰肯作狂吟。辛劉語，冷落到而今。　　新詞鼓吹中興樂。雄風托。莫嫌才弱。將我手，寫余心。

滿江紅

送往古北口者

如此乾坤，當慷慨悲歌以死。君不見、胡塵滿目，殘山剩水。萬里投荒關塞黑，幾家子弟揮戈起。問江淮若個是男兒，無餘子。　　且按劍，從新誓。豈肯洒，英雄泪。縱天真亡我，死而已矣。叱咤風雲驚四海，憑君一洗彌天恥。細思量三十九年前，傷心事。（甲午年去今且四年矣。）

滿江紅

勖受軍訓諸生

一息尚存，應未忘匹夫之責。天下事危如纍卵，萬千苦厄。患難迫人當大任，鞠躬盡瘁吾何惜。看中吳當日小周郎，匡時策。　　盡汝力，完天職。心不死，血終熱。念江山信美，舊時踪迹。嘗膽臥薪師勾踐，衝天奮翼憐蕭特。（烈士美利堅人，爲我赴義死。）補金甌誓我十年期，書諸襟。

滿江紅

告大刀

刀汝寧忘，古北口舊時威力。人盡説青龍十八，能摧強敵。奮勇不知身近遠，一揮已見羶腥碧。更相期、還我舊山河，驅鋒鏑。　　纔轉眼，成陳迹。從此後，無消息。竟坐令英名，廢於一日。誰使回頭還自殺，然〔燃〕箕煮豆鍋中泣。汝原知枝葉本根同，煎何急。

滿江紅

敬次岳忠武黄鶴樓詞韵

眼底全非，嗟何處舊時城郭。更難忘水深火熱，五年耽擱。山海關前風雪湧，石頭城裏弦歌作。待憑誰收復好江山，鋤元惡。　　有張禹，無霜鍔。有伊尹，藏岩壑。任分崩離析，疆圻荒落。天使吾徒空碌碌，緇塵歷盡還京洛。看抛家游子不能歸，遼陽鶴。

滿江紅

讀史有感再次前韵

唐室中興，吾長念當年李郭。眼前惟包羞降虜，懷慚投閣。將相雄才當世少，乾坤正氣憑誰作。笑談間鼙鼓早收京，除奸惡。　　吾勇士，拼鋒鍔。吾志士，在溝壑。願疾呼而起，敵心驚落。安史紇蕃何足懼，王師早已陳河洛。豈貪圖十萬繫腰錢，揚州鶴。

水調歌頭

君左集民族英雄故事勵士氣

説與諸年少，涕泪早滂沱。吴山立馬相待，劍影共婆娑。千古英靈不昧，一點丹心不滅，前進莫延俄。不見梅花嶺，俠骨九原多。　　惟壯士，吊雄鬼，更高歌。指劉侯樹，擊韓王鼓，收拾舊山河。（皆書中所述故事。）留取人間正氣，不負平生師友，一挽魯陽戈。行矣諸年少，頑虜奈吾何。

少年游

與衡叔夜話

記牽麋鹿上蘇臺，游苑委蒿萊。遼鶴東歸，薊雲北望，金鎖竟沉埋。　　誰知不世淒涼事，又到眼前來。燕處燻堂，魚游沸鼎，只此已堪哀。

臨江仙

方密之《江天曉霧圖》

靄靄山河春欲盡，眼中無復西東。未能收拾苦匆匆。炮莊先托鉢，藥地入天雄。（密之出家天雄寺，著有《藥地》《炮莊》，援釋解《莊子》。）　　咫尺畫圖重認取，依然粉碎虛空。人間恨事古今同。情知落墨處，泪與一般濃。

臨江仙

讀《劍南詩稿》

一髮青山愁萬種，干戈尚滿南東。幾時纔見九州同。縱教空世事，世事豈成空。　　胡馬窺江陳組練，有人虎帳從容。王師江上鎮相逢。九原翁應恨，世上少豪雄。

浣溪沙

一月二十九日

夜半傳聞調戍兵。居然不與結城盟。前頭閙北已分明。　　炮火沸騰群衆血,槍聲激動萬家情。仰天一笑泪縱橫。

浣溪沙

三月三日

叩馬書生語若何。東窗細雨晚來多,我師昨夜渡瀏河。　四盡到頭知不取,六如破膽已成和。南天關險好經過。

木蘭花慢

嘉靖三十三年四月,倭寇猝至昆山,由三江口薄東關,邑令堅守,寇不得逞,轉攻西關,垂破矣,忽有一老父進曰:以沸桐油從月城隙下之,可擒。如其言,果大破賊。其後有過卜將軍祠者,晚其像,則西關老父也。案,卜,名珍,字文超,唐時西河人。今年四月,余來游,縣長江右彭百川爲言其事,感而咏之。

過關人怪問,此老父是耶非。想生是英豪,死爲雄鬼,不愧神祇。當時事今未見,但窺江湖馬疾如飛。只道和戎無奈,偷營有計誰奇。　書生咄咄泪沾衣。報國願終違。對江上安亭,(震川故里)堂中素屨,(亭林遺物)墓草離離。知己若逢地下,説人間近事更堪悲。約與使君明日,虔誠先拜靈祠。

木蘭花慢

苗子至,偕飲馬回回家,詞以贈別

阿黃吾弟畜,一掉臂出南州。算同學少年,軒眉怒目,肥馬輕裘。登高處誰識汝,只眼中無物是曹劉。風景未殊异代,山川早染新愁。　消憂且上酒家樓。好句弟先酬。待説與村傭,留題素壁,莫便歸休。海隅有人問我,道近來狂飲尚如牛。何事令吾能喜,除非日落東頭。

減字木蘭花

贈劉寶全，先一夕聽奏《博望坡》鼓詞

白頭人在。歲晚相逢風雪外。行理匆匆。烽火年年照海東。　　長歌博望。虎鬥龍爭成絕唱。檀板零丁。又見人間柳敬亭。

減字木蘭花

寶全言其亡友莊景周事，記之以詞。景周別號知非子

譚喉汪齒。一部梨園興廢史。白髮歌王。爲我從頭述教坊。　　未慚死友，說到知非纔住口。四十年來。誰識詞壇有霸才。

荷葉杯

簾外

簾外霧烟籠月。嗚咽。最是暮潮生。浪花從此暗吞聲。夜夜繞孤城。　　幾個隔江商女。如許。猶唱後庭花。休將流水勸棲鴉。明日又天涯。

江城子

喜中敏北歸之訊

壯夫坐守五羊城。聽笳鳴。定心驚。赤手空拳，誓欲斬長鯨。知有男兒三百兆，年正少，盡雄兵。　　舳艫江上不分明。鎖初沉。悄邊聲。相見何時江左始中興。便算文章能報國，應草檄，討蠻荊。

賀新郎

馬客談自海西歸，言近事甚悉，時亞卑西尼亞方受制於義大利

瀛客歸槎處。莽蒼蒼揚塵滄海，魚龍掀舞。聞道亞卑丸彈地，不受他

人駕馭。任墨相眈眈如虎。血食祖宗寧敢忘，果成仁就義誰能侮。衛社稷安吾土。　　酒邊初聽堂皇語。獨回頭驀生感慨，傷心終古。忍辱包羞多少事，事事都成錯誤。從此後中原何主。不論豺狼狐兔鼠。競一時馳騁神州路。西望亞泪如雨。

雨中花

亞卑西尼亞既敗，亞王出走矣

捲土重來知可俟。論勝敗兵家常事。願再整貔貅，一新壁壘，無忘從前誓。（亞王誓師之歌曰："我等爲獅王之子孫兮，爲戰争而生存，將碎敵人之尸兮，以飼鷹隼。"）接厲還教天下視。豈自餒萬千英氣。應備壺漿，來迎車騎，早報收京喜。

桂殿秋

過虹口

銜落日，照營門。垂楊十里竟無存。東風日日吹青草，未到清明已斷魂。

沁園春

玄武湖晨與東野攜侃兒游

幾日商量，且自拋書，向湖上來。趁拂凉初曉，朝陽未起，飛輪奔走，如挾風雷。弟謂晴湖，晨游最好，百畝蓮花一夜開。出城後，果碧荷滿眼，錦綉千堆。　　當年我寓南齋。記日日來游不計回。對鷄鳴古寺，欽天廢閣，沉思往事，但覺傷懷。招手扁舟，一時容與，小飲何妨借酒杯。兒無忘，倘東頭日出，汝莫徘徊。

太常引①

排階螻蟻敢言兵。一穴尚紛爭。衆志始成城。都不解江河已傾。欲憑隻手，狂瀾挽起，此願負平生。大鳥止王庭。何必待三年後鳴。

鷓鴣天

江小鶼招游靈谷寺，遂至孝陵

陵谷千年幾暮鴉。人王佛子兩無家。舊時綠鬢驚華髮，今日紅梅傍菜花。　　初月上，晚烟斜。眼中老樹尚槎枒。丈夫敢忘功名事，肯向東陵學種瓜。

鷓鴣天

喜佛千自西北歸

弱宋强唐仗一關。終南山下即長安。飛揚跋扈人何在，痛飲狂歌汝已還。　　燭影蕩，酒杯寒。相將今夕更憑闌。望中應惜西湖好，不作開天亂後看。

鷓鴣天

送別章柱

浮海迢遥豈所期。歸求諸己得餘師。離懷潭水難爲喻，高咏楊花尚有辭。　　千萬語，兩三卮。壺中消息幾人知。蓬萊此去真成別，惆悵河梁蘇李詩。

---

① 《盧前文獻輯刊》録《中興鼓吹》中有"答榆生"三字，南京版本《中興鼓吹》詞牌下無題。

鷓鴣天

二十四年除夕

換却桃符對一杯。無端悲憤上心來。萬言縱有平戎策，三箭終難奏凱回。　爭議論，互疑猜。恩牛怨李費安排。明朝應被渳除盡，莫似今年百事乖。

好事近

二十五年元日

迎歲受新生，迎得一天風雪。不愛雪花飄舞，愛雪光瑩澈。　被人羞辱已多時，耿耿恨難滅。雪耻今年可待，覺此心先熱。

點絳唇

視繩弟軍中

烈日燒空，柳陰多少閒人語。清涼如許。未忍消停住。　密布濃雲，應作傾天雨。通光路。我來視汝。柳葉軒軒舞。

點絳唇

讀《留侯世家》

博浪一椎，何嘗欲殺秦皇帝。當初眼裏。只有韓而已。　亡命下邳，炎漢因之起。傷心地。徘徊故里。應悔私劉季。

點絳唇

雨中過岳墓撫古柏

柏已參天，千年還傍君侯墓。艱難國步。誰向君侯訴。　欲乞侯威，下拜精忠樹。風雷怒。一時大霧。隔斷門前路。

點絳脣

聞綏警書憤

無降將軍，衝冠一怒安吾土。戰旗開處。戰士皆歡舞。慷慨而前，壯氣吞雄虎。堂堂去。吾何懼汝。藐爾穿墻鼠。

點絳脣

招西北之魂

一髮江南，笛聲吹老愁懷抱。柳絲環繞。飛絮知多少。願汝歸來，願汝歸來早。百靈廟。連天衰草。塞上風光好。

點絳脣

百靈廟既收復，更招東北之魂

鴨綠潮寒，奔流不盡酸辛淚。雄關衣被。尺寸傷心地。一別遼陽，五度春秋矣。沉沉睡。白山黑水。我欲呼之起。

謁金門

爲蒙古少年格君作

歸不得。歸也可知何日。草底牛羊關塞黑。東風吹夢隔。見說浮雲西北。不見舊時相識。拍遍闌干寒惻惻。天涯腸斷客。

浪淘沙

海上除夕口號

此夕喜重逢。爆竹聲中。街頭處處映霓虹。二十五年拋撇了，過眼匆匆。　來歲不相同。發憤爲雄。回頭還欲語東風。從此蜉蝣休撼樹，樹已凌空。

沁園春

論詞示夢野

弟學詞乎，今日而言，豈同曩時。算花間綺語，徒然喪志，後來柳賀，搔首弄姿。嘆老嗟貧，流連光景，孤負如椽筆一枝。自南渡，始天生辛陸，大放厥辭。　於戲逝者如斯。念轉益多師吾所師。便白石揚州，遺山并水，豪情逸興，并作雄奇。天下興亡，匹夫責在，我輩文章信有之。如何可，爲他人抒寫，兒女相思。

沁園春

伯鷹投詩，有"血戰文壇"，亦一奇之語，因廣其意以報

欲問東坡，人海一身，其何可藏。想平生抱負，使君與操，幾親戎馬，猶復登壇。氣奪三軍，才吞五嶽，豈惜譏彈盛孝章。凌雲筆，如萬流奔赴，推倒瞿塘。　古人莫笑余狂。看舊日文場今戰場。便揮毫掃蕩，已成鬥士，或誹李杜，或薄蘇黃。直廢周秦，無論漢魏，不是吾儕孰主張。三千載，只精靈未泯，尚吐光芒。

采桑子

立春（案此首寫渝感時事）

纔從雪後消寒意，不見昏鴉。只見梅花。漸見衰楊發嫩芽。　何須袖手窗前立，過盡風沙。料理生涯。便覺春光到我家。

摸魚子

題史督部絕筆家書後

是何人手澤如此，斑斑泪也還血。雖然和墨無多語，落筆盡成嗚咽。

心似鐵。情怎絶。所難忠孝兩無缺。國讎未滅。只飲恨吞聲，與城共命，先不負臣節。　　揚州路，剩有梅花勝雪。登臨多少詞客。縱教解得萇弘碧，誰識孤懷芳烈。空悲切。東廠獄。恩師當日丁寧說。千回百折。讓一紙流傳，相逢异世，催我羽音發。

臨江仙

二月十日示侃兒二首（其一）

阿侃今朝都十歲，驚心我入中年。堂前老母笑而言。當時兒性劣，最是太婆憐。　　兒亦有兒還肖父，願他比父猶賢。文章不值一文錢。父書汝莫讀，汝祖已云然。（先君《南樓雜咏》有"生子當如李亞子，胡爲亦讀乃翁書"之句。）

臨江仙

二月十日示侃兒二首（其二）

阿侃何知天下事，已如不繫之船。做人今後勇爲先。艱難容百忍，担負仗雙肩。　　紙上談兵終可笑，成功豈在多言。休嫌赤手與空拳。從來窮則變，立志要能堅。

减字木蘭花

朱錦江畫大明湖寒操屬題其上

鐵公祠在。一角斜陽烟柳外。十里晴波。水上風來爽氣多。　　昔年憑軾。對此明湖無個字。寫入丹青。閱盡興亡歷下亭。

婆羅門引

喜黄紹庭至

載書入峽，重陽時節到成都。七年一夢還如。難得茅苔村酒，能飲幾杯無。記浣花溪上，萬里橋隅。　歸來故居。二三子信音疏。今日敲門過我，把臂歡呼。追尋往迹，"笑何事先生未蓄鬚。天有意，不老吾徒。"
（予年二十三始蓄鬚，南歸以後，薙之，不復鬑鬑者久矣。）

南鄉子

照鏡感賦

秋葉漸凋零。每望春華感不勝。冷眼看人青鏡在，分明。白了青青又幾莖。　意氣總難平。但覺詩書誤半生。已是中年應割斷，柔情。肯作嗟貧嘆老聲。

鷓鴣天

出門

十字街頭立足難。出門未覺世塗寬。去留不盡躊躇苦，左右都成罪惡觀。　荊棘裏，豈能安。明知艱險一盤桓。男兒要有剛強氣，肯便隨人掉首還。

鷓鴣天

村居作

世局如棋自在看。懷中有鋏不須彈。能爲狂士終豪杰，豈必才人盡達官。　傾濁酒，坐蒲團。布袍大袖本來寬。十年嘗遍江湖味，縱使無魚也可餐。

鷓鴣天

講席示朱轓

春意於今透幾分。相看猶喜得閒身。賞心花事騰騰裏，滿眼風光日日新。　　詩思澀，酒杯勤。少年龍馬是精神。字書到底無難字，纔覺拿翁最可人。

鷓鴣天

題蔚秀君手册

奇俠當年亦艷妝。零脂殘粉未能芳。桃花馬上秦良玉，楊柳橋邊聶隱娘。　　刀脫鞘，劍生光。天人不數狀頭黃。秀君若問今何日，兒女風雲正出場。

鷓鴣天

黃達雲駐防徐海招游

高嵿彭城戲馬臺。當時仗策幾徘徊。也知劉備饒英氣，未許曹瞞論霸才。　　成與敗，等塵埃。門前芳草有餘哀。四年夢落徐州道，且爲將軍一去來。

鷓鴣天

北湖偕達雲游

北面鍾山一髮青。綠楊回抱古臺城。湖山合有豪雄氣，林木時聞剝啄聲。　　春夢遠，暮潮生。踏歌堤上女郎行。休將玉樹南朝曲，唱與潭州宿將聽。

鷓鴣天

羅小梅寄梅子也

壯歲還如葉滿枝。新苞含蕊是兒時。前頭纔有青青意，轉眼頓成裊裊絲。　　橋下柳，試思之。小梅猶復嫩芽姿。東塗西抹都奇趣，一個羅家小畫師。

鷓鴣天

聞沫若歸國不相見已十餘年

張禄辭家變姓名。島樓擁鼻泪縱橫。安排歸骨埋諸夏,慷慨題詩付友生。　蘇李別,喻心情。十年亡命鬢星星。回頭萬里河梁上,投筆知君定請纓。

破陣子

寄達雲軍中

羊海衛前破敵,夜壺陣裏奇兵。説到南塘當日事,絶似潭①州古北營。橫戈馬上行。(戚繼光《止止堂詩》有云:"一年三百六十日,多是橫戈馬上行。")又是一年過了,幾時纔出長城。蟻聚蜂屯關塞黑,緩帶將軍涕泗橫。可憐壯士情。(達雲《戌南天門詩》云:"南天久戌寂無聲,此夜銜枚襲敵營。壯士可能收古北,莫教殘敵度長城。")

水調歌頭

右任先生今年六十,中國公學諸生稱觴以祝,即席致辭,語至可味。爰櫽括入詞,俾開國佳話,流傳久遠,兼寄先生以爲壽。

猶願供鞭策,自視尚如牛。但知耕種,不許春稼與秋收。三十年來飄蕩,幾萬里程奔走,辛苦果何求。爲解蒼生困,還我舊神州。　聞此語,思奮發,有吾儔。掀髯一笑,或許年少可同謀。收拾邊氛事了,整頓炎黄家業,未雨待綢繆。异日公稀壽,高會勝棋樓。(樓在莫愁湖上,爲中山王建也。)

---

① 潭:南京版《中興鼓吹》無此字,今據《盧前文獻輯刊》補。

中興鼓吹卷二

水調歌頭

七月八日得宛平之警

電訊忽宵至，不覺裂雙眸。信中傳語，殘敵一隊襲盧溝。直北此時危急，火焰已然眉睫，如箭在弦頭。何以消吾恨，不共戴天仇。　　鳩所占，狼所噬，鼠還偷。千奇百怪敵貌，鑄鼎總難收。聞道冷齋老子（宛平縣長王君），願與此橋同命，忠勇足千秋。明日廣安道，我亦有戈矛。

鵲踏枝

讀報知北平危矣

忍與輿圖終日對。指點豐臺，猛憶西山翠。除却酸辛無別味。教人北望添憔悴。　　衆醒於今憐獨醉。滿地江湖，總是流離泪。邑好風來分嚮背。葵花汝有羞心未。

鵲踏枝

二十八日喜聞豐臺廊坊之捷

聞道豐臺收復得。血不零流，汹涌纔今日。炙我驕陽爐火熱。幾年苦悶填肝膈。　　亭午忽然傳信息。日已無光，風捲雲如墨。山雨來時君應識。從教洗出炎黃色。

西江月

喜收復通縣。通自二十四年十一月二十五日爲賊所據者,二十月又三日

久矣不知日月,今朝重睹青天。懸知歡躍我軍前。高舉國旗一面。爭説睡獅醒了,金甌殘缺將全。吼聲震動白山間,收泪出關相見。

百字令

吊趙登禹將軍

盧溝橋下,聽一聲口號,衝鋒前去。捲地風沙刀過處,殘敵頭顱飛雨。疆場空闊,仰天大笑,快意哉登禹。男兒死耳,男兒死必如許。　　一鼓再鼓而前,至於三四,壯氣凌今古。贏得創傷千百孔,爲國開條血路。所恨孤身,難兼忠孝,抱憾惟慈母。將軍往矣,問誰踏接君步。

百字令

讀馮玉祥悼佟趙辭復爲挽章吊佟麟閣將軍(將軍亦基督教徒)

備嘗艱苦,在練兵當日,憤然而作。二十六年多少恨(將軍從戎自民國元年始),只恨吾民溝壑。西來頑寇,鐵蹄所至,無不窮其虐。人間地獄,幾回默誦《新約》。　　我祝永久和平,我懷博愛,我願先鋤惡。勇士喪元原不忘,犧牲以求復活。上帝鑒余,式憑忠勇,與敵還相搏。裹君馬革,他時畫像麟閣。

百字令

喜白健生將軍入京

暴風雨裹,忽飛將軍降,共參帷幄。并轡聯鑣皆衛霍,試看長城新築。一心一德,一同一致,勝負吾能卜。羶腥掃盡,早中興,我民族。　　聞道

手理西南，十年生聚，食足先兵足。雖有磁基時未至，今日始言恢復。忍辱包羞，豫防亡楚，耻作秦庭哭。河山還我，事非公等誰屬。

浣溪沙

願君

七尺昂藏一少年。舉頭日日望青天。胸中有恨不能言。采玉章須憑血染，軍人魂尚在腰懸。願君名氏勒燕然。

浣溪沙

八月十三日敵復犯我上海二首（其一）

海沸天崩豁積霾。轟然排炮怒如雷。我軍突起敵軍摧。八字橋頭膽已裂，天通庵口骨揚灰。六年前地一來回。

浣溪沙

八月十三日敵復犯我上海二首（其二）

不辨雷聲與炮聲。沉沉四座各心驚。有人議論獨縱橫。點卷漸迷滿紙黑，窺窗纔覺一天青。飛輪戛軋繞樓生。

浣溪沙

黃浦江上空軍之戰

小艦胡然號出雲。我軍纔是出雲軍。飛來飛往盡天神。仰視輪機周碧落，平看日色近黃昏。白青兩翼勇無倫。

喝火令

任雲閣、梁鴻雲二戰士相繼身殉

李廣真飛將，汪錡竟國殤。致哀吾乃爲任梁。今日名標黃浦，千載永流芳。　　恨不生雙翼，追隨天一方。坐看烟滅與灰揚。旦夕相期，掃蕩出雲航。拭眼西邊雲起，銀艇正高翔。

卜算子

過宜興見所擊落敵機田中

縱目太湖邊，斷翼東疇裏。陌上行人繞作圍，拍手皆歡喜。　　旂色尚分明，界影斜陽際。黷武從來此下場，一蹶難重起。

滿江紅

丁丑聖誕作

聖德云何，忠與恕聖之綱目。豈有以施於人者，己焉不欲。諸夏狄夷猶未辨，行之何以尊中國。敢自詡王道侔先師，斯文辱。　　敢誣蔑，斷章讀。敢假借，冠而沐。試遍尋經籍，勤王相屬。暴虎馮河由也勇，執戈社稷汪踦獨。訂春秋大義托微言，應三復。

滿江紅

九月七日閻海文死事

蔽日拿雲，君不見中華飛將。冒九死一身當敵，扶搖直上。俯視山河皆我有，萬年堅壁旌旗壯。是自家臥榻那容人，眠酣暢。　　閻典史，留榜樣。閻烈士，真好漢。看兩閻忠勇，後先相望。報國志酬身可死，健兒豈飲仇讎彈。寫千秋炯炯寸心丹，高聲唱。①

---

① 校者按：本詞引將、上、壯、暢、樣、漢、望、彈、唱九韵，其中漢、彈兩韵當出韵，有疑。

滿江紅

空軍三勇士,劉粹剛、高志航、樂以琴也

童婦知名,指天上三條好漢。掃敵處疾如飛彗,萬頭攢看。纔識劉郎豪俊氣,果然百煉錘爐炭。伴漸離不擊筑而歌,心香瓣。　　平旦出,彩雲幻。薄暮出,星光燦。只朝朝暮暮,天河閒泛。還與殷勤樂正子,自由出沒雲霄轉。敵機來一見膽心寒,回頭竄。

滿江紅

聞張仲老倡老子軍抗倭議

老子婆娑,摩袖底青蛇幾尺。誓不與此仇同列,戴天同立。馬上伏波何矍鑠,廉頗健飯誰能識。率吳閶白面勇兒郎,滅朝食。　　倭寇耳,非所敵。大小范,都堪憶。把甲兵十萬,蟠羅胸臆。今日編成常備隊,明年痛飲東京驛。莫羞慚少壯不如人,新生力。

滿江紅

寶山之役

斗大孤城,竟一日化爲碧血。今又見田橫忠義,張巡節烈。六百士當千萬敵,出身入死吳淞缺。聽子香奮臂一聲呼,君休怯。　　彈已盡,槍雖折。頭未斷,心還熱。況此城與我,存亡關切。有我不能寸土失,要知吾土堅如鐵。載姚營他日史書存,歌先發。

烏夜啼

上海陷,工人楊劍萍之死

墜樓死者何人。一貧民。只爲羞看驕虜過江濱。　　雙泪竭,皆已裂，且輕身。願以自家鮮血洗創痕。

滿江紅

斧頌

王禹莊少將言："前方巷戰，已易刀爲斧，所至輒勝。"余嘗頌大刀之威，於斧亦不可無詞。

狹路相逢，問出手燦燃何物。依舊似大刀英武，神威無獨。斧也闢開新戰綫，倭兒見者吞聲哭。但落頭如草不聞聲，堆成簇。　前隊上，後相續。仇易盡，心難足。念丈夫本色，包羞忍辱。到此纔酬卅載恨，運斤還羨風來速。是誰家手法有真傳，真圓熟。

滿江紅

蟹

蟹汝來前，憐汝竟登盤侑酒。聽郭索幾聲河畔，北游南走。只料橫行空一世，無腸終落他人手。聚燈前坐客享烹鮮，笑開口。　肢已裂，顏何醜。螯已斷，聲何有。把火生釜底，汝纔消受。蠢蠢無知甘自侮，多行不義誰之咎。汝知否殷鑒在今朝，酬重九。

滿江紅

詠棉背心

予倩作山歌，有云："拿起綫來抽起針，想起我前方作戰人。不綉鴛鴦與蝴蝶，替他作幾件棉背心。"又云："一件一件的棉背心，也表愛國一分情。願身化作棉和絮，與我戰士共寒溫。"余感其言，詞以詠之。

着意裝棉，手中綫針針縫起。聞道是沙場霜重，夜涼如水。儂願化身成軟絮，寒溫與共秋風裏。個兒郎爲國作干城，真英士。　我欲問，前方事。知推進，若干里。料禦寒送到，這包衣被。勇氣益增千百輩，鼓鼙還我山河美。是衣中縫就熱心腸，非棉耳。

滿江紅

平型關大捷

奏凱平型，明日定靈邱先復。知左翼團河傳檄，頑倭覆沒。況有中軍崞縣在，東平一戰風摧竹。踢扶桑三島海東頭，都沉陸。　看捷報，書盈幅。歡笑裏，從頭讀。喜右鋒寧武，雄威相續。指日朔州收拾盡，雁門關外燔倭骨。會王師三路察綏邊，安然出。

滿江紅

寄佛千東戰綫

夜襲來時，小窗外一天明月。聞警報暗中辨識，解除緊急。風露全家餐已飽，流離白了慈親髮。論平生無畏歷多艱，吾何怯。　身在是，心飛越。恥下泪，甘流血。雖千萬人在，吾能往也。鮑叔從知有老母，非期苟免先爲別。且濡毫鼓吹我中華，中興業。

滿江紅

十月五日左昆之建破橋之功

對峙嚴灣，中有水盈盈相隔。聽說敵架橋河上，通東楊宅。爲問連中誰習水。破橋工作誰担得。曰唯唯左趙應聲來，承其責。　炮火裏，守天黑。潮水漲，前窺測。幸功成容易，岸寬橋窄。從此渡河纔右顧，建奎不幸身遭厄。只昆之歸後告於人，驚心魄。

滿江紅

謝晋元團附楊瑞符營長共死守閘北據點者八百士

尚有孤軍，留最後鮮紅一滴。準備着頭顱相抵，以吾易敵。蘊藻濱前鉦鼓動，蘇州河上旌旗色。看青天白日自飛揚，君應識。　衆口誦，征倭檄。望閘北，兒童泣。問橋頭大廈，近來消息。萬國衣冠都下拜，千秋付與如椽筆。記張巡許遠守睢陽，今猶昔。

滿江紅

聞達雲已率所部上東戰綫矣

佛子書來，謂我友親提勁旅。昨日已陳師東綫，氣雄於虎。古北威名天下重，江南殘敵囊中取。待前方捷報到于湖，杯高舉。　如痛飲，黃龍府。破陣樂，添新譜。更招尋嘯傲，舊時游侶。能賦兄猶辛弃疾，談兵弟愧陳同甫。耻和戎豈似紹興年，應心許。

西江月

昨夢

幾日不聞戰訊，此心長覺懸懸。聽風聽雨總難眠。何況秋聲一片。昨夜夢游東海，依稀又到幽燕。闐然鼓作勇而前。掃敵乃如掣電。

西江月

聞傅作義守太原

堅守太原城者，涿州曾識其人。此身誓與此城存。今日傅耶坐鎮。恨不血塗綏遠，肯隨它去臨汾。吾言如是告倭聞。寶鼎從今敢問。

西江月

客有二首（其一）

客有嘆於南宋，排金無敢言兵。吳山立馬氣從橫。所以不亡者命。何似艱危今日，頑倭犯我無名。亦惟抗戰自更生。孰主議和曰佞。

西江月

客有二首（其二）

客有感於明季，弘光畢竟庸夫。望風先自出南都。進退大家失據。何似艱危今日，吾民微禹其魚。執殳誰欲作前驅。衆口咸呼曰去。

柘枝引

詠大場二首，宋無名氏《將軍奉命》之作，嘗倚此調，聲極壯厲（其一）

荷戈共向大場行。前列盡雄兵。目送斜陽下，旌旗影裏聽笳聲。

柘枝引

詠大場二首，宋無名氏《將軍奉命》之作，嘗倚此調，聲極壯厲（其二）

風雲捲送大場來。一路戰旗開。鐵甲珊珊動，倭兒遇者骨揚灰。

減字木蘭花

今從軍樂（其一）

江河之勢。誰了當前天下事。攬轡澄清。却向沙場萬里行。　堂堂七尺。悄立營門人未識。慷慨從戎。劍氣飛騰貫白虹。

減字木蘭花

今從軍樂（其二）

枕戈待旦。起舞初聞雞引吭。吹角連營。羽檄猶傳夜點兵。　撼山可圮。欲撼吾軍終不易。鎮壓邊圻。席捲倭酋得意歸。

減字木蘭花

今從軍樂（其三）

健兒身手。僕僕風塵牛馬走。肩起長槍。纔覺軍中意味長。　夜來涼月。狹路遭逢兵力接。去去人人。盡掃倭奴不顧身。

減字木蘭花

今從軍樂（其四）

歸來飯熟。鼓腹都從壕裏出。修斧磨刀。準備明朝又一遭。　可憐殘敵。隔海求援星火急。一鼓成擒。不待元戎苦費心。

減字木蘭花

今從軍樂（其五）

風霆號令。那許中原夷狄盛。（用李綱語。）環堵安居。一德同心寇必除。　先還趙璧。整頓乾坤憑自力。蕆爾扶桑。江戶終教作戰場。

減字木蘭花

今從軍樂（其六）

連檣排櫓。對馬常磐何足數。絕頂神龍。讓我空軍第一功。　灰飛烟滅。一炬出雲二十節。招汝亡魂。送到狼山倭子墳。

減字木蘭花

今從軍樂（其七）

王師北上。祭告丁寧兒無忘。老去猶雄。畢竟男兒陸放翁。　呼號奔走。開口不如兵在手。枉讀詩書。累贅人間只腐儒。

減字木蘭花

仔兒讀《今從軍樂》，以未及女子，請補二章（其一）

吾懷貞德。取義成仁無愧色。歷盡艱難。豈獨投軍女木蘭。　　高名石砬。半壁西南賊却步。大勇秦休。報了宗仇復國仇。

減字木蘭花

仔兒讀《今從軍樂》，以未及女子，請補綴二章（其二）

臨陣而作。有女英英都不弱。今日軍營。巾幗鬚眉并銳兵。　　他年青史。壯烈精忠何止此。多少秋聲。"夜夜龍泉壁上鳴"。（鑒湖女俠句。）

減字木蘭花

渡江赴無爲，南望不勝庾信之悲

都忘小我。到處爲家無不可。艇子搖來。始覺江南大可哀。　　蕪湖在望。火焰熊熊光萬丈。切齒深深。益固同仇敵愾心。

滿庭芳

喜聞蕪湖收復訊

赭麓塵昏，陶塘柳暗，舊時風物依然。却憐殘月，蕩影照難圓。回望浮雲老樹，揮手處，零雨沈烟。憑誰問，一江流水，流轉是何年。　　初聞襟淚滿，猶疑夢寐，乍覺狂顛。但詩書漫捲，笑語窗前。落拓江湖未久，道今日還我山川。青春伴，收京可待，悲喜不成言。

探春慢

踏雨過王陸一逆旅，陸一握手嘆曰："金陵之別，豈意遂相見於此乎。"余感其言，托咏垂柳，次姜白石去沔陽時自度曲調，依依之情，殆過無不及焉

閒却靈和，繫情碧浪，離枝都成飛絮。冷燕泥歸，荒江萍碎，零亂東風不語。過了清明節，已三月，烟花誰主。故人今夕重逢，小樓深夜春雨。　　迢遞天南夢斷，吹酒旗十里，輝映金縷。翠幕輕遮，龍池在望，裊娜幾家兒女。空綰同心結，算只有游蜂無數。白李夭桃，相憐抛擲何處。

琵琶仙

答巽觀

何事殘鵑，不能忘錦片江南風月。春到多少花開，花前舊人別。愁損了樓陰柳葉。更誰惜幾枝啼血。望帝魂歸，巫雲夢冷，鶯燕消息。　　又還聽吹角空城，去迢遞東風漸無力。收拾一窗春雨，付傷心詞筆。偷減聲裏，移宮換羽，第四弦激蕩淒切。指顧咫尺山河，竟成吳越。

定風波

喜日本學人鹿地亘來歸

早歲流亡變姓名。一揮淚即掉頭行。暗裏桴浮歸上國。唯聽。雄師一吼萬山驚。　　島寇橫刀終不悟。何處。黃昏漸近夕陽生。試問何如共白日。咫尺。掃雲撥霧自然明。

臨江仙

漢口待張佛千至（其一）

邂逅于湖纔幾日，眼中風景頓非。扁舟載我到無爲。死生何足計，老

幼此心危。　東去西來良自苦,有時泪滿征衣。逢人不敢問兵機。收京如可待,先送一家歸。

臨江仙

漢口待張佛千至（其二）

遥指武昌城外雪,過江有個人來。殺鷄煮酒早安排。聽譚東戰綫,笑口爲君開。　虎擲龍拿親眼見,豪情足傲吾儕。雄兵早晚渡長淮。定能行宿諾,奮臂與相偕。

鷓鴣天

闞雨東婚筵席上作

却扇燈前對翠蛾。傾杯直欲捲黄河。十年兵馬心逾壯,萬里風埃鬢未皤。　同命鳥,定情歌。戎衣緑袖兩婆娑。今宵了得平生願,明日疆場再挽戈。

烏夜啼

丁樹本率民團克清豐

誰言白首丁公。是衰翁。南樂纔經克復下清豐。　爲走卒,爲宰牧,建奇功。始信艱危時勢造英雄。

菩薩蠻

徐州北望

强兵堅守逾三月。百年深恨終須雪。東北望徐州。昂昂一舉頭。　狂風吹落葉。飲盡仇讎血。鐵壁與銅墙。千秋此戰場。

南鄉子

別武漢遂至重慶（其一）

脚下大江橫。已是行時未忍行。只見龜蛇青兩點，亭亭。仰望行人若有情。　何事苦西征。江自東流不住聲。爲道明年相見再，騰騰。逐漸雲根冉冉生。

南鄉子

別武漢遂至重慶（其二）

甚處是西川。已上朝天渡口船。父老相逢猶識我，盧前。不入山城記七年。　江海尚烽烟。共爲邦家策萬全。燦爛莊嚴行在所，欣然。願傍嘉陵受一廛。

虞美人

廢正月杪始登東川大道

柳絲牽引低眉客。眼底皆春色。資州西指陌阡橫。疑是江南三月踏青行。　油油薺麥連雲起。綠盡添兵氣。將憑戰士勸加餐。休擬畫圖山水等閒看。

鷓鴣天

成都北校場訪達雲，自武漢別後七月矣

旌鉞前頭揖長兄。十年重到錦官城。綸巾羽扇多奇策，風虎雲龍盡好兵。　春水涤，白鷗生。江湖忠愛最關情。腐儒身世詩篇在，指日還期復兩京。

賀新郎

張適今（世希）談昔年上海之役

誰識降魔手。驀相逢匆匆行色①，渡沱而後。百戰光榮歸抵掌，笑我馬牛空走。說海上、當年馳驟。曾向廟行提一旅，抗烽塵與敵周旋久。停不住，懸河口。　伸眉今夕燈前又。喜將軍依然年少，揖符於肘。熟讀六韜裨世用，驕虜終成芻狗。更無忘巴山詞友。待到收功償夙諾，問橫戈躍馬人來否。玄武外，一尊酒。

鷓鴣天

內江留柬適今

大勇關黃（謂雨東、達雲）我故人。桓侯今始認鄉親。三山古道空辭賦，丈八長矛供戰神。　鍾阜月，苦思君。知君愁對內江春。年來行在麻鞋破，只恨儒冠累此身。

---

① 驀相逢匆匆行色：南京版《中興鼓吹》作"驀相逢匆匆行色"，今據《盧前文獻輯刊》補。

中興鼓吹卷三

賀新涼

五月二十五日記事

久亦齊生死。便埋身一抔黃土，等閒間耳。只惜未能將革裹，孤負平生豪氣。剩一點丹心無昧。自此從容歸上界，信詩書沾溉垂危際。何苟免，我行矣。　　鋼鳶過盡群呼起。戴吾頭斂魂收魄，又來人世。但覺眼前森鬼域，彈片槍痕而已。炸不了堅強意志。以齒還牙終必報，肯投降屈服非人子。重誓約，洗茲恥。

采桑子

元夜中條軍中望月寄孫總司令蔚如郭原

中條山路團圞月，笳鼓聲中。燈火魚龍。照我酡顏分外紅。　　停杯且說三年事，感慨無窮。百戰河東。恨不揮戈共總戎。

朝中措

鄭州偕孫總司令蔭亭巡視河上作

征衣依舊浣塵多。今日上黃河。眼底波濤浩渺，望中山勢巍峨。　　與君相約，一呼北渡，萬騎飛過。來歲金梁重見，揮毫為譜鐃歌。

齊天樂

二十九年三月于役老河口，李德鄰將軍招飲秦村，席上賦示第五戰區諸友

樊襄千古英雄氣，征衣早迎東路。落照中條，凝烟宛洛，旗擁青山無數。匆匆鉦鼓，過光化嚴城，暫時停駐。一角秦村，小窗盞共晚來語。　臺莊前事記取。突圍飛萬騎，呼嘯歸去。勝概如虹，精忠貫日，都是風雲兒女。三年内渡，驀重遇臨淮，酒邊深訴。不待聞鷄，只教琨起舞。

醜奴兒

聞湘北三捷，喜而不寐

汨羅江上橫天塹，一捷長沙。再捷長沙。三捷長沙不自誇。　歌鐃喚起中秋月，照見君家。又見君家。薛字軍旂出海涯。

水調歌頭

壬午生日用香宋韵

四度見花發，今日又春風。天涯依舊羈旅，照影月冥濛。燈底兒曹拜我，樓外江山笑客，未老已成翁。三十七年事，都付捋髯中。　塵生甑，耕此硯，不如農。近來夢也難做，那復辨西東。"何以爲君稱祝"。妻自無釵可拔，但指酒尊空。"貧亦殘僧分，且撞佛堂鐘"。

木蘭花慢

與公遇別久矣，頃相見中白沙示北碚道中所爲詞，有"風吹楊柳波成碧，水映桃花影亦紅"之語，余甚愛誦之，時公遐方練兵合江，以檢閱來也

大觀山下路，一握手，故人來。有鼓角旌旗，貔貅在望，呼嘯登臺。江

南北親點檢，話近時踪迹指芒鞋。楊柳迎風弄碧，桃花映水初開。　安排。壓陣走湘淮。掃敵捲風雷。應不負平生，綺情壯思，并出新裁。自具王家將略，便躊躇顧盼亦雄哉。豫計功成可必，凱歌還屬吾儕。

臨江仙

三十一年七月七日作（其一）

天上鵲橋兒女事，人間但說盧溝。當年於此啓戈矛。斑斑留血債，種種記仇讎。　星火燎原閒戲弄，算來五度春秋。要看來日整金甌。黃河嗚咽水，流到海東頭。

臨江仙

三十一年七月七日作（其二）

劍弩到時還一發，梟除鼠子元凶。即今花發大場紅。重來終有日，子弟盡豪雄。　三戰長沙應未忘，捲濤挾浪而東。爭從龍虎一江風。豈徒規半壁，定使九州同。

臨江仙

三十一年七月七日作（其三）

極目嶺雲猶靉靆，珠江日夜何聲。王師一旦下羊城。臺琉歸故土，不獨復思明。　漳國勳勞千古壯，楚弓楚得能名。好憑頸血滌羶腥。南強方足恃，海上出奇兵。

臨江仙

三十一年七月七日作（其四）

師出仰光寒敵膽，揚威薩爾溫江。能摧強暴即沙場。微華無正義，忠勇示盟邦。　　勝券在操今已再，（去年十二月八日前，我抗戰已達勝期，後此即同盟國共同作戰之日也。）陸沉第一扶桑。幾回西望海茫茫。築城高萬丈，共受德倭降。

探春慢

蜀中憶北巡之樂，次白石韵

持節初過，叩關徑出，東風吹輭原野。奪眼黃河，流天大月，曾記茅津上馬。太息兵間走，問何意容君抒寫。中條千古山川，笳鼓聲裏閒話。　　還似當時洛水，驚景物漸非，杯酒重把。玉殿虛無，銅駝荊棘，縱是好春難冶。迤邐荊襄路，載滿鬢緇塵南下。肯自思量，梨花開又今夜。

好事近

過桂林，達雲邀游相思江畔之李家村，宿軍校。明日爲學員講話後留題山壁

江上李家村，故壘路人能識。談罷松坡遺事，望銅屏山色。　　三千子弟盡豪英，吹角度晨夕。今日黃侯留我，掃岩間苔迹。

南歌子

予《過嶺》詩云："拋却南雄過嶺來，望中嶺北嶺南梅。梅花自具忠貞骨，不到深寒不肯開。"閩海詩人喜誦之。梅，我國花也。詩蓋爲世局咏者，廣其意更成此辭

嶺上梅千樹，雲中鳥一雙。曲江猶自嚮珠江。南望羊城夕照正蒼涼。　　各抱忠貞骨，先從冷處香。羅浮天外且翱翔。不是十分花好不還鄉。

清平樂

三十二年一月在永安聞我與英美締平等新約，收拾百年世局，安得而不喜也，燈下寫付諸生歌之

普天同樂。平等成新約。血戰六年吾不弱。桎梏一時除却。　并肩共赴疆場。從今盟友相將。試望太平洋上。青天白日旗揚。

浣溪沙

二月，將之閩侯，道出延平，胡子健中與前生長金陵，爲總角交，渝城別後，始相見於此。治具道故，悲喜交并，燈下聯吟，率成三解（其一）

一笑相看又劍津。（前）卅年回首泪盈襟。（健）海隅猶是未歸人。（前）　竹馬長干前日事，（健）帷燈南浦故園心。（前）風塵萍梗共沉吟。（健）

浣溪沙

二月，將之閩侯，道出延平，胡子健中與前生長金陵，爲總角交，渝城別後，始相見於此。治具道故，悲喜交并，燈下聯吟，率成三解（其二）

少日襟期磊落多。（健）依然飆舉入吟哦。（前）書生亦有魯陽戈。（健）　上國旌旗春浩蕩，（前）中興鼓吹舞婆娑。（健）秦淮重見醉顏酡。（前）

浣溪沙

二月，將之閩侯，道出延平，胡子健中與前生長金陵，爲總角交，渝城別後，始相見於此。治具道故，悲喜交并，燈下聯吟，率成三解（其三）

領略閩江嗚咽聲。（前）人間孤孽鄭延平。（健）當年喋血此屯兵。

（前）操慮深危今昔异，（健）河梁離別死生情。（前）千秋功罪視燕銘。（前）

齊天樂

于山謁戚公祠

當門野意晴空闊，神龕羽旗低護。紀效新書，莅戎要略，猶見登壇風度。親裁奏疏，便無敵名聞，義烏初聚。陣出龍山，果然一戰使倭懼。　榕城羈旅劫後，嘆亭留醉石，吳客空慕。飲至何年，白雲在望，春滿婆娑雙樹。歌傳道路。願覓個封侯，壯懷如故。誓海盟心，莫忘元敬語。

一剪梅

予居榕城，吳天亨來談，昨歲潮汕敵犯大港，時有少年吳漢倫者，揭竿起禦，號烏參隊。漢倫既歿于陣①，其兄復爲統率名二烏，至今猶虎視海上也。天亨請寫詞張其家祠壁上

赤膽忠肝俠少年。憑仗雙肩。憑仗雙拳。孤軍奮起掃狼烟。大港南邊。南陔西邊。　兩字烏參海上傳。戰迹昭然。血迹殷然。中流早斷祖生鞭。氣薄雲天。義薄雲天。

念奴嬌

八月十三日感懷用東坡韵寄達雲桂林

那年今日，問將軍眼底跳梁何物。血肉長城東海上，是我銅墻鐵壁。寸土黃金，頭顱寧惜，戰地飄紅雪。大場埋骨，可憐年少英杰。　遥想毅魄歸來，無名墓道，茂草芃芃發。不見甌完身早死，不見倭奴摧滅。三峽淹留，兩京未復，白了元戎髮。也應含恨，吳淞江外殘月。

---

① 漢倫既歿于陣：南京版《中興鼓吹》無"陣"字，今據《盧前文獻輯刊》補。

小重山

因魁北克之會作

獨撫危弦花下吟。羽移宮盡變,不關心。等閒笙磬是同音。花無語,重惜好光陰。　密誓久情深。須知春有腳,去難尋。趁春來去且登臨。流雲遠,冉冉日西沉。

破陣子

飲顧墨三長官祝同,明日遂返東戰場,詞以爲別

驀地相逢字水,記曾交臂延平。却敵舊時吳楚地,捲土重來子弟兵。東流江有聲。　聽取虎頭快語,尊前狂殺書生。準擬新詞三百首,明日沙場千里行。鼓鐃歌中興。

玉樓春

癸未重九

門前便是登高處。馬往車來南北路。明知雨過一番晴,起視秋山花滿樹。　行人莫把流年誤。十月繁霜秋更苦。勸花珍重歲寒心,待得春歸枝再舞。

新荷葉

酬實秋

棋子燈花,有人雅舍無眠。并巒中條,等閒過了三年。男兒四十,取功名不算華顛。我行吾素,揚眉坐對樽前。　隨處桑田,幾多過眼雲烟。只爲池荷,往時曾托詩篇。韶華如再,久江湖鷗夢都圓。空階負手,景光還待明天。

卜算子

記常德戰役中湯任元副營長語

三十五男兒,合守東關住。一夜雲梯四面攻,誓死心何懼。　血濺水星樓,寇自無歸路。彈盡城磚一樣飛,飛向陣中去。

水調歌頭

楊仲子六十再用香宋韵

門外萬人海,於我馬牛風。雨窗深夜欹枕,方寸接鴻濛。道是滄波一粟,括盡須彌一座,狡獪黑頭翁。豈獨擅三絶,彝鼎滿囊中。　懷殷契,携阿黑,訪金農。象牙塔在心上,不在樂園東。歲歲笙簧絲竹,歷歷人間甲子,無色亦無空。冷却故山眼,湖水夕陽鐘。

采桑子

寄懷康東生紹周福州

臘中一泛洪橋棹,客到門前。笑語梅邊。夜半呼盧罷酒筵。　豪情可復如當日,苦戰經年。望斷南天。烽火關河落日圓。

菩薩蠻

殁存四首（其一）

季鸞手執陳琳筆。兩儀街上初傳檄。仲叟髮如銀。高呼老子軍。　懸河奚若口。掉臂滇南走。异日説三張。（張熾章、張一麐、張奚若）齊東語應詳。

菩薩蠻

殁存四首（其二）

蟠胸知有羲皇史。生前落墨無多紙。香草祀蚩尤。重逢話汴州。　雄

談驚屋瓦。亦是能言者。筆壘護東南。今年四十三。（胡石青、胡健中）

菩薩蠻

殁存四首（其三）

飄然日向城中醉。一官未抵閒滋味。意氣老來平。千杯出性情。魯生長偃蹇。捲舌争無辯。舌底有蓮華。男兒莫戀家。（羅文幹、羅隆基）

菩薩蠻

殁存四首（其四）

長安閱遍公卿相。貧無錐立詩猶壯。心血賀徒嘔。可憐廣不侯。還思今檢校。落落多才調。明日過衡廬。狂歌共酒徒。（李仙根、李中襄）

水龍吟

喜聞達雲報龍陵之捷。與達雲桂林分別逾年，不圖七星岩下今亦成戰場矣

兩年銷盡詞魂，眼中真短狂生氣。湖南子弟，河南父老，相逢揮泪。幸復松山，騰衝重下，予心稍喜。又傳來捷訊，龍陵落入吾兄手，歡呼起。　　岩上題名曾記。共相思一江烟水。而今却被殘陽紅濕，埋愁何地。只望旌旗，分師東嚮，指揮如意。趁樾湖月色，七星秋好，買三花醉。

鵲踏枝

三十三年十一月十五夜書

伐桂爲薪還折柳。曾幾何時，斧落他人手。爲問吳剛今在否。昂頭欲向天追究。　　莫道清輝如白晝。雁過衡陽，一去千回首。只怕烏雲遮蔽又。惱人最是三更後。

歸朝歡

喜衡陽守將方先覺脫難歸，於時黔南警訊猶急

虎口餘生終不辱。失喜將軍西走蜀。來生再見語何悲，傳諸四海吞聲哭。可憐湘水曲。一時四萬人心目。視江淮英雄本色。未負元戎囑。　四十七天新紀錄。戰報徒傷疆土蹙。但能明恥即奇男，包羞九世仇當復。勞君重督促。桂邊莫與倭兒牧。使河池殘餘仍在，及早防金築。

清平樂

紅帶老婦
北碚有老婦，三子俱投軍去，有殉國者，長吏特贈佩紅帶禮敬之

一條紅帶。街口婆常在。為國忘家吾敬愛。日日徘徊門外。　大兒戰死湘東。中兒遠戍關中。去歲小兒十八，荷槍又復從戎。

水龍吟

陶園席上逢黃旭初主席，時桂林陷二月，旭初大病初起

當時獨秀峰前，斷垣殘瓦今何地。全州鎖鑰，曾無一戰，湖山輕棄。北府深譚，南窗過客，情猶揮涕。況半生心力，使君廿載經營苦，歸流水。　前事聊同兒戲。且開樽發吾英氣。云胡避酒，非關衰病，三花難致。捲土還來，明年百色，義旗重起。看盧生醉後，為公搖筆，寫平西記。

朝中措

齊學啓少將既殉國，其同學友顧一樵為言君少年志氣及死事甚詳，一樵有詩，予以詞悼之

仁安羌外戰雲屯。還憶故將軍。獨為渡河編筏，救傷撫病躬親。

文山武穆，平生宗仰，畢竟成仁。他日張（自忠）齊合傳，人間定有奇文。

滿江紅

書中央大學三十周年紀念冊次岳忠武韵

閒話成賢，數往事了無休歇。曾飽聽梵鐘耶贊，緬懷芳烈。櫻口常携玄武槳，琴心每賞梅庵月。德風亭南接六朝松，幽情切。　老都講，頭如雪。（張士一先生任教三十年矣。）新志乘，字難滅。又沙坪寄旅，抱持殘缺。魚鹿峽通江漢水，鴛鴦橋繼成吳血。（諸生參加青年軍者，紛赴鴛鴦橋入營。成律、吳光田二烈，則昔年爲國死難者也。）願雞鳴風雨趁同舟，還京闕。

揚州慢

題包達盦寒驢運彈畫卷

貂帽綿鞋，步槍灰褐，此翁跋涉千山。盡風塵面皺，有血碧心丹。嚮長白松花道上，十年游擊，無改容顏。且牽驢一個，揚鞭吾又南還。　大河戰友，卧空壕星枕霜餐。縱九死奚辭，同仇敵愾，驢亦欣然。背送彈丸來到，投將去火海飛翻。踏扶桑明日，振衣重出榆關。

西江月

敬悼美利堅羅斯福總統

一代巨人其萎，兩洋大戰初開。奇謀妙略貯胸懷。永久和平何在。　五十盟邦領袖，古今無二雄才。開羅克米早安排。瞻仰音容不再。

浣溪紗

五月八日夜書三首（其一）

暴雨狂風了却春。褐衫梟相舊天神。米蘭乞命汝何人。　十萬軍容如泡影，二三子不作降臣。倒懸猶是宰官身。

浣溪紗

五月八日夜書三首（其二）

囊底倫敦探手回。氣吞世界尚驚猜。花旗已出受降臺。　卐字何曾飛赤塔，一身先自付黃埃。戈林鼠輩本非材。

浣溪紗

五月八日夜書三首（其三）

百戰成功萬骨枯。墨希徒党盡成俘。裕仁今日亦窮途。　切腹原知俄頃事，反攻苦望自由區。吉坡車子滿郊衢。

永遇樂

送陳納德將軍返國，用稼軒韵

驅海鞭江，騰雲拿日，天外來處。隊整遥空，簇新堡壘，取次扶搖去。名題十四，威聞世界，吾願健兒長住。七年來坤乾運轉，論功第一飛虎。　已饑〔飢〕已溺，蹈湯赴火，難得義無反顧。戰鬥千場，氣吞三島，歷歷航行路。暫時言別，廣陽壖上，響遍簫鐃鈸鼓。爭相問，明年此地，果重到否。

漁家傲

歌頌原子彈

一彈破空倭胆裂。長崎廣島紛摧折。何物能將時代劃。原子力。五光十色真奇絶。　勝利應歸鈾所得。從今減少無辜血。不朽英雄歐海麥。垂史册。其中秘密何須揭。

點絳唇

八月十日夜聞倭請降（其一）

倭已投降，半張號外分明見。相看色變。大字燈前眩。　喜極翻疑，泪滿慈親面。閒庭院。兒歡女忭。鞭爆聲成片。

點絳唇

八月十日夜聞倭請降（其二）

皖鄂東川，九年流落真如夢。以前種種。痛定還思痛。　死裏逃生，勝利同歌頌。歡呼共。一時群衆。火炬街頭擁。

鷓鴣天

十二日讀第四號號外

聖戰神州語不慚。長崎一彈復何堪。億民玉碎尋常甚，説夢痴人尚阿南。　降表遞，爾心甘。共榮東亞笑奇談。此圈勾却天皇號，九度明朝八一三。

鷓鴣天

十三日書示兒輩

獨霸專橫勢未能。八紘一宇亦何曾。果然聽到金鷄叫，落日西沉最下層。　終覆滅，傲驕矜。多行不義力難憑。邦人及早苞桑計，戒懼冰淵若不勝。

中興鼓吹卷四

竹枝

檢篋得鐃歌殘稿六章，猶是旅居漢口時作（其一）

慷慨從戎盡少年，軍人魂各繫腰偏。請君莫奏江南弄，聽唱鐃歌陣地前。

竹枝

檢篋得鐃歌殘稿六章，猶是旅居漢口時作（其二）

馬上英英對敵時，歸來蘸血寫歌辭。合爲一手真豪舉，捉住槍枝與筆枝。

竹枝

檢篋得鐃歌殘稿六章，猶是旅居漢口時作（其三）

打釘要銳必純鋼，是好男兒上戰場。驚動一村小兄弟，今朝歡送我離鄉。

竹枝

檢篋得鐃歌殘稿六章，猶是旅居漢口時作（其四）

不惜頭顱争正義，甘損性命作前驅。閨中少婦相誇耀，都道兒夫大丈夫。

竹枝

檢篋得鐃歌殘稿六章，猶是旅居漢口時作（其五）

他年好給兒孫說，父祖曾留護國功。不是一番心力換，那能雄立亞洲東。

竹枝

檢篋得鐃歌殘稿六章，猶是旅居漢口時作（其六）

銅樂由來未有詞，因聲傳字發雄思。詞成早付軍中唱，亦是鐃歌亦竹枝。

看花回

玖瑩將度遼，予亦待機東歸

嶺外溪山一抹青。舊夢分明。兩年契闊音書少，正不期執手渝城。重逢無別語，還指新醒。　鐵馬金戈換太平。至竟收京。來朝迎我秦淮棹，看榆關月照兄行。分飛南北燕，又是離情。

沁園春

城中傳誦毛潤之《雪》詞，亞子、君左均有和作，予次韵，仍咏雪

白雪何辜，黑水纔收，碧血還飄。念無端擁積，予懷耿耿，何時安息，天下滔滔。地割鴻溝，名題雁塔，越是培塿自顯高。朔風裏，只花飛六出，那算妖嬈。　如今夢想都嬌。看萬紫千紅柳舞腰。惜殘梅數點，經霜憔悴，孤松貞挺，顧影蕭騷。日落荒江，柝傳遠戍，大漠盤旋隼與鵰。冬將盡，待蘇回九九，春到明朝。

臨江仙

桃花魚一名降落傘魚，蓋水母也。共旭初、充和詠之

剪取嘉陵波一掬，未曾落盡桃葩。幾分春色供山家，芬芳都不是，朵朵白蓮華。　　笑汝揚鬐還唼喋，玻璃碗裏無他。浮沈空際競紛拏。過江何限鯽，威武孰能誇。

浪淘沙

書丘逢甲《嶺雲海日樓集》後，時述庭將隨陳公洽長官赴臺灣，即送其行（其一）

夢寐海中山。何限凋殘。嶺雲大句最辛酸。四百萬人同一哭，別矣臺灣。　　點將昔登壇。苦戰鄉關。一朝割弃恨無端。五十年前游釣地，今始能還。

浪淘沙

書丘逢甲《嶺雲海日樓集》後，時述庭將隨陳公洽長官赴臺灣，即送其行（其二）

赤手斬長鯨。豈愧延平。英雄傳裏竟無名。悵望東南天半壁，已負平生。　　內渡只吞聲。天地無情。麻鞋獨自謁明陵。未信全輸成定局，何計虧盈。

浪淘沙

書丘逢甲《嶺雲海日樓集》後，時述庭將隨陳公洽長官赴臺灣，即送其行（其三）

家祭願無忘。遺語心傷。中原北定復南疆。地下有知翁應喜，一統炎

黃。　　天際海蒼蒼。白日輝煌。靈旂黑虎尚飛揚。建座祠堂招毅魄，來享烝嘗。

浪淘沙

書丘逢甲《嶺雲海日樓集》後，時述庭將隨陳公洽長官赴臺灣，即送其行（其四）

夙剚記登臨。石鼓山陰。白頭共我兩沈吟。（同游者彭濟群。）隔海相望何所見，峽樹森森。　　霹靂涌潮音。萬象更新。經營終仗老成人。定使華嚴樓閣現，嘉惠臺民。

一痕沙

初返南京

去日還如昨日。吳蜀原來咫尺。一戰八年多。你知麼。　　舊是空軍航路。也讓先生來去。遙指雨花臺。我歸來。

念奴嬌

喜姚鏡涵司令過我，不相見已二十有三年，京畿游擊屢建戰功，索詞贈別

雨中一葉，指神京來覓兒時游侶。保衛家鄉憑隻手，百戰關山如故。白面書生，八年戎馬，氣概雄於虎。中華男子，姓名狂虜能舉。　　絮語少小歡場，穠春不一再，擲成虛負。雲水乍親還易別，明日兄歸江浦。寥沉青天，淒涼黃土，長望淮南路。（時聞雲霈噩耗。）舊時戰壘，將軍重建旗鼓。

鷓鴣天

喜嘯天至

開國人豪幾輩流。平居每抱百年憂。袖中尚有匡時略，眼底何人一九

州。　　歸趙璧，補金甌。中興還仗老成謀。風從不必江東士，且喜將軍未白頭。

菩薩蠻

客談碭山趙毓政死事

白雲飛動風難止。丹心碧血垂青史。芒碭亂山中。新添一鬼雄。　　果然奇女子。自了恩讎事。皓月耿孤心。寒梅萬古吟。

滿江紅

還都

淚眼看天，還都矣龍蟠虎踞。應慶幸蔣山無恙，陵園雲樹。百戰居然完大任，八年淪陷民何苦。聽道旁父老簞壺來，從頭訴。　　流徽榭，邀笛步。鷄鳴寺，雨花路。盡頹垣敗壁，荒畦廢圃。蒿目瘡痍誰慰藉，饑〔飢〕寒遍地誰安撫。莫歡欣今日凱歌回，同歌舞。

虞美人

塞上月夜

錦雲簇擁天山雪。一片秦時月。却從杯底說黃河。不道陽關西出故人多。　　吐番瓜果奇臺酒。一往休回首。可堪直北望伊犁，已是茫茫烟霧正迷離。

浣溪紗

別喀什噶爾

素帕纏頭二尺長。隨身大饢出東邙。玻璃墳墓姓名香。　　三宿空桑疏附好，一彈胡撥霸郎狂。始知喀什即天方。

霜天曉角

輪臺

輪臺過矣。一瞥三千里。回望沙洲浮翠。層雲上歌聲起。　古來邊戍地。枕戈追旅思。今日何分南北。十三族一家耳。

浣溪紗

焉耆寫懷

哈密甜瓜喀什刀。火州到處熟蒲桃。庫車花朵女兒嬌。　又向焉耆馳駿馬，未能和碩結蒙包。天山南北路迢迢。

凄凉犯

從庫爾勒還焉耆，夜行沙漠中作

七星在北天空闊，奔車暗裏何托。地無寸草，駝多白骨，動心驚魄。征衣正薄，任長夜飄流大漠。獨行人迢迢萬里，奇遇自開拓。　曾共諸年少，擲果分瓜，綠洲歡樂。應還笑我，舞婆娑不辭羊酪。信美邊城，也相與重留後約。望焉耆漸近，水上月已沒。

摸魚兒

鐵門關道中記那絲爾語

問媧皇情天何屬。人間有恨誰補。鐵門關外迎郎石，當日坐留痴女。凝望處。嘆紅淚空啼，一別成辜負。棗娘千古。但不少恩讎，分明怨恨，哈薩客能賦。　流波碧，孔雀雙成飛舞。曾經幾度寒暑。男兒要重千金諾。便教死生相許。君記否。已四海一家，同命心當與。出關東去。看素帕纏頭，繡花滿帽，歡笑盡情侶。

浣溪紗

偕蔭國興隆山謁成陵遂至太白泉（其一）

無敵金戈一世驚。風雷迅掃兩洲平。至今誰不仰威名。　百戰而歸真好漢，相隨江左老書生。興隆來弔大王陵。

浣溪紗

偕蔭國興隆山謁成陵遂至太白泉（其二）

太白風流映大千。虬松古柏不知年。且携短策飲清泉。　西北高樓看落日，東南孔雀化飛仙。纔從鳥嶺到山巔。

水調歌頭

去年中秋與黃達雲有游湖之約，其夕雨作，達雲過我，談至午夜始去，不覺又一年矣。感成此調，步東坡原韵，即寄達雲

賞月已無月，蔽景九重天。故人招游湖上，彈指忽經年。正是天山歸後，暗裏咨嗟不已，斯世別炎寒。桑海感今昔，秋氣有無間。　對殘蠟，窗外雨，不成眠。十年未盡離亂，骨肉幾家圓。放眼江淮遼薊，水火刀兵浩劫，苟活命難全。我爲光明祝，今夜見嬋娟。

大有

去年登高桃葉渡大集成酒家，風景猶昨，倏又重九至矣。用潘希白九日詞原韵

一面鍾山，半灣淮水，是去年今日重九。共登臨當樓景物還舊。雲鬟再把金杯勸，佳節茱萸相候。數遍地北天南，最難蟹肥花瘦。　　琴弦斷，將進酒。君不見新亭淚侵衫袖。秋意如何，看取冷蟬髡柳。指點雁行過盡，斜陽裏休休回首。更誰笑落帽風前，行歌醉後。

好事近

三十六年在寒齋守歲，有客扣扉，抵掌作長談，且語且書，客去而七詞成，不復排次，亦不知其爲願望語、憤誹語、傷感語、勉勖語，抑祝賀語也。聊寫一時心影，不足計詞之工拙耳（其一）

燒燭影搖紅，搖過今宵除夕。來日又迎元旦，已芳齡三七。　　少年憂患汝曾經，中年樂能必。安得無災無難，祝年年安吉。

好事近

三十六年在寒齋守歲，有客扣扉，抵掌作長談，且語且書，客去而七詞成，不復排次，亦不知其爲願望語、憤誹語、傷感語、勉勖語，抑祝賀語也。聊寫一時心影，不足計詞之工拙耳（其二）

光復舊山河，只道匈奴已滅。念我百年冤恥，早從頭昭雪。　　都門前歲始歸來，再見地龜裂。依舊相煎萁豆，是何家豪杰。

好事近

三十六年在寒齋守歲，有客扣扉，抵掌作長談，且語且書，客去而七詞成，不復排次，亦不知其爲願望語、憤誹語、傷感語、勉勖語，抑祝賀語也。聊寫一時心影，不足計詞之工拙耳（其三）

枕上夢徒圓，夢醒依然寥廓。孤負十年光景，剩空中樓閣。　　多情猶有護花人，淚眼看花落。苦望東風庭院，又棠梨紅藥。

好事近

三十六年在寒齋守歲，有客扣扉，抵掌作長談，且語且書，客去而七詞成，不復排次，亦不知其爲願望語、憤誹語、傷感語、勉勖語，抑祝賀語也。聊寫一時心影，不足計詞之工拙耳（其四）

屈指好花時，燕子鶯兒蝴蝶。爭向一枝飛繞，掠盈盈春靨。　　殘年誰共素心梅，松針竹多葉。只有歲寒良伴，在江湄山缺。

好事近

三十六年在寒齋守歲，有客扣扉，抵掌作長談，且語且書，客去而七詞成，不復排次，亦不知其爲願望語、憤誹語、傷感語、勉勖語，抑祝賀語也。聊寫一時心影，不足計詞之工拙耳（其五）

我未畢其辭，憤起坐間狂客。新歲一新身手，試人間寬窄。　　輪拳打破鳳凰籠，趁汝未頭白。好漢從來無畏，見吾儕風格。

好事近

三十六年在寒齋守歲，有客扣扉，抵掌作長談，且語且書，客去而七詞成，不復排次，亦不知其爲願望語、憤誹語、傷感語、勉勖語，抑祝賀語也。聊寫一時心影，不足計詞之工拙耳（其六）

客語不曾終，即席重申吾説。惟願歲新行憲，作人民喉舌。　　譬如今日降新生，胸懷一時熱。從此發揚蹈厲，使同盟心折。

好事近

三十六年在寒齋守歲，有客扣扉，抵掌作長談，且語且書，客去而七詞成，不復排次，亦不知其爲願望語、憤誹語、傷感語、勉勖語，抑祝賀語也。聊寫一時心影，不足計詞之工拙耳（其七）

客退我濡毫，好事近成盈幅。聊作誓詞而已，願吾儕同勖。　　迢迢夜盡即光明，歡迎一窗旭。且看回環亥子，似貞元相屬。

鷓鴣天

重過鳩江，愷鍾同行

扶夢重來話海桑。鳩江宛在水中央。依稀燈火羅家閘，眼底都成瓦礫場。　栖道路，載流亡。浮萍斷梗尚陶塘。人間何世今猶昔，十載風塵驗鬢霜。

滿江紅

下關靜海寺三宿岩，相傳虞允文破金師歸後駐此

千古龍江，說當日曾眠忠肅。掃敵後振衣江上，於焉三宿。南渡朝廷糊紙耳，假兹一戰爲張目。是書生立志要饑〔飢〕餐，胡兒肉。　亭已圮，花猶馥。岩尚在，鳴鷄觸。感慘勝奚驕，幸何自足。如此棟梁誰愛惜，讓他鷹犬成人物。縱金亡宋豈便能安，看蒙兀。

清平樂

吴曼公夢中得句醒後足成此調，遯庵和之，予亦繼聲

無情風雨。只有春難住。泪眼留春成獨語。孤負春光如許。　年年開落匆匆。回頭又惜春紅。收拾殘花一瓣，深深藏我心中。

水調歌頭

戊子中秋夜，偕叔清、可瑞泛舟北湖玩月。還都後，年年此夕有雨。舊與黄達雲約，迄未得踐。今達雲在長沙，恨是游之不與共也。因再次坡韵寄之，并柬宋蔭國漢口

眼底一湖水，頭上是青天。不看今夜明月，惆悵已三年。難得冰蟾重見，依舊流離道路，依舊遍孤寒。下界滿烽火，地獄在人間。　放船

處，荷萬柄，客難眠。偶來世外偷息，鷗夢暫時圓。只惜俊游舊侶，馳逐湖湘戎馬，歡樂未能全。榮戟當門立，知也對嬋娟。

菩薩蠻

淮舫同沈鏝若

年時曾共巴山雨。燈船更向秦淮聚。把酒酹秦淮。人間幾霸才。　知君猶處士。運掌徒文字。窗外又瀟瀟。停杯話六朝。

卜算子

自笑一首，次稼軒

曾看庾嶺梅，曾跨中條馬。曾過衡陽與洛陽，曾上天山者。　筆禿更無毫，硯破空餘瓦。自笑喉乾舌亦疲，今日何爲也。

中興樂

代跋

十五年間皕首詞。也曾捻斷吟髭。辛酸處。怕是沒人知。　世兒都道邦興矣。歡歌起。勸君須記。吾閣筆是何時。

（南京：建国出版社，1948）

跋

潘式（伯鷹）

往遼瀋變作，失地四省，舉國囂然。謀所以救國無不至。士大夫乃有標榜國難文學者。余讀其辭，類輯録南宋、晚明忠烈士抗節臨命之作，意輒有憾，非謂其不足於忠烈之氣，惡其爲亡國音也。國家今雖危辱，然負地猶東至海，西極於昆侖。英杰之士，繼前軌，納新流，鷹揚鳳起，上下一心，以光禹域。下焉者猶當列於夏康、周宣，何宋、明之足數哉！中興之音，充沛而雄，聞之者懦夫有立志，彼哀以思者不得比。顧余獨未聞有人焉，震發高歌，此其所以爲憾者也。金陵盧冀野出樂府一帙，余讀之躍起曰："在斯矣！"遂題之爲《中興鼓吹》。桐城姚氏不云乎？得於陽與剛之美者，其文如霆，如電，如奔騏驥，如鼓萬勇士而戰之。嗚呼，知此者，可與讀盧子之歌。

龍沐勛（榆生）

治世之音安以樂，亂世之音怨以怒，亡國之音哀以思，於斯三者何居？願以質諸冀野。曩與冀野共事暨南，值淞滬戰後，外侮日亟，國勢阽危，思以激揚蹈厲之音振聾瞶，期挽頹波於萬一。乃相與鼓吹蘇辛詞派，以爲生丁衰亂之秋，不見怨悱之言，是謂尸居餘氣。悲憤之音作，相感相應，旁薄充盈乎宇宙間，浩乎沛然而莫之能禦。撥亂世而反之正，意在斯乎！意在斯乎！予既轉徙嶺南，冀野危弦獨撫，逾年相見，所積遂多。題曰《中興鼓吹》，將以鼓吹中興之業也。哀莫大於心死，而聲音之道恒與政通。有心哉若人！予亦〈以〉餘勇可賈矣。

任訥（中敏）

五萬萬人中讀詞有感者，充其量萬之一。感而嘆，嘆而已者，千萬人；感而憤，憤而待者，千百人；感而憤，憤而作者，三五人耳。雖然，三五人作，而千百人應，千萬人從，斯可以中興矣。於是冀野鼓吹。

林庚白（衆難）

辛、劉雅健，姜、張清快，殆兼而有之。沾沾以聲學自喜者流，本是晚近詞匠見解，豈足語於吾冀野之《鼓吹》。

陳匪石（小樹）

陳同甫《水調歌頭》云："堯之都，舜之壤，禹之封。其中應有一個半個恥臣戎。"劉後邨《玉樓春》云："男兒西北有神州，莫滴水西橋畔淚。"詞嚴義正，上比《春秋》。而前乎此者，岳武穆《滿江紅》云："壯志飢餐胡虜肉，笑談渴飲匈奴血。"義憤填膺，目無強虜。使建炎、紹興間人人皆武穆，則中原早復，弱宋無譏，陳、劉之詞，可以無作矣。今者蠻夷猾夏，九州飆馳，凡爲含生負氣之倫，咸抱敵愾同仇之志，無待同甫目穿，後邨口苦，其言其行，皆與武穆合符，炎黃有靈，安攘可必。盧子冀野《中興鼓吹》，此物此志也。余受而讀之，爲《滿江紅》《水調歌頭》《木蘭花慢》《賀新郎》《沁園春》《水龍吟》《太常引》《鷓鴣天》《點絳唇》《摸魚子》《破陣子》《百字令》《西江月》《減字木蘭花》《滿庭芳》諸作，乾坤正氣，大漢天聲，噴薄而出，恰如人人所欲言。且寧顯毋晦，寧樸毋華，井水能歌，老嫗都解。方之於《詩》《風》也，非《雅》也；方之於樂，《鐃歌》也，非《房中》也。而冀野謙讓未皇，曰"雄風托，莫嫌才弱，將我手，寫余心"。嗚呼，冀野之手，四萬萬人之心也。風已雄矣，才何弱乎？讀此集者，如徒於"休將流水勸棲鴉，明日又天涯""東風日日吹青草，未到清明已斷魂"，賞其幽咽！"舊時圖畫，倒影寒潭下""十里晴波，水上風來爽氣多"，稱其雋永！或於"望中應惜西湖好，不作開天亂後看"，"艇子搖來，始覺江南大可哀"，及《鷓鴣天》第一首、《謁金門》《鵲踏枝》諸闋，以爲直逼稼軒，則仍囿於論詞之常談，而未達"天下興亡，匹夫責在"之大義也。至冀野以詞曲鳴當世，謹守聲律，尺寸不逾。而此集若不甚厝意者，實以"鼓吹"名篇，异於"樂章"題集。"今日而言，豈同曩時"，已於《沁園春》自揭之矣。

鄺承銓（衡叔）

愚自癸酉以還，北之燕都，登景山吊明莊烈帝殉國處。東之青丘，望田橫海上之居；南之思明，訪鄭延平百戰之所。胸中抑塞磊落之意，未嘗不旦夕耿耿，思發之於詩歌，顧未暇以爲耳。丙子歲暮歸省，期吾友盧冀野於滬瀆，不值，入都，懷寧潘伯鷹郵贈文一首，則爲冀野作《中興鼓吹序》也。而冀野亦走訪愚，探懷出全稿。所謂"誰知不世凄涼事，又到眼前來"者，只重予人間何世之感。雖然，抗聲誦一過，覺嚮之撐拄吾肝腸而不能自舒者，冀野已爲我吐之矣。烏乎！祖生遂先著鞭，吾黨其可不興起乎？大除前二夕，會冀野及任中敏、臺靜農於秦淮酒肆，轟飲大醉。明日晨起，再取讀，因書其後。

讀《中興鼓吹》　林庚白

陽曆夏四月初一日，冀野盧前造我室。手持《中興鼓吹》稿，乞我即夕爲甲乙。

詞曲與詩君所擅，況用我法十之一。聲名官職兩能兼，蛾眉入門常見嫉。我識冀野性情人，哀梨爽快亦甜蜜。少年頗自負奇氣，殺敵那不勝文筆。近來漢賊多書生，我豈武鄉子秦宓。豐下于思面似孩，無錫泥人差堪匹。見君忽憶黿頭渚，心逐湖山如有失。冀野冀野好男兒，今有倚聲辛弃疾。

題冀野師《中興鼓吹》詞集　楊白華

男兒生世不碌碌，縱橫誰及金陵盧。朝從元戎宴罷腸輪轉，更向酒家呼儓二肩酒百壺。莓苔醉倒坦腹復狂笑，爭指團團面孔鬖鬖鬚。血戰文壇幾輩在，才名今與天壤俱。欲上青雲飲虹吞白日，眼底蠢蠢么麼胡。新辭鼓吹中興樂，文學誰言屬後車。鏤肝刻腎徒自苦，哦吟使我朱顏癯。檀欒金碧七寶譏，薔薇芍藥女郎呀。燒紅霾綠花間死，辛劉終不避豪粗。將手寫心何必拘拘牽挂古，作賦安能擬子虛。如此乾坤非曩昔，吁嗟乎！王師九州同有時，倭兒定是游釜魚。五萬萬人唱破陣，矯捷寧止舞巴渝。夏康周宣何足數，銜璧呃吭張威弧。簫鐃歸朝譜此天聲堂堂之樂府，雄風薄海無時無。

鷓鴣天·讀《中興鼓吹》　李冰若

七寶樓臺眩目迷。田荒玉老費東菑。誰將慷慨幽并調，净洗纏綿兒女詞。

新意境，舊文辭，心兵百煉出雄奇。憑君高唱中興樂，鼓吹光華復旦時。

西江月·書《中興鼓吹》後　成善楷

舟楫紛紛南北，山河莽莽東西。登臨還與送斜暉。多少秣陵舊事。
萬恨皆來眼底，孤忠欲使天知。從今休抱杞人思。一卷《中興鼓吹》。

臨江仙·讀《中興鼓吹》　陳海天

掃盡《花間》綺靡語，起衰猛著先鞭。氣吞蓬島挾幽燕。文章開國運，誰敢在盧前。　笑殺新亭空灑泪，時危噤若寒蟬。中興旗鼓看君肩。三撾催日落，寰宇净狼烟。

中興樂·讀盧冀野《中興鼓吹》　殷芷沅

鼓吹中興調幾多，問誰收拾山河。紅螺畔，慷慨試高歌。　醉餘歌歇斜陽匿，南東北，寇氛侵逼，抬望眼，感如何。

請受長纓勇士多,軍聲掀海奔河。中興樂,待譜凱旋歌。　一朝霾淨旄頭匿,看東北,漢威遙逼,齊鼓吹,快如何。

滿江紅·讀《中興鼓吹》和岳忠武韵　江絜生

多難興邦,餘一士吟哦未歇。憂患緊,感君椽筆,鼓吹忠烈。躍馬龍城飛漢將,喧天蜓隊穿雲月。要男兒個個樂從軍,笳聲切。　慈母淚,征衣雪。兒女訊,音塵滅。拼裹尸委骨,水涯山缺。平等鐘催侵略夢,自由花漑仇讎血。聽朱顏裙屐唱收京,春城闕。

木蘭花慢·讀《中興鼓吹》贈冀野先生　蕭家霖

人生慷慨耳,馬蹄疾劍光飛。任斗酒留連,長歌嘯傲,眼底天低。照人肝膽如鏡,憑一諾談笑死如歸。燕趙古稱多有,而今真個幾希。　從戎十載負如斯,憂國不勝悲。感一代才華,《中興鼓吹》,血淚淋漓。踏破鐵鞋難覓,大漢魂浩沛更雄奇!明日荷戈北去,仰天一笑誰知。

盧前佚詞輯存

盧前詞學文集

盧前詞集有《紅冰詞》（收入《盧冀野少作》）、《紅冰詞拾》（收入《冀野選集》）、《望江南・飲虹簃論清詞百家》（附於陳乃乾所輯《清百家詞》末尾）和《中興鼓吹》。

《中興鼓吹》一書版本衆多，最早見於1937年《國聞周報》第14卷第5期，收詞39首。1938年獨立出版社鉛印三卷本，收詞119首。1939年獨立出版社又出鉛印二卷本，收詞110首，刪去了三卷本《糖多令・呈季父石青先生兼示漫君》《浣溪紗・願君》等24首詞作，新增了《烏夜啼・上海陷，工人楊劍萍之死》《琵琶仙・答巽觀》等15首詞作。此外1939年成都黃氏茹古堂刻《中興鼓吹》二卷本，1942年貴陽文通書局鉛印任中敏選《中興鼓吹選》二卷本，1943年永安建國出版社出版《中興鼓吹抄》不分卷等，均在1938年版基礎上進行增補或刪汰。1948年南京版《中興鼓吹》是晚出且收詞最多的版本，共211首，其中126首見於已往各版，另有85首爲1934年後新增之作。

本輯對南京版之外的《中興鼓吹》所選的詞作，以及其他散見於報刊的詞作進行輯錄，共70首，按發表時間爲序排列。

百字令

挽馮夢華太世丈煦

夕陽牛角，者江山半壁，依然鞞鼓。劇盜橫刀天不管，匝地苦風淒雨。蒿目鴻黎，痴心雀鼠，掀髯遲遲去。淮南千里，夢中相見如故。　　驚問今日何時，銅駝無恙，麥秀漸漸路。萬恨從頭提未得，落葉哀蟬情緒。老去填詞，西臺淚盡，字字愁難訴。天津橋上，近來啼鳩聲苦。

（《金陵周刊》1927年第4期）

卜算子

湖口望月

江上一飄孤，江晚秋寒驟。想到蒓鱸未得歸，處處堪回首。　新月孃窺人，也似人消瘦。幾點漁燈隔岸明，却照眉兒鬥。

（《國立成都大學校刊》1930 年第 2 期）

憶秦娥

過夔府

飄然去。江天萬里人何處。人何處。扁舟一葉，同盟鷗鷺。　此生合相蓉城住。此時纔上夔門路。夔門路。中天明月，斷腸詩句。

（《國立成都大學校刊》1930 年第 2 期）

減蘭

投宿榆城，燈下作家書，竟思量十年間事，不禁泫①然，再繫小詞，雜陳楮尾，湖海樓主人有此也

予年十四。閉戶何知天下事。二十文章。博得才名間駱楊。盈盈笑語。記得洞房初見汝。河水東西。兒女成行雜笑啼。

（《國立成都大學校刊》1930 年第 2 期）

減蘭

姑蘇臺下。問字年年人去也。應悔黃庚。細雨江湖夜煮燈。　低個

---

① 泫：或作"泣"，因底本字體而不得確認。

杯酒。輸與翻雲覆雨手。驛路口棺。雪染麻衣不耐寒。

（《國立成都大學校刊》1930 年第 2 期）

減蘭

口長飛短。魑魅搏人天不管。歸鳥無愁。又泛敬亭山下舟。　英雄氣概。皇覺寺前低首拜。一夢口口。何必逢人說鳳陽。

（《國立成都大學校刊》1930 年第 2 期）

減蘭

龍華春色。携汝海隅同作客。三月光陰。多少相憐相愛心。　別情重絮。明日揚帆我又去。萬里風波。母老家貧奈汝河。

（《國立成都大學校刊》1930 年第 2 期）

浣溪紗

抵成都

席帽芒鞋萬里橋。杜鵑休向耳邊驕。不須回首淚痕交。　楊柳情思淮上密，芙蓉春意夢口口。此鄉雖好亦無憀。

（《國立成都大學校刊》1930 年第 3 期）

生查子

重陽有憶

東城夜已深，分手輕成別。扶夢錦江來，又是重陽節。　探家萬里秋，不見門前月。記口口叮嚀，淚與燈花結。

（《國立成都大學校刊》1930 年第 3 期）

生查子

重陽有憶

東園一片情，待與誰人解。飛盡了春紅，怕是朱顏改。　秋來翠葉殘，冬去陽春再。願□我歸時，一樹花還在。

（《國立成都大學校刊》1930 年第 3 期）

壺中天

偕文通莘村小飲枕江樓作

出南闕去，認橋邊紅葉、殘陽在樹。拍遍闌干愁未已，負手小樓無語。萬里秋歸，枕江酒美，休問來時路。漁歌催晚，聲聲却笑羈旅。　最是零亂風燈，幾回悵惘，低誦周郎句。解憶長安天外遠，痴憨猶憐兒女。屈指行程，牽衣問母，不識還如故。相思兩地，也應一樣朝暮。

減字木蘭花

烏絲載酒，一代辭人無敵手。夢月金梁，懷智琵琶擅勝場。　重翻舊曲，不數夷門香草綠。還譜新聲，始覺前賢畏後生。

[邵瑞彭編《夷門樂府》卷首題詞，民國二十二年（1933）河南大學鉛字朱印本]

八聲甘州

答君左

任狂風捲雪打窗來，挑燈且呵毫。笑鐵翁城邊，花蹊舊友，吟興偏饒。多少胡園夢景，吹過采蘋橋。不見當年月，照我征袍。　肯向新亭墮淚，把平生感慨，付與兒曹。有歌詞百首，檀板一時敲。譜清商蘭陵破陣，奏凱旋羯鼓合簫鐃。中興業，亦吾儕事，未許辭勞。

（1938 版《中興鼓吹》卷一）

水龍吟

村居悵鬱無以自遣，輒和榆生

照人千古清輝，團欒明月中天又。罡風夜半，障翳雲翳，頓蒙塵垢。造物無情，一時馳驟，盡陳芻狗。早然犀看取，泥犁世界，魑與魅，街頭走。　　誰謂宵長許久。忍須臾，痴魂相守。雄雞唱曉，掃空見日，重逢依舊。只惜圓蟾，不能留待，晴明時候。剩江山滿眼，荒烟敗草。汝傷心否。

（1938 年版《中興鼓吹》卷一）

點絳唇

讀徽音《記憶》詩極幽婉之致，以爲與白石同趣也，以詞譜之

花外星繁，商弦斷續新涼夜。野荷月大。誰共秋來話。　　沐髮湖風，吹皺魚鱗衩。空牽挂。舊時圖畫。倒影寒潭下。

（1938 年版《中興鼓吹》卷一）

糖多令

呈季父石青先生兼示漫君

望鶴去何方，門庭易夕陽。三十年一度滄桑。地老天荒終不忘，騎竹馬，下高岡。　　杯酒換悲涼，兒時味最長。對青燈莫訴衷腸。説到拈華館裏事，都誤了，好時光。

自注：吾家望鶴岡老宅書齋曰"拈華吟館"，先高祖所命名，余叔任

幼年讀書處也。

（1938年版《中興鼓吹》卷一；最早見於《國聞週報》第14卷第5期，1937）

采桑子

寓樓暮景

倚樓俯視人間世，日落黃昏，電掣飛輪，盡向街燈亮處奔。　意中別有光明在，歡樂長存。爾我相視，同作金剛不壞身。

（1938年版《中興鼓吹》卷二）

摸魚子

鄧雪冰王母夏太君挽詞

所思兮醴陵賢母，母儀足式千古。承家有子綿仁澤，中壘久傳列女。熊丸苦。傍機杼敬姜，燈影圖如許。桐枝英舉。早掣海龍飛，翻波鯨舞，壯氣雄三輔。　長征日。想見少年鄧禹。丁寧多少辭句。送孫別後門前路，白髮幾回延佇。振臂去。才博得，功成慰藉高堂顧。慈音記取。道國是蜩螗，室家莫累，不作婦人語。

自注："國是"二語，據赴書原文，未敢少加潤飾也。

（1938年版《中興鼓吹》卷二）

石州慢

邵翼如挽詞

飲馬城灣，鳴鶴嶺前，詩好曾記。緇塵歷盡歸來，不信能銷英氣。笑談杯酒，原知急湍安鱗，倦禽忍向風林寄。彈雀要隋珠，定安全之計。　何意。驚濤駭浪，江中一葦，幾時纔濟。指望功成，縱使心肝塗地。家居都壞，竟如失火城門，竭池料得魚無備。司馬在人間，問黃泉知未。

（1938年版《中興鼓吹》卷二）

婆羅門引

得慶光蘭州詩知歸有日矣

振衣獨往，隆冬初過定西城。長安回首須驚。遇著一天風雪，冰凍大河橫。動晚來畫角，四面商聲。　最難此情。壁間句，意分明。不是陽春有腳，歸夢何成。屋梁月色，換一曲，甘州調可聽。留尊酒，相待新亭。

（1938年版《中興鼓吹》卷二）

浣溪紗

亦效

亦效儒先直道行，直教憂患一身經，未須時作不平鳴。　江海十年窮教授，真誠兩字盡平生，任他世上說狂名。

（1938年版《中興鼓吹》卷二）

浣溪紗

客中示績繩二弟

臨難耻爲苟免人，沿街報紙更搜勤，不知生死判吾身。　將士執殳咸待命，弟兄同被尚生春，縮頭已自愧逃秦。

（1938年版《中興鼓吹》卷二）

望江南

嘉興道阻，遂至杭州繞道還京，於警報聲中至家門，知我防務鞏固空軍極其神武也

生還矣，入國警聲聞。保衛京都雄實力，護防天塹有空軍，忠勇氣干雲。

（1938年版《中興鼓吹》卷二）

百字令

蕪湖值羅公陶謂近日收集鍾進士畫象不少，將補作科頭垂釣圖，詞以調之

十年小別，又重逢逆旅、拈鬚微笑。不似當時髯似戟，但説新來癖好。著領青袍，綸竿在手，坐向溪邊釣。鍾馗是也，先生心畫之稿。　爲問今日何時，倡狂小鬼，白晝梁間跳。進士有靈應不負，捉鬼平生懷抱。魑魅當前，見之指動，劍必先離鞘。果然驅惡，添它一頂紗帽。

（1938年版《中興鼓吹》卷三）

柘枝引七章[①]

扶餘海外廑成邦，欲念竟難降。輸與虬髯客，違天乃自取於亡。（太原）
又牽麋鹿上蘇臺，花草盡堪哀。觸鼻羶腥氣，颽風送汝虜倭來。（蘇州）
臨流北固好江山，草樹夕陽間。鐵馬金戈在，瓮城一去幾時還。（鎮江）
天崩地坼陷南都，碧血總模糊。坐想臺城路，零烟斷雨夜啼烏。（南京）
吳山立馬汝休驕，衰柳不成條。試看完顏亮，到頭逐臭浙江潮。（杭州）
青徐屏障歷陽城，嗚咽暮潮聲。坐失黃河險，空餘死士吊田橫。（濟南）

---

① 亂之格律亦爲《柘枝引》，此組《柘枝引》共八闋。

何須饒舌作人言，穢迹聖門前。鳴鼓攻之可，敢栖蠻貊杏壇邊。（曲阜）亂曰：雖然頑寇苦相侵，消息愼推尋。小敗原成勝，一時得失豈灰心。

（1938 年版《中興鼓吹》卷三）

鷓鴣天

抗首風塵好女兒，溫文婀娜亦雄奇。才難上國冠多士，秀出中州筆一枝。　珠玉唾，彈花飛，人天消息兩無違。潘楊湖水金梁月，交臂當時卻恨誰。

［上海圖書館文化名人手稿館所藏盧前手迹，趙清閣女士 1999 年捐贈，作於民國二十七年戊寅（1938）農曆五月初七］

鷓鴣天

絕代佳人顧太清，縞衣怳似御風行。世間只道漁歌好，一樣流傳漱玉名。　辭委婉，意分明，依然蕉萃羽琼生。酒邊別定酸心處，明日揚帆萬里程。

宋有李清照，清有顧太清，女作家之以清爲名者，靡不卓然可觀，宜吾清閣震爍於今之文壇也。小詞聊博一笑耳。戊寅重五後二日，冀野。

［上海圖書館文化名人手稿館所藏盧前手迹，趙清閣女士 1999 年捐贈，作於民國二十七年戊寅（1938）農曆五月初七］

鷓鴣天

讀逸民兄良師救國篇書後

老定當年語可疑，但開風氣欲何爲。（注一）要能自覺兼他覺，豈獨前知詔後知。　人所患，好爲之一。（注二）果然報國我奚辭，堅持書本成何用。好個人師即業師。

（注一）龔定庵詩"但開風氣不爲師"，專指學術而言則可，於教育意義殊不相合也。

（注二）孔子曰"人之患在好爲人師"，見《論語》，重在"好"字。

[（漢口）《教育通訊》1938 年第 11 期]

鷓鴣天

讀逸民兄良師救國篇書後

樂敬創專四業成，"問心無愧"好先生。毛奇曾有歸功語，（注三）教戰安能恥不明。　謀建國，計先行。吾儕從此結新盟。無忘雙六（注四）逢今日，弦誦聲中殺伐聲。

（注三）普法之役，德勝法，毛奇將軍歸功於小學教師。
（注四）六月六日教師節，亦稱雙六節。

[（漢口）《教育通訊》1938 年第 11 期]

浣溪紗

題雪翁蓮塘佳侶圖

照鏡新添幾點霜。紅情綠意兩難忘。不堪重入少年場。　弱水三千珠作泪，后湖一夜玉生香。白蓮花裏聚夗央。

[《時事新報（重慶）》1942 年 3 月 2 日第四版]

減字木蘭花

題謝章鋌《詞學纂說》

指迷樂府，律海探源宮換羽。詞裏滄浪，天水堂堂沈與張。賭棋草創，赤幟巋然閩海上。暖眼殘編，想見精勤落筆前。

自注：義父《指迷》、叔夏《詞源》，爲詞話之始。閩中作者，以前所知，枚如先生其首也。崇齋出示《纂說》稿本，蓋《賭棋山莊詞話》

之資餉，可珍也。率題《減字木蘭花》一闋於後。壬午歲不盡三日，金陵盧前榕城寓樓燈下記。

［福建圖書館藏謝章鋌《賭棋山莊稿本》卷末，盧前詞後鈐"冀野經眼"陽文篆印一枚，且稿本卷首題簽："謝江田夫子手稿。沈祖年珍藏。受業何振岱敬讀一過。"當作於民國三十一年壬午（1942年12月29日）］

媚眼兒

吉山夜月

一盤明月艷中天，愁積夜如年，吉山雲樹遮難住，清影弄窗前。　也知今夕嘉陵上，它正照無眠，及時餐飯，別來衣絮，都到愁邊。

（《力行月刊》第1卷第1期，1944）

點絳唇

題逍遙伉儷集

閬榜逍遙，十年轉眼拋人去。幾多甘苦。一聽巴山雨。　鵬翼珠光，合向飛來住。惜如許。海天今古。抱作華姿舞。

［（重慶）《南風月刊》1945年第2期］

補于右任浪淘沙‧黃鶴樓殘句

報國志難酬。歷歷恩仇。強裁心事一登樓。

（《中央日報》副刊《泱泱》1947年5月10日）

浣溪紗

爲惜芳菲步紫霞，白雲未許洞邊遮，也無消息到梅花。　劫後殘山成故舊，眼中老樹越槎枒。一春景色落誰家。

(《中央日報》副刊《決決》1947年3月5日)

浣溪紗

聞道春來萬象新，尋春東陌障紅塵，樓臺依舊寂無春。　一片隨波吹細細，小窗橫幅寫真真，真教惱殺護花人。

(《中央日報》副刊《決決》1947年3月5日)

菩薩蠻

萬全酒家夜酌獨憶夏湛初、周蓮潔、許壽恒諸君子

銜杯却憶從前樂，秦淮水榭羅春□。劫後事全非，鶯花笑我歸。　少年今亦老，澆酒墳間草。曾此共開懷，幾人去不來。

(《中央日報》副刊《決決》1947年3月24日)

浣溪紗

七七十一周年紀念

舊影幢幢當眼前，蘆溝一彈□燈筵。星宵乍□戰書傳。　□□民□惟興奮，一時悲喜口難言！可憐忠義薄雲天。

(《中央日報》副刊《決決》1948年7月7日)

浣溪紗

七七十一周年紀念

屈指驚心十一年，已教到處感桑田。人間何世有今天。　多少流民

存道路，依然江海滿烽烟。盈胸憤恨豈能蠲。

（《中央日報》副刊《泱泱》1948年7月7日）

浣溪紗

十一月十三夜書

月暗雲昏眼倦抬，繞窗小院幾徘徊。更何言語祝泉臺。　擾擾一年猶未盡，幢幢舊影上心來。關河風雪只堪哀。

（《中央日報》副刊《泱泱》1948年11月17日）

浣溪紗

十一月十三夜書

五十孤兒尚幾何。原知來日亦無多。抱書入海避風波。　攝養猶能全酒戒，持身豈患久蹉跎，思親苦望夢中過。

（《中央日報》副刊《泱泱》1948年11月17日）

浣溪紗

十一月十三夜書

餘智囊中笑故吾，一籌難展毋知無。應憐日夜費踟躕。　十口之家成累贅，那堪流轉更江湖。男兒空負好頭顱。

（《中央日報》副刊《泱泱》1948年11月17日）

浣溪紗

十一月十三夜書

倦鳥歸時得暫安，一枝又作道旁看。舳艫回望路漫漫。　安德門前三尺土，人生今日復何歡。何如長此伴親顏。

(《中央日報》副刊《泱泱》1948 年 11 月 17 日)

浣溪紗

十一月十六夜再書

上供朝朝過影堂。萱枯庭草亂無章。每逢月夜益凄凉。　疾苦生年都歷遍，兒孫身後莫思量。眼前猶是聚家鄉。

(《中央日報》副刊《泱泱》1948 年 11 月 18 日)

浣溪紗

十一月十六夜再書

未覺門東曲經幽。流天大月滿簾〔鐮〕鈎。可能夢到望南樓。　行藥回燈傷鬢白，嚼梨飲泪化腸柔。此時爭不念徐州。

(《中央日報》副刊《泱泱》1948 年 11 月 18 日)

浣溪紗

十一月十六夜再書

才聽高樓有笑聲。龍江關下大江橫。西風日日送人行。　三宿桑空知過客，九張機尚托勞生。縱然留汝亦何能。

(《中央日報》副刊《泱泱》1948 年 11 月 18 日)

浣溪紗

十一月十六夜再書

娛母兒常獻小詞。詞成曾記母吟之。者般月色坐窗時。　今夜冰蟾兒獨對。霜風吹句到山遲。嚴城有禁母寧知。

(《中央日報》副刊《泱泱》1948年11月18日)

浣溪紗

十一月十七日夜又書

談笑居然集故人，紅梅廳上暖於春。當筵停箸議紛陳。　苦口直教良藥廢，瘁身曾不與民新。异時誰爲説緣因。

(《中央日報》副刊《泱泱》1948年11月20日)

浣溪紗

十一月十七日夜又書

到此真成去住難，西南天地勸人還。出門豈覺路途寬。　誰遺風花銷歲月，只憑魂夢度關山。同時冰炭在胸間。

(《中央日報》副刊《泱泱》1948年11月20日)

浣溪紗

十一月十七日夜又書

母在曾看再破家，更無家破不須嗟，劫餘老屋幾間斜。　室有殘書將萬册，樹無成幹著枝花。筆耕守我舊生涯。

(《中央日報》副刊《泱泱》1948年11月20日)

浣溪紗

十一月十七日夜又書

不老河南羽檄傳，秦淮月正向人圓。今宵重理四條弦。　舊曲聞鈴思董女，新詞送影步張先。知誰負手晚風前。

（《中央日報》副刊《泱泱》1948 年 11 月 20 日）

浣溪紗

二十日以來三夜又成八首①，將止於此矣

燈火蕭蕭益苦辛，於時何補費精神。百無一用笑詞人。　鼓吹猶堪揚士氣，經句宵坐爲誰呻，世間那有百年身。

（《中央日報》副刊《泱泱》1948 年 11 月 24 日）

浣溪紗

二十日以來三夜又成八首，將止於此矣

盡日關心最碾莊，會師誰不望邱黃，字傳捷訊吐光芒。　火許家連新穀子，徐南宿北幾沙場，一村一落總難忘。

（《中央日報》副刊《泱泱》1948 年 11 月 24 日）

浣溪紗

二十日以來三夜又成八首，將止於此矣

大地春回草木榮，云何草木亦成兵，白雲紅樹未分明。　兩字人間疑語讖，八公山下播風聲，淮南鷄犬各心驚。

（《中央日報》副刊《泱泱》1948 年 11 月 24 日）

---

① 原爲八首，編校時刪去一首。

浣溪紗

二十日以來三夜又成八首，將止於此矣

少小交期幾願留，沈侯五十忽平頭，羲之九日帖曾勾。　　臨遍平羌重告誓，六峰苦與世沉浮，近來寄羨到沙漚。

（《中央日報》副刊《泱泱》1948年11月24日）

浣溪紗

二十日以來三夜又成八首，將止於此矣

清早排屝挾我游，適兮爲我解煩憂，吉坡車子似青牛。　　安得化胡如老子，出門依舊是神州，可容岩壑足風流。

（《中央日報》副刊《泱泱》1948年11月24日）

浣溪紗

二十日以來三夜又成八首，將止於此矣

一過上方接晚烟，幾株紅葉望咸田，郊畿還似隔層天。　　淳化得名因宋□，肩輿載道憶童年，探囊只少太平錢。

（《中央日報》副刊《泱泱》1948年11月24日）

浣溪紗

二十日以來三夜又成八首，將止於此矣

劫後梁臺土一抔，秦淮於此水西回。珠峰門外齊斜暉。　　姑孰請游嗟已晚，我來十月鴨初肥。春華樓額正當眉。

（《中央日報》副刊《泱泱》1948年11月24日）

鷓鴣天

五月二十五日破曉上解放作

夜半機槍戛軋鳴。郊區戰炮漸無聲。一樓托命留親友，半月危城共死生。多憤慨，轉歡騰。暗中倏忽已天明。高歌實現新民主，笑看紅軍大道行。

(《大報》1949 年 8 月 20 日)

水調歌頭

送文藝工作者北上

布爾什維克，崛起自工農。輝煌無產階級，號召海西東。共爲人民服務。創造新型社會。打破狹之籠。赤幟展開處，歡唱萬方同。　象牙塔，今夢醒，去何從。服膺馬列主義，不再坐沙龍。要向人民學習。還與工農結合。扛筆作先鋒。劃代新文藝，事業正無窮。

(《大報》1949 年 8 月 21 日)

醉鄉春

新文友頌

誰是文壇祭酒。慢舉姓名誰某。烟囱下，稻田邊，短斧長鐮隨手。也可詩成千首。句句流傳人口。真言語，出心頭，藝文工作新朋友。

(《大報》1949 年 8 月 24 日)

最高樓

看李闖王話劇

迎王日，農不納糧錢。好享太平年。縱教寧武烽烟阻，闖旗一直指幽燕。歷辛艱，終站在，萬民前。　可恨是，百官忘故步。可痛是，三軍被此誤。掌上舞，醉中眠。那關韉韃威風大，自家腐朽敗之源。幕中人，留教訓，給留傳。

（《大報》1949年8月25日）

鷓鴣天

寄一兄書至，謂恩來先生垂注近況，盼早北上，詞以代復

解放區看明朗天。勞勞北馬與南船。安排馬列三千册，記別燕京十七年。　初改造，費鑽研。故人情意問盧前。揭來收吸新知識，手寫新詞付管弦。

（《大報》1949年8月30日）

采桑子

題齊白石老人畫

石翁老筆何神妙，不畫閒鷗。不畫泥鰍。獨畫鐮刀與斧頭。　誰人不向工農看，致敬工樓。致敬農疇。却被齊家一幅收。

（《大報》1949年8月31日）

木蘭花慢

丹娘

勇哉索雅女，獨相抗、法西斯。果不屈不撓，成仁取義，一死無辭。當時。林間被縛，雪山中裸背受鞭笞。聳鼻任教火烙，挺胸何懼凌遲。　驅馳。信念自堅持。翡〔悲〕壯孰如伊。看弱小丹娘，幾年游擊，永係人思。紅旗。一抔黃土，寫史詩萬古吊蛾眉。天地長留毅魄，雄風直愧男兒。

（《大報》1949年9月2日）

念奴嬌

雨

一番洗滌，這些時盡是，主風微雨。只有狂飆，才快意，野馬游絲無據。蛛網檐前，蟻行階下，指望終相聚。破空雷震，沛然莫之能禦。　　縱教屋漏墻濕，當門積潦，蕩盡塵多處。過了天青，迎曉色，又見太陽高舉。兵習晨操，農耕於野，工亦揮其斧。風光無限，不妨寫入詞句。

（《大報》1949年9月3日）

臨江仙

惆悵年年今夜月，清輝偏照遼東。少年落落氣如虹。果然投筆起，萬里去從戎。　　衰病一身真老矣，頹唐應笑而翁。南天倚杖望歸鴻。深宵人不寐，掠鬢盡霜風。

（1950年1月10日《大報》連載《柴室小品》之《月當頭夕》）

浣溪紗

元旦試筆

服務人民筆一枝。今年準備寫新詞。平臺收藏此其時。　　抗美援朝須貫徹，保家衛國莫延遲。凱歌高唱我雄師。

（《大報》1951年1月1日）

生查子

元夜賞燈記

燈行元夜時，牛與犁耙共。後路到前街，歡笑聲轟動。　　萬人空巷來，口口勞農頌。更有播音機，歌唱空中送。

（《大報》1951年2月24日）

望江南

題和珠玉詞

蘋香例，常派有斯人。直向易安分一席，高梧家學本清真。二晏得傳薪。

昔年讀尊君《和小山詞》，今得見此卷，於是同叔父子并有繼響，爲不寂寥矣。

（趙尊嶽、趙文漪合著《和小山詞・和珠玉詞》，上海古籍出版社，2004）

《詞略》選目

盧前詞學文集

《詞略》選目及集評校録

[民國三十三年（1944）十一月中國聯合出版公司印行本]

一　唐

1. 李白，録兩首

《菩薩蠻（平林漠漠烟如織）》《憶秦娥（簫聲咽）》

論詞家當首數李白，此詞實冠古今，非後人可以僞托。想其情境，殆作於明皇西幸之後。劉融齋謂："兩首足抵杜陵《秋興》。"信然。

2. 温庭筠，録十七首

《菩薩蠻（小山重疊金明滅）》《菩薩蠻（水精簾裏頗黎枕）》《菩薩蠻（蕊黄無限當山額）》《菩薩蠻（翠翹金縷雙鸂鶒）》《菩薩蠻（杏花含露團香雪）》《菩薩蠻（玉樓明月長相憶）》《菩薩蠻（鳳皇相對盤金縷）》《菩薩蠻（牡丹花謝鶯聲歇）》《菩薩蠻（滿宮明月梨花白）》《菩薩蠻（寶函鈿雀金鸂鶒）》《菩薩蠻（南園滿地堆輕絮）》《菩薩蠻（夜來皓月纔當午）》《菩薩蠻（雨晴夜合玲瓏日）》《菩薩蠻（竹風輕動庭除冷）》《更漏子（柳絲長）》《更漏子（星斗稀）》《更漏子（玉爐香）》

《花庵詞選》謂："飛卿詞極流麗，宜爲花間之冠。"劉融齋云："飛卿詞精艷逼人。"陳亦峰《白雨齋詞話》云："所謂沉鬱者，意在筆先，神餘言外，寫怨夫思婦之懷，寓孽子孤臣之感。凡交情之冷淡，身世之飄零，皆可於一草一木發之。而發之又必若隱若現，欲露不露，反復纏綿，終不許一語道破。匪獨體格之高，亦見性情之厚。"此語惟飛卿足以當之。蓋唐人爲詞，至飛卿始專力治之。其詞全祖風騷，不僅在瑰麗〈中〉見長，大中時，宣宗愛《菩薩蠻》，丞相令狐綯乞假手以進，戒令勿他泄，而遽言於人，由是疏之。今所傳《菩薩蠻》非一時一境所爲，自抒性靈，旨存忠愛。張皋文謂："皆感士不遇之作。"就其寄托深遠者言之。即直寫景物，不事雕繢處，亦復絕不可追及。

二　五代

3. 南唐中主李璟，錄二首

《山花子（菡萏香銷翠葉殘）》《山花子（手捲真珠上玉鉤）》

"中主詞以此二首爲最，其佳處在於沉鬱。一曰：'不堪看。'一曰：'何限恨。'其頓挫空靈處，全在情景融洽，不事雕琢。"瞿安師論二主詞："中主能哀而不傷，後主則近於傷矣，是二主之異處也。"

4. 南唐後主李煜，錄十四首

《望江南（多少恨）》《望江南（多少淚）》《臨江仙（櫻桃落盡春歸去）》《虞美人（春花秋月何時了）》《浪淘沙（簾外雨潺潺）》《浪淘沙（往事只堪哀）》《清平樂（別來春半）》《相見歡（林花謝了春紅）》《相見歡（無言獨上西樓）》《破陣子（四十年來家國）》《一斛珠（晚妝初過）》《子夜歌（人生愁恨何能免）》《長相思（雲一緺）》《搗練子令（深院靜）》

王國維《人間詞話》云："詞至李後主而眼界始大，感慨遂深。遂變伶工之詞，而爲士大夫之詞。"又云："尼采謂一切文學予愛以血書者，後主之詞真所謂以血書者也。"瞿安師謂："後主用賦體不用比興，觀此可知矣。率多直寫胸臆，而復宛轉纏綿者，詞中一種淒涼，知當日安得不以眼淚洗面？惟其盛時諸作筆意固甚馨逸，既入宋，風格因之而變，如《浪淘沙》云'無限江山'，《破陣子》云'垂淚對宮娥'，直令人不堪卒讀。"

5. 韋莊，錄四首

《菩薩蠻（紅樓別夜堪惆悵）》《菩薩蠻（人人盡說江南好）》《菩薩蠻（如今卻憶江南樂）》《菩薩蠻（洛陽城裏春光好）》

周介存曰："王嬙、西施，天下之美人也，嚴妝佳，淡妝亦佳，粗服亂頭，不掩國色。飛卿，嚴妝也；端己，淡妝也；後主，則粗服亂頭矣。"王國維曰："'畫屏金鷓鴣'，飛卿語也，其詞品似之。'弦上黃鶯語'，端己語也，其詞品亦似之。正中詞品，若於其詞句中求之，則'和淚試嚴妝'，殆近之歟？"又言："溫飛卿之詞，句秀也；韋端己之詞，骨秀也；李重光之詞，神秀也。"端己此詞惓惓故國之思，耐人尋味。亦峰論其詞"似直而紆，似達而鬱"，泂然。瞿安師亦謂其"雖變飛卿面目，綺羅香澤之中，別具疏爽之致。世以溫韋并論，當亦難於軒輊也"。

6. 馮延巳，錄八首

《虞美人（玉鉤鸞柱調鸚鵡）》《羅敷艷歌（馬嘶人語春風岸）》《羅敷艷歌（小堂深静無人到）》《清平樂（雨晴烟晚）》《清平樂（春愁南陌）》《蝶戀花（六曲闌干偎碧樹）》《蝶戀花（誰道閒情抛棄久）》《蝶戀花（庭院深深深幾許）》

陳世修云："馮公樂府，思深詞麗，韻逸調新。"王國維云："馮正中雖不失五代風格，而堂廡特大，開有宋一代風氣。"良以正中詞意悱惻，直與溫韋相伯仲。張皋文謂："忠愛纏綿，宛然騷辨之義。"蓋思深意苦，又復忠厚惻怛，詞至此，則一切叫囂纖冶之失，無從犯其筆端矣。"庭院深深"一首，或作歐詞，未知孰是。

三　宋

7. 晏殊，錄二首

《踏莎行（小徑紅稀）》《蝶戀花（南雁依稀回側陣）》

論宋詞當以元獻爲首。宋初諸家靡不祖述二主，同叔去五代甚近，得之最先。劉攽《中山詩話》謂"元獻喜馮延巳詞。觀其所作，亦不減延巳"，此語亦是。

8. 晏幾道，錄一首

《臨江仙（夢後樓臺高鎖）》

陳質齋云："小山詞可追逼《花間》高處，或過之。"周濟謂："晏氏父子仍步溫韋，小晏精力尤勝。"晁無咎曰："小山不蹈襲前人語，而風調嫻雅，如'舞低楊柳樓心月，歌罷〔盡〕桃花扇底風'，知此人不住三家村也。"詞中佳句頗多，如"今宵剩把銀釭照，猶恐相逢是夢中。"又"戶外綠楊春繫馬，床頭紅燭夜呼盧。"艷詞當推此爲最。所謂曲折深婉，淺處皆深也。

9. 歐陽修，錄二首

《少年游（闌干十二獨憑春）》《臨江仙（柳外輕雷池上雨）》

吳曾則評《少年游》云："不惟君復、聖俞二詞不及，雖求諸唐人溫李集中，殆與之爲一矣。"《藝苑卮言》謂："永叔詞勝其詩。"實則公詞純疵參半，蓋爲他人竄易。《樂府雅詞·序》云："歐公一代儒宗，風流自命，詞章窈渺世所循式，乃小人或作艷語謬爲公詞。"陳質齋云："歐陽公詞，多與《花間》《陽春》相混，亦有鄙褻之語則其中，當是仇人無名子所爲也。"羅長源云："今柳三變詞亦有雜之《平山集》中，則其浮艷者，疑非皆公少作也。"《西清詩話》亦云："歐詞之淺近者，謂是劉煇僞作。"《名臣錄》亦謂："修知貢舉，爲下第舉子劉輝等所忌，以《醉蓬萊》《望江南》誣之。"故讀公詞，當別有會心。

10. 柳永，錄五首

《雨霖鈴（寒蟬淒切）》《八聲甘州（對瀟瀟暮雨灑江天）》《雪梅香（景蕭索）》《訴衷情（雨晴氣爽）》《竹馬子（登孤壘荒凉）》

北宋慢詞，耆卿草創之。陳質齋評柳詞謂："音節諧婉，詞意妥帖，承平氣象，形容曲盡，尤工於羈旅行役。"馮夢華先輩云："柳詞曲處能直，密處能疏，奡處能平，狀難狀之景，達難達之情。而出之以自然，自是北宋巨手。然好爲俳體，詞多媟黷，有不僅如提要所云'以俗爲病'者"。瞿師亦謂："柳詞直寫無比興，亦無寄托。見眼中景色，即說意中人物，便覺直率無味，況時時有俚俗語。其實其詞每首事實必清，點景必工，且有一二警策語，爲全詞生色，其工處在此也。"

11. 張先，錄三首

《天仙子（水調數聲持酒聽）》《木蘭花（龍頭舴艋吳兒競）》《青門

引（乍暖還輕冷）》

子野上結歐晏之局，下開秦蘇之先。李端叔云："子野才不足，而情有餘。"周密曰："子野詞清出處，生脆處，味極雋永。"晁無咎曰："子野與耆卿齊名，而時以子野不及耆卿。然子野韵高，是耆卿所乏處。"《古今詩話》云："有客謂子野曰：'人皆謂公張三中，即心中事、眼中淚、意中人也。'公曰：'何不目之爲張三影？'客不曉。公曰：'雲破月來花弄影，嬌柔懶起，簾堕①捲花影，柳絮②無人，堕絮飛無影，此皆余平生所得意也。'"

12. 蘇軾，録十二首③

《賀新凉（乳燕飛華屋）》《水龍吟（似花還似非花）》《水龍吟（小舟橫截春江）》《卜算子（缺月挂疏桐）》《江城子（天涯流落思無窮）》《念奴嬌（大江東去）》《洞仙歌（江南臘盡）》《洞仙歌（冰肌玉骨）》《滿庭芳（歸去來兮）其一》《滿庭芳（歸去來兮）其二》《水調歌頭（落日绣簾捲）》《水調歌頭（明月幾時有）》《水調歌頭（昵昵兒女語）》

胡致堂云："詞曲至東坡一洗綺羅香澤之態，擺脱綢繆宛轉之度，使人登高望遠，舉首高歌，逸懷浩氣，超乎塵垢之外。於是《花間》爲皂隸，而耆卿爲輿臺矣。"故陸務觀云："東坡詞歌之曲終，覺天風海雨逼人。"其實世人只就豪放處論，遂有鐵板銅琶之誚，不知其婉約處，不讓温韋。張叔夏云："東坡詞清麗舒徐處，高出人表，周秦諸人所不能到。"誠善讀蘇詞者。

13. 秦觀，録十二首

《滿庭芳（山抹微雲）》《滿庭芳（曉色雲開）》《望海潮（梅英疏淡）》《如夢令（遙夜月明如水）》《生查子（眉黛遠山長）》《浣溪沙（漠漠輕寒上小樓）》《好事近（春路雨添花）》《鵲橋仙（纖雲弄巧）》《踏莎行（霧失樓臺）》《江城子（西城楊柳弄春柔）》《水龍吟（小樓連苑横

---

① 堕，當作"壓"。
② 絮，當作"徑"。
③ 《詞略》原文作"十二首"，實則所録十三首，《滿庭芳（歸去來兮）》二首於《詞略》中計作一首。

空）》《南柯子（玉漏迢迢）》

蔡伯世云："子瞻辭勝乎情，耆卿情勝乎辭，辭情相稱者，惟少游而已。"張綖云："少游多婉約，子瞻多豪放，當以婉約爲主。"瞿安師謂："北宋詞家以縝密之思，得遒煉之致者，惟方回與少游耳。"

14. 賀鑄，錄五首

《薄幸（淡妝多態）》《青玉案（凌波不過橫塘路）》《柳色黃（薄雨催寒）》《清平樂（小桃初謝）》《望美人（厭鶯聲到枕）》

張文潛云："方回樂府，妙絕一世，盛麗如游金張之堂，妖冶如攬嫱施之袪，幽素如屈宋，悲壯如蘇李。"蓋騷情雅意，哀怨無端，得力於風雅，而出之以變化，故能具綺羅之麗，而復得山澤之清。此境不可一蹴而幾也。

15. 周邦彥，錄十九首

《瑞龍吟（章臺路）》《蘭陵王（柳陰直）》《鎖窗寒（暗柳啼鴉）》《齊天樂（綠蕪雕盡臺城路）》《六醜（正單衣試酒）》《大酺（對宿烟收）》《滿庭芳（風老鶯雛）》《應天長慢（條風布暖）》《玉樓春（桃溪不作從容住）》《少年游（并刀如水）》《拜星月慢（夜色催更）》《尉遲杯（隋堤路）》《西河（佳麗地）》《荔枝香近（照水殘紅零亂）》《霜葉飛（露迷衰草）》《過秦樓（水浴清蟾）》《花犯（粉墙低）》《浪淘沙慢（曉陰重）》《夜飛鵲（河橋送人處）》

詞至美成，乃有大宗。張叔夏云："美成詞深厚和雅，善於融化詩句。"沈伯時亦謂："清真最爲知音，下字用意皆有法度。"

16. 辛棄疾，錄十七首

《摸魚兒（更能消幾番風雨）》《賀新郎（綠樹聽啼鴂）》《賀新郎（鳳尾龍香撥）》《永遇樂（千古江山）》《祝英臺近（寶釵分）》《菩薩蠻（鬱孤山下清江水）》《念奴嬌（野塘花落）》《沁園春（三徑初成）》《滿江紅（家住江南）》《滿江紅（敲碎離愁）》《水調歌頭（落日塞塵起）》《水調歌頭（帶湖吾甚愛）》《木蘭花慢（老來情味減）》《水龍吟（舉頭西北浮雲）》《水龍吟（楚天千里清秋）》《西河（西江水）》《賀新郎（甚

矣吾衰矣)》

陳子宏云："蔡元工於詞，靖康中，陷金，辛幼安以詩詞謁，蔡曰：'子之詩則未也，他日當以詞名家。'"劉潛夫云："公所作大聲鏜鎝，小聲鏗鍧，橫絕六合，掃空萬古。其穠麗綿密者，亦不在小晏、秦郎之下。"毛子晉云："詞家爭鬥穠纖，而稼軒率多撫時感事之作，磊砢英多，絕不作妮子態。宋人以東坡爲詞詩，稼軒爲詞論，善評也。"陳亦峰云："稼軒詞自以《賀新郎（別茂嘉十二弟）》一篇爲冠，沉鬱蒼涼，跳躍動蕩，古今無此筆力。"學稼軒詞須多讀書，不用書卷，徒事叫囂，便是蔣心餘、鄭板橋，去"沉鬱"二字遠矣。

17. 姜夔，錄二十首

《霓裳中序第一（亭皋正望極）》《探春慢（衰草愁烟）》《一萼紅（古城陰）》《揚州慢（淮左名都）》《暗香（舊時月色）》《疏影（苔枝綴玉）》《長亭怨慢（漸吹盡枝頭香絮）》《齊天樂（庾郎先自吟愁賦）》《念奴嬌（鬧紅一舸）》《湘月（五湖舊約）》《淡黄柳（空城曉角）》《側犯（恨春易去）》《惜紅衣（簟枕邀涼）》《琵琶仙（雙槳來時）》《淒涼犯（綠楊巷陌）》《翠樓吟（月冷龍沙）》《法曲獻仙音（虛閣籠寒）》《眉嫵（看垂楊連苑）》《石湖仙（松江烟浦）》《八歸（芳蓮墜粉）》

宋人詞如美成樂章①，僅注明宮調而已。宮調者，即説明用何等管色也，如仙吕用小工、越調用六字類，蓋爲樂工計耳。白石詞凡舊牌皆不注明管色，而獨創自度腔十七支，不獨書明宮調，并樂譜亦詳載之。宋代曲譜今不可見，惟此十七闋尚留歌詞之法於一綫。因悟宋人歌詞之法，皆用舊譜，故白石於舊牌名②詞，概不申説，而於自作諸譜，不憚詳錄也。

18. 張炎，錄十二首

《南浦（波暖緑鱗鱗）》《解連環（楚江空晚）》《高陽臺（接葉巢鶯）》《渡江雲（山空天入海）》《綺羅香（萬里飛霜）》《甘州（記玉關踏雪事清游）》《臺城路（朗吟未了西湖酒）》《臺城路（春風不暖垂楊樹）》

---

① 樂章，當作"樂府"。
② 名，當作"各"。

《臺城路（十年舊事翻疑夢）》《瑣窗寒（斷碧分山）》《長亭怨（記橫篸玉關高處）》《西子妝（白浪搖天）》

玉田詞皆雅正，故集中無俚鄙語，且別具忠愛之致，玉田詞皆空靈，故集中無拙滯語，且又多婉麗之態。學之者多效其空靈，而立意不深，即流於空滑之弊，豈知玉田用筆各極其致，而琢句之工，尤能使意筆俱顯。人僅賞其精警，而作者詣力之深，曾未知其甘苦也。

19. 吳文英，錄十六首①

《解連環（思和雲結）》《水龍吟（艷陽不到青山）》《齊天樂（新烟初試花如夢）》《瑞龍吟（黯分袖）》《西子妝慢（流水麴塵）》《江南春（風響牙籤）》《夢芙蓉（西風搖步綺）》《高山流水（素弦一一起秋風）》《霜花腴（翠微路窄）》《惜紅衣（鷺老秋絲）》《風入松（春風吳柳幾番黃）》《風入松（畫船簾密不藏香）》《鶯啼序（殘寒正欺病酒）》《鶯啼序（橫塘棹穿艷錦）》《絳都春（春來雁渚）》《木蘭花慢（紫騮嘶凍草）》《高陽臺（宮粉雕痕）》《三姝媚（吹笙池上道）》《八聲甘州（渺空烟四遠）》《齊天樂（曲塵猶沁傷心水）》《龍山會（石徑幽雲罅）》

（1）《齊天樂·與江湖諸友泛湖》："静"應作"靖"，蓋指林和靖也，卷中《木蘭花慢》"靜梅香底"句同。案，宋人説部如《苕溪漁隱叢話》《癸辛雜志》等書，於林和靖皆書"靖"作"静"。此稿亦然，不知何據。姑仍之。

（2）瞿師論夢窗曰："吳詞以綿麗爲尚，運意深遠，用筆幽邃，煉字煉句，迥不猶人。貌觀之，雕繢滿眼，而實有靈氣行乎其間，細心吟繹，覺味美於回，引人入勝。既不病其晦澀，亦不見其堆垛。此與清真、梅溪、白石并爲詞學之正宗，一脉真傳，特稍變其面目耳。猶之玉溪生之詩，藻采組織，而神韵流轉，旨趣永長，未可妄議其獺祭也。昔人評騭，多有未當，即如尹惟曉。以夢窗并清真，不知置東坡、少游、方回、白石等於何地，譽之亦未免溢量。至沈伯時謂其太晦，其實夢窗才情超逸，何嘗沉晦？夢窗長處，正在超逸之中，見沉鬱之思，烏可轉以沉鬱爲晦耶？若叔夏七寶樓臺之喻，亦所未解。竊謂東坡《水調歌頭》、介甫《桂枝

---

① 《詞略》原文作"收録十六首"，實則收録二十一首。

香》有此弊病，至夢窗詞，合觀通篇，固多驚①策。即分摘數語，亦自入妙，何嘗不成片段耶？張皋文《詞選》獨不收夢窗詞，而以蘇辛爲正聲，此門户之見，乃以夢窗與耆卿、山谷、改之輩同列，此真不知夢窗也。董氏《續詞選》，只取夢窗《唐多令》《憶舊游》兩篇。此二篇絕非夢窗高詣，《唐多令》一篇，幾於油腔滑調，在夢窗集中最屬下乘。《續〈詞〉選》獨取此兩篇，豈故收其下者，以實皋文之言耶？謬矣。"

20. 周密，錄四十首②

《謁金門（芳事曉）》《好事近（輕剪楚臺雲）》《清平樂（吹梅聲咽）》《少年游（簾銷寶篆捲宮羅）》《柳梢青（夜鶴驚飛）》《浪淘沙（新雨洗晴空）》《鷓鴣天（相傍清明晴便慳）》《倚風嬌（雲葉千重）》《風入松（柳梢烟暖已瓏瓏）》《祝英臺近（殢餘酲）》《玉京秋（烟水闊）》《探芳信（步晴畫）》《法曲獻仙音（松雪飄寒）》《玉漏遲（老來歡意少）》《一枝春（碧淡春姿）》《長亭怨慢（記千竹萬荷深處）》《綠蓋舞風輕（玉立照新妝）》《玲瓏四犯（波暖塵香）》《采綠吟（采綠鴛鴦浦）》《聲聲慢（瓊壺歌月）》《念奴嬌（篋霏净洗）》《夜合花（月地無塵）》《珍珠簾（寶階斜轉春宵永）》《解語花（晴絲罥蝶）》《霓裳中序第一（湘屏展翠叠）》《綉鸞鳳花犯（楚江湄）》《水龍吟（舞紅輕帶愁飛）》《水龍吟（素鸞飛下青冥）》《宴清都（老去閑情懶）》《齊天樂（宫檐融暖晨妝懶）》《憶舊游（記花陰映燭）》《瑶華（珠鈿寶玦）》《探春慢（彩勝宜春）》《曲游春（禁苑東風外）》《秋霽（重到西冷）》《一萼紅（步深幽）》《大聖樂（嬌緑迷雲）》《過秦樓（紺玉波寬）》《大酺（又秭歸啼）》

草窗詞盡洗靡曼，獨標清麗，有葱蒨之色，有綿紗之思，與夢窗旨趣相侔。二窗并稱，允矣無忝。其於詞律，亦極嚴謹。蓋交游甚廣，深得切劘之益。如集中所稱霞翁，乃楊守齋也。守齋名纘，字繼翁，又號紫霞翁，善彈琴，明宫調。詞法周美成，有《紫霞洞簫譜》。嘗著《作詞五要》，於"填詞按譜""隨律押韵"二條，詳言之。守律甚細，一字不苟作。草窗與之交，宜其詞律之細矣。

---

① 驚，當作"警"。
② 《詞略》原文作"錄詞四十首"，實則收錄三十九首。

21. 史達祖，録十五首

《綺羅香（做冷欺花）》《雙雙燕（過春社了）》《東風第一枝（巧沁蘭心）》《風流子（紅樓橫落日）》《三姝媚（烟光搖縹瓦）》《壽樓春（裁春衫尋芳）》《賀新郎（花落臺池静）》《賀新郎（緑障南城樹）》《夜合花（冷截龍腰）》《瑞鶴仙（杏烟嬌濕鬢）》《湘江静（暮草堆青雲浸浦）》《齊天樂（秋風早入潘郎鬢）》《齊天樂（闌干只在鷗飛處）》《秋霽（江水蒼蒼）》《步月（剪柳章臺）》

邦卿爲平原堂吏，千古無不惜之。樓敬思云："史達祖南宋名士，不得進士出身。以彼文采，豈無論薦？乃甘作權相堂吏，至被彈章，不亦降志辱身之甚耶！讀其《書懷》〔滿江紅〕詞，'好領青衫，全不向、詩書中得''三徑就荒秋自好，一錢不值貧指①逼'。亦自怨自艾者矣。"

22. 王沂孫，録二首②

《眉嫵（漸新痕懸柳）》《齊天樂（一襟餘恨宫魂斷）》《高陽臺（殘雪庭陰）》《慶清朝（玉局歌殘）》《南浦（柳下碧粼粼）》《水龍吟（曉霜初著青林）》《齊天樂（碧痕初化池塘草）》《瑣窗寒（趁酒梨花）》

碧山之詞，皆發於忠愛之忱，無刻意爭奇之意。南宋詞品，花外實爲巨擘。咏物之作，多有寄托。皋文《詞選》，止取四首，并注案語。《眉嫵》云："此君③有恢復之志，而惜無賢臣也。"《高陽臺》云："此傷君臣宴安，不思國耻，天下將亡也。"《慶清朝》云："此言亂世尚有人才，惜世不用也。"可知一片熱腸，無窮哀感。《小雅》"怨誹而不亂"之旨，碧山有焉。

23. 李清照，録四首

《壺中天慢（蕭蕭庭院）》《聲聲慢（尋尋覓覓）》《鳳凰臺上憶吹簫（香冷金猊）》《醉花陰（薄霧濃雲愁永晝）》

《聲聲慢》一首，頗爲羅大經、張端義所激賞。其實易安不特詞句有

---

① 指，當作"相"。
② 《詞略》原文作"録二首"，實則收録八首。
③ "君"前當有"喜"字。

獨到處，其論詞亦絕精，嘗謂："本朝柳屯田永變舊聲作新聲，出《樂章集》，大得聲稱於世。雖協音律，而詞語塵下。又有張子野、宋子京兄弟，沈唐、元絳、晁次膺輩繼出，雖時時有妙語，而破碎何足名家！至晏丞相、歐陽永叔、蘇子瞻，學際天人，作爲小歌詞，直如酌蠡水於大海，然皆句讀不葺之詩耳，又往往不協音律。王介甫、曾子固文章似西漢，若作小歌詞，則人必絕倒，不可讀也。乃知詞別是一家，知之者少。後晏叔原、賀方回、黃魯直出，始能知之。而晏苦無鋪叙，賀苦少典重，秦少游專主情致，而少故實，譬如貧家美女，雖極妍麗豐逸，而終乏富貴態。黃即尚故實，而多疵病，譬如良玉有瑕，價目減半矣。"其譏彈前輩，能切中其病，世不以爲刻論也。至玉壺獻金之疑，汝舟改嫁之謬，俞理初、陸剛甫、李蒓客論之已詳。

四 金

24. 元好問，錄七首

《買陂塘（問世間情是何物）》《摸魚兒（笑青山不解留客）》《木蘭花慢（流年春夢過）》《沁園春（腐朽神奇）》《沁園春（再見新正）》《玉漏遲（浙江歸路杳）》《石州慢（擊筑行歌）》

裕之樂府深得稼軒三昧。張叔夏云："遺山詞深於用事，精於煉句，風流蘊藉處，不減周秦。"瞿安師嘗謂："遺山竟是東坡後身，其高處酷似之，非稼軒可及也。"其《樂府·自序》云："子故言宋詩大概不及唐，而樂府歌詞過之，此論殊然。樂府以來，東坡爲第一，以後便到辛稼軒，此論亦然。東坡、稼軒即不論，且問遺山得意詩，自視秦晁賀晏諸人爲何如？予大笑，附①客背云：'那知許事，且瞰蛤蜊。'""足見遺山平日論詞之旨。"

五 元

25. 薩都剌，錄一首

《滿江紅（六代豪華）》

天錫詞不多作，長調有蘇、辛遺響。大抵元詞之始，實受遺山感化。

---

① 附，當作"拊"。

雁門之集，繼起於後。其小詞亦清婉可誦，《懷古》一首，當推全集之冠。

六　明

26. 劉基，錄四首

《清平樂（春風欲到）》《浣溪紗（半畝荒園自看鋤）》《千秋歲（淡烟平楚）》《卜算子（春去蝶先知）》

朱明一代，詞學衰微，青田實爲開國第一名家，與高季迪并駕齊驅，雖不逮宋人，然尚不失爲正宗。小詞頗有思致，後此諸家，無足稱矣。

27. 高啓，錄三首

《沁園春（憶昔初逢）》《沁園春（木落時來）》《轉應曲（雙燕雙燕）》

青邱樂府以疏曠見長，其詞一時傳誦。所謂明初長洲北郭十友，今傳者無一二矣。

七　清

28. 朱彝尊，錄十四首

《憶少年（飛花時節）》《少年游（清溪一曲板橋斜）》《四和香（小小春情先漏泄）》《唐多令（疏雨過輕塵）》《蝶戀花（碧浪湖寬天水接）》《酷相思（社鼓神鴉天外樹）》《紅情（凝珠吹黍）》《滿江紅（絕塞凄清）》《滿庭芳（獨眼龍飛）》《百字令（菰蘆深處）》《琵琶仙（遠渚秋光）》《胃馬索（玉驄嘶）》《沁園春（并剪分時）》《解珮令（十年磨劍）》

竹垞詞，《載酒集》灑落有致，《茶烟閣》組織甚工，《蕃錦集》運用成語，別具匠心。然皆無過人處。獨《靜志居琴趣》一卷，盡掃陳言，獨出機杼，艷詞有此，不特晏、歐所不能，即後主、松卿亦未易過之。近有人考其生平甚詳，則此卷諸作，當有所指，讀者可意會之也。

29. 納蘭性德，錄十六首

《如夢令（纖月黃昏庭院）》《天仙子（夢裏蘼蕪青一剪）》《生查子

（東風不解愁）》《浣溪沙（藕蕩橋邊理釣筒）》《采桑子（冷香縈遍紅橋夢）》《菩薩蠻（新寒中酒敲窗雨）》《荷葉杯（簾捲落花如雪）》《浪淘沙（紅影濕幽窗）》《河傳（春草如霧掩雙鬟）》《臨江仙（長記曲闌干外雨）》《鬢雲鬆令（枕函香）》《風流子（平原草枯矣）》《金縷曲（生怕芳樽滿）》《賀新郎（德也狂生耳）》《憶桃源慢（斜倚薰籠）》《大酺（怎一爐烟）》

　　容若小令，淒惋不可卒讀。有清一代，無有過於《飲水》者，梁汾、其年，皆低首交稱之。究其所詣，詗①足追美南唐二主。或謂容若是李煜轉生，殆指其詞論也。王靜安先生之言曰："納蘭容若以自然之眼觀物，以自然之舌言情。此由初入中原，未染漢人風氣，故能真切如此。北宋以來，一人而已。"信然。

30. 顧貞觀，錄十五首

　　《金縷曲（且住爲佳耳）》《昭君怨（真個而今親試）》《菩薩蠻（山城夜半催金柝）》《菩薩蠻（夜深叢桂飄香雪）》《清平樂（短衣孤劍）》《朝中措（蘅蕪夢冷惜分襟）》《鷓鴣天（往事驚心碧玉簫）》《驀山溪（多情長願）》《鳳凰臺上憶吹簫（鏡展瀟湘）》《沁園春（殘月幽輝）》《金縷曲（馬齒加長矣）》《金縷曲（依舊銷魂路）》《金縷曲（季子平安否）》《金縷曲（我亦飄零久）》《瀘江月（記寒宵攜手）》

　　梁汾詞以《金縷曲·寄吳漢槎》爲最著。容若見之，爲泣下，曰："河梁生別之詩，山陽死友之傳，得此而三。"蓋梁汾之詞，純以性情結撰而成，悲之深，慰之至，丁寧無語②，無一字不從肺腑流出，此即其所以夐絕。

31. 陳維崧，錄八首

　　《少年游（奉誠園內小斜橋）》《探春令（崇仁宅靠善和坊）》《東風齊着力（春困初濃）》《滿江紅（脉脉濛濛）》《滿江紅（陽羨書生）》《沁園春（慷慨悲歌）》《沁園春（匹馬短衣）》《玉女搖仙佩（客愁無那）》

　　曹秋嶽云："其年與錫鬯并負軼才，同舉博學鴻詞，交甚深。其爲詞

---

① 詗，當作"泂"。
② 無語，當作"告誡"。

亦工力悉敵。《烏絲》《載酒》，未易軒輊也。"後人每好揚朱而抑陳，以爲竹垞能得南宋眞傳，實偏激之論也。世之所以抑陳者，不過訛其粗豪耳。殊不知迦陵，不特壯語情詞都勝，骨韻都高，幾合蘇辛周姜爲一手，實淸代一大家也。

《樂章選》/《樂章習誦》唐宋詞選目

(《樂章選》，建國出版社，1943；《樂章習誦》，文風書局，1945)

《樂章選》之三/《樂章習誦》之四 "唐五代兩宋詞" 七十二首

1. 李白二首《菩薩蠻（平林漠漠烟如織）》《憶秦娥（簫聲咽）》

2. 溫庭筠三首《菩薩蠻（小山重叠金明滅）》《更漏子（柳絲長）》《更漏子（玉爐香）》

3. 韋莊四首《菩薩蠻（紅樓別夜堪惆悵）》《菩薩蠻（人人盡說江南好）》《菩薩蠻（如今却憶江南樂）》《菩薩蠻（洛陽城裹春光好）》

4. 南唐中主二首《攤破浣溪沙（菡萏香銷翠葉殘）》《攤破浣溪沙（手捲真珠上玉鈎）》

5. 馮延巳三首《蝶戀花（幾日行雲何處去）》《蝶戀花（六曲闌干偎碧樹）》《蝶戀花（誰道閒情抛弃久）》

6. 南唐後主六首《相見歡（林花謝了春紅）》《相見歡（無言獨上西樓）》《浪淘沙（簾外雨潺潺）》《浪淘沙（往事只堪哀）》《虞美人（春花秋月何時了）》《破陣子（四十年來家國）》

7. 范仲淹二首《漁家傲（塞下秋來風景异）》《蘇幕遮（碧雲天）》

8. 張先一首《青門引（乍暖還輕冷）》

9. 晏殊一首《浣溪沙（一曲新詞酒一杯）》

10. 歐陽修二首《蝶戀花（庭院深深深幾許）》《臨江仙（柳外輕雷池上雨）》

11. 柳永一首《八聲甘州（對瀟瀟暮雨灑江天）》

12. 晏幾道二首《臨江仙（夢後樓臺高鎖）》《鷓鴣天（彩袖殷勤捧玉鍾）》

13. 蘇軾五首《水調歌頭（明月幾時有）》《念奴嬌（大江東去）》《臨江仙（夜飲東坡醒復醉）》《卜算子（缺月挂疏桐）》《水龍吟（似花

還似非花)》

14. 秦觀二首《滿庭芳（山抹微雲）》《踏莎行（霧失樓臺）》
15. 宋徽宗一首《宴山亭（裁剪冰綃）》
16. 周邦彥五首《瑞龍吟（章臺路）》《少年游（并刀如水）》《蘭陵王（柳陰直）》《瑣窗寒（暗柳啼鴉）》《西河（佳麗地）》
17. 賀鑄一首《青玉案（凌波不過橫塘路）》
18. 李清照一首《聲聲慢（尋尋覓覓）》
19. 陳與義一首《臨江仙（憶昔午橋橋上飲）》
20. 岳飛二首《滿江紅（怒髮衝冠）》《小重山（昨夜寒蛩不住鳴）》
21. 陸游一首《漁家傲（東望山陰何處是）》
22. 辛棄疾七首《念奴嬌（野塘花落）》《賀新郎（綠樹聽鵜鴃）》《摸魚兒（更能消幾番風雨）》《永遇樂（千古江山）》《祝英臺近（寶釵分）》《鷓鴣天（枕簟溪堂冷欲秋）》《菩薩蠻（鬱孤臺下清江水）》
23. 姜夔七首《點絳唇（雁燕無心）》《琵琶仙（雙槳來時）》《念奴嬌（鬧紅一舸）》《揚州慢（淮左名都）》《淡黃柳（空城曉角）》《暗香（舊時月色）》《疏影（苔枝綴玉）》
24. 俞國寶一首①
25. 史達祖一首《綺羅香（做冷欺花）》
26. 吳文英三首《風入松（聽風聽雨過清明）》《高陽臺（修竹凝妝）》《唐多令（何處合成愁）》
27. 周密一首《曲游春（禁苑東風外）》
28. 張炎三首《高陽臺（接葉巢鶯）》《八聲甘州（記玉關踏雪事清游）》《臺城路（十年前事翻疑夢）》
29. 王沂孫一首《齊天樂（一襟餘恨宮魂斷）》

---

① 《樂章習誦》底本中，俞國寶一節下多有脫落，僅可見俞國寶之名，後緊接"綠生時；是落紅，帶愁流處。話當日，門掩梨花，剪燈深夜語"之句，詞句爲史達祖《綺羅香（做冷欺花）》下闋最後幾句；故此處錄俞國寶之名及史達祖名下《綺羅香（做冷欺花）》。依《樂章選》前所述，俞國寶、史達祖各錄詞一首，其間無其他作者。

《敦煌文鈔》唐詞選目

(《敦煌文鈔》，正中書局，1948)

《雲謠集雜曲子》

1.《鳳歸雲遍（征夫數載）》
2.《鳳歸雲遍（綠窗獨坐）》
3.《鳳歸雲遍（幸因今日）》
4.《鳳歸雲遍（兒家本是）》
5.《天仙子（燕語啼時三月半）》
6.《天仙子（燕語鶯啼驚覺夢）》
7.《竹枝子（羅幌塵生）》
8.《竹枝子（高捲珠簾垂玉牖）》
9.《洞仙歌（華燭光輝）》
10.《洞仙歌（悲雁隨陽）》
11.《破陣子（蓮臉柳眉休暈）》
12.《破陣子（日暖風輕佳景）》
13.《破陣子（風送征軒迢遞）》
14.《破陣子（年少征夫軍帖）》
15.《浣溪沙（麗景紅顏越衆希）》
16.《浣沙溪（髻綰湘雲淡淡妝）》
17.《柳青娘（青絲髻綰臉邊芳）》
18.《柳青娘（碧羅冠子結初成）》
19.《傾杯樂（憶昔笄年）》
20.《傾杯樂（窈窕逶迤）》

21.《內家嬌（絲碧羅冠）》

22.《內家嬌（兩眼如刀）》

23.《拜新月（蕩子他別去）》

24.《拜新月（國泰時清晏）》

25.《拋球樂（珠泪紛紛濕綺羅）》

26.《拋球樂（寶髻釵橫墜鬢斜）》

27.《漁歌子（睹顏多）》

28.《漁歌子（洞房深）》

29.《喜秋天（潘郎妄語多）》

30.《喜秋天（芳林玉露催）》

雜曲

1.《望江南（天上月）》

2.《望江南（五梁臺上月）》

3.《菩薩蠻（自從宇宙充戈戟）》

4.《長相思（旅客在江西）》

5.《長相思（哀客在江西）》

6.《長相思（作客在江西）》

7.《鵲踏枝（叵耐靈鵲多瞞〔謾〕語）》

8.《鵲踏枝（獨坐更深人寂寂）》

9.《南歌子（翠柳眉間綠）》

10.《南歌子（悔嫁風流婿）》

11.《搗練子（孟姜女）》

12.《搗練子（堂前立）》

13.《望江南（娘子麵）》

14.《望江南（龍沙塞）》

15.《望江南（燉煌郡）》

16.《酒泉子（紅耳薄寒）》

17.《酒泉子（三尺青蛇）》

18.《楊柳枝（春來春去春復春）》
19.《魚歌子（綉簾前）》
20.《魚歌子（春雨微）》
21.《南歌子（獲幸相邀命）》

《霜厓詞錄》選目

（文通书局，1942）

吳梅著，盧前編

1.《虞美人（銀河回照紅波淺）》
2.《清波引（小園聽雨）》
3.《摸魚子（蕩晴波）》
4.《秋霽（江左悲秋）》
5.《眉嫵（嘆秦淮秋老）》
6.《眉嫵（看斜陽烟柳）》
7.《玉漏遲（錦江春事少）》
8.《壽樓春（吹瓊簫商聲）》
9.《洞仙歌（萬山環守）》
10.《瑞龍吟（城西去）》
11.《鷓鴣天（雕轂同馳日未斜）》
12.《鷓鴣天（辛苦蝸牛占一廬）》
13.《水龍吟（玉京西去多山）》
14.《清平樂（香篝薰被）》
15.《蘭陵王（旅程直）》
16.《洞仙歌（南歸蘇季）》
17.《解連環（故家池閣）》
18.《玉簟凉（深院停燈）》
19.《柳梢青（上國鶯花）》
20.《臨江仙（短衣羸馬邊塵緊）》
21.《多麗（水雲鄉）》
22.《石州慢（十里晴波）》
23.《翠樓吟（月杵秋高）》

24.《翠樓吟（別館延秋）》
25.《桂枝香（憑高岸幘）》
26.《鷓鴣天（幕府山頭鼓不鳴）》
27.《鷓鴣天（立馬吳山意態驕）》
28.《鷓鴣天（大樹飄零孰紀功）》
29.《木蘭花慢（看青幡遍戶）》
30.《鮮語花（春聲巷陌）》
31.《曲游春（面郭青山睡）》
32.《浣溪紗（水國陰晴悔遠游）》
33.《玉京謠（淚彈蠻雨）》
34.《湘春夜月（佇楸陰）》
35.《憶瑤姬（金碧侯門）》
36.《清平樂（溪水秋晚）》
37.《減字木蘭花（風波咫尺）》
38.《壽樓春（過春風旗亭）》
39.《淒涼犯（白頭怕結長生縷）》
40.《綺寮怨（老眼看花如霧）》
41.《六醜（又秋光照眼）》
42.《浣溪紗（梅子黃時畫閉門）》
43.《浣溪紗慢（苦伏處仲欂）》
44.《瑞龍吟（橫塘路）》
45.《江南好（杯底西山）》
46.《隔浦蓮（芳洲臺）》
47.《西子妝（波冷襪塵）》
48.《徵招（澄湖一片紅妝影）》
49.《拜星月（院落新晴）》
50.《采綠吟（水國南薰早）》
51.《惜紅衣（斷浦霞飛）》
52.《瑣窗寒（岸柳汀莎）》
53.《減字木蘭花（臨邛車騎）》
54.《水調歌頭（禾黍故侯第）》

55.《瑞雲濃（雲腴未老）》
56.《霓裳中序第一（晴波記泛宅）》
57.《垂楊（西風故院）》
58.《露華（素暉蕩夕）》
59.《念奴嬌（舊家英妙）》
60.《扁舟尋舊約（珠箔驚寒）》
61.《雲梅香（碾蒼玉）》
62.《醉翁操（開天）》
63.《滿江紅（愁滿頹陽）》
64.《早梅芳（蓑笠翁）》
65.《雪獅兒（凍梅千蕊）》
66.《繞佛閣（破橋故里）》
67.《夢橫塘（半湖帆影）》
68.《江南春（如此江山）》
69.《石湖仙（溪山懷古）》
70.《醉蓬萊（正玉樓邀月）》
71.《六州歌頭（棠花落盡）》
72.《曲玉管（倚枕人醒）》
73.《八六子（裊亭亭淡妝如語）》
74.《玲瓏玉（紗幔攲盤）》
75.《玉簟涼（人靜蘭堂）》
76.《月華清（荷苑招涼）》
77.《四園竹（檀欒漾碧）》
78.《雨霖鈴（青鸞棲息）》
79.《八寶妝（蒼島耕烟）》
80.《秋思（曾倚雕闌側）》
81.《燭影搖紅（高閣疏燈）》
82.《霜花腴（臥龍巷陌）》
83.《三姝媚（炊華流羽瓦）》
84.《太常引（銖衣蛻去艷留痕）》
85.《蕙蘭芳（春去板橋）》

86.《洞仙歌（篔簹四面）》
87.《洞庭春色（翠葉金丸）》
88.《東風第一枝（暖雪烘晴）》
89.《醜奴兒慢（嫣紅妊紫）》
90.《望海潮（旌旗嚴陣）》
91.《紫萸香（背西風行吟低首）》
92.《倚風嬌（芸葉留香）》
93.《水龍吟（莫年蕭瑟江關）》
94.《生查子（四面盡環山）》
95.《生查子（突兀聳晴空）》
96.《生查子（一角小重山）》
97.《生查子（濕霧束山腰）》
98.《生查子（怪石壓江波）》
99.《生查子（峭壁巨靈開）》
100.《生查子（石虎嘯西風）》
101.《霜葉飛（少年張緒）》
102.《飛雪滿群山（京國狂縱）》
103.《廿州（遍長安亂葉動悲風）》
104.《洞仙歌（西垣拂袖）》
105.《洞仙歌（餐櫻罷後）》
106.《齊天樂（曼陀花發天如醉）》
107.《齊天樂（北湖環注臺城下）》
108.《傾杯（落葉江城）》
109.《換巢鸞鳳（花發雕闌）》
110.《水調歌頭（叢菊雨纔灑）》
111.《高陽臺（亂石荒街）》
112.《玉胡蝶（雨過半湖新霽）》
113.《三姝媚（城西攜杖慣）》
114.《泛清波摘遍（長堤柳小）》
115.《倚風嬌（三月芳辰）》
116.《紅林檎（江左初回暖）》

375

117.《繞佛閣（故山霧斂）》
118.《訴衷情（庭鎖花朵同夢妥）》
119.《女冠子（紗幬孤睡）》
120.《齊天樂（縣崖結屋蒲團坐）》
121.《看花回（綠蕚紅葩曉霧輕）》
122.《聲聲令（東風步輦）》
123.《碧壯丹（弃置懷中扇）》
124.《夢揚州（曉鐘收）》
125.《秋宵吟（啓文疏）》
126.《引駕行（濃春霏雨）》
127.《卜算子慢（江城一帶）》
128.《虞美人（秋魂栩栩呼還在）》
129.《拾翠羽（黃月蘅皋）》
130.《采桑子（舞衣初試驚鴻影）》
131.《菩薩蠻（奉春定策關中壯）》
132.《菩薩蠻（靈臺寶鼎今安在）》
133.《菩薩蠻（玉津園裏花如雪）》
134.《菩薩蠻（巍巍南北高峰踞）》
135.《菩薩蠻（鳳凰臺畔王侯籍）》
136.《高山流水（半生落落守寒氈）》

圖書在版編目（CIP）數據

盧前詞學文集／陳麗麗整理、編校．--北京：社會科學文獻出版社，2024.6
　ISBN 978－7－5228－2330－0

　Ⅰ．①盧…　Ⅱ．①陳…　Ⅲ．①盧冀野（1905－1951）－詞學－文集　Ⅳ．①I207.23－53

　中國國家版本館 CIP 數據核字（2023）第 153178 號

盧前詞學文集

主　　編／孫克强　劉軍政
整理 編校／陳麗麗

出 版 人／冀祥德
責任編輯／吴　超
責任印製／王京美

出　　版／社會科學文獻出版社·人文分社（010）59367215
　　　　　　地址：北京市北三環中路甲 29 號院華龍大廈　郵編：100029
　　　　　　網址：www.ssap.com.cn
發　　行／社會科學文獻出版社（010）59367028
印　　裝／三河市東方印刷有限公司

規　　格／開　本：787mm×1092mm　1/16
　　　　　　印　張：26.25　字　數：413 千字
版　　次／2024 年 6 月第 1 版　2024 年 6 月第 1 次印刷
書　　號／ISBN 978－7－5228－2330－0
定　　價／168.00 圓

讀者服務電話：4008918866

版權所有 翻印必究